KB220360

2013 제58회

現代文學賞 수상소설집

안규철, 「두 개의 빈 의자」, 드로잉

| 현대문학상 기념조각 |

안규철

책은 양면적인 요소들이 중첩되어 있는 물건이다.
책에는 왼쪽과 오른쪽 페이지가 있고, 보이는 앞면과 보이지 않는 뒷면이 있다.
안과 밖이 있고, 시작과 끝이 있다. 흰 종이와 검은 잉크가 있고,
드러난 것과 숨겨진 것이 있으며, 저자와 독자가 있다.
서로 상반되면서 동시에 상호의존적인 이런 요소들은 책이 닫혀 있을 때는 드러나지 않는다.
책은 상자와 같아서, 책장이 펼쳐지기 전에 그것은 무뚝뚝한 한 덩이 종이뭉치에 불과하다.
책을 열면 이렇게 하나였던 것이 둘이 된다. 왼쪽과 오른쪽이, 안과 밖이, 저자와 독자가 거기서 생겨난다.
그리고 그 둘 사이에서, 낯선 한 세계의 지평선이 떠오른다.
마술사의 손바닥에서 피어나는 꽃처럼, 작은 책갈피 속에서 세계 하나가 온전한 윤곽을 드러낸다.
문학작품 앞에서 늘 그것이 경이롭다.

제**58**회 現代文學賞 수상소설집

김 숨

그 밤의 경숙 외

H
현대문학

| 차례 |

수상작

수상작가 자선작

수상후보작

역대 수상작가 최근작

심사평

수상소감

수상작

그 밤의 경숙

김 숨

수상작가 자선작

북쪽 방房

김 숨

그 밤의 경숙

1974년 울산 출생. 대전대 사회복지학과 졸업.
1997년『대전일보』, 1998년『문학동네』등단.
소설집『투견』『침대』『간과 쓸개』.
장편소설『백치들』『철』『나의 아름다운 죄인들』
『물』『노란 개를 버리러』.

그 밤의 경숙

경숙이 퀵 오토바이를 본 곳은 역신 사거리였다. 그녀는 남편이 운전하는 차 조수석에 타고 있었다. 좌회전 신호가 떨어지기를 기다리는 차 안에는 그들 부부의 아이들도 타고 있었다. 실내등을 켜지 않은 차 안 그녀의 모습은 먹지 위에 눌러쓴 글씨처럼 흐릿했다. 퀵 오토바이는 그녀 가족이 탄 차와 영업용 택시 틈바구니에 서 있었다. 직진 신호임을 깨닫고 남편이 급정거할 때만 해도 보이지 않던 퀵 오토바이였다. 퀵 오토바이는 택시보다 그들 차에 좀 더 바짝 붙어 있었다. 검은색 점퍼와 바지, 장화, 헬멧으로 중무장한 퀵 배달원은 한쪽 다리를 아스팔트 바닥에 전봇대처럼 내려딛고 있었다. 심지어 양손에 착용한 장갑까지 시커멓게 그을린 프라이팬만 같아, 징그럽도록 거대해진 변종 바퀴벌레가 그리 서 있는 듯했다. 신호가 지루하도록 길게 느껴질 만큼 차가 유난히 띄엄띄엄 긴 흔극을 두고 지나갔다. 보행자 신호가 켜진 횡단보도로는 한 사람도 지나가지 않았다. 단 한 사람도 지나가지 않아서인지 횡단보도의 흰 선들은 마치 피아노의 결코 울리지 않는 흰 건반들만 같았다. 구, 팔, 칠, 육…… 신호등에 떠오르는 푸르다 못해 창백한 숫자를 그녀는 카운트하듯 따라 읽었다. 사, 삼, 이, 하고 무심히 중얼거리던 그녀는 불현듯 시간이 이제 남지 않았다는 불안감에 사로잡혔다. 밑도 끝도 없는 불안감이었지만 그녀는 숫자 일마저 꺼져드는 순간 스스로도 모르게 들이쉬던 숨을 흡, 하고 멈췄다. 도대체 무슨 시간이 남지 않은 것인지 그녀는 생각해내려 했으나 영 떠오르지 않았다. 어쩌면 그 모든 시간이 이제, 이제는 정말이지 남지 않은 것인지 모르겠다는 예감만 막연히 들었다.

역신 사거리에서 좌회전한 뒤 오백 미터쯤 직진하다 우회전, 그곳에서 다시 삼백 미터쯤 직진하다 좌회전, 곧장 우회전한 뒤 오십 미터 직진 후 유턴. 십 분 남짓이면 충분한, 멀지 않은 그곳에 그녀 가족이 사는 아파트 단지가 있었다.

신호가 바뀌기를 초조히 기다리던 남편이 흘끗거렸지만, 그녀는 퀵 배달원을 바라보느라 깨닫지 못했다. 남편이 껌 씹는 소리만이 아까부터 은근히 그녀의 귀에 거슬릴 뿐이었다. 어금니를 갈듯 씹어, 껌이 아니라 혀를 그리 씹는 듯했다.

"그만 뱉지 그래?"

짜증에 가까운 그녀의 말을 남편은 들은 척조차 하지 않았다. 그녀는 마음 같아서는 쇠꼬챙이처럼 구부린 손가락을 남편의 입속으로 집어넣어 껌을 빼내고 싶었다.

"뱉으라니까!"

하필이면 그때 퀵 배달원이 그들 차 쪽으로 홱 고개를 돌렸다. 퀵 배달원과 눈이 마주친 것도 아닌데 그녀는 사거리 너머 도로가 상가 건물로 황급히 눈길을 주었다. 밤 열 시가 조금 지난 시간이었지만 일요일이라 거리는 한밤중처럼 한산하고 쓸쓸했다. 죽 전문점 간판과 2층 치과의원, 비뇨기과의원 간판은 진즉에 꺼져 있었다. 3층 디지털고시원 창문들에는 안대를 두른 듯 짙고 칙칙한 색지가 발라져 있었다. 색지를 벗기면 도롱뇽 알처럼 의뭉스럽도록 흐릿한 눈동자들이 창유리에 들러붙어 있을 것만 같았다. 4층 미용기술학원 창가에 줄지어 세워둔 희끄무레한 형상들에 그녀 눈길이 갔다. 형상의 실체를 파악하기에는 지나치게 어렴풋한 그것들 정체를 그녀는 단번에 알아차렸다. 그것들은 민두 마네킹이었다. 그녀는 결혼 전 두어 달 미용기술학원에 다닌 적이 있었다. 하루 네다섯 시간씩 민두 마네킹에 싸구려 연습용 가발을 덮어 씌우고 컷 연습을 했다. 미용기술학원을 떠나던 날 자신이 창가에 놓아둔 민두 마네킹도 그녀는 저 중에 있을 것 같은 기분이 들었다. 아주 가끔이지만, 그녀는 문득 자신이 창가에 놓아둔 민두 마네킹이 떠오를 때가 있었다. 주로 길을 걸어가거나 차를 타고 가다 허공에 떠 있는 창을 우연히 올려다볼 때였다. 얼굴과 목뿐인 민두 마네킹은 입술이 지렁이처럼 새빨갰다.

상가 건물 모퉁이 커튼가게까지 그녀 눈길이 미친 것은 또 다른 횡단보도가 보행자 신호로 바뀌려던 찰나였다. 사거리에는 횡단보도가 네 군데나 설치되어 있었다. 그 횡단보도로도 사람이 지나가지 않았다. 귤색 조명등 불빛이 은은하게 떠도는 커튼가게 안에는 보라색 커튼이 전시되어 있었다. 흔들림이 없어 벽에 들러붙은 벽지 같았지만 그녀는 어느 순간 막이 내리듯 커튼이 드리워질 것 같았다.

"커튼을 바꿔야 하는데……."

커튼이 가늘게 떨리는 것이 그녀에게 느껴지는 동시에 신호등 좌회전 신호에 불이 들어왔다. 택시가 재빠르게 그들 차를 앞질러 팅겨 나갔다. 뒤미처 팅겨 나간 퀵 오토바이가 택시와 충돌을 피한다는 게 그만 그들 차로 돌진했다. 느닷없이 벌어진 돌발상황에 놀란 남편이 핸들을 왼쪽으로 크게 꺾었다. 주먹으로 클랙슨을 때리더니 조수석 차창을 끝까지 내리고 퀵 배달원에게 욕설을 퍼부었다. 퀵 배달원도 지지 않고 욕설로 맞대응을 해왔다. 뒤늦게야 그녀가 도대체 무슨 일인가 싶어 휘둥그레 살피는데, 남편이 바퀴가 밀리도록 차를 세웠다. 그들 차와 퀵 오토바이를 한순간 위기에 빠뜨린 택시는 이미 퇴장하듯, 도로에 재처럼 쌓인 어둠 속으로 사라지고 없었다. 그녀가 말릴 새도 없이 남편이 운전석 밖으로 튀어 나갔다. 그들이 탄 차와 퀵 오토바이는 사거리 한복판을 겨우 벗어나 있었다. 좌회전 신호는 그새 직진 신호로 바뀌어 있었다.

남편이 새되게 욕설을 퍼붓는 소리가 차 안에까지 들려왔다. 그녀는 안전벨트를 풀고 차에서 내렸다. 퀵 오토바이 전조등이 내쏘는 주황색 불빛 속에 남편과 퀵 배달원이 당장 주먹다툼을 벌일 듯 맞서 있었다.

그녀는 주저하면서 남편에게 다가갔다.

"여보, 애들…… 애들이 보고 있잖아."

남편은 그러나 그녀 말을 들으려 하지 않았다. 사거리를 통과하는 승합차가 경고하듯 전조등 불빛을 내쏘고 지나갔다.

"여보……!"

그녀는 초조하게 아이들이 타고 있는 자신들 차를 쳐다봤다. 차는 2차선과 3차선을 가르는 선 위에 곡예하듯 아슬아슬하게 서 있었다. 운전석 문은 활짝 열려 있었다. 얼마나 다급했으면 남편은 비상깜박이조차 켜지 않았다. 그녀는 남편 팔을 잡아끌다 말고 차로 갔다. 운전석으로 쑥 몸을 밀어 넣고 비상깜박이를 켰다. 다시 남편 쪽으로 다가가는 그녀 귓전에, 비상깜박이가 들어왔다 나갔다 하는 소리가 희미하지만 간곡히 울렸다.

웅얼웅얼 주파수가 어긋난 라디오에서 흘러나오는 잡음만큼 불분명한 목소리가 들려왔다. 산발적이면서 강박적으로 울리는 그 목소리는 남편과 퀵 배달원이 앞뒤 없이 내지르는 욕설과 묘한 화음을 만들면서 도로 위 그녀를 둘러싸고 혼잡하게 떠돌았다. 그녀가 주위를 휘둘러봤지만 그곳에는 남편과 퀵 배달원, 그녀 자신뿐이었다. 전조등만 밝힌 직행버스가 벽을 뚫는 드릴처럼 전속력으로 사거리를 지나갔다. 끊길 듯 끊어지지 않는 목소리는 퀵 배달원 쪽에서 흘러나오고 있었다. 아무래도 퀵 배달원의 몸 어딘가에 탈장된 내장기관처럼 달랑달랑 매달려 있을 무전기에서 흘러나오는 목소리 같았다. 퀵서비스센터에서 보내는 신호 같기도, 다급히 퀵 배달원을 찾는 목소리 같기도 했다.

"여보, 제발……!"

팔꿈치를 움켜잡으려는 그녀 손을 남편이 홱 뿌리쳤다. 휘청 흔들리는 와중에도 그녀는 악착같이 남편 팔을 움켜잡았다. 남편을 퀵 배달원이 아닌 자신 쪽으로, 아이들이 타고 있는 차 쪽으로 잡아끌려고 손가락에 안간힘을 주었다. 남편이 마지못한 듯 돌아서려는데 퀵 배달원이 여간해서 입에 담긴 힘든 거칠고 더러운 상욕을 퍼부었다.

"여보, 그냥 당신이 참아……."

어떻게든 싸움을 말리려는 그녀를 기어이 뿌리친 남편이 퀵 배달원에게 달려들었다. 두 남자는 누가 먼저랄 것 없이 서로의 멱살을 틀어쥐었다. 헬멧을 쓴 데다 우주복처럼 과장된 점퍼, 장갑으로 중무장한 탓에 퀵 배달원은 남편보다 어깨 하나는 커 보였다. 그녀는 흔들리는 눈동자로 퀵 배달원을 쏘아보고 남편 소맷자락을 잡아끌었다.

"당신이 참으라니까!"

"내가 왜 참아야 하는데!"

흥분한 남편이 팔로 그녀를 밀쳤다. 그녀는 사람들에게 도움을 구하기 위해 주위를 둘러보았다. 제자리걸음을 하듯 느리게 횡단보도를 건너는 남자가 그녀 눈에 들어왔다. 아까 보행신호에 불이 들어왔을 때 단 한 사람도 건너지 않던, 텅 비어 있던 횡단보도였다. 간절히 쳐다보는 그녀를 끝내 외면하고 남자는 횡단보도를 유유히 건너 면으로, 선으로, 끝내는 점으로 사라졌다. 도움을 요청할 만한 사람을 찾던 그녀의 눈길이 저절로 커튼가게로 향했다.

"여보, 당신이……."

그녀는 커튼가게에서 눈길을 거두지 못하고 애원했다.

"내가 왜? 왜 참아야 하냐니까!"

도로가 떠나가도록 남편이 소리 질렀다. 울분에 찬 남편 목소리가 경기하듯 흔들리는 은행나무들 뒤, 가로등 불빛이 미치지 못하는 이슥한 어둠 속에서 들려오는 듯 그녀는 불길하고 낯설었다.

"아이들이 보고 있잖아……."

차단기가 올라가듯 그녀 팔이 들어올려지더니 차를 가리켰다.

"아저씨, 제발 좀 그만 가세요."

아무래도 안 되겠어서 그녀는 퀵 배달원을 향해 사정하듯 소리 질렀다. 그가 그녀에게 무슨 말인가 했지만, 무전기에서 흘러나오는 목소리가 방해하듯 끼어들어 그녀는 도대체 알아들을 수 없었다. 불분명하다 못해 억눌린 듯한 목소리는 게다가 하나가 아니라 여러 개였다. 적어도 서너 개의 목소리가 복잡하게 뒤섞여, 정신분열증 환자의 종잡을 수 없는 중얼거림처럼 흘러나오고 있었던 것이다.

"우리 좀 그냥 보내주세요."

퀵 배달원이 항복하듯 장갑 낀 두 손을 들어올리더니 물러나듯 유유히 뒷걸음질쳤다. 헬멧 때문에 얼굴을 볼 수 없지만 그녀는 그가 납 조각 같은 이를 드러내고 득의만만한 표정을 짓고 있을 것 같았다.

"지금 누구한테 사정하는 거야?"

자존심이 구겨진 남편이 그녀에게 화를 냈다.

"여보, 제발!"

그녀는 남편을 향해 두 손을 모아 비는 시늉을 했다. 그녀가 울먹거리자 남편이 마지못해 퀵 배달원으로부터 돌아섰다. 등을 떠밀리듯 아이들이 기다리는 차로 가다 말고 또다시 퀵 배달원에게 달려들려는 남편 팔을 그녀는 잽싸게 잡아끌었다. 개새끼! 남편이 아스팔트 바닥에 침을 뱉었다. 운전석에 올라탈 때까지 그녀는 남편 뒤에 바리케이드처럼 버티고 서 있었다. 자신 뒤에 남겨진 퀵 배달원과 오토바이, 커튼가게를 살피듯 바라본 뒤 조수석 쪽으로 걸어갔다.

"커튼 뒤에 누가 있어……."

조수석에 올라타자마자 그녀가 나지막이 내질렀다.

"재수가 없으려니 별 같잖은 인간까지 인생에 끼어드는군."

"커튼 뒤에 누가…… 누가 있단 말이야."

"대체 누가 있다는 거야?"

그녀는 눈을 치뜨고 백미러를 살폈다. 전조등 불빛을 집요하게 내쏘는 오토바이만 백미러에 잡힐 뿐, 퀵 배달원은 종적을 감추고 없었다. 얼른 룸미러를 살폈지만 그것에도 퀵 배달원이 담겨오지 않았다. 그녀

가족이 탄 차에 그물처럼 드리워진 은행나무 그림자가 출렁 흔들렸다.

"여보, 어서 출발해⋯⋯!"

그녀는 떨리는 손으로 남편의 남방 자락을 잡아당겼다. 남편은 주먹으로 핸들을 갈기고 나서야 액셀러레이터를 밟았다. 공회전하는 소리가 시끄럽게 울리더니 고무 타는 냄새가 났다. 속도 계기판 바늘이 육십까지 오르다 영으로 뚝 떨어졌다.

"기어를 안 바꿨잖아."

기어는 파킹에 있었다. 남편이 기어를 바꾸려는데 퀵 배달원이 운전석 차창 밖에 불쑥 나타났다. 백미러와 룸미러에 잡히지 않던 퀵 배달원의 등장에 그녀는 비명을 내질렀다. 퀵 배달원이 장갑 낀 손으로 차창을 두드렸다. 그녀는 그가 마치 손이 아니라 털을 싹 벗긴 오골계로 차창을 그리 두드리는 것만 같아 어깨를 떨었다. 저 새끼가 근데 죽으려고 환장을 했나? 운전석 문을 열고 뛰쳐나가려는 남편을 그녀는 두 손으로 붙잡고 매달렸다. 퀵 배달원은 차창을 부술 듯 두드렸다. 개새끼, 확 밀어버려? 남편이 발로 액셀러레이터를 밟았다 뗐다. 차가 덜컥 앞으로 밀렸다. 끝장을 보려는 작정인지 퀵 배달원이 운전석 문짝을 붙들고 매달렸다. 차가 2미터나 앞으로 미끄러지도록 퀵 배달원은 문짝에 매달려 떨어지지 않았다.

"내가, 내가 나가서 얘기해볼게."

퀵 배달원은 아예 차를 가로막고 서 있었다.

"저런 개자식하고 무슨 얘기를 하겠다는 거야?"

"내가 얘기해볼 테니까 당신은 차에 있어⋯⋯."

그녀는 애원하는 눈빛으로 남편을 바라보았다.

"별 게 다 날 우습게 보는군."

핸들을 꽉 그러잡고 있던 남편 손이 날개를 잃고 추락하듯 아래로 떨어졌다.

"여보, 제발……."

"다들 날 우습게 보니까 저런 미친 새끼까지 날 우습게 봐."

음영이 짙게 드리워진 남편 얼굴에 분노와 원망이 서렸다.

"누가 당신을 우습게 봤다고 그래?"

"인간이란 인간은 다!"

"당신이 참아, 당신이 먼저 시비 걸었잖아."

"저 자식이 끼어드는 거 못 봐서 하는 소리야? 나보고 병신처럼 끼어들든 말든 구경만 하라는 거야?"

"그런 말이 아니잖아."

좌회전 신호가 떨어지자마자 차선을 침범하면서까지 튕겨 나간 영업용 택시가 그녀는 뒤늦게야 원망스러웠다. 그 택시가 차선만 온전히 지켰어도, 그래서 자신들 차와 퀵 오토바이가 충돌할 뻔한 위험천만한 상황이 벌어지지만 않았어도, 남편과 퀵 배달원이 한적하고 서늘한 밤의 도로 한복판에서 시비 붙는 일은 애당초 벌어지지 않았을 것이었다. 그 택시가 손님을 태운 택시였는지, 빈 택시였는지 그녀는 문득 궁금했지만 기억나지 않았다. 그들 차와 마찬가지로 실내등을 끈 택시 뒷자리에 누군가 타고 있었던 것 같기도 했다.

"누가 타고 있었던 것도 같아……."

"똑바로 말해!"

"누가……."

"똑바로 말하라니까."

남편의 입에서 젖은 모래 같은 침이 튀었다.

"그게 아니라 택시에……."

퀵 배달원은 팔짱까지 끼고 그들 차를 가로막고 서 있었다. 신경이 바짝 곤두선 탓에 그녀는 차가 계속 달리고 있는 듯 멀미가 났다. 남편과 퀵 배달원이 시비 붙지만 않았어도 벌써 집에 도착해 따뜻한 물로 아이들을 씻기고 있을 것이었다. 일요일 밤이 아닌가. 그녀는 일요일 밤은 다른 날 밤보다 일찍 아이들을 재웠다. 더구나 몇 시간 남지 않은 내일은 월요일일 뿐 아니라 재계약이 있는 날이었다. 그녀는 이동통신 회사 콜센터에서 상담원으로 근무했는데, 월요일은 고객들로부터 이런 저런 불만과 항의 전화가 가장 많이 걸려왔다. 상담원이 백두 명에 달했지만 일 분도 쉴 틈 없이 콜 전화기에 불이 들어왔다. 오전 아홉 시부터 오후 여섯 시까지 전화를 받다 퇴근해 집에 돌아오면 실어증에 걸린 듯 한 마디도 하기 싫었다.

"아무튼 당신은 차에 있어."

초점을 잃고 흔들리는 검은자위와 달리 단호함이 깃든 표정으로 남편을 쳐다본 뒤 그녀는 차에서 내렸다. 커튼가게에 슬그머니 눈길을 주고 차 범퍼 앞으로 머무적머무적 걸어 나갔다. 차를 등지고 서서 퀵 배달원을 바라보았다. 서너 발짝 거리였지만, 그녀는 퀵 배달원이 자신으로부터 아주 멀리 서 있는 듯했다. 전조등 불빛에 치마 속 맨허벅지가 적나라하게 드러났지만 그녀는 깨닫지 못했다. 무전기에서 여전히 웅얼웅얼 목소리들이 흘러나왔다. 어지럽도록 혼란스럽게 울리는 목소리들이 그녀는 어쩐지 퀵 배달원이 아닌 자신을 찾는 목소리들만 같았다. 콜센터 그녀의 전용 전화기에서 흘러나오는 목소리들만…… 신원을 밝히지 않으려는 익명의 목소리들, 꼭꼭 숨어 결코 얼굴을 드러내지 않는 자들이 내는 비밀스러운 목소리들이 그녀가 미처 응답할 새 없이 그리

지껄이고 있는 것 같았다.

"좀…… 받아봐요, 당신을 찾잖아요."

퀵 배달원은 그러나 들은 척도 하지 않았다.

"받아보라니까요!"

서늘한 푸른빛이 그녀 등 뒤에서 부챗살처럼 퍼졌다. 순간 그녀는 자신이라는 존재가 도로 위에서 흔적조차 없이 증발해버리는 착각에 휩싸였다. 한층 밝아진 빛 속에 퀵 배달원 혼자 서 있는 것 같았다. 그녀는 훌쩍 뒤를 돌아다보았다. 남편이 전조등을 상향으로 점등한 것이 틀림없었다. 빛이 눈동자를 후벼 파듯 눈부셔서 그녀는 차 안 남편과 아이들을 볼 수 없었다. 그녀가 손을 흔들었지만 남편은 하향등으로 바꾸려 하지 않았다. 무전기에서 흘러나오는 목소리들 중 유독 한 목소리가 도드라졌다. 비음에 가까운 여자 목소리는 신흥동, 신흥동을 연발했다. 신흥동 삼 분…… 삼 분…….

"어서 받아요……!"

그녀는 퀵 배달원을 쏘아보고 주춤 뒷걸음질 쳤다. 저절로 떨리는 손으로 조수석 문손잡이를 그러잡았다. 차문이 육중한 철대문쯤 되는 듯 힘껏 잡아당겼지만 꿈쩍하지 않았다. 그녀가 내리자마자 남편이 차문을 잠근 게 분명했다. 그녀는 발작적으로 차창을 두드렸다. 잠금장치가 풀리는, 파찰음에 가까운 소리가 들리기 무섭게 썩은 치아를 뽑듯 차문을 잡아당겼다.

"저 자식이 뭐래?"

그녀가 조수석으로 몸을 구겨 넣자마자 남편이 다그쳤다.

"나보고…… 나보고 글쎄 두시까지 유원호텔 302호로 오라지 뭐야."

그녀는 눈가가 당기도록 두 눈동자를 커튼가게로 향하고 중얼거렸다.

"뭐?"

"목요일이었나…… 출근하자마자 콜이 들어와 받았더니만 어떤 미친놈이……."

"저 자식이 뭐라고 했냐니까."

남편이 윽박질렀다.

"목요일이 아니라…… 수요일이었어, 수요일……."

지난 수요일, 그녀는 콜을 백스물한 통이나 받았다. 온갖 억양과 톤과 굵기와 빠르기의 목소리들, 탯줄 같은 전화선을 타고 얼굴 없이 떠도는 목소리들이 정신 사납게 뒤섞여 환청처럼 울리는 두 귀를 파마기 풀린 머리카락으로 가려 덮고 집으로 돌아왔다. 그녀가 현관문을 따고 들어섰을 때 큰애는 텔레비전 앞에 자석처럼 붙어 앉아 냉동 핫도그를 먹고 있었다. 그녀는 옷 갈아입을 새도 없이 청소기를 돌리고, 세탁기 속 아침에 널지 못한 빨래를 넣었다. 케첩을 듬뿍 뿌려 소시지를 볶고, 어묵탕을 안쳤다. 금세 끓어 넘치는 어묵탕 불을 줄이고 식탁을 차리다 작은애를 데려오지 않았다는 걸 깨달았다. 그녀는 늘 퇴근길에 어린이집에 들러 작은애를 데려왔다. 작은애가 다니는 어린이집은 그녀가 사는 아파트에서 버스로 세 정거장 거리에 있었다. 퇴근길이면 어린이집에 들러달라고 부탁하려 했지만 남편은 휴대전화를 받지 않았다. 밖에 있을 때 남편은 휴대전화를 받을 때보다 받지 않을 때가 많았다. 그녀는 하는 수 없이 차리던 식탁을 놔두고 작은애를 데리러 갔다. 퇴근시간이라 도로는 차들로 막혔다. 평소 기본요금이면 충분한 택시비가 오천 원 넘게 나왔다. 그녀가 겨우 작은애를 데리고 지쳐 집에 돌아왔을 때, 남편은 차리다 만 식탁에서 혼자 소주를 마시고 있었다. 국물이 졸아 지린내를 풍기는 어묵탕 냄새가 집 안에 진동했다. 큰애는 여전히 텔레비전 앞에 붙어 앉아 몇 개째인지 모르는 핫도그를 먹고 있었다. 비엔나소시지가 박힌 핫도그를 큰애는 마치 제 손가락을 야금야금 뜯어 먹듯 먹었다. 그녀는 작은애 손을 잡아끌고 식탁으로 갔다. 작은애를 불끈 들어 식탁 빈 의자에 앉히고 조용히 행주를 집어 들었다. 냉장고 옆 쓰레기통 속에 그것을 던졌다.

"미친놈한테 걸려온 전화 때문에 짜증 나 있는데 3번 그 계집애가 팔짱을 끼고 나를 빤히 쳐다보고 서 있는 거야…… 나보다 열 살이나 어린 게 싸가지 없게 말이야."

그녀는 고작 마흔두 살이었지만, 콜센터 상담원 중 나이가 가장 많았다. 상담원들 대개는 이십 대였고, 미혼이었다.

"저 자식이 뭐라고 했냐니까."

"끊고 나서야 3번 전화라는 것을 알았어. 5번…… 5번 전화인 줄 알았는데 3번 전화를 받았지 뭐야…… 내 콜 전화는 5번…… 콜이 120번까지 있는데 어쩌다 5번이 됐을까…… 5번이나 3번이나……."

"저 자식이……."

"5번이나 6번이나……."

남편 쪽으로 움직이던 그녀 눈동자가 도로 커튼가게로 향했다. 좌회전 신호가 떨어지고, 사거리를 통과한 승용차가 절규하듯 클랙슨을 울리고 지나갔다. 그녀는 이마를 덮어오는 머리카락을 손으로 쓸어 올렸다. 5번…… 하고 중얼거리다 똬리 틀 듯 목을 비틀어 뒤를 돌아다보았다.

"엄마가 6번이 아니라 5번이라고 알려주지 않았니?"

그녀는 말끝에 한숨을 내쉬었다.

"무슨 여자가 도대체 말귀를 못 알아먹는다니까."

남편이 질렸다는 듯 고개를 내둘렀다.

"그래…… 전화하면 안 돼…… 너희가 아무리 전화해도 엄마하고 통화할 수 없다고 말하지 않았니…… 엄마는 다른 사람들 전화를 받아야 하거든…… 다른 사람들이 하도 전화를 해대서 엄마는 너희들 전화를 받을 수 없단다."

두 달 전 그녀는 겨우 초등학교 2학년인 큰애에게 휴대전화를 사주었다. 학교와 학원이 끝나고 집에 돌아온 그 애를 돌봐줄 사람이 아무도 없어서 휴대전화라도 들려주어야 마음이 놓일 것 같아서였다. 큰애를 생각하면 그녀는 항상 오래전에 잃어버린, 가물가물해진 아이를 떠올리듯 막막하고 조마조마했다. 태어난 지 두 달밖에 안 된 그 애를 친정어머니에게 맡기고 그녀는 직장에 다녀야 했다. 친정어머니가 돌아가신 뒤로는 어린이집 종일반에 등록시켰다. 그런 탓에 그 애가 배밀이를 시작하는 것도, 첫걸음을 떼는 것도 보지 못했다. 엄마인 그녀가 미처 깨닫지 못하는 새 그 애는 말이란 걸 하고, 두 발로 걷고, 숟갈질을 해 밥을 떠먹고, 염소처럼 뛰어다녔다. 집에서 혼자 잘 지내고 있는지 챙기려고 휴대전화를 사줘놓고, 그녀는 정작 고객들 콜에 응답하느라 전화 걸 짬이 없었다. 그런데 개통 첫 달 통화요금이 십만 원 넘게 나왔다. 통화기록을 떼어봤더니 그녀가 다니는 콜센터 전화번호가 수없이 찍혀 있었다.

"그래, 다른 사람들…… 너희가 모르는…… 엄마도 모르고 아빠도 모르는…… 다른 사람들…… 전화를 어찌나 해대는지……."

그때까지 상향등 불빛 속에 버티고 서 있던 퀵 배달원이 차로 성큼성큼 다가왔다. 당황한 남편이 재빠르게 차문을 잠갔다. 차창을 꼭꼭 처닫아 차 안까지 들리지 않았지만 그녀는 무전기에서 여전히 목소리들이 흘러나오고 있을 것 같았다. 아까보다 늘어난 목소리들이 정신없이, 책의 다른 페이지를 읽듯 저마다 떠들고 있을 것만 같았다. 그리고 그 목소리들 중 어느 것인가는 5번 그녀의 전화기에서 흘러나오는 목소리일 것 같았다.

"월급이 얼마나 된다고 일주일마다 꼬박꼬박 돈 내고 손톱 손질을 받는다니까…… 군대 다녀온 남동생까지 놀아서 집에서 돈 버는 사람은 저 혼자라고 투덜거리면서 말이야…… 5번 그 계집애 말이야…… 그 계집애 이름이 희경이던가…… 희정이던가…… 희정은 22번…… 48번도 희정인데…… 세 명이나 된다고 했어…… 희정이 셋……."

그녀 자신도 모를 중얼거림을 그치지 못하고 있는데 퀵 배달원이 범퍼 바로 앞까지 다가왔다. 상향등 불빛을 벗어난 퀵 배달원이 헬멧을 벗어젖히고 침을 뱉은 것은 순식간이었다. 앞유리를 타고 침이 흘러내렸다. 헬멧을 벗는 순간 그녀는 퀵 배달원이 머리를 통째로 잡아 뽑는 줄 알았다. 절벽처럼 각진 턱이 쳐들리도록 헬멧을 위로 한껏 당겨 벗었던 것이다.

그녀는 천천히 죽은 잉어가 떠오르듯 오른손을 들어올려 자신의 뺨을 쓰다듬었다. 앞유리가 아닌 자신의 얼굴에서 침이 흘러내리는 듯 더럽고 찝찝했다. 머뭇머뭇 어루만지듯 뺨을 쓰는 손가락에 힘이 들어갔다. 손가락을 구부려 된 반죽을 이기듯 뺨을 뭉갰다. 핏기 없는 그녀의 얼굴이 일그러지다 못해 오른쪽 눈동자가 눈두덩 속에 먹히듯 묻혔다. 그녀는 왼쪽 눈동자만으로 퀵 배달원의 드러난 얼굴을 뚫어져라 바라보았다. 남편과 비슷하겠거니 했는데 뜻밖에 늙은 남자였다.

"저 자식이 뭐라고 했냐니까."

시동이 걸려 있다는 걸 깜박한 남편이 키를 만지작거렸다. 세상이 멈추듯 시동이 꺼지고 상향등과 비상등이 나갔다. 희미하나마 도로 안까지 번져오는 가로등 불빛에도 불구하고 그녀는 바위 속에 갇힌 듯한 암흑을 느꼈다.

"아무 말도…… 아무 말도 안 했어."

남편이 다급히 키를 돌렸다. 시동이 걸리자 상향등과 비상등에 다시 불이 들어왔다. 그녀가 홱 뒷자리로 고개를 돌렸다.

"엄마는 5번…… 5번이라고 몇 번이나 말해야 알겠니?"

그녀 머리가 차창을 망치처럼 치고 팅기도록 차가 급발진했다. 나뭇가지 부러지는 소리가 들려오는가 싶더니 퀵 배달원이 온데간데없이 사라졌다. 그녀는 황급히 백미러를 쳐다봤다. 오토바이도, 퀵 배달원도 보이지 않았다.

"여보……."

그녀가 알아차리지 못하는 새 차는 달리고 있었다. 우회전을 해야 하는 지점, 늘 집이 몹시 가까워졌음을 깨닫게 해주는 지점을 못 본 척 지나치고 있었다. 집으로 가는 뻔하고 당연한 경로를 벗어난 사실을 깨닫지 못한 듯 남편은 속도를 높였다.

*

"그러게, 나는 그냥 집에 있겠다고 했잖아."

"설마 친 건 아니겠지……?"

그녀는 목소리가 탈수 중인 세탁기만큼 떨렸다.

"혼자 애들 데리고 다녀오라고 내가 그렇게 사정했는데 기어이 끌고 가서는……."

"혼자 어떻게……."

그녀는 질겨진 껌 같은 입을 꾹 다물고 앞을 응시했다. 앞유리에 얼룩처럼 들러붙은 침을 바라보았다. 조수석 차창에 비친 그녀 얼굴이 강물에 실려 떠내려가듯 흔들렸다. 그녀의 오른손이 또다시 뺨을 어루만지고 있었다.

그녀 가족은 집들이에 다녀오는 길이었다. 새 아파트를 분양받아 이사한 둘째 언니네 집들이였다. 한 달도 더 전에 그녀는 집들이에 초대받았다. 나흘 뒤인 아버지 생신을 겸한 가족 모임이기도 했다. 어머니가 돌아가신 뒤로 처음 그녀의 온 형제가 둘째 언니네 새 아파트에 모였다. 남편은 그냥 집에 있고 싶어했다. 그녀 혼자 아이들을 데리고 다녀오기를 바랐다. 아버지만 아니었어도 그녀는 그렇게 했을 것이었다. 집을 나서기 전부터 짜증을 부리는 남편과 함께 가느니 차라리 혼자 두 아이를 데리고 다녀왔을 것이었다. 그녀 아버지는 요양원에 가 있었다. 자식이 넷씩이나 됐지만 수도꼭지 잠그는 법조차 잊어버린 아버지를 어떤 자식도 모시고 싶어하지 않았다. 명절과 생신 때만 요양원에서 모시고 나왔다. 다섯 달 만에 만난 아버지는 온 관절이 녹슬고 헐거워진 대못처럼 불거지도록 살이 내려 있었다.

"얼마나 잘 먹고 잘사는지 살이 더 쪘더군."

둘째 형부를 두고 하는 소리라는 걸 알면서도 그녀는 모르는 척했다. 새 가죽소파 위에 앙상한 발을 내딛고 박제된 새처럼 꼼짝 않고 앉아 있던 아버지 모습이 그녀 머릿속에 인쇄되듯 떠올랐다. 아버지가 표정이 지워진 얼굴로 내려다보는 거실에서 자식손자들은 LA갈비를 뜯고, 시뻘건 아귀찜과 잡채를 정신없이 집어 먹었다. 친자매 집들이에 달랑 세제 세트를 사들고 가 민망하던 그녀는 LA갈비를 뜯는 둥 마는 둥 주방에 딸린 베란다로 나가 바람을 쐬었다. 23층 아래를 내려다보던 그녀는 졸음 때문인지 뛰어내리고 싶은 충동을 느꼈다. 간신히 충동을 억누르고 돌아섰을 때 작은애가 겁먹은 눈으로 그녀를 바라보고 서 있었다.

"내가 몇 번이나 찾아갔는지 알아?"

"또 그 얘기야……?"

그녀는 머릿속에서 아버지를 지우려 떨쳐버리려 애썼다.

"어떻게 내가 찾아갈 때마다 자리에 없을 수 있는지…… 자리에 버젓이 있으면서 외근 중이라고 둘러댄 거겠지."

"형부가 설마 일부러 그랬겠어?"

남편은 자동차 세일즈맨이었다. 새로 출시한 차 카탈로그를 들고 여러 번 회사까지 찾아갔다 허탕만 치고 돌아온 뒤로 번번이 둘째 형부에 대한 서운하다 못해 악의에 찬 감정을 드러냈다. 당분간 차를 바꿀 계획이 없다던 둘째 형부가 다른 대리점을 통해 버젓이 새 차를 뽑은 사실을 알게 된 뒤로 더했다.

"하여간 내 편은 아무도 없다니까."

남편의 투덜거림을 모른 체하고 그녀는 차창에 바짝 얼굴을 들이댔다.

"근데 여기가 어디지……?"

신도시 구석구석이 대개 그렇듯 아파트와 오피스텔, 모텔, 주상복합 건물들이 뒤섞여 떠도는 풍경들이 지나갔다. 그녀 가족이 살고 있는 아파트 단지 주변과 다를 것 없는, 따라서 조금도 낯설 것 없는 그곳이 어디쯤인지 그녀는 전혀 가늠이 안 되었다. 대충 좌회전이나 우회전을 해들어가면 자신들이 사는 아파트 단지일 것 같은 기분이 들기도 했다. 집으로 가는 경로를 벗어났음을 진즉에 알아차렸을 텐데 남편은 차를 돌리려 하지 않았다. 유턴 지점을 두 군데나 무시하고 지나쳐버렸다.

"돌아가야 하는 거 아니야?"

그녀는 어느 결에 차창에 떠오른 자신의 얼굴을 바라보고 있었다. 생전 처음 보는 여자 얼굴인 듯 그녀는 자신의 얼굴을 바라보았다. 저 여자가 누구던가, 의문마저 들었다. 혹시 알아? 54번이나 60번, 그도 아니면 99번이나 100번인지…… 저 여자가……. 심지어 그녀는 그런 생각마저 들었다. 벌써 넉 달 전이던가, 그녀 혼자 아이들을 데리고 대형 마트에 장을 보러 간 적이 있었다. 물건처럼 카트에 태운 아이들에게 시식용 튀김만두를 먹이고 있는데, 쌍꺼풀 수술한 눈이 유독 도드라진 여자가 알은체를 해왔다. 여자가 그녀의 아이들을 쓰다듬으려 해서 그녀는 카트를 밀고 만두 코너를 벗어났다. 나중에야 그녀는 그 여자가 자신과 같은 콜센터 상담원임을 알았다. 16번 창구에 그 여자가 버젓이 앉아 있었던 것이다. 민두 마네킹처럼 입술을 새빨갛게 칠하고…… 며칠 뒤 그녀가 미안하다는 말을 하기 위해 16번 창구를 찾았을 때 그곳에는 이미 다른 여자가 앉아 있었다.

"그 여자는 어디로 갔을까?"

"그 여자?"

남편이 물었다.

"16번…… 그 여자 말이야……."

그녀는 머리카락을 쓸어 넘기던 손을 차창으로 가져갔다. 손끝이 차창에 닿는 순간 감전된 듯 손가락들을 떨었다. 번데기처럼 오그라들려는 손가락들을 억지로 펴고 차창에 떠오른 얼굴을 몰래 지우듯 쓰다듬었다. 방금 내린 버스에 아이들을 두고 내리기라도 한 듯 겁에 질린 그 얼굴이 그녀는 여전히 자신의 얼굴 같지 않았다. 생판 모르겠는 얼굴만 같아서 홀린 듯 눈을 뗄 수 없었다. 그리고 어느 순간 그녀는 두 여자의 얼굴, 차창에 떠오른 얼굴과 자신의 얼굴이 차갑고 미끄러운 차창 유리 위에서 하나로 겹쳐지는 착시에 휩싸였다. 부싯돌처럼 부딪쳐 마찰을 일으키던 두 여자의 이마가 한 덩어리가 되고, 한 여자의 구멍처럼 비어가는 눈에 또 한 여자의 눈동자가 단추처럼 끼워지고, 벙긋 벌어진 입이 막 벌어지려는 입을 집어삼키고, 머리카락들이 다투듯 일어 뒤엉키는…….

"여보, 돌아가야……."

"돌아가기는 자꾸 어디로 돌아가라는 거야?"

남편이 곁눈으로 그녀를 노려봤다.

"집에…… 집에 가야 할 거 아니야."

그녀는 꽉 맞물린 꼬막을 벌리듯 안간힘을 다해 차창에서 고개를 돌렸다.

"지금 무슨 소리를 하는 거야?"

남편이 황당해했다.

"열한 시가 넘었어…… 어서 집에 가야지, 더 늦기 전에 우리 집에…… 시간이 더 늦어지기 전에…… 애들 재울 시간이 벌써 지났단 말이야."

"우리 집?"

남편이 입을 구겼다.

"우리 집…….”

"우리 집이 어디 있는데?"

남편 목소리에서 비웃음기가 싹 걷혀 있었다.

"우리 집…… 201동 1905호…….”

"누가 그래?"

"누……가?"

"어떤 미친 자식이 그게 우리 집이래?"

은행 융자를 얻어 신도시에 장만한 아파트 시세가 일 년 새 오천만 원이나 떨어진 뒤로 남편은 집 얘기만 나오면 실험용 쥐처럼 극도로 예민해졌다. 이자만 겨우겨우 갚아나가는 형편이라, 원금을 언제 다 갚을지 막막한 게 그들 부부의 현실이었다. 전세로 돌려 융자를 갚아볼까 했지만, 애초 껴 있는 융자 금액이 커서 들어오려는 세입자가 없었다.

"그 집이 우리 집이 아니면 누구 집이겠어? 어쨌든 당신하고 나하고 우리 아이들이 살고 있는 우리……."

"우리 집 좋아하네."

남편이 그렇게 비아냥거릴 적마다 그녀는 쉬어터진 국을 개수대에 쏟아 버리는 기분이 들었다. 늘 창문을 처닫아두어서인지 그녀 집에서는 음식이 잘 쉬었다. 저녁 내내 양지를 푹 삶아 한 솥 끓인 육개장이 밤사이 쉬어 한 끼도 먹지 못하고 버린 적도 있었다. 개수대에 대고 솥을 기울여 건더기와 국물을 한꺼번에 쏟아 버리면서, 남편과 아이들이 떠나고 혼자 고아처럼 남겨진 듯한 기분에 사로잡혔었다. 고사리니, 숙주니, 무니…… 건더기가 배수통을 틀어막아 개수대에 차오르는 벌건 육개장 국물을 넋 놓고 바라보았었다.

"왜 아무 말도 못하는 거야?"

남편이 그녀를 몰아붙였다.

"아무 말도…… 아무 말도 하고 싶지 않아."

"뭐야, 기껏 사람 열 받게 해놓고 시치미 떼겠다는 거야?"

"정말이지 더는 아무 말도 하고 싶지 않아……."

콜을 백스물한 통이나 받은 지난 수요일 밤처럼 그녀는 혀가 마른 종잇장처럼 목구멍으로 말려 들어가는 듯했다. 차창에 머리를 비스듬히 기대고 눈을 감았다 떴다. 집으로부터 한없이 멀어지든 말든 신경 끄고 잠들려 했지만, 아이들 때문에 그럴 수 없었다. 역신 사거리에서 남편이 퀵 배달원과 시비 붙었을 때 아이들과 택시를 잡아타고 먼저 집에 갈걸 그랬다는 후회가 들었다. 으깨진 아귀 뼈다귀가 지저분하게 널린 잔칫상 앞에서, 아버지의 요양원비를 두고 언성을 높이던 형제들의 모습도 떠올랐다. 그녀는 조용히 몸을 일으켜 말라가는 수저와 그릇들을 챙겼다. 소파 위에 동상처럼 오도카니 앉아 있던 아버지는 그런 자식들을 심판하듯 굽어보기만 할 뿐 말씀이 없었다.

"늙은 남자였어…… 우리 아버지만큼이나 늙은…….

오토바이가 나타난 것은 그들 차가 육교 밑을 지날 때였다. 퀵 오토바이가 그곳까지 따라온 줄 알고 그녀는 화들짝 놀랐다. 남편도 마찬가지였는지 달아나듯 차선을 바꾸는 동시에 속도를 높였다. 바짝 뒤따라 달리던 오토바이는 춤을 추듯 그들 차를 추월하더니 눈 깜짝할 새 멀어졌다.

"내가 기어이 미치는 거 보고 싶어서 그래? 응?"

남편이 조수석 쪽으로 얼굴을 들이밀고 쏘아붙였다. 남편 목소리가 날카로워 그녀는 면도날이 얼굴이 긋고 지나간 줄 알았다.

"커튼 뒤에 누가 있었어…… 커튼 뒤에…….

그녀가 어깨를 떨었다.

"커튼?"

"보라색 커튼 말고 금색 커튼 뒤에…….

커튼가게에는 커튼이 여러 개 걸려 있었다. 보라색 커튼 뒤에 금색 커튼이, 그 뒤에 아이보리색인지 흰색인지 안개처럼 아스라한 커튼이,

그리고 그 뒤에 또…….

"커튼 뒤에 누가 있든 말든!"

"그렇지만……." 그녀는 고개를 저었다. "아버지가 알아들으셨으면 어쩌지?"

"뭘?"

"아버지를 우리 집에 모시고 오던 날, 차 안에서 당신이 했던 말……."

요양원으로 모시기 전 그녀는 한 달쯤 아버지를 자신의 집에서 모셔야 했다. 혼자서 일상생활이 불가능해지자 자식들은 짐짝을 임시 보관하듯 한두 달씩 돌아가면서 아버지를 모셨다. 하필이면 그즈음 남편이 대리점을 옮겨 쉬는 날도 없이 바빴다. 저녁에 남동생 집으로 아버지를 모시러 가야 한다고 며칠 전부터 그렇게 일렀는데도 남편은 열 시가 다 되어서야 귀가했다. 잠든 아이들을 집에 남겨두고 남편과 둘이 아버지를 모시러 갔다. 자신들이 돌아오기 전에 아이들이 깰까봐 걱정되었지만 어쩔 수 없었다.

"내가 뭐?"

"기름이 떨어져 주유소에 들렀을 때 당신이 했던……."

"내가 뭐라고 했는데?"

"당신이…… 그랬잖아……."

"기억에도 없는 말을 두고 뒤늦게 난리야?"

"어떻게 기억이 안 날 수 있어?"

"뭔 말을 했는지 일일이 기억할 만큼 내가 한가한 사람이야?"

"그럼 나는 한가한 사람이야? 온종일 일 분도 쉴 새 없이 전화를 받다가 집에 돌아오면 머리가 으깨진 호두 같단 말이야. 옷 갈아입을 시간이나 있는 줄 알아? 애들 저녁 해서 먹여야지, 다음 날 준비물 챙겨

쥐야지, 과제물 봐줘야지…… 차분히 앉아서 드라마 볼 시간이나 있는
줄 알아?"

"그렇게 힘들면 관두라고 했잖아."

"관두면? 당신이 지난달에 가져다준 월급이 얼만 줄 알아? 겨우 은
행 이자 낼 돈밖에 더 갖다줬어? 내가 안 벌면……."

남편이 욕설을 내뱉어 그녀는 입을 다물었다. 몹시 흥분했을 때 남편
은 아이들이 듣든 말든 그녀에게 욕설을 퍼부었다.

"내가 미친놈도 아니고 아무리, 아버님이 들으시면 안 되는 말을 했
겠어?"

"아무튼 아버지도 다 알아들으셨을 거야…… 내색은 안 하셨지만 속
으로 얼마나 슬퍼하셨을까."

"내가 뭐라고 했는데?"

"그게……."

"내가 뭐라고 했는데 그래?"

"그게 그러니까……."

"내가 뭐라고 했냐니까."

"기억이 나지는 않지만……."

"기억나지도 않는 말을 가지고 날 그렇게 들들 볶아댄 거야?"

"아무튼 아버지가……."

그때만 해도 그녀는 5번이 아니라 8번이었다. 계획에 없던 둘째 아이
를 임신 중이라 체중이 18킬로나 불어 있었다. 끝없이 강박적으로 밀려
드는 콜에 응답하다 입덧이 올라오면 그녀는 야채크래커 반 조각을 입
속에 넣고 사탕처럼 녹여 먹었다. 혀 위에서 크래커 녹아드는 소리가
전화기 저편, 그렇잖아도 불만에 찬 고객에게 들리지 않도록 그녀는 조

심해야 했다. 야채크래커 한 봉지가 다 비고 부스러기가 콜 전화기 주변에 어지럽게 널리도록, 그녀를 붙들고 놓아주지 않는 고객이 하루에 한두 명은 꼭 있었다.

그녀 고개가 뒤로 향했다.

"아빠 엄마는 지금 싸우는 게 아니란다…… 그래, 싸우는 게 아니야. 응? 뭐? 뭘 봐……? 뭘? 싸우는 게 아니라고 하지 않았니…… 엄마 아빠는 싸우지 않아…… 싸우지 않는다니까…… 그런데 뭘 봤다는 거니? 그걸 이제 말하면 어쩌니? 아까 말했어야지, 아까…… 엄마 아빠가 싸워서? 싸우는 게 아니라니까……."

그녀는 두 손으로 얼굴을 덮고 고개를 저었다.

"여보…… 애들이 봤대……."

남편이 묻는 눈빛으로 그녀를 쳐다봤다.

"우리 차에 퀵 배달원이 치여 쓰러지는 것을 우리 애들이……."

"잘못 봤겠지."

"우리 애들이 거짓말을 하지 않는다는 걸 당신도 잘 알잖아."

"언제는 거짓말을 해서 그 벌로 피자를 못 먹게 했다면서?"

"그 뒤로는 절대 거짓말을 안 한단 말이야."

가로수가 은행나무에서 플라타너스로 바뀌어 있었지만 그녀는 깨닫지 못했다. 휘황하다 못해 요란스레 번쩍이는 모텔 간판들이 차창 밖으로 지나갔다. 그녀는 어쩐지 남편과 처음 든 모텔도 차창 너머 모텔들 속에 있을 것 같았다. 그녀는 단발인 지금보다 훨씬 머리가 길었고, 두 아이의 엄마가 아니었다. 그녀를 낳아준 어머니가 아직 이 세상에 살아 있었고, 아버지는 그녀가 백 명이 아니라 천 명 인파 속에 서 있어도 자신의 딸임을 알아볼 수 있을 만큼 정신이 또렷했다. 모텔에 들기 전 그녀와 남편은 근처 식당에서 춘천 닭갈비를 사 먹었다. 남편의 등 뒤 기둥에 달력이 걸려 있었다. 8월이었는데, 달력은 6월에 머물러 있었다. 몇 호인지 기억이 나지 않지만 모텔방 불을 껐을 때, 그녀는 벽 너머에서 들려오는 남자의 울음소리를 들었다. 한 남자가 아니라 두 남자가 울고 있었다. 흐느낌에 가까운 남자들의 울음소리는 네 발로 걸어 다니는 짐승의 울음소리 같았다. 마치 두 마리의 짐승이 황량한 벌판 끝과 끝에서 그렇게 서로를 향해 흐느껴 우는 것 같았다. 조용히 하라면서 주먹으로 벽을 치는 남편 얼굴이 모텔방 안에 먹물처럼 들어찬 어둠 때문에 보이지 않았다. 당신 얼굴이 보이지 않아……. 그때만 해도 애인이던 남편에게 벌거벗은 등을 보이고 벽 쪽으로 돌아누우면서 그녀는 그렇게 중얼거렸다.

"당신 얼굴이……."

그녀는 한없이 주저하면서 남편을 바라보았다.

"또 그 소리야?"

"기억……나?"

"그 소리 좀 그만 할 수 없어? 지겨워 죽겠어."

"내가 그렇게 말했던 거…… 기억하고 있는 거야?"

"뭐야? 오늘 점심에도 그랬잖아. 식탁에서 나를 빤히 바라보면서 내 얼굴이 보이지 않는다고 정신 나간 여자처럼 중얼거렸잖아."

그제야 그녀는 기억이 났다. 눅눅해진 김구이에 밥을 돌돌 싸 작은애 입으로, 마치 입을 틀어막듯 넣어주고 그녀는 그렇게 중얼거렸던 것이다. 화가 난 남편이 식탁에서 일어서고, 작은애가 밥알과 김과 침이 뒤엉킨 덩어리를 감잣국 속에 뱉었다. 큰애는 식탁에 없었다. 텔레비전 앞에도 없던 큰애가 그때 어디에 있었는지 그녀는 전혀 기억나지 않았다.

"정말 보이지 않았으니까⋯⋯."

그녀는 손을 뻗어 실내등을 켰다. 감빛에 가까운 실내등 불빛 속에서 남편 얼굴을 살피듯 바라보았다. 뒷자리로 고개를 돌려 아이들 얼굴도 바라보았다. 남편이 갑자기 차를 돌려 반대편 차선으로 바꿔 탔다. 그곳은 하필이면 유턴이 금지된 곳이었다.

허공에 박제된 새처럼 떠 있던 감시카메라에 빨간 불이 들어왔지만, 그녀도 남편도 미처 감지하지 못했다.

*

비디오를 되감기한 듯 그들 차는 역신 사거리로 되돌아와 있었다. 실내등까지 환히 밝히고 반대편 차선에 서 있었지만, 그들 차를 알아보는 사람은 없었다. 보행신호가 켜진 횡단보도는 아까와 마찬가지로 텅 비어 있었다. 그녀는 자신이라도 차에서 내려 횡단보도를 건너야 할 것 같은 초조감이 들었다. 12에서 11로 바뀌고 있는 신호등 숫자가 점점 줄어들어 또다시 1이 되기 전에⋯⋯. 버스마저 끊겼는지 직진 신호였지만 사거리로 차 한 대 지나가지 않았다.

퀵 오토바이는 보이지 않았다. 아스팔트 바닥에 쓰러져 피를 흘리고 있을 것 같던 퀵 배달원 역시 자취를 감추고 없었다. 그날 밤 그곳에서 아무 일도 없었다는 듯 늙고 병든 자의 손길 같은 바람만 도로 아스팔트 바닥을 쓸고 있었다.

커튼가게만이 변함없이 조명을 밝히고 있는 상가 건물로 누군가 걸어 들어가는 것이 그녀의 눈에 들어왔다. 최후의 촛불이 켜지듯 입구에 설치된 자동센서등에 불빛이 들어왔다. 불빛에 발각되듯 드러난, 뒷모습밖에 보이지 않는 누군가가, 그녀는 아무래도 커튼 뒤에 서 있던 누군가 같았다. 비록 커튼 뒤에 정말로 누군가 서 있었다고 확신할 수 없지만⋯⋯. 등이 꺼지기 전에 상가 건물 안으로 사라진 누군가가 터벅터벅 계단을 올라가는 소리가 그녀는 들려오는 듯했다. 그녀는 그 누군가가 디지털고시원 폐쇄된 창문 너머에 놓인 침대로 가 몸을 누일 것 같았다. 침대가 벽 쪽으로 가라앉듯 기울어지는 줄도 모르고 잠들 것 같았다.

"날 못 알아보시는 것 같았어⋯⋯."

차창에 쌀뜨물처럼 차오르는 김을 그녀는 손등으로 훔쳤다.

"아버지가 날⋯⋯."

"그래서?"

넌덜머리 난다는 듯 남편이 혀를 찼다.

"추석 때만 해도 날 알아보시더니⋯⋯ 이름은 기억 못해도, 몇 째인지는 기억 못해도 내가 아버지 딸이라는 건 아셨는데⋯⋯."

"지금 그게 중요해?"

"우리 아이들도 전혀 못 알아보시는 것 같았단 말이야."

"그게 그렇게 중요하냐구?"

"하긴⋯⋯."

그녀는 차창에 이마를 붙이고 고개를 가만가만 저었다. 금이 오르듯, 그녀 머리카락 몇 가닥이 차창에 달라붙었다.

"일요일이 다 가버렸어."

절망감이 짙게 밴 남편의 목소리는 차라리 울먹거림에 가까웠다.

"여보, 내가 늙어서 우리 아이들을 못 알아보는 날도 올까? 그런 날이⋯⋯."

남편은 대답할 가치를 못 느끼는지 입을 다물었다. 그녀 입마저 다물게 하려는 듯 라디오 스위치를 눌렀다. 교통방송이 흘러나왔다. 대개가 잠들었을 시간임에도 불구하고 높고 상냥한 목소리가, 그들 차가 서 있는 역신 사거리로부터 먼 한밤의 고속도로 상황을 전했다. 목소리가 전한 내용에 따르면, 소의 창자처럼 길고 어두울 고속도로 어디에서도 미미한 사고조차 일어나지 않았다.

그녀가 갑자기 고개를 돌렸다.

"그런 날이 올까…… 엄마가 너희들을 못 알아보는 날이…….."

남편이 차를 모는가 싶더니 핸들을 꺾었다. 눈 깜짝할 새 차는 중앙 차선을 넘어 반대편 차선으로 들어섰다.

"너희들을…… 엄마가……."

차는 오백 미터쯤 내달리다 우회전했다. 삼백 미터쯤 직진하다 좌회전, 곧장 우회전한 뒤 오십 미터 직진 후 유턴. 그곳에 그녀 가족이 사는 아파트 단지가 있었다. 영업용 택시가 그들 차와 나란히 달리고 있었다.

"그래, 엄마는 5번…… 너희들이 아무리 전화해도 엄마는 받을 수 없단다."

그녀는 머리 위로 손을 뻗었다. 아이들을 지우듯, 혹은 그녀 자신을 지우듯 실내등을 껐다. 전조등도 밝히지 않은 채 자신들 차가 달리고 있다는 사실을 남편도, 그녀도 깨닫지 못하고 있었다. ∎

북쪽 방房

아내는 우족을 사러 간다고 했다. 아내가 단골로 다니는 정육점에 고기가 들어오는 날이었다. 정육점이 매달 15일마다 소 돼지를 들여온다는 것을, 곽노도 알고 있다. 정육점 주인은 화교 사내였고, 곽노는 그로부터 몇 번인가 고기를 끊었던 적이 있다. 사내는 손님이 없으면 형벌이라도 치르듯 뒤주처럼 좁은 골방에 거구의 육체를 구겨 넣고 있었다. 정육점은 아침부터 선지가 그득 담긴 빨간 고무다라이를 길가에 내놓고 팔고 있을 것이었다. 어디 선지뿐이겠는가. 금양, 천엽, 막창 따위 부속물도 한 다라이 그득 담아놓고 팔고 있을 것이었다. 아내는 우족을 사 오며 선지도 한 봉지 사 올 것이었다. 젊어서부터 아내는 월경을 치르고 나면 선지를 한 솥 삶아 먹었다. 끓는 물에 넣어 두부처럼 응고시킨 선지 덩어리를 숟가락으로 움푹움푹 떠먹었다. 월경이 일찌감치 말라버렸는데도 아내는 다달이 선지로 한 끼니를 때운다.

곽노는 부동자세에 들어 있다. 두 무릎을 가슴께에 끌어당겨 모으고 앉아 꼼짝을 않는다. 골목에서는 아까부터 담벼락에 쇠공을 던지는 소리가 들려온다. 대여섯 대의 미싱이 들들들 돌아가는 소리도 규칙적으로 들려온다. 곽노가 종양처럼 달라붙어 있는 북쪽 방 바로 아래는 가발공장이다. 동네 여자들이 이른 아침부터 그곳에 모여 미싱을 돌린다. 인조 가발에 촘촘한 바늘땀을 박아 넣는다. 반지하에 가발공장을 들인 뒤로 곽노는 미싱을 돌리는 소리에서 헤어나지 못한다. 미싱 소리가 두통까지 일으킬 만큼 지긋지긋하지만 다달이 받아먹는 월세 때문에 내보내지도 못한다. 반지하가 그저 구획 구분 없이 휑하니 넓기만 한 공간이라서 살림을 하는 이들을 들일 수도 없다. 살림하는 이들을 들여서는 지금 월세만큼 받아먹을 수도 없었다.

'기어이 벽을 부수어놓겠구나.'

곽노의 육체에 균열이 지듯 움직임이 감돈다. 곽노는 손으로 더듬더듬 벽을 짚고 일어선다. 미닫이 창문을 힘껏 민다. 드르륵 소리를 내며 창문이 반쯤 열린다. 사절지만 한 창에는 마름모꼴을 반복·교차해서 짠 쇠창살이 쳐져 있다. 쇠창살 그림자가 곽노의 얼굴에 그물처럼 드리워진다. 곽노는 쇠창살에 바짝 머리를 들이민다. 전봇대에 가로막혀 곽노의 시야가 골목 안으로 시원하게 뻗어나가지 못한다. 그래봐야 차 한 대가 겨우 드나들 만큼 좁고 3, 4층 높이의 다세대 주택이 다닥다닥 모여 있는 골목이다.

"쇠공을 던지지 말아라."

가래로 들끓는 곽노의 목소리가 골목에 울린다.

"쇠공을 던지지 말아라."

쇠공을 던지는 소리가 뚝 끊긴다. 골목 안이 미싱 돌아가는 소리로만 채워진다.

곽노는 흰 면 소재의 잠옷이나 다름없는 웃옷 주머니에서 약봉지를
꺼낸다. 약봉지는 네 개나 된다. 불투명한 봉지마다 알약이 다섯 알씩
들어 있다. 가래를 가라앉혀주는 약도 있고, 소화를 촉진하는 약도 있
다. 피를 맑게 정화시켜준다는 약도 있다. 매 식후 30분마다 한 봉지씩
약을 복용해야만 한다. 곽노는 어제 점심부터 약을 복용하지 않고 있
다. 똑같은 성분과 분량의 약을 복용해온 것이 벌써 7개월째다. 곽노는
목구멍에서 들끓는 가래 때문에 숨을 쉬는 것은 물론 밥알을 넘기는 것
조차 여의치 않다. 병원에서는 폐의 기능이 무너지며 동반되는 현상이
라고 했다. 오로지 가래 때문에 지난봄에는 병원에 두 달간 입원을 하
기도 했다. 산소마스크에 의지해 숨을 들이쉬고 내쉬며 지내야 했다.
병원에 입원하던 날 곽노는 몸무게가 무려 38킬로그램까지 내려가 있
었다. 폐가 무너지기 전까지만 해도 68킬로그램대를 유지하고 있었다.

곽노는 손으로 약봉지를 뜯어 알약들을 장판지에 쏟아놓는다. 알약
들은 노랗고 빨갛고 하얗고 파랗다. 우연히도 겹치는 색이 없다. 곽노
는 장판지를 들춘다. 곰팡내가 풍기며 시멘트 바닥이 드러난다. 시멘트
바닥에는 포도나무 줄기가 뻗어나간 듯한 금이 번져 있다. 곽노는 씨앗
이라도 심듯 금 안쪽에 알약들을 억지로 쑤셔 넣었다.

골목에서는 또다시 담벼락에 쇠공을 던지는 소리가 들려온다. 곽노
는 쇠공이 자신의 등뼈에 와서 박히는 것만 같다.

"쇠공을 던지지 말라고 하지 않았나."

곽노는 어느덧 창문에 매달려서는, 괄약근을 한껏 조이며 소리를 내
지른다. 괄약근이 다하면 명이 다한 것이라고들 하지 않는가. 소리는

풀처럼 끈적거리는 가래에 막혀 목구멍 밖으로 온전히 터져 나오지 못한다.

곽노가 쇠공과 신경전을 벌이기 시작한 것은 한 달 전부터다. 한 달 전부터 정오만 되면 어김없이 담벼락에 쇠공을 던지는 소리가 들려왔다. 적어도 열 살은 먹은 사내아이일 거라고 곽노는 확신한다. 쇠공은 꽤나 힘 있게 담벼락에 부딪친다. 곽노는 쇠공이 담벼락에 부딪치는 순간, 천지사방이 뒤흔들리는 것을 느낀다. 그리고 그것은 어쩌면 부동의 상태인 자신의 육체만이 겨우 감지해낼 수 있는 미세한 흔들림일지도 모른다고 생각한다.

곽노는 창문을 닫으려다 말고 건넛집 창문을 바라본다. 창문은 완강하게 닫혀 있다. 그림자 한 점 얼씬거리지 않는다. 며칠 전 곽노는 건넛집 창문으로 관棺이 들어가는 것을 목격했다. 사다리차가 골목에 들어왔다. 사시사철 굳게 닫혀 있던 건넛집 창문은 활짝 열려져 있었다. 관은 사다리차에 실려 창문턱까지 끌어올려졌다.

"관이군…… 관이야……."

곽노는 창문에 악착같이 매달려 관이 창문으로 들어가는 것을 지켜보았다.

"뭐가요?"

때마침 속옷을 챙겨 북쪽 방으로 든 아내가 곽노에게 새치름하게 물어왔다.

"저 집 창문으로 관이 들어가고 있잖아."

"저게 무슨 관이라고 그래요."

"저것이 관이 아니고 뭐야."

"장롱이구만요. 어쩜, 자개장이네요. 고풍스럽기도 해라. 십장생이다 있네요."

아내의 말대로 관 안에서는 금조개 껍데기를 조합해 만들어낸, 해 산
물 돌 구름 소나무 불로초 거북 학 사슴이 노닐었다.

"그래 당신 눈에는 장롱도 관으로 보이는가 보군요."

곽노는 아내의 서울말이 그날따라 귀에 거슬렸다. 아내는 본적이 이
북 개성이기는 해도 서울 사대문 안에서 태어나고 자랐다. 그러니 잠꼬
대를 하면서도 서울말을 꼬박꼬박 쓰는 것을 탓할 수 없었다. 아내는
똑같은 서울 한복판이지만 사대문 안에서 살던 시절을 호시절이라 생
각하고 있다. 여태도 그 시절을 그리워하며 꽃 피는 봄마다 처형들과
창경궁이나 경복궁, 덕수궁으로 나들이 다닌다. 언제부턴가 곽노는 아
내가 여태 그리워하는 무엇인가가 남아 있다는 사실에 분노를 느꼈다.
노욕이야…… 노욕. 전화통을 붙들고 서울 말씨를 꼬박꼬박 써가며 세
상 돌아가는 이야기를 하는 것만 들어도 노욕이라는 비난이 저절로 나
온다. 세상 돌아가는 이야기래봐야 고작 처형네들의 대소사에서 벗어
나지 못했다.

"쇠공을 던지지 말아라."

곽노는 창문을 닫고 무너지듯 주저앉는다. 목구멍에서 들끓는 가래
를 고르며 분홍색 에나멜 밥상을 흘겨본다. 아내가 멸치 국물에 한 주
먹 말아놓은 국수는 퉁퉁 불어터져 있다. 곽노는 국물을 두어 숟가락
떠먹고는 밥상을 구석으로 밀쳐놓았다. 국수 가락을 못 넘길 만큼 가래
가 심하지는 않았지만 그렇게라도 아내에게 불편한 심기를 통보하고
싶었다. 닭 모래주머니만 한 종지 속, 육젓이 풍기는 짜고 비린 냄새가
북쪽 방 공기 중에 퍼져 있다. 곽노는 그 냄새가 자신의 허물어져가는
육신에서 기인한 것만 같아 신경이 쓰인다.

정오경, 아내는 북쪽 방에 에나멜 밥상을 들여놔주고는 방문을 굳게 닫아버렸다. 방문에 매달려 있는 구릿빛의 문고리는, 죽은 자의 잇몸에 박혀 녹슬 줄 모르는 금니만 같다. 곽노는 아내가 우족을 사들고 집으로 돌아올 때까지는 북쪽 방문이 절대로 열리지 않으리라는 것을 알고 있다. 언제부턴가 곽노는 스스로 북쪽 방문을 열지도, 닫지도 않는다. 슬쩍이라도 문고리를 움켜쥐어본 적도 없다. 북쪽 방문은 하루 온종일 기껏해야 대여섯 차례밖에는 열리지 않는다. 아내가 밥상이나 속옷을 들고 북쪽 방으로 들 때만 겨우 열리는 것이다. 아내는 북쪽 방을 나갈 때면 문을 굳게 닫는 것을 절대로 잊지 않았다. 세계를 이분二分하듯, 북쪽 방문으로 그녀의 세계와 곽노의 세계를 철저히 나누려들었다.

곽노는 아무래도 건넛집 창문으로 들어간 것이 장롱이 아니라 관이라고 기어이 믿고 싶다. 십장생 문양을 정성스레 짜 넣은 관이었다고.

숨통을 틀어막는 가래 때문에 거동마저 불편해지는 것을 지켜보며 아내는 속으로 쾌재를 불렀을 것이다. 아내는 적어도 내가 인간다운 모습을 보일 것이라고 믿었을 것이다. 늙고 병들어 의지할 데라고는 아내밖에 없는 것도 사실이었다.

곽노는 아내와 자신이 이분된 것이 오로지 종교 때문이라고 믿고 싶다. 곽노는 70 평생을 이분과 대립으로 점철된 세계에서 살아왔지만, 자신과 아내의 이분만큼이나 철저하고 지속적인 예를 보지 못했다. 그것이 명분이든, 이념이든, 사상이든, 국가든 필요에 따라 적당히 타협하고 적당히 결속하지 않았던가.

아내는 첫째를 낳고 어느 날 갑자기 천주교 세례를 받더니, 남편인 곽노로부터 자신을 분리해내기 시작했다. 절대자 앞에서는 부모도 남편도 자식도 어쩔 수 없는 '개별자'라는 것이 아내의 주장이었다. 더구나 절대자 앞에서 겸손하지 못한 곽노는 결성缺性된 자일 수밖에 없었다. 별다른 취미생활이 없어서였는지 몰라도 아내는 나이가 들수록 천주교에 의지하고 집착했다.

"하긴요, 지구의 이치와 우주의 이치를 깨우친 사람인데 하느님이 뭣에 필요가 있겠어요."

천주교에 대해 냉담으로 일관하는 곽노를 아내는 그렇게 비꼬고는 했다. 지구의 이치와 우주의 이치라니……. 곽노는 아내가 그렇게 비꼴 때마다 불덩이가 식도에서 이글거리는 것 같은 분노를 느꼈다. 엄밀히 말하자면, 그것은 아내에게가 아니라 스스로에게 느끼는 분노이기도 했다. 곽노는 32년 하고도 8개월 동안 중학생들에게 지구과학을 가르쳤다. 지구과학은 말 그대로 지구를 대상으로 한 학문이었다. 아내는 오로지 곽노가 아이들에게 지구과학을 가르친다는 이유만으로, 지구뿐 아니라 우주까지 싸잡아서 비꼬았던 것이다. 곽노는 단 한 번도 스스로가 지구와 우주의 이치를 깨우쳤다고 생각해본 적이 없었다. 지구와 우주에는 인간에 의해 미처 밝혀지지 않은 원리들이 사막의 모래알만큼이나 무수히 널려 있었다. 곽노가 32년 내내 아이들에게 가르쳐온 원리는, 한 알의 모래만큼도 안 되는 지극히 미미한 원리에 불과했다. 그 한 알의 모래만큼도 안 되는 원리를 가지고 32년여 동안이나 교사라는 직분을 안일하게 누려오지 않았던가. 직분이 가져다주는 다달의 급여와 안락한 생활 또한 보장받지 않았던가. 더구나 그 원리라는 것도 내가 스스로 깨우친 것이 아니라, 오로지 암기에 불과한 백과사전적 지식이 아니었던가. 언젠가 중앙아시아에서 지진이 났을 때도 아내는 지구와 우주의 이치를 운운하며 곽노를 맹렬히 공격했었다.

"당신은 저것이 순전히 지구의 자연적인 작용 때문이라고 믿겠지요."

곽노는 굳이 반발하지 않았다. 아내의 말을 긍정해서가 아니라, 지진이 휩쓸고 지나간 참혹한 광경이 곽노에게 두려움은커녕 아무런 감정의 동요도 불러일으키지 않았기 때문이었다.

곽노는 아무래도 천주교의 영결함이 부담스럽다. 아내가 감탄해 마지않는 영결함이 헛된 의식처럼 보일 뿐이다. 그러나 막연한 냉담이 영결함 때문이라고는 할 수 없었다. 아내가 설령 다른 종교에 집착을 보였다고 해도, 똑같이 냉담할 수밖에 없었으리라.

곽노는 장판지에 오른손 엄지손가락을 대고 태양과 태양을 중심으로 도는 아홉 개의 행성을 그려 넣는다.

지구과학을 가르치며 곽노가 두려웠던 것은, 지구와 우주에서 벌어지고 있는 현상들이 곽노에게 일각의 공포심도 불러일으키지 않는다는 데 있었다. 지진과 화산 따위는 곽노에게 그다지 흥미로운 현상이 아니었다. 허다한 재앙들은 자신의 육신 밖에서 벌어지는, 자신과 무관한 현상들일 뿐이었다.

곽노는 지구와 우주에 대해서뿐만 아니라, 스스로에 대해서도 눈곱만치의 흥미와 감탄을 가졌던 적이 없다. 우주의 팽창은 곽노 자신을 더욱 미미한 존재로 만들 뿐이므로, 스스로에게 어쩔 수 없이 무심해질 수밖에 없다고 합리화하고는 했다. 곽노의 그런 태도는 아내와 두 자식에 대해서도 마찬가지였다. 우주의 팽창 속도가 초속 71킬로미터였던가. 아내가 피에타 상 앞에서 자식들의 행복과 영광과 번영을 위해 힘써 기도하는 동안, 곽노는 힘써 자식들에 대한 기대와 욕심을 버렸다. 자식들이 제아무리 발버둥을 쳐봐야 평교사인 자신보다 나을 것도, 못

할 것도 없다고 일찌감치 체념해버렸다. 외려 자식들이 체념과 순응을 일찌감치 터득하기를 바라지 않았던가.

그래서였을까. 곽노는 32년 하고도 8개월의 교직생활을 평교사로 만족해야 했다. 그뿐 아니라, 뇌 속에 각인시켜둘 만한 제자 한 명 두지 못했다. 교사생활의 마지막 2년 8개월은 침묵과 체념 속에서 교단 가꾸기로 소일했어야 했다. 곽노가 평교사로 정년퇴직한 것에 대해 아내가 더없는 원망과 서운한 감정을 가지고 있다는 것을, 곽노는 모르지 않는다. 지구의 이치와 우주의 이치를 깨달은 사람이라고 비꼬면서도 아내는 남편의 사회적인 위치에 대해서만은 연연해하지 않았던가. 그것이 종교심과는 무관할 수밖에 없는 아내의 자존심이지 않았던가.

아내는 틀림없이 북쪽 방을 연옥이라고 믿고 있을 것이다. 폐의 기능이 다한 내 육신이 연옥에서마저도 거할 수 없게 될 때, 마침내는 지옥의 유황불로 떨어지는 것인가. 유황의 불길에 타 죽지 않기 위해서라도 북쪽 방에 악착같이 달라붙어 있어야 하는 것인가.

곽노가 지구과학을 가르치며 그나마 흥미를 가진 대상이 있다면 광물과 광석이었다. 기상과 지진, 해양에 비교하자면 광물은 얼마나 실재적이고 분명하며 규칙적인가. 대기 속에서 일어나는 현상인 구름 · 바람 · 기온 · 기압 · 눈 · 비는 지나치게 즉흥적이고 변화무쌍하다. 구름과 바람은 변화의 모티프 속에 있다. 어느 순간에 바뀌어버릴지 모를 '모양'에 불과하다. 그리고 그것들은 손에 움켜쥐고서 관찰할 수가 없다. 지진은 재앙이나 다름없다. 지나치게 종교적이라는 이유만으로도 곽노는 지진이 꺼려진다. 해수의 운동과 물성物性을 연구하는 학문인 해양은 광범위한 데다가, 곽노는 '물'이라는 물질에 대해 이유 없는 거부감까지 가지고 있다.

그렇다고 해서 곽노가 광물을 수집의 대상으로 대한 것은 결코 아니었다. 수집은 집착의 한 방식일 뿐이고, 집착은 쓸데없는 현시욕과 기대를 낳는다. 수집은 이르자면 물욕의 한 방식일 뿐이다. 곽노는 그것이 식물이든, 광물이든, 박제품이든, 우표 따위의 종이 쪼가리든, 예술품이든 동료 교사들이 애써 수집한 물건들을 세상에 내보이고 싶어 안달하는 것을 흔히 보아왔다. 늙어서까지 그것들이 마치 자신들의 잃어버렸던 뼈나 장기臟器라도 되는 양 집착하는 모습은, 노욕으로밖에 보이지 않았다.

곽노는 오로지 암기의 대상으로서만 광물에 흥미를 가질 뿐이었다. 동료 교사들이나 학생들, 아내와 자식들 앞에서 무심히 침묵을 지키고 있을 때도 곽노는 광물의 종류들을 목 안에서 달달 외우곤 했다. 그래봤자 광물의 종류가 무려 2천 4백 종이나 되는 데다가 매년 25종의 신종 광물이 발견되었기 때문에, 곽노가 외우는 광물의 종류는 빙산의 일각에 지나지 않았다. 곽노는 백과사전의 범위 내에서만 설명이 가능한 광물들만을 암기하였고, 그 흥미라는 것도 백과사전의 범위 내에서 만족하는 수준에 그쳐버렸다.

군이 광물로 치자면, 북쪽 방은 철광석을 닮았다.

한 덩이의 철광석만 같다.

철광석에는 적철광과 자철광, 갈철광이 있는데 북쪽 방은 적철광에 가깝다. 광물은 저마다 고유의 색채를 띠는 법이고, 한 덩이의 적철광과도 같은 북쪽 방의 색채는, 하루 온종일 철흑색이나 적갈색에서 벗어나지 못한다. 그것도 오후에 잠시 적갈색이 감돌 뿐 대부분은 철흑색을 띤다. 서쪽이나 동쪽을 조금도 끼지 않은, 정북쪽을 향해 나앉아 있는 방이니 그럴 수밖에 없을 것이었다.

적철광은 추상, 판상, 엽편상, 인상, 마름모꼴의 결정을 이룬다. 곽노는 그중에서도 북쪽 방의 결정은 판상板牀이라고 자부한다. 꽃잎을 겹겹으로 겹쳐놓은 것만 같은 집합체. 곽노는 판상이라고 중얼거리며 자신의 기억력이 아직은 녹슬지 않았다고 자부한다. 하긴 30년을 내내 암기하고 다니던 지식이 아니었던가.

그런데 예사롭지 않은 것은, 금속성의 광택이 북쪽 방 공기 중에 빛처럼 떠돈다는 사실이다. 아내로서는 도무지 감지해낼 수 없는 빛을, 곽노는 사그라져가는 육신으로 기어이 포착해내고 있었던 것이다. 곽노는 빛의 근원지가 거울이라고 확신한다. 거울의 표면이 부단히 발산해내고 있는 빛 때문이라고……. 북쪽 방의 한쪽 벽면을 3분의 1이나 차지하고 있는 직사각형 거울은, 40년도 더 되었다. 단 한 군데도 금이 가지 않았지만, 이미 거울로서의 기능이 다해 형체를 온전히 비추어내지 못한다.

거울의 생명은, 형체를 고스란히 비추어내는 데 있다. 형체를 고스란히 복원시키고 반복해내는 데 있다.

그러나 북쪽 방의 거울은 형체를 실제보다 과장할 뿐만 아니라, 기이하게 일그러뜨린다. 곽노는 거울이 비추어내는 자신의 육신이 소름 끼칠 만큼 못마땅하다. 한낱 거울 따위가 자신의 육신에 쓸데없이 과장과 환幻을 불어넣는 것만 같아서다. 늙고 쪼그라든 육신을 놀리듯 착시 현상을 구현해내고 있는 것만 같아서다.

거울의 표면에 떠오르는 곽노의 육신은 실제 육신보다 부옇게 살이 올라 있고, 경계가 모호하게 흐려져 있다. 어디 그것뿐인가. 끊임없이 부동을 지향하는 육신에 물결이 번지는 것 같은 움직임까지 부여하고 있지 않는가. 흘러내리는 것만 같은 착시현상을 불러일으키고 있지 않은가. 곽노는 필멸에 이르려는 육신의 과장을 조금도 원치 않는다. 광물을 변형시키는 것이 시간이듯, 곽노는 자신의 육신을 변형시킬 수 있는 것 또한 오로지 시간뿐이라고 확신한다. 시간이 불러일으키는 육신의 변형에는 얼마든지 순응할 수 있다. 곽노는 자신의 육신이 적철광에 함유되어 있는 철 성분만 같다. 북쪽 방을 용광로에 넣고 가열하면 1500도까지 끓어오르며 뼈와 살과 저하된 장기들이 녹아내릴 것만 같다. 철이 분리되듯, 북쪽 방에서 분리되어 물처럼 유동할 수 있을 것만 같다.

철흑색으로 꺼져 있던 북쪽 방에 불그스름한 기가 감돈다. 곽노는 고개를 외로 꼬고 거울을 쏘아본다. 거울은 부동자세에 든 곽노의 육신을 일그러뜨리며 부단히 흘러내리고 있다.

광물은 곽노가 그나마 흥미를 둔 대상일 뿐만 아니라 자식들에게 얼마든지 거리낌 없이 이야기할 수 있는 대상이기도 했다. 곽노가 자식들에게 광석에 대해 이야기라도 할라치면 아내는 눈썹을 사납게 추어올리고는 했다. 곽노는 왜 그런지는 몰라도 지구와 우주에서 벌어지고 있는 현상이나 원리에 대해서는 자식들에게 이야기하는 것이 꺼려졌다. 예를 들자면 지진이나 사막화, 행성들 간의 질서 따위에 대해서는……. 마치 그럴듯한 환상이나 잠언이라도 끼워 넣어서 이야기해야 할 것 같은 강박 때문이었다. 아내는 내가 한갓 광물이 아니라 보다 원대한 것에 대해 이야기하기를 바랐을 것이다. 그런데 원대하다는 것은 도대체 무엇인가.

아내는 광물로 치자면 납이다. 금에로의 변형을 꿈꾸는 납. 연금술을 통해 납을 금으로 변환시킬 수 있다고 믿었던 인간의 욕망은 얼마나 어리석은가. 광물의 변형은 인간의 의지 바깥에 있다. 인간이 기원전부터 연금술에 집착해왔지만 도료와 착색이라는 가공 기술밖에 더 낳았는가. 그것은 눈속임에 지나지 않는다.

애야, 쇠공을 던지지 말아라…….

곽노는 목 안에서 중얼거리며 꾸벅꾸벅 존다. 자신의 육신을 그나마 살아 움직이게 하는 장기가 다름 아닌 폐인 것만 같다. 심장, 간, 위 따위의 장기들을 관장하는 역할을 폐가 하고 있는 것만 같다. 이를테면 폐의 기능 여부에 따라 다른 장기들도 더불어 기능하고 있는 것만 같다. 폐 기능이 왕성해지면 다른 장기들의 기능도 왕성해지고, 악화되면 다른 장기들의 기능도 악화되고야 만다. 곽노가 그토록 자신하던 위마저 폐가 무너지자 허무하게 무너져내리지 않았는가. 위도 폐처럼 점점 오그라들고 있다. 마비되고 있다.

애야, 쇠공을 던지지 말아라…….

곽노는 거울 속으로 들어가 눕는 꿈을 반복해서 꾼다. 거울 속은 혀가 벼락처럼 설 만큼 차갑다.

쇠공을 던지지 마라…….

곽노는 폐를 토하듯 격하게 숨을 토해놓는다. 아내가 아직 돌아오지 않았는지 북쪽 방문 너머에서는 아무 소리도 들려오지 않는다. 평소에 곽노는 문틈으로 새 들어오는 소리로 아내의 일거수일투족을 짐작한다. 소리만으로도 아내가 뭘 하고 있는지를 훤히 꿰뚫는다. 북쪽 방에 든 뒤로 시력이 급격히 떨어지는 것과는 달리, 청력은 예민하게 살아나고 있다. 소리를 감각하는 수십 개의 바늘이 귓속을 그득 채우고 있는 것만 같다.

오전 나절에도 아내는 처형들 중 한 명과 30분이 넘도록 전화통화를 했고 아내의 목소리는 고스란히 곽노의 두 귀까지 전해져왔다.

"언니, 황홀이 뭐요? 더 늙기 전에 황홀이라는 것을 맛보아야 할 텐데 말이에요."

아내는 그토록 종교적인 일상을 살아왔으면서도 황홀이라는 것을 한 번도 맛보지 못했단 말인가. 그토록 영결한 종교의식들마저도 아내에게 황홀한 순간을 가져다주지 못했단 말인가. 곽노는 아내에게 황홀했던 순간이 단 한 순간도 없었을 것이라고는 믿지 않는다. 그것은 황홀했던 순간이 아내에게 없었던 것이 아니라, 아내가 황홀에 대해 무지하기 때문이 아닐까. 그러고도 감히 황홀을 꿈꾸다니.

그렇다면 내게는 황홀했던 순간이 있었던가.

황홀한 순간이 없었다고는 말하지 못하리라. 그러고 보니 곽노에게 황홀경을 맛보게 해준 것은 광물의 집합체인 한 덩이의 퇴적암이었다. 퇴적암의 단면과 마주하던 그 순간, 분명 통제할 수 없는 황홀함을 맛보았었다. 그러니까 20년도 더 전인 그날, 곽노가 어두워져가는 교실에서 들여다보고 있던 것은, 교본으로 삼기에 적합한 퇴적암이 아니라 시간이었다. 시간의 흔적인 선線들이 구현해내고 있는 질서였다. 구심력과 원심력에 의해 변형되어온 질서의 극치였다. 고결固結상태이지만 흐르고 있는 것만 같은 질서 앞에서 곽노는 기어이 탄성을 내지르고야 말았다. 곽노가 문득 고개를 들었을 때 시야를 가득 채운 것은 종횡으로 줄지어 선 책상들이었다. 책상들이 만들어내고 있던 질서가 그 순간 얼마나 가볍고 부질없어 보였던가.

그러고 보면, 아내가 내 육신을 북쪽 방으로 내몰아서까지 악착같이 지키고 싶어하는 질서 또한 얼마나 부질없는가.

곽노는 육신이 짓눌려지는 것 같은 압력을 느낀다. 절벽처럼 가파르기만 한 등허리가 무참하게 짓눌려지는 것만 같다. 육신 속 혈관들이 터질 듯 팽팽하게 당겨지고 부풀어 오르는 것 같다. 순환해야 할 피가 부패를 시작한 유제품처럼 몽글몽글 끓어오르는 듯하다. 우주가 팽창을 지향하는 것과 달리, 광물은 수축을 지향한다. 수축을 거듭해 소멸에 이르려 한다.

그러고 보면 우주는 허다한 것들의 수축을 희생으로 팽창하고 있는 것이 아닐까. 내 육신마저도 수축을 거듭하며 우주의 팽창을 돕고 있는 것은 아닐까. 내 육신 속 폐마저도 우주의 팽창을 위해 희생되고 있는 것은 아닐까.

인간이건 짐승이건 식물이건 광물이건, 종국에는 수축을 거듭해 필멸에 이르게 되어 있다. 따지고 보면 크고 사나운 짐승일수록, 그들의 종말은 얼마나 처절하고 비참한가. 진리라는 것이 엄연히 존재한다면 아마도 그런 것이리라.

곽노는 진리를 위반하면서까지 악착같이 살아 있고 싶지 않다.

곽노가 유난히 혐오하는 암석이 있다면 마그마로부터 고결된 암석이다. 찰나와 승화의 원리로 탄생한 암석들……. 그 암석들에는 시간의 축적이 만들어놓은 고결한 질서가 없다. 그것들의 형식은 즉흥적이며 광기로 넘쳐난다.

곽노는 아내가 자신을 유배시키듯 북쪽 방으로 내몰았다고 믿고 있다. 가래가 심해지니 북쪽 방으로 옮겨 앉는 것이 어떻겠는가, 하고 곽노가 자조적으로 중얼거렸을 때 아내는 기다렸다는 듯 반색을 하고 나섰다. 곽노는 들끓는 가래 때문에 잠을 온전히 이룰 수 없었다. 가래를 뱉어내야만 겨우 숨을 쉴 수가 있어서였다. 가래로 들끓는 목에서는 흡사 막힌 수도배관에서 물이 끓는 것 같은 소리가 났다. 아내는 아침마다 곽노 때문에 한숨도 못 잤다는 불평을 잔소리처럼 쏟아놓았다.

"옥계동 언니가 그러대요. 풍수지리상으로도 북쪽이 꼭 해로운 방향만은 아니라고요."

아내는 뜬금없이 옥계동 처형까지 끌어들여 북쪽 방행行을 적극 부추기지 않았던가. 옥계동 처형은 그렇지 않아도 아내가 유독 믿고 따르는 자매였다. 아내는 옥계동 처형이 복인福人 중의 복인이라는 말을 입버릇처럼 하곤 한다. 그도 그럴 것이 옥계동 처형은 젊어서부터 옮겨가는 집마다 값이 급등을 했고, 두 아들을 의사로 키워냈다. 지방에서 대학을 나온 막내딸까지 의사 집안으로 시집을 보내놓고 말년을 해외여행으로 소일하고 있었다.

"예술장이들한테도 북쪽이 좋다고 하지 않아요."

곽노가 별 대꾸가 없자 아내는 예술장이들까지 끌어들여 곽노를 북쪽 방으로 밀어 넣으려 했다. 곽노가 정년퇴직을 하자 아내는 곽노를 아예 눈도 멀고 귀도 먼 상늙은이 취급이었다. 한결같다고도 할 수 있는 곽노의 무심함마저 늙은이의 노망기 섞인 삐침으로 치부하려 들었다. 그런 아내의 태도에서 곽노는 자신의 사회적 기능이 다 되었다는 사실을 씁쓸히 확인받고는, 스스로를 단종된 기계의 부품처럼 느껴야 했다. 아내는 할 수만 있다면 밥상 위의 찌개 자국을 훔치듯, 행주로 내 육신을 훔쳐버리고 싶을 것이다. 곽노는 아무래도 억센 철수세미의 결이 이마며 광대뼈를 거침없이 문질러대고 있는 것만 같다.

북쪽이 딱히 해로운 방향만은 아니라는 아내의 말이, 곽노는 아무래도 북쪽 방으로 치워버려야 할 만큼 그 자신이 아내에게 해로운 존재가 되었다는 뜻으로밖에는 해석되지 않는다. 아내는 모든 사람에 대해서 뿐만 아니라 허다한 사물과 허다한 상황에 대해서도 오로지 해로운가, 해롭지 않은가로 구분했다. 기준은 당연히 아내 자신이었다.

북쪽 방으로 들어앉은 지 어느덧 9개월이나 지났는데도, 곽노는 북쪽 방으로 옮겨 앉던 날을 좀처럼 잊을 수가 없다. 그날 곽노의 몸무게는 생전 처음으로 40킬로그램대로 떨어졌다. 체중계의 눈금은 분명 46킬로그램에서 벗어나지 못하고 있었다. 곽노는 체중계에서 내려와 북쪽 방행을 조용히 감행했다. 일상에 필요한 짐들을 북쪽 방으로 옮겼다. 아내와의 육체적인 결합이 끝난 것은 훨씬 더 전이었지만, 그래도 곽노는 아내와 한방을 썼다. 한 무덤에 합장된 관들처럼 나란히 누워 잠들었다. 짐이라고 해봐야 바둑판과 용각산이나 정로환 따위의 약병들과 30년도 더 된 금성 라디오, 동대문시장에서 구입한 혈압계, 가계부, 알로에 화분, 1962년도에 대한교과서에서 발행한 『광물학원론』이 전부였다.

곽노가 북쪽 방에 들어앉게 되자 아내는 좋은 구경거리라도 났다는 듯이 처형들을 불렀다. 복인 중의 복인인 옥계동 처형도 그녀들 속에 있었다. 처형들은 폐의 회복에 눈곱만치의 도움도 안 되는 일제 약藥 세 통과 위로의 말을 몇 마디 건넨 뒤 서둘러 북쪽 방을 나갔다. 그녀들은 혹시라도 곽노가 그림자처럼 들러붙어 따라 나오기라도 할까봐 문지방을 넘어서자마자 서둘러 방문을 닫았다. 방문을 지나치게 꼭 닫음으로써 단절을 알려왔다. 그러나 소리마저 단절할 수 없었고, 아내와 처형들이 한 땀 한 땀 수놓듯 나누는 이야기는 고스란히 곽노에게 들려왔다.

"얘, 아직 죽을 때가 된 것 같지는 않다."

"그러게 얘, 하느님이 사람을 죽이실 때는 피와 살을 말려서 죽이신
다는 것을 네 형부 때도 보지 않았니."

"매제도 고생이지만 누구보다 네가 고생이구나."

"저 꼴로 천년만년 살면 어쩌우. 솔직한 심정으로 나는 저이보다 내
가 더 불쌍하우. 말년에 병들어 누워 있는 남편 병수발이나 들면서 살
게 되었으니 말이우."

아내는 곽노가 북쪽 방 밖으로 나오는 것을 꺼리는 듯, 속옷이며 양
말이며 조간신문이며 광물학회지를 부지런히 북쪽 방으로 날랐다. 하
루 세 끼의 밥상도 부지런히 날랐다. 성당에 일이라도 있으면 미리 밥
상을 들여놔주고 외출을 했다. 곽노는 아내의 그런 수고로움 덕분에 하
루 온종일 북쪽 방에만 틀어박혀서도 일상이 가능했다. 대소변은 북쪽
방에 딸린 화장실에서 해결했다. 화장실이라고 해봐야 독방처럼 창문
도 없는 곳에 좌변기와 세면대만 설치해놓은 것이 전부였다. 좌변기에
웅크리고 앉으면 세면대가 교수대처럼 목에 와 닿았다. 곽노의 폐가 나
빠지기 전 아내는 무슨 예감이라도 있었는지, 쓰지도 않던 북쪽 방에
화장실을 들여놓았다. 자식들 내외라도 찾아오면 화장실이 한 개뿐이
라 여간 불편하지 않다는 것이 아내의 주장이었다. 자식들 내외가 찾아
와봐야 명절 때뿐이 아니냐는 곽노의 말에, 아내는 웬만한 아파트에도
화장실이 두 개는 된다는 주장을 폈다. 집으로 인부들을 불러들여 북쪽
방에 기어이 화장실을 들여놓았다.

아내는 필경 내가 북쪽 방 밖으로 나가는 것이 싫은 것이다. 그녀의
일상이 침범당하는 것을 원치 않는 것이다. 곽노가 정년퇴직을 하기 전
까지 집 안의 질서는 철저히 아내의 소관이었다. 가구들의 질서뿐 아니

라 서랍 속 자잘한 도구들의 질서까지도 아내가 관장했다. 곽노는 질서에 순응했다기보다는, 마찰을 방지하기 위해 질서에 순응해왔다. 퇴적암의 단면이 구현해낸 극치의 질서를 목격하고는 오히려 질서에 순응하는 것이 쉬워졌다.

곽노가 정년퇴직을 하고 집에 들어앉게 되자 아내는 성당의 친목활동에 집착했다. 성지순례를 다녀온 것도 곽노가 정년퇴직을 한 직후였다. 그것이 평교사의 아내로서 도덕적이고 알뜰하게 살아온 날들에 대한 보상이라도 된다는 듯, 아내는 7박 8일간의 성지순례에 드는 여행비용을 곽노에게 당당히 요구해왔다. 아내는 빈말이라도 곽노에게 함께 갈 것을 권유하지 않았다.

곽노는 방문을 뚫어져라 바라본다. 숨을 들이쉬고 내쉬는 것이 벅차서 그렇지 일어나 걷는 것이 불가능한 것은 아니었다.

골목에서는 또다시 쇠공을 던지는 소리가 들려온다. 곽노는 쇠공이 언젠가는 골목 안의 멀쩡한 담벼락을 무너뜨리고야 말 것이라고 혼잣말을 중얼거린다.

"쇠공을 던지지 마라……!"

비록 숨이 끊어지는 그날까지 속 시원히 팔지 못하고 떠안고 있을 것이지만, 그래도 다세대 주택이 자신의 명의로 되어 있다는 사실에 곽노는 안도한다. 어차피 자신이 죽으면 온전히 아내와 자식들의 차지가 될 테지만 곽노로서는 그래도 의지할 것이 다세대 주택밖에 없다. 곽노가 지금의 다세대 주택을 지어 올린 것은 1990년도였다. 서울 변두리마다 단층집을 허물고 다세대 주택을 짓는 것이 유행이었다. 전세 대란까지 겹쳐 손바닥만 한 땅만 있어도 바벨탑을 쌓듯 층층이 방을 쌓아 올렸다. 집을 소유하고 있다는 것이 대단한 우세가 되었다. 단층집뿐이던 골목 안에도 앞다퉈 다세대 주택이 들어섰다. 자고 일어나면 전날까지 멀쩡하던 집이 감쪽같이 사라지고 없었다. 그리고 그 자리에는 어김없이 3, 4층 높이의 다세대 주택이 들어섰다. 곽노도 아내의 성화에 못 이겨 멀쩡한 집을 부수고 3층짜리 다세대 주택을 지어 올릴 수밖에 없었다. 똑같은 땅에 이왕이면 조금이라도 더 큰 집을 짓고 싶은 욕심이 곽노에게도 아예 없었던 것은 아니었다. 건축비를 감당하느라 은행에 적지 않은 융자까지 져야 했다. 곽노는 1층에 살림집을 내고 2층과 3층에는 원룸 형식의 방을 다닥다닥 들였다. 아내는 도배한 벽지의 풀이 채 마르기도 전에 방마다 세를 놓아 융자를 갚았다. 그때만 해도 세입자가 넘쳐났다. 세입자들로부터 빼낸 전세금으로 은행에 진 융자를 갚았다. 그러나 전세금은 고스란히 빚이 되었고, 융자를 다 갚지도 못했다. 세를 들이고 내보내는 것은 물론 전기세며 수도세를 아내가 다 알아서 처리해왔지만, 곽노는 세를 내보내고 들이는 것이 지긋지긋하기만 하다. 3층의 방 두 칸은 세입자가 이사를 나간 지 한 달이 다 되어가도록 새로운 세입자를 구하지 못하고 있다. 아내는 도배를 새로 했는데도 적당한 세입자가 나타나지 않는다고 불평을 했다. 불평 끝에는 일찌감치 아파트로 옮겨 가지 못한 것을 원망하며 모든 것을 곽노의 탓으로 돌렸다. 그렇지 않아도 은행에 남아 있던 융자를 마저 갚느라 곽노는 퇴직금의 일부를 쏟아부어야 했다. 곽노는 다세대 주택을 지어 올리며 계단을 가파르게 쌓아 올린 것이 못내 후회스럽다. 계단은 예순일곱 살인 곽노가 난간을 부여잡아야만 간신히 오르내릴 수 있을 만큼 좁고 가파르다. 비록 1층이 살림집이긴 해도 아내가 무릎의 관절염을 오로지 계단 탓으로 돌리는 것이, 아주 억지는 아니라는 생각마저 들 정도다.

6월 초순. 곽노는 곧 장마가 찾아올 것이라는 사실이 두렵다. 그렇지 않아도 몇 해 전 장마 때 가발공장이 물에 잠긴 적이 있었다. 그것은 지금도 곽노에게 끔찍한 기억일 수밖에 없다. 밤새 내린 장대비가 반지하인 가발공장으로 스며들었다. 미싱이 빗물에 잠기고 가발들이 죽은 쥐 떼처럼 물 위에 둥둥 떠 있었다.

　곽노는 육탈이 된 듯 미동조차 하지 않는다. 담벼락에 쇠공을 던지는 소리는 연속해서 들려온다. 곽노는 미싱 바늘이 들들들 자신의 발등 위로 지나가는 것만 같다. 들들들…… 들들들들……. 전날 아내는 느닷없이 보라색 보자기와 가위를 들고 북쪽 방에 들었다. 곽노의 목에 보자기를 두르더니 가위를 찰강찰강 부딪쳐가며 머리카락을 잘랐다. 곽노는 그저 얌전히 아내의 거친 가위질이 멈출 때까지 기다려야만 했다. 그렇지 않아도 몇 가닥 안 되는 머리카락이 횡포와도 다름없는 가위질에 잘려나가는 것을 맥없이 지켜보기만 했다. 아내는 곽노의 청결에 유난히 신경을 쓴다. 벽에 못을 박아 독한 방향제까지 매달아놓았다. 혹시라도 들이닥칠지 모르는 처형과 조카 들 때문이라는 것을 곽노도 모르지 않는다.

　곽노는 바둑판 위의 주황색 빗을 집어 든다. 꽁치의 가시처럼 날렵한 그 빗은, 곽노가 8년 전 중국 여행을 갔다가 하룻밤 묵었던 호텔에서 가져온 것이다. 정년퇴직을 맞은 교사들끼리의 여행이었다. 곽노의 머리카락은 그 빗에 길이 들었다. 곽노는 빗으로 꾹꾹 머리를 눌러 지압까지 한다. 곽노는 갑자기 그때 북경의 요릿집에서 먹었던 동파육 한 덩어리가 먹고 싶다. 몇 시간을 다디단 간장에 졸인 비곗덩어리의 맛이 생생하게 혀끝에서 되살아난다.

광물은 외계外界를 내계內界로 끌어들인다. 외계를 압축해 내계에 기록한다. 기록은 색·조흔색·광택·굳기·비중·쪼개짐·단구·점성·자성·발광성 등 여러 방식으로 구현된다. 만물이 그러하겠지만, 광물의 형성에도 분명한 메커니즘이 존재한다. 곽노는 북쪽 방이 벽면들로 막혀 있지만, 외계로부터 완벽하게 차단될 수 없음을 안다. 북쪽 방은, 북쪽 방을 둘러싸고 있는 외계의 온도와 습도, 소리로부터 끊임없이 영향을 받는다. 고스란히 곽노의 육신에 영향을 미친다. 담벼락에 쇠공을 던지는 소리만 해도 북쪽 방 밖에서 벌어지고 있는 상황이지만, 나를 불안으로 몰아넣고 있지 않은가. 쇠공이 담벼락에 부딪치는 순간 파장된 떨림이, 북쪽 방의 벽들을 지극히 미미한 떨림 속으로 몰아넣고 있지 않은가. 지하에서 돌아가는 미싱 소리가 꾸역꾸역 장판지를 뚫고 올라오고 있지 않은가.

바둑판 위에 풀어놓은 손목시계는 오후 다섯 시를 지나가고 있다. 아내가 우족을 사러 간 것이 오후 두 시가 조금 못 되어서였다. 시장은 걸어서 겨우 10분 거리밖에는 안 되었다. 밥상의 국수는 퉁퉁 불다 못해 꾸덕꾸덕 말라가고 있다. 오후 다섯 시 삼십 분이면 잦아드는 미싱 소리들마저도 서둘러 잦아들고 있다. 곽노는 하루 동안 만들어졌을 가발의 개수를 짐작해본다. 아내는 우족 국물이나 퍼 나르며 내가 목숨을 놓을 때까지 북쪽 방에 처박아두려는 속셈이 틀림없다. 내가 병원에 입원해 있을 때도 우족 국물이나 퍼 나르지 않았던가. 아내가 우족 국물을 퍼 나르는 데 썼던, 김칫국물이 벌겋게 물든 플라스틱 통이 불러일으키던 자괴감을 어떻게 잊을 수 있을까. 아내는 며칠은 그럭저럭 병실에 붙어 있더니 식사 때만 겨우 얼굴을 내비쳤다. 곽노가 거동을 할 수 있게 되자 사나흘에 한 번 손님처럼 찾아왔다가 서둘러 가버렸다. 성당에 가야 한다, 이불을 빨아 말려야 한다, 가스 검침을 해야 한다, 계모임에 다녀와야 한다 등등 핑계거리는 얼마든지 있었다. 아내는 병실에 붙어 있던 며칠 동안에도 곽노를 아예 산송장 취급했다. 가래 때문에 숨을 쉬지 못해 산소마스크를 쓰고 침대에 누워 지내는 동안에도, 아내는 처형들과 창경궁에 나들이를 다녀오지 않았던가.

곽노는 불어터지다 못해 까맣게 말라 비틀어져가고 있는 국수 가락들이, 아내가 자신에게 퍼붓는 저주 같기만 하다.

"외삼촌……."

곽노는 북쪽 방 밖에서 들려오는 그 소리가 환청일 것이라고 단정 짓는다. 오롯이 살아나는 청각이 창조해낸 헛소리일 뿐이라고.

"외삼촌…… 어디 계셔요……?"

거실을 조심스럽게 살피고 다니던 발소리가 북쪽 방문 바로 앞에서 멈춘다. 곽노는 식도에서 끓어오르는 가래를 참으며 육신의 정지를 지향한다.

"외삼촌…… 혹시 안에 계세요……?"

북쪽 방문이 벼락처럼 덜컥 열린다. 어느덧 지극한 정지에 들어 있던 곽노의 육체가 지진에 들듯 가늘게 떨린다.

"누…… 누구냐……!"

"저예요…… 외삼촌……."

조카다. 북쪽 방으로 자박자박 걸어 들어오는 30대 중반의 여자가 조카임을, 곽노는 간신히 알아본다. 그나마도 조카가 죽은 누이를 닮지 않았다면 알아보지도 못했을 것이다. 유독 인중 부분만 닮았을 뿐인데도 조카는 곽노에게 충분히 죽은 누이를 떠오르게 한다. 곽노는 조카의 갑작스런 등장보다는, 북쪽 방문이 저토록 허술하게 열릴 수 있다는 사실이 당황스럽다. 그렇다면 나는 아내가 북쪽 방문에 자물통이라도 채워두기를 바랐던 것일까. 조카는 새색시처럼 분홍의 투피스를 차려입고 있다. 화사한 분홍빛과, 조카의 머리카락에서 묻어나는 외계의 밝음 때문일까. 곽노는 발각되기라도 한 것만 같다. 그다지 친근하지도 않은 조카에게까지 내 육신을 내보여야 하다니. 서른 중반을 넘겼을 뿐인 조카의 눈에 폐병 든 늙은이의 육신은 얼마나 참혹하고 추해 보일 것인가.

"외숙모는 어딜 가시고 혼자 계세요. 집에 계실 거라고 하시더니……."

그렇다면 아내는 조카의 방문을 미리 알고 있었나. 조카가 찾아오기로 되어 있다는 것을 뻔히 알면서도 우족을 사러 간 것인가.

"우족을 사러 갔다."

"병원에 입원해 계시는 동안에도 못 찾아뵙고 해서 와봤어요. 우족을 사러 가신 거라면…… 곧 오시겠네요."

조카가 주저하면서도 곽노와 서너 걸음 떨어진 곳에 자리를 잡고 앉는다. 두 무릎을 가지런히 모으며 에나멜 밥상 쪽에 흘끗 눈길을 준다. 필경 조카로서 외삼촌인 내가 죽기 전에 한번 찾아뵈어야 한다는 도리로 왔겠지. 그러나 굳이 찾아오지 않는다고 해도 서운할 것도 없는 사이가 아닌가. 조카는 이것저것 몇 마디 묻다가 지폐 몇 장이 든 흰 봉투를 내놓고 그녀의 일상으로 서둘러 되돌아갈 것이다. 북쪽 방 따위는 까맣게 잊겠지. 그러고 보니 곽노는 아내가 며칠 전에 조카 얘기를 잠깐 꺼냈던 것이 기억난다. 걸레질을 하며 곽노가 들으라는 듯 중얼거렸었다. '당신 조카 말예요. 결혼한 지 10년이 다 되도록 아이가 없지 뭐예요. 돈과 일에만 악착같이 매달려 사는 것 같던데…… 젊은 게 뭘 욕심이 그렇게 많은지.' 곽노에게는 그 말이 조카가 돈과 일에만 악착같이 매달려 살아서 아이가 생기지 않는다는 뜻으로 들렸었다.

"너는 여태 아이를 갖지 않는 게 무슨 고집이냐."

곽노는 자신이 아직은 죽을 때가 되지는 않았음을 조카에게 일깨워주기 위해서인 듯 그렇게 묻는다.

"외삼촌도 참…… 그것이 어디 제 고집이겠어요."

"돈도 중하고 일도 중하지만 시어른들께 손자를 낳아드리는 것도 네 도리다."

곽노는 그것밖에는 조카에게 해줄 말이 없다. 몇 마디 내뱉었을 뿐인데도 등골이 오싹할 만큼 기운이 딸린다.

"외삼촌께서 제 혼인날을 잡아주셨잖아요. 한식날로요. 저는 목木이고 제 신랑 될 남자는 수水라면서 한식날로 날을 잡아주셨잖아요."

그랬었군. 내가 저 애의 혼인 날짜를 다 잡아주었었군.

"그런데 외삼촌……."

"……."

"일평생 심장이 몇 회나 뛰는지 아세요?"

곽노는 수줍음을 많이 타는 조카가 느닷없이 상냥하게 대해오는 것이 부담스럽지만 딱히 싫지만은 않다. 조카로부터 저토록 관대한 웃음을 지어 보이게 만드는 것이 바로, 사그라져가고 있는 자신의 육체임을 모르는 것도 아니었다.

"70세를 기준으로 하면 평생 26억 회를 뛴다고 해요……."

곽노는 조카가 오래전부터 북쪽 방의 한구석에 놓여 있던 정물만 같다. 조카는 완벽하게 북쪽 방에 동화되어 있다. 거울을 정면으로 향하고 앉아 화석처럼 굳어가고 있다. 어쩐 일인지 담벼락에 쇠공을 던지는 소리도 들려오지 않는다. 곽노는 북쪽 방에 기거하는 동안 좀처럼 경험해보지 못했던 평온을 느낀다. 그것은 순금과도 같은 평온함이다. 아내가 그토록 맛보길 소원해 마지않는 황홀함이란 이런 상태가 아닐까. 시간과 공간과 대상이 겉돌지 않고 일체가 되는 상태가 아닐까. 그렇다면 아내는 평생토록 황홀함을 맛보지 못할 것이다. 곽노는 오로지 아내가 당장이라도 들이닥치기라도 해 평온을 깨뜨리지 않기만을 바랄 뿐이다.

곽노는 아무래도 조카의 신랑 쪽 사주가 수水가 아니라 화火였던 것만 같다. 화의 기운으로 넘쳐났던 것만 같다. 곽노는 지하의 인조 머리칼들이 불의 기운처럼 장판지를 활활 태우며 올라오고 있는 것만 같다.

"아무래도 제가 너무 두려워해서 그렇게 된 것 같아요. 지난봄에 임신을 했었거든요. 3개월이었는데 심장박동이 멈춰서 들어내야 했어요."

"……!"

"저는 아무래도 자신이 없었어요…… 제 몸이 생명을 키워낸다는 것이요…… 그러니까요…… 제 몸이 뭐라고…… 이렇게 형편이 없는데…… 어디 아름답다고 할 수 있는 곳이 한 군데도 없잖아요. 생명을 키워내는 것이 보통 일도 아니고 자신이 없었다고밖에는…… 씨앗만 해도 그래요. 외삼촌…… 저의 그런 두려움이 3개월밖에 안 된 태아의 심장까지 전해졌던 거겠지요……."

곽노는 어쩐지 박동이 멈추었다는 태아의 심장이 조카의 자궁 속에 고스란히 들어앉아 있을 것만 같다. 심장이 변형 모티브를 통해 광물로 승화했을 것만 같다. 광물은 화학적인 성분이 같아도, 생성 당시의 온도나 압력 조건에 따라서 그 결정구조와 물리적 성질이 전혀 다른 광물이 된다. 금강석과 흑연이 그렇지 않은가. 흑연은 금강석이 될 수도 있었다. 완전한 광물에 이를 수 있었다.

곽노는 흘끔 거울을 바라본다. 조카의 형상이 오롯이 거울에 떠올라 있다. 거울이 연고처럼 흘러내리며 조카의 형상을 기괴하게 일그러뜨리고 있다. 조카는 자신의 육체에 대해 혐오감이라도 가지고 있는 것일까. 설마 절대의 미美를 가진 육체만이 온전히 생명을 키워낼 자격이 있다고 믿는 것은 아닐까. 그녀의 육체에 대한 지나친 결벽이 3개월밖에 안 된 심장을 멎게 한 것이 아닐까. 그러나 살과 피가 말라가는 내 육체에 비해 저 아이의 육체는 얼마나 완전한가.

조카의 일그러진 얼굴에 웃음이 번지는 것을, 곽노는 놓치지 않는다. 조카는 거울 속에서 허무하게 흘러내리고 있는 자신의 육체를 빤히 바라보며 만족한다는 듯 웃고 있다. 곽노는 조카의 웃음이 선뜩하다. 저 애가 왜 나를 찾아온 것일까. 저 애는 내 육체를 빌려 소멸이라는 것을 경험해보려고 했던 것일까. 생명도 키워내지 못할 만큼 부끄러운 자신의 육체가, 종국에 어떻게 사그라져가는지 확인이라도 하고 싶었던 것일까.

"외삼촌, 아무래도 가봐야 할 것 같아요. 외숙모께는 다시 찾아뵙는다고 전해주세요."

조카는 북쪽 방에 들 때처럼 갑작스럽게 북쪽 방 밖으로 사라진다. 북쪽 방에는 또다시 곽노뿐이다.

그러나 거울에 떠 있던 조카의 형상은, 아직도 거울 속에 갇혀 쉼 없이 일그러지고 흘러내리고 있다.

곽노는 조카가 한참이나 미동도 없이 앉아 있었던 자리를 물끄러미 바라본다. 평온이 지속되고 있어서인지 아직도 조카가 그곳에 홀연 앉아 있는 것만 같다. 그렇다면 거울에서도 여전히……. 곽노가 홀쩍 돌아다보는 순간, 거울이 무한대의 밀도로 수축을 시작한다. 북쪽 방 안에 그나마 미미하게 떠돌던 빛들이, 급격히 수축하고 있는 거울 속으로 빨려 들어간다. 거울은 눈 깜짝할 새에 소실점만 하게 줄어들어 있다. 크기만 소실점만 한 것이 아니라 존재 유무도 소실점처럼 모호해진 채로, 초고밀도와 초강중력의 상태에 들어 있다. 거울에 흡입된 빛은 그 속에 갇혀 빠져나오지 못한다. 골목에서 쇠공을 던지는 소리가 들려오는 것을 보면, 밖은 아직 환한 낮이 지속되고 있음이 틀림없다. 북쪽 방이 암흑인 것과는 무관하게, 바깥은 빛으로 넘쳐나는 것이 틀림없다.

그런데 우주는 왜 그토록 팽창하고 있는 것인가. 초속 71킬로미터의 속도로 팽창을 거듭하며, 그 안에 거하는 허다한 것들을 이토록 미미한 존재로 만들어버리는 것인가. 조카는 뭘 근거로 그녀의 육체가 생명을 키워내기에는 너무도 보잘것없다는 의심과 확신에 사로잡혀 있는 것인가. 육체에 대한 지나친 겸손과 혐오가 조카를 석녀石女로 만들고 있는 것은 아닐까. 그렇다면 우주는 완전한 것인가. 완전한 미에 도달해 있는 것인가. 인간에 의해 증명되고 밝혀졌든 밝혀지지 않았든, 우주의 원리들은 불변하는 진리인 것인가. 완전하기 때문에 신新 존재들을 그토록 끊임없이 만들어내고 있는 것인가. 허다한 것들의 생성과 소멸에 관여하고 있는 것인가.

'쇠공을 던지지 말아라.'

나흘 새에 곽노는 몸무게가 1킬로그램이 또 내려 38킬로그램밖에 나가지 않는다. 몸무게가 40킬로그램 밑으로 떨어지면서부터 곽노는 몸무게에 공포심을 갖는다. 육신이 끝없이 가벼워져 언젠가는 깃털처럼 가벼워질 것만 같다. 곽노는 몸무게가 또다시 빠져나가고 있는 것을 아내에게는 알리지 않는다. 아내가 그 사실을 알게 되면 처형들에게까지 알려질 것이다. 아내는 자식들을 불러들여 곽노를 병원에 입원시키려 들 것이다.

곽노는 북쪽 방에 든 뒤로 처음이자 마지막으로 거울과 정면으로 마주하고 앉는다. 온 기운을 다해 육신의 부동을 지향한다. 그러나 거울이 비추어내는 육신은 부동을 배반하며 움직임을 갈망한다. 곽노는 백악기 때 존재했던 암모나이트가 화석으로 굳기 직전 발악하듯 내질렀을 움직임이 꼭 그랬을 것만 같다.

곽노는 어쩐지 미싱 바늘 자국이 흉측하게 난 가발들이 북쪽 방 여기저기에 널려 있는 듯하다. 아내는 집으로 돌아오자마자 정육점에서 사온 우족을 밤새 양은 들통에 넣고 핏물을 우려내겠지. 토막 낸 뼈들마다 구멍이 숭숭 뚫리도록 고고 또 골 것이다. 냉장고의 냉동실을 우족 우려낸 물로 채울 것이다.

담벼락에 쇠공을 던지는 소리가 뚝, 그친다. 어린아이의 것 같은 발소리가 골목 밖으로 다급하게 사라진다.

곧이어 늙은 여자의 외마디 비명이 들려온다.

"머리가 깨졌어요……! 머리가 깨졌어요……!"

울부짖는 듯한 목소리는 아내의 목소리 같기도 하다.

"쇠공이 머리를 부쉈어요……!"

쇠공이 기어이 머리통을 부숴놓았어……! 곽노는 일어서려고 해도 뜻대로 되지 않는다. 곽노는 맥박이 느려지고 폐가 쇠공처럼 딱딱하게 굳어가는 것을 느낀다. 미닫이창은 반쯤 열린 채로 있다. 목 안에서는 가래가 걷잡을 수 없이 들끓는다. 숨통을 끊어놓으려고 한다.

곽노는 미닫이창으로 관 같은 것이 들어오는 환영을 본다. 자개로 짠

관이다. 자개로 십장생을 수놓은 관이다.

  '그러게 쇠공을 던지지 말라고 하지 않았냐⋯⋯.'

  그러나 그 소리는 가래 때문에 목 밖으로 새어 나오지 못한다.

  우족을 사러 간 아내는 돌아오지 않고 있었다. ▪

수상후보작

김연수

푸른색으로 우리가 쓸 수 있는 것

1970년 경북 김천 출생. 성균관대 영문과 졸업.
1994년 〈작가세계문학상〉 등단.
소설집 『스무 살』 『내가 아직 아이였을 때』 『나는 유령작가입니다』 『세계의 끝 여자친구』 등.
장편소설 『7번 국도』 『네가 누구든 얼마나 외롭든』 『밤은 노래한다』 등.
〈동서문학상〉 〈동인문학상〉 〈오늘의 젊은 예술가상〉
〈대산문학상〉 〈황순원문학상〉 〈이상문학상〉 등 수상.

푸른색으로 우리가 쓸 수 있는 것

　2009년의 봄이라면 제일 먼저 세브란스병원 암센터 지하 1층 항암약물투여실 병상마다 짙은 갈색 차양봉투를 뒤집어쓴 항암제가 매달려 있던 풍경이 떠오른다. 삼십 대의 막이 내려가고 있던 그 시절, 나는 단테가 「지옥편」을 시작하면서 '우리 인생길 반 고비에/올바른 길을 잃고서 난/어두운 숲에 처했었네'라고 노래할 때의, 바로 그 어두운 숲 속을 헤매고 있었다. '아, 이 거친 숲이 얼마나 가혹하며 완강했는지 얼마나 말하기 힘든 일인가!' 지옥으로 들어가며 단테는 그렇게 탄식하는데, 암센터 지하 1층 항암약물투여실의, 11이나 15 따위의 아크릴 팻말이 붙은 병상에 앉아 있으려니 그 말에 어찌나 공감이 가던지. 하지만 단테 덕분에 나는 그 말들을 주워섬길 수 있었다. 나보다 800년이나 앞서 산 단테의 그 탄식은 내가 겪는 이 고통이 어쩌면 모든 인류의 삶에서 영원히 반복되는 고통일 수 있다는 사실을 말했으니까. 물론 거기

암센터 건물을 빠져나와 조금만 더 걸어가면 보행신호를 기다리는 연세대학교 학생들로 북적이는 횡단보도가 나오는데 그 횡단보도에 서 있노라면, 건강하고 젊은 그들과 나는 완전히 다른 세계에 사는 건 아닐까 하는 절망감마저 들었다. 나는 그들과 마찬가지로 젊고 건강했으나 지난 몇 년의 어느 순간에 되돌아갈 수 없는 강을 건넜다. 그러면서 나는 고통의 측면에서 오래전의 옛사람과 같아졌다. 말하자면 나는 단테가 된 것이다. 그렇기 때문에 이 글에서 내가 겪은 개별적인 고통이 어떤 것인지 구체적으로 밝히는 건 중언부언일 뿐이리라. 항암약물투여실 병상마다 앉거나 누워 있던 모든 암환자들의 고통이 그렇듯, 나의 고통 역시 개별적이고 구체적이었지만, 또한 바로 그 사실 때문에 이 세상에 널린, 흔하디흔한 고통이었다. 웃고 있어도 눈물이 난다는 유행가를 들을 때마다 나는 코웃음을 치곤 했는데, 이제는 그 통속적 모순의 세계에서 단 한 발자국도 벗어날 수 없는 처지가 되었다. 그리하여 2009년 4월, 그 노인이 내게 말을 걸 때까지 나는 세브란스병원 암센터 지하 1층의 어느 그늘진 병상에 앉아서 '나는 단테다, 나는 단테다'라고 중얼거리고 있었던 것이다.

그는 수액바늘이 꽂힌 왼손으로 링거걸이대를 밀면서 내 병상 쪽으로 다가왔다. 암환자들은 대개 보호자와 함께 병원에 와서 서너 시간 항암제를 투여받고 다시 집으로 돌아갔다. 장기간 함께 생활한 입원환자들이 아니니 서로 친분을 쌓을 겨를도 없을뿐더러 그럴 만큼 즐거운 장소도 아니라 다들 병상 사이에 커튼을 친다. 설사 대화를 나눈다고 해도 말했다시피 세상에 흔하디흔한 그 고통이 정작 당사자들에게는 너무나 개별적이고 구체적이라 3기와 말기가 서로 말이 통하지 않았다. 그래서 그가 내 쪽으로 다가왔을 때, 나는 약간 당황스러웠다. 그는 얼굴에 잔주름이 자글자글한 노인으로 붉은색 체크무늬 남방을 입고 있었다. 언뜻 보기에도 나이가 많아 보였는데, 나중에 들어보니 83세라고 했다. 키는 165센티미터 정도에 머리는 반쯤 벗겨졌고, 몸이 말라서인지 얼굴이 무척 커 보였다. 자신과 얘기 좀 해도 되겠느냐고 그가 물었고, 나는 얼떨결에 그러라고 대답했다. 그러자 그는 대뜸 내게 "I was born in North Korea"라고 말하더니 잽싸게 "나는 이북에서 태어났어요"라고 덧붙였다. "북한에 있을 때는 김일성대학교를 다녔더랬는데, 전쟁 후에는 남한으로 내려와서 서울대학교에 다녔습니다"라고 그가 계속 말했다. 느닷없는 자신의 말에 내가 당황하는 기색을 보이자, 노인은 "나는 사람 사귀는 것을 좋아합니다. 당신과는 얘기가 통할 것 같아서 말하는 거예요"라며 "무슨 일을 합니까?"라고 물었다. 나는 잠시 망설이다가 소설을 쓴다고 대답했다. 그러자 표정이 기묘하게 바뀌는가 싶더니 그가 다시 영어로 "My name is Daewon Jung입니다, 알겠습니까? 정대원"이라고 말했다. "I had been in the States for twenty eight years, and I am eighty three years old. 난 28년 동안 미국에서 살았고 올해 여든세 살입니다. 이름이 뭡니까? What? your name?"이라고 그가 물었고, 나는 내 이름을 대답했다. "OK, Mr. Kim. How old are you?"라고 그는 다시 내게 물었다. 서른아홉 살이라고 내가 말하자, 그는 그렇다면 소설가로서 절정기를 보내는 셈이라고 말했다. 그의 말대로라면 소설가로서 나는 봄날 오후 암센터 지하 1층에서 왼팔 정맥에 항암제를 투여하면서 절정기를 보내고 있는 셈이었다.

　"소설가라니 아주 흥미롭습니다"라고 말하더니 그는 주머니에서 지갑을 꺼냈다. "잠깐 내 얘기를 들을 시간이 있겠습니까?"라고 지갑을 손에 든 채로 그가 내게 물었다. 그때 나는 글을 쓰는 건 고사하고 책을 읽을 마음도 들지 않아서 소설가로서는 폐업상태였고, 따라서 김일성대학교로 입학해 서울대학교에서 졸업한 노인이 소설가에게 들려주고 싶은 인생담에 전혀 마음이 끌리지 않았다. 해서 죄송하지만 혼자 있고 싶다고 정중하게 말하려는데, 내 대답도 듣지 않은 채 노인은 10분 전까지 아내가 앉아 있던 보호자용 의자를 차지하고 앉았다. 그러더니 그는 미국으로 떠나기 전, 지금은 중앙대학교로 바뀐 서라벌예술대학에서 강의를 한 적이 있다고 말했다. "학기 초 첫 시간이면 으레 클래스에서 제일 장난꾸러기처럼 보이는 남학생을 불러 세워서는 '네 발이 무슨 말을 하는지 얘기해봐라' 라고 질문을 던졌습니다. 그러면 '발성을 냈습니다' 처럼 재치 있게 대답하는 녀석도 있었지만, 대개는 이게 도대체 무슨 소리냐는 듯 머뭇거렸지요. 그러면 나는 그 학생의 신발과 양말을 모두 벗긴 뒤에 눈을 감으라고 말했어요. 나는 인질범이고 너와 나 사이에는 외나무다리 하나뿐이다. 우리는 지금 100층 높이의 건물 옥상에 서 있다. 바람이 심하게 부는데 난간 같은 건 없다. 조금만 발을 헛디디면 너는 죽는다. 그런데 내가 그 외나무다리를 건너오지 않으면 잡고 있는 인질을 죽이겠다고 해서 너는 망설이는 참이다. 그렇다면 내가 누굴 인질로 잡고 있어야지 너는 죽음을 무릅쓰고 그 다리를 건너오겠는가? 그런 뒤에 예시를 하나하나 듭니다. 과 친구? 다들 아니라고 합니다. 애인? 반반 정도죠. 형제나 자매? 이번에는 좀 많구요. 부모님? 더 많죠. 눈을 감은 학생이 고개를 끄덕이면 외나무다리 위를 걸어오라고 말하고는 다시 질문을 던졌습니다. 이제 네 발이 뭐라고 말하는지 얘기해보거라. 그러면 학생들은 말합니다. 힘을 내, 지금도 늦지 않았으니 다시 돌아가, 발 시려, 저 사람은 그만큼 널 사랑하지 않아 등. 내가 학생들에게 들은 대답 중에서 가장 그럴듯한 건 울음이었습니다. 그

학생은 울었습니다. 왜냐하면 그 학생의 발은 그녀에게 목숨을 걸 만한 사람이 하나도 없다고 말했기 때문이죠. 삶을 이해하는 경우에도 마찬가지입니다. 눈 귀 코 입만으로는 부족해요. 온몸을 모두 사용해야만 하는 것이죠. 때로는 발이 어떤 상황을 더 잘 설명할 수도 있습니다."

그의 이야기를 들으며 나는 어쩐지 그 노인의 이름이 낯익다고 생각했다. 하지만 암병동에 앉아서 암환자 같지 않은 열정적인 태도로, 무슨 연극반 신입생 대하듯 훈계를 늘어놓는 게 마뜩찮아 어디서 그 이름을 들었는지 따져볼 의욕조차 일지 않았다. 늦은 점심을 먹으러 간 아내가 어서 돌아와 이 상황을 끝내주기만을 기다리는데, 그가 손에 들고 있던 지갑에서 사진 한 장을 꺼냈다. "때로 발바닥이 삶에 대해서 더 많은 이야기를 들려준다고 말하는 까닭은 이 사진 때문입니다. 내가 평생을 들고 다닌 사진입니다. 미국에서도 늘 지니고 다녔습니다. 여기 한번 보십시오"라고 말하며 그는 그 사진을 내게 건넸다. "내가 서른다섯 살 때 찍은 사진입니다. 그 시절에 나는 인생이란 이슬비와 같은 것이라고 생각했습니다"라고 그는 사진을 들여다보는 내게 말했다. "인생을 똑바로 보기 위해서는 어둠을 배경으로 삼아야만 하거든요. 내리는 듯 마는 듯 가는 빗줄기인데도 그렇게 많은 구름이 하늘을 뒤덮는 이유가 거기에 있습니다. 세상을 어둡게 만들지 않으면 이슬비는 보이지 않으니까요. 오른쪽 뒤로 보이는 계단을 밟고 올라가면 전치과가 있는데, 나는 막 그 치과에서 나온 참입니다. 살아오는 동안 수없이 들여다봤으니까 눈을 감고 있어도 그 사진 속에서 내가 어떤 자세로 서 있는지 잘 압니다. 촌스럽게 보이는 그 세로 줄무늬 양복은 그 전해 어느 시상식에 참석하기 위해 맞춘 옷입니다. 근사하게 접은 수건까지 가슴주머니에 꽂고 있으니 둘도 없는 신사 차림이지요. 입안 사정이 난감해서 입을 벌리고 있긴 하지만, 웃는 건 아닙니다. 왼쪽 손바닥에 뭔가를 올려놓고 보란 듯이 내밀고 있는 게 보입니까? 그게 바로 24번 어금니입니다. 왜 왼손이냐면, 오른손으로는 양복주머니에 들어 있는 스위스 칼을 만지작거리고 있었기 때문입니다"라고 그가 말했다.

"사진을 찍어준 사람은 그 치과에서 일하던 간호사였습니다. 24번 어금니를 뽑은 뒤, 그 여자에게 사진을 찍어달라고 부탁했지요. 사진에 찍힌 내 눈망울을 크게 확대하면 그 간호사의 모습이 보일지도 모릅니다. 그 여자의 흔적은 거기에만 남아 있으니까요. 나는 그 여자를 곧 잊어버렸습니다. 한 석 달 정도 밤낮으로 그 여자와 살을 섞었는데도 말입니다. 그저 여자였다는 것만 기억이 납니다. 평생 민화를 그려온 화공이 상투적으로 떠올리는 호랑이처럼 몸 중에서 여자임을 가리키는 가슴과 엉덩이만 과장된 크기로 기억날 뿐, 얼굴도, 이름도, 고향도, 말투도, 그 무엇도 생각나지 않습니다. 그 간호사가 사진을 찍는 그 순간, 나는 내게서 영혼이 영영 빠져나가버렸다는 사실을 알게 됐습니다. 그래서 나는 사진기 셔터 소리가 들리자마자 칼을 잡은 오른손으로 내 목을 찔러버렸습니다. 그 간호사가 담이 큰 사람이어서 사진기를 집어던지며 비명을 지르는 대신에 피를 뿜는 내 모습을 찍었다면, 특종사진을 찍을 수 있었을 겁니다. 그랬더라면 적어도 카메라는 부서지지 않았을 겁니다. 부서진 카메라에 든 필름을 인화할 생각을 한 건 그로부터 2년이 지난 뒤였지요. 그 이태간 아주 조금씩 빛이 스며들었는지 그렇게 어둡기 짝이 없는 사진이 나왔습니다. 원래는 그렇게 어둡지는 않았을 겁니다. 어쩌면 내게 인생이란 이슬비와 같으니 어둠에 비춰봐야만 비로소 보인다는 사실을 일러주기 위해서 그렇게 인화된 것인지도 모르죠"라고 그가 말했다. 거기까지 듣고 나서야 나는 그의 이름을 어디에서 봤는지 기억해냈다.

　나의 작업실 서가에는 삼성출판사에서 1972년 10월 2일자로 발행한 전 100권 분량의 한국문학전집 시리즈가 몇 권의 결권을 빼고 꽂혀 있는데, 그중에는 鄭大源의 『24번 어금니로 남은 사랑』도 있었다. 정가가 240원인 이 세로쓰기 문고본을 펼치면 다음과 같은 문장이 나왔다. '전치과全齒科에서 24번 어금니를 뽑으면서 내가 알게 된 것은 고통苦痛이란 단수單數라는 것이었다. 여러 개의 고통을 동시에 느끼는 경우는 거의 없다는 것. 그러니까 그때 전치과의 문을 밀고 들어갈 때 내게는 단 하나의 고통뿐이었다. 내가 진료대에 누워 도저히 아파서 견딜 수가 없으니 이를 하나 뽑아달라고 하자, 의사는 놀라면서 물었다. 지금 고통을 견딜 수 없으니 덮어놓고 이부터 뽑아달라는 것인가? 나는 있는 힘을 다 모아서 의사를 간절히 쳐다봤다. 이미 나는 아팠으니까. 더 이상 버틸 수 없을 정도로 온몸이 아팠으니까. 나는 자비慈悲를 호소하는 눈빛을 애써 지으며 의사에게 고개를 끄덕였다. 이런 경우는 이번이 두 번째로군. 의사가 말했다. 나는 간신히 입을 움직여 첫 번째는 어떤 사람이었느냐고 물었다. 아직 내가 치대에 들어가기 전, 그러니까 전쟁 때였지. 펜치를 쥐여주면서 아파서 죽을 것 같으니까 어서 뽑아달라고 말하더군. 그때 나는 알았지, 고통이란 가장 강한 순서대로 느껴진다는 것을. 두 번째 이후의 고통이란 없는 것이나 마찬가지지. 그 사람은 어땠는지 모르지만, 나는 이를 다 뽑아내고 난 뒤에야 엉엉 소리 내 울었다. 생니를 뽑아내는데도 하나도 아프지 않아서. 온몸을 바쳐서 사랑했던 여자가 떠나간 뒤에 내게 남은 고통이 그토록 컸기 때문에. 그러니 치과의 계단을 다 내려온 내가 마침내 스스로 내 목을 찌르게 된 것은 당연하다면 당연한 일이었다.' 내가 그 소설의 도입부를 기억하고 있다는 사실을 알게 된 그는 내가 소설을 쓴다고 대답했을 때 그랬던 것처럼 멍하고도 기묘한 표정을 지었다. "아직까지도 그 소설이 누군가의 서가에 꽂혀 있을 줄은 미처 몰랐어요"라고 그가 말했다. 그리고 얼마간 침묵이 흐른 뒤, "나는 그 소설 때문에 결국 절필하게 된 것입니다"라고 그가 덧붙였다.

거기까지 말했을 때, 점심을 먹으러 갔던 아내가 나를 위해서 산 김밥을 들고 병실 안으로 들어왔다. 낯선 노인과 스스럼없이 대화를 나누는 내 모습에서 그녀는 긍정적인 조짐을 발견하는 듯한 눈치였지만, 나는 아내가 온 것을 그 노인에게 알리고 약간 냉담한 태도로 사진을 돌려주는 것으로 그 기대를 배반했다. 노인은 섭섭하다거나 아쉽다는 표정도 없이 자기 병상으로 돌아가더니 원래부터 그렇게 앉아 있었던 사람처럼 입을 다물고 자신의 병상 옆 보호자용 의자에 앉았다. 자신에게는 보호자가 따로 없다는 사실을 시위하는 것 같았다. 항암제 투여를 모두 마치고 집으로 돌아온 뒤 나는 침대에 누워 있다가 해가 완전히 저문 뒤에야 서가를 뒤져 『24번 어금니로 남은 사랑』을 꺼냈다. 소설 속 남자 주인공은 생니를 뽑게 된 과정을 다음과 같이 설명하고 있었다. '그해 하지夏至에서 처서處暑에 이르는 동안, 나는 단 하루도 제대로 눈을 붙이지 못했다. 잠을 못 자게 되자 몸의 감각이 이상해졌다. 한 번 감각이 비틀리기 시작하자, 기괴하기 짝이 없는 현실이 내 눈앞에 펼쳐졌다. 예컨대 나는 낮에도 죽은 사람들을 보고 다녔다. 말하자면 실수로 두 번 찍은 필름의 영상처럼 두 개의 세계가 겹쳐 있었다. 그다음에는 세 개, 네 개의 세계가 계속 겹쳤다. 그러면서 현실現實은 객관적으로 존재하는 단층單層적인 시공간에서 주관적으로 변화하는 다층多層적인 시공간으로 바뀌었다. 기이한 점은 그렇게 죽은 자들과 얘기하면서 거리를 걸어 다니는 동안, 나의 고통은 씻은 듯이 사라졌다는 점이었다.' 하지만 고통을 피한다고 해서 그게 평화로운 세계 안에서 머문다는 걸 뜻하지는 않는다는 것을 그는 곧 깨닫는다. 어느 날, 그는 '비쩍 마르고 키 작은 어린 삼나무들이 촘촘하게 식수된 공원길'에 누워서 자기 옆으로 지나가는, '매우 화목하게 보이는 일가족, 그러니까 젊은 부부와 어린 딸'을 바라보다가 남편이 부랑자 꼴인 그를 보고 두려워하는 젊은 부인에게 '저 사람은 우리와는 아무 관계도 없는 거야. 그냥 없다고 생각하면 되는 거야'라고 말하는 소리를 듣고 큰 충격을 받는다. 자신은 그 화목한 가족이 사는 세계에서 지워지고 있었던 것이다. 그는 비로소 이 세계에 그토록 많은 고통이 필요한 까닭을 단숨에 이해한다. '이 현실은 고통을 원리로 건설됐다'고 그는 생각한다.

그로부터 한 달이 지난 뒤, 나는 정대원 씨가 보낸 소포를 하나 받았다. 누런 봉투를 뜯어보니 안에는 200자 원고지에 검은색 볼펜으로 정서한 원고가 들어 있었다. 육필원고를 내게 보낸 이유는 동봉한 편지에 나와 있었다. 편지에서 그는 4월 초 세브란스병원 항암약물투여실에서 우리가 우연히 만난 이후 일부러 시간을 내어 교보문고를 찾아가 내가 쓴 소설을 모두 사서 읽었다는 것과 그 결과 내가 단순히 원고지 칸을 메우는 데 급급한 천학비재가 아니라는 사실을 확인했다는 것을 먼저 밝히고, 지난번에 내게 들려주지 못한 나머지 이야기를 원고로 썼으니 한번 읽어봐달라고 했다. 어쨌든 한때 촉망받던 선배 소설가에게 그런 말을 들으니 기분이 나쁘진 않았으나, 말했다시피 당시는 책을 읽을 수도, 글을 쓸 수도 없는 나날들이었던지라 그 원고 뭉치는 작업실 책상 한켠에 올려두고 잊어버렸다. 그러다가 마침내 내가 그 원고를 읽게 된 건 2009년 5월 23일 토요일의 일이었다. 그날은 꽤 화창했고 기온도 높았다. 어떻게 내가 지금까지도 그날의 날씨를 똑똑하게 기억하는지에 대해서는 따로 설명하지 않아도 다들 잘 알 것이다. 그날 아침 아홉 시경, 당신들 모두는 어디에서 무엇을 하고 있었는지 모르겠으나, 나는 『한겨레』를 읽고 있었다. 주말은 신간 정보와 서평 등이 실리는 날이기 때문에 내게는 토요일 오전이면 신문을 꼼꼼하게 읽는 습관이 있었다. 식탁에 신문을 펼쳐놓고 기사를 하나하나 읽는데, 도서란 한켠에 매주 실리는 문학평론가의 칼럼이 눈에 들어왔다. 그건 어떤 잊혀진 소설가의 부음이 뒤늦게 문단에 알려진 걸 계기로, 4·19세대가 새로운 감수성의 혁명을 이끌며 등장하는 바람에 한국문학사에서는 졸지에 잃어버린 세대가 돼버린 1950년대 작가들을 회고하는 글이었다. 이제쯤 다들 눈치챘겠지만, 그 칼럼에 등장하는, "인간에 대한 환멸과 인간 자체에 대한 냉소를 현대적인 필체로 형상화했"던 "전후의 문제 작가"가 바로 정대원 씨였다. 연세도 많고 병이 있다는 것도 확인했으니 그렇게 죽을 수도 있다는 걸 충분히 예상할 수 있는 일이었지만, 그 부음은 너무나 느닷없는 것이라 적잖이 당황스러웠다. 갑작스런 부음으로 촉발된 착잡한 심정은 때마침 걸려온 고향 친구의 전화로 더욱 복잡해졌다. 그 친구는 내가 전화를 받자마자, 대뜸 "이거 어떻게 하냐? 그 사람이 죽었다! 그 사람이 죽었어!"라고 말했다. 그때까지도 나는 정대원 씨가 죽기 전에 내게 원고를 보낸 이유를 생각하고 있던 참이라 친구가 그를 아는 줄로 착각하고 "너도 신문을 본 거야? 정대원 씨가 죽은 걸 네가 어떻게 알아?"라고 나는 물었다. 그러자 그 친구는 "무슨 소리야? 정대원 씨가 누구야? 신문이 아니라 텔레비전을 켜봐. 지금 노무현 대통령이 죽었어"라고 말했다. 하지만 친구의 그 말 역시 잘 이해되지 않았다.

결국 나는 전화를 끊고 텔레비전의 뉴스 속보를 보고 난 뒤에야 친구의 말을 이해할 수 있었다.

　그날, 작업실로 간 나는 책상 위에 올려둔 정대원 씨의 원고를 읽었다. '생니를 뽑고 나서도 고통이 부족해서 목을 찌르고 난 뒤에'라며 그는 원고를 시작했다. '병원에서 눈을 떠보니 사복을 입은 그 간호사가 젖은 눈망울로 물끄러미 나를 내려다보고 있었다. 간호사는 내게 됐어요. 이젠 괜찮아요. 걱정하지 마세요, 라고 말했다. 고음 부분이 약간 거친 듯한 느낌이 들던 그 목소리가 어제 들은 것처럼 생생하다. 나는 이 여자가 왜 나를 위해서 눈물을 흘리는가 싶어서 이상했지만 그 이유를 캐묻지는 않았다. 그녀는 손바닥에 새겨진 손금 하나하나의 길이 고스란히 느껴질 정도로 힘껏 내 손을 움켜잡았다. 나도 뭐라고 말을 해보려고 했지만, 신음만 나올 뿐 머릿속의 말들은 말이 되어 나오지 못했다. 병원에서 나온 뒤, 그녀의 방에서 석 달 남짓 요양하면서 나는 조금씩 실연의 고통에서 빠져나올 수 있었다. 치과에 들어서던 순간부터 자신은 내가 소설가라는 사실을 알고 있었으며, 실연의 고통에 몸부림치는 모습이 안쓰러웠기 때문이라고 그녀가 설명했지만, 지금까지도 나는 왜 그녀가 나를 자신의 방까지 끌어들였는지 그 이유가 잘 이해되지 않는다. 어쨌든 그 석 달 동안 나는 그녀에게 내가 왜 더 많은 고통을 찾아다녀야만 했는지 상세하게 털어놓았는데, 그건 그녀의 요구 때문이기도 했다. 병원에서 돌아온 그녀의 종아리를 두 손으로 문지르면서 내 얘기를 들려줄 때면, 그녀는 피곤하다면서도 고개를 끄덕이며 내 말에 귀를 기울였다. 동의를 표할 때면 그녀가 내던 응, 응, 응, 이라는 콧소리가 얼마나 매력적이었는지……. 아마도 어느 날 그녀가 원고지 뭉치와 볼펜 한 다스를 사 오지 않았다면, 우리는 지금쯤 부부로 살고 있을지도 모르겠다. 그녀는 자신에게 들려준 그 이야기를 그대로 소설로 쓰라고 말했다. 그때 나는 그녀에게 모든 걸 의지하고 있었기 때문에 그 말을 거역할 수 없었다. 그날부터 나는 서쪽으로 향한 창가에 놓인 간호사의 책상에 앉아서 종일토록 머릿속의 문장들을 받아적기 시작했다'라고 그는 계속 썼다. 처음에 그 원고는 그가 미국으로 떠나기 전에 마지막으로 쓴 「24번 어금니로 남은 사랑」의 집필과 뒤이은 절필의 과정을 서술한 작가노트처럼 보였다. 특히 검은색 볼펜으로 쓴 문장과 빨간색 볼펜으로 쓴 문장의 차이에 대해서 말할 때는.

'컴퓨터로 글을 쓰는 건 미친 짓이라고 나는 생각한다'라고 그는 썼다. '내가 젊은 작가라면 절대로 컴퓨터로 글을 쓰지는 않을 것이다. 왜냐하면 컴퓨터는 작가에게서 초고를 빼앗아버리기 때문이다. 작가의 일이란 교정하지 않은 초고를 책상 위에 올려놓고 '정말 여기까지가 다인가?'라는 질문을 던질 때 비로소 시작하기 때문이다. 사실 그때 내가 검은색 볼펜으로 대학노트에 뭔가를 끄적였다면 그건 창작이라기보다는 스스로 치유하는 과정이라고 봐야 옳았다. 그런데 쓰다 보니 작가의 고질이 발휘돼 나는 한 다스의 볼펜에 포함된 빨간색 볼펜을 집어 들고는 '정말 여기까지가 다인가?'라는 질문을 던졌다. 그러자 모든 게 불분명해지기 시작했다. 나는 내가 무엇을 놓치고 있는지 알 수 있었다. 예컨대 내가 사랑했던 여자의 귀밑 머리칼에서 풍기던 향내나 손바닥을 완전히 밀착시켜야만 느낄 수 있는 엉덩이와 허리 사이의 굴곡 같은 것들을 검은색 볼펜은 묘사하지 못하고 있었던 것이다. 그제야 나는 볼펜을 쥐는 즉시 내 머릿속에서 줄줄 흘러나온 검은색 문장들이 아니라 쓰지 못하고 있는 빨간색 문장들을 써야만 한다는 걸 깨달았다. 그렇다면 나는 온몸에 남은 오감의 경험을 문장으로 표현해야만 할 텐데, 그건 쉽게 문장으로 표현되지 않았다. 아무리 잘 쓴 문장도 실제의 경험에 비하자면, 빈약하기 짝이 없었다. 작가의 고통이란 이 양자 사이의 괴리에서 비롯했다. 빨간색 볼펜을 손에 들고 괴로워하던 나는 그 고통이 인간의 근원적인 고통과 별로 다르지 않다는 사실을 깨달았다. 자기 경험의 주인이 되지 못하기 때문에 인간은 괴로운 것이다. 한 여자와 헤어진 뒤의 나는 그녀를 사랑하던 시절의 내가 될 수 없기 때문에 고통받았다. 빨간색 볼펜을 들고 내가 쓰지 못한 것을 쓰기 위해서 안간힘을 쓸 때의 작가와 마찬가지로. 결국 작가는 어떻게 구원받는가? 빨간색 볼펜으로 검은색 문장들을 고쳐 썼을 때다. 나의 마지막 작품이 돼버린 「24번 어금니로 남은 사랑」은 그렇게 빨간색 문장으로 씌어진 소설이다.'

이제는 할 말을 다한 것처럼 느껴졌지만, 진짜 이야기는 그때부터 시작됐다. 1965년 『현대문학』 9월호에 「24번 어금니로 남은 사랑」을 발표하면서 정대원 씨는 오랜 공백 끝에 문단으로 복귀했다. 이 작품은 내가 가진 한국문학전집에도 포함될 정도로 좋은 평가를 받았다. 모든 게 실연 이전의 상태로 돌아가자, 간호사는 그에게 마지막 의식을 치르자고 했다. 무시무시한 말처럼 들렸지만, 그건 그녀가 근무하는 치과에 가서 또 뽑을 만한 이는 없는지 전체적으로 치아 검진을 해보자는 것이었다. '그 순간, 몇 달 만에 처음으로 온전한 해방감을 느꼈'고 그는 글에 썼다. '나는 껄껄거리고 웃었다. 꼭 생로병사, 인간의 모든 고통에서 벗어난 듯한 기분이었다. 더 이상 생니를 뽑지 않아도 돼, 라고 나는 말했다. 내 몸은 이제 순수한 고통의 측정자가 됐다며. 머리카락 한 가닥이 뽑혀 나가도 생니가 뽑혀 나가는 것처럼 고통을 생생하게 느낄 수 있게 됐다며. 그날 밤, 우리는 술을 진탕 마시고는 격렬하게 서로의 몸을 탐했다. 그리고 나는 난생처음으로 절정에 도달했다. 이 세상에 벌거벗은 고통 같은 게 있다고 치면, 그건 그 정반대편에 있는 벌거벗은 즐거움, 순수한 절정일 것이다. 그런 절정은, 그러나 두 번 다시 맛보지 못했다. 왜냐하면 섹스가 끝난 뒤 그녀의 몸에서 떨어져 숨을 몰아쉬는 내게 그녀가 「24번 어금니로 남은 사랑」에는 내가 오해하는 부분이 있다는 걸 아느냐고 물었기 때문이었다. 그녀의 얘기인즉슨, 내가 24번 어금니를 왼손에 들고 계단을 내려가는 동안, 그녀는 아무리 손님이 원한다고 하더라도 멀쩡한 이를 뽑는 건 잘못된 일이 아니냐며 의사에게 따졌다는 것이다. 그러자 의사는 빙그레 웃으면서 마취도 하지 않고 이를 뽑았는데도 아프다고 소리치기는커녕 이마를 찌푸리지도 않았다면, 그게 무엇을 뜻하는 것 같냐? 고 되물었다. 너무 고통이 크기 때문인가요? 그녀가 순진하게 묻자, 의사는 그건 멀쩡한 이가 아니라는 증거지, 라고 말했다. 뽑고 보니 그 이는 뿌리부터 썩어 있었어. 그러니까 하나도 안 아팠던 거야. 그 말을 듣는 순간, 내가 쓴 「24번 어금니로 남은 사랑」은 물론이거니와 어쩌면 나의 연애 전체가 거대한 환상에 기초하고 있을지도 모른다는 생각이 들었다. 연애가 거대한 환상이었다면 그 연애의 종말이 낳은 고통 역시 거대한 환상일 수도 있었다. 정신이 번쩍 든 나는 자리에서 일어나 책상에 앉았다. 책상 위에는 그녀가 사온 한 다스의 볼펜이 고스란히 남아 있었는데, 그중에는 파란색 볼펜도 있었다. 나는 그 파란색 볼펜을 집어 들고 내 작품이 실린 『현대문학』을 폈다. 밤새도록 그렇게 앉아서 나는 단 한 줄의 파란색 문장도 쓰지 못했다. 다음 날 새벽, 나는 짐을 챙겨 도망치듯 그녀의 집을 빠져나왔다. 동이 트는 새벽하늘이 파랬다. 그 파란 하늘에서 빗방울이 하나둘 떨어지고 있었다.'

정대원 씨가 보낸 원고를 읽은 그 다음다음 날, 그러니까 월요일이 되어 나는 해가 저물도록 망설이고 또 망설이다가 아무래도 한 번은 가봐야만 할 것 같아서 1000번 광역버스를 타고 시민분향소가 마련됐다는 대한문으로 향했다. 오랜만에 그 버스를 타니 만감이 교차했다. 돌이켜보면 그해 봄은 어찌나 속절없이 지나갔는지. 처음에 아내에게 아무렇지도 않으니 걱정 말라고 큰소리를 치며 그 버스를 타고 통원하기 시작할 때까지만 해도 아침저녁으로 맨살에 와 닿는 바람이 좀 차다는 생각도 들었지만 벚꽃이 만개할 즈음이 되자 공기는 따뜻해졌고, 치료 초기의 씩씩함이 말끔하게 사라진 대신에 내게 남은 건 무기력, 오직 무기력뿐이었다. 그러다가 '나는 단테다, 나는 단테다'라고 읊조리면서 온몸으로 비비적거리며 고통의 가장 어두운 밑바닥에서 빠져나오니 어느 틈엔가 그 많던 봄꽃들의 시절도 가뭇없이 떠나가고 내 인생에서 가장 뜨거운 여름이 시작됐다. 서오릉을 지나는 버스 안에서 나는 정대원 씨가 내게 보낸 원고의 마지막 부분을 떠올렸다. 거기에 그는 '사람들은 우산을 받쳐들고 비 내리는 새벽 거리를 걸어가고 있었다'라고 썼다. '골목을 빠져나오자, 시내버스가 다니는 큰길이 나왔다. 비를 맞으며 정신없이 시내 쪽으로 걸어가다 보니 빗줄기가 굵어지기 시작했다. 우산이 없어 창경원 앞까지 걸어가자 온몸이 다 젖어버렸다. 잠시 비를 피해야겠다는 생각으로 나는 홍화문 처마 밑으로 뛰어갔다. 비 오는 날이라 그랬는지, 아니면 그날따라 그냥 문을 열어놓은 것인지 지키는 사람은 보이지 않는데 문이 열려 있었다. 한 20분 정도 처마 밑에 서 있었을까? 빗줄기가 가늘어지기 시작했다. 나는 오가는 차들과 행인들을 바라보다가 이쯤이면 다시 걸어갈 수 있을 것 같다고 생각했다. 그런데 내 발이 움직인 방향은 뜻밖에도 창경원 안이었다. 그 시절에는 창경원에 동물원과 놀이 시설이 있었는데, 비 오는 새벽이라 황폐한 느낌이 들 정도로 적막했다. 케이블카는 멈춰 서 있었고, 오가는 사람도 보이지 않았다. 나는 동물원 안으로 들어갔다. 나는 낙타와 꽃사슴과 들창코원숭이와 공작새를 봤다. 동물들은 저마다 처마 밑이나 나무 아래에서 이제는 이슬비가 된 새벽비를 바라보고 있었다. 들리는 것은 빗소리뿐이었다. 다시 말하자면, 어느 동물도 울지 않았다. 그저 침묵뿐이었다. 관람로를 따라서 걸어가다가 나는 그때까지도 오른손에 파란색 볼펜을 들고 있다는 사실을 깨달았다. 이 파란색 볼펜으로 내가 쓸 수 있는 것은 어떤 문장들일까? 그건 비 내리는 새벽, 아무도 없는 동물원을 가득 메운 침묵 같은 문장들일 것이다. 그날 동물원을 한 바퀴 돌아 다시 홍화문을 빠져나온 이후로 나는 단 한 줄의 소설도 쓰지 않았다. 그로부터 33년이 지나, 조직검사 결과 가슴 엑스레이에 나오는 작고 검은 구멍이 암세포라는 확진을 받기 전까지 말이다. 그 구멍은 검은색 볼펜으로도, 빨간색 볼펜으로도 쓸 수 없는 비현실의 실체였다.' 그 구멍이 자신 안에 있다는 사실을 부정하는 고독의 시간을 보내고 난 뒤, 그는 그 작고 둥근 검은색 구멍을 비현실 그대로 받아들였다.

광화문에서 하차해서 덕수궁 쪽으로 걸었다. 전경버스가 줄지어 서 있어 바로 옆의 세종로가 보이지 않았다. 모퉁이마다 무장한 전투경찰들이 대오를 갖춰 모여 있었다. 그럼에도 보도를 오가는 행인들은 평소보다 배는 많아 흡사 축제의 저녁 같았다. 인파에 밀려 대한문까지 휩쓸려 가니 불을 환하게 밝힌 분향소가 나왔다. 도로 쪽으로 설치한 천막 안에는 조화와 음식과 향로를 올려둔 제단이 설치돼 있었다. 제단 위에는 전직 대통령의 초상화가 세워져 있었고, 마지막 순간에 경호원에게 담배 한 대가 있느냐고 물었다던 보도 때문인지 한쪽에는 불붙인 담배들이 놓여 있었다. 한 번에 열 명 정도가 제단 앞에 깔아놓은 비닐 위에 올라가 조문을 하는데도 대기하는 줄이 길었다. 덕수궁 돌담길을 따라 길게 늘어선 줄의 끝을 찾아 나는 걸었다. 걸어가는 동안 나는 노란색 가로등 불빛 아래에서 젊은이와 늙은이가, 남자와 여자가, 어른과 아이가, 직장인과 부랑자가 자기 차례를 기다리며 담장 아래에 줄지어 서 있는 광경을 봤다. 그들은 하나같이 어떤 표정을 짓고 있었는데, 그건 슬퍼하는 표정도, 비통해하는 표정도 아닌, 뭐라고 표현하기 힘든 표정이었다. 나는 그 줄의 맨끝에 가서 섰다. 내 앞에는 검은 블라우스를 입은 젊은 여자가 서 있었다. 블라우스에 주름이 하나도 보이지 않는 것으로 봐서 조문 때문에 입고 나온 상복이라는 걸 알 수 있었다. 10여 분을 기다린 끝에, 내내 말없이 오른손으로 눈물을 닦으며 서 있던 그 여자의 옆에 나란히 서서 죽은 대통령의 초상을 바라봤다. 그의 얼굴을 보는데 이상한 기분이 들었다. 그건 마치 소화기내과 전문의에게서 "암입니다"라는 말을 들었을 때처럼, 어떤 불가해한 비현실 앞에 서 있는 듯한 기분이었다. 난 아마 섭섭한 표정이었을 것이다. 그리고 불가해하고 비현실적이어서 아무런 근거도 찾을 수 없는 슬픔, 거대한 슬픔이 다시 한 번 내 몸을 휩쓸고 지나갔다. 두 번의 절을 마치고 나는 신발을 신으려고 허리를 숙이는 순간, 그 젊은 여자와 눈이 마주쳤다. 그녀는 여전히 울고 있었다. 다시 1000번 버스를 타려고 돌아가다가 나는 덕수궁 담벼락 아래에서 조문하러 갈 때는 보지 못했던 목판들이 서 있는 걸 봤다. 목판에는 여러 글귀들이 새겨져 있었다. "民生受福 國祖愛心" 같은 한문 글귀도 있었고, "우리 사랑 서로 귀히 여겨 참사랑 실천하는 한민족 조국이어라" 같은 한글 글귀도 있었다. 또 다른 목판에는 "옛날 일들일랑 모두 다 잊으시고 잘난 체 자랑일랑 하지를 마소.

우리들의 시대는 다 지나갔으니 아무리 버티려고 애를 써봐도 이 몸이 마음대로 되지를 않소. 그대는 훌륭해. 나는 틀렸어. 그러한 마음으로 지내시구려"라고도, 또 "나는 다시 옛날 꿈을 꾸네. 오월의 어느 밤이 었네. 우리는 보리수 아래 앉아 영원히 변치 말자 맹세했네. 우리는 맹세하고 또 맹세했네. 웃고, 애무하고, 키스했네. 우리의 맹세를 잊지 말라고 너는 내 손을 깨물었지. 오 해맑은 눈동자의 내 사랑아! 오 잘 물어뜯는 어여쁜 내 사랑아! 맹세는 제대로 된 것이었지만, 물어뜯는 것은 쓸데없는 짓이었네"**라고도 새겨져 있었다. 다시 동화면세점 앞으로 걸어가면서 나는 방금 본 그 글귀를 읊조렸다. 물어뜯는 것은 쓸데없는 짓이었네. 그리고 대한문 앞에서 헤어진 그 젊은 여자의 눈물과 정대원 씨가 끝끝내 쓰지 못했던 파란색 문장들을 생각했다. 그녀에게 잘 가라는 작별인사라도 할걸…… 뜬금없이 그런 후회가 밀려왔다. 하지만 걸음을 멈추거나 돌아서는 일 없이, 나는 계속 오월의 밤을 향해 걸어갔다. ■

* 덕수궁 앞 서각을 하는 조규현 씨의 작품에서 인용
** 하이네의 「서정적 간주곡」 제52편에서 인용

백가흠

한 박자 쉬고―더 송 The song 2

1974년 전북 익산 출생. 명지대 문창과와 동대학원 졸업.
2001년 『서울신문』 등단.
소설집 『귀뚜라미가 온다』 『조대리의 트렁크』 『힌트는 도련님』.
장편소설 『나프탈렌』.

한 박자 쉬고—더 송The song 2

그를 내가 다시 만난 것은 일주일에 한두 번 들르는 카페 '나무와 사람들'에서였다. 21년 만이었다. 고등학교를 졸업한 후로 얼굴은 고사하고 그의 이름조차 한 번 떠올려본 적도 없었으니, 나로선 처음 보는 사람이나 다름없었다. 평화로운 토요일이 그로 인해 무너져내리고 있었다.

과거의 시간을 송두리째 잃어버렸다고 하더라도, 망각 속에 묻혀 사라진 기억이라고 할지라도, 시간이 아무리 많이 흘렀어도 몸은 온전히 기억하고 있는 것도 있었다. 이를테면 사람의 목소리 같은 것이 그랬다.

어이, 양재준이.

목소리는 낮은 저음이었지만, 날카로웠다. 구석진 창가에 앉아서 메뉴판을 들여다보고 있던 나는, 내 이름을 부르는 쪽을 향해 고개를 들었다. 그는 낮게 내려앉은 햇살을 등지고 맞은편 창가에 앉아 있었다. 나는 뚱한 표정으로 한참 그를 쳐다보았다. 처음 보는 사람이었다. 다만, 그의 음성이 어딘지 익숙했는데, 이상하게도 섬뜩함이 어깨에 내려앉는 것 같았다. 분명 나는 그 목소리를 알고 있었기 때문이었다. 나는 당황했다. 그에 대해 아무것도 떠오르지 않았음에도 몸은 그의 음성에 반응하고 있었다.

어허, 양재준이 나를 모른 척하네.

여주인이 주문을 받으러 왔다가 어리둥절해하는 내 모습과 그를 번갈아 쳐다보았다.

아메리카노 한 잔 주세요.

나는 맞은편 그에게서 눈을 떼지 않은 채 작은 소리로 주문을 했다. 부름이 내게로 향하는 것이 아닌 척 외면했다. 한동안 어디에서고 그런 식으로 내게 말을 거는 사람이 없었고, 그의 음성에 불량스러운 톤이 섞여 있어 별로 상대하고 싶지 않은 마음 때문이기도 했다. 나는 애써 그냥 무시하려고 마음먹었다. 카페 여주인의 시선에도 당황한 빛이 가득한 것을 보면, 나만 그렇게 느낀 것은 아닌 것 같았다. 무엇보다도 몸이 본능적으로 그를 거부하고 있었다. 나는 무덤덤하게 노트북 전원을 켰다. 그에게서 시선을 돌려 무심하려 애를 썼다.

맞는데, 양재준. ……양재준이 아닌가.

좀 전과는 다르게 조금 누그러진 음성이 들려왔다. 분명 나를 부르고 있는 것이 맞았다. 그럼에도 나는 노트북 화면에서 시선을 떼지 않았다. 그가 천천히 자리에서 일어났다. 나는 슬쩍 곁눈으로 그를 바라보았다. 포근한 햇볕이 블라인드가 내려진 창 밑으로 퍼져 있었다. 그가 신은 구두가 반질반질 윤이 났다. 천천히 다가오는 그의 발걸음, 반들거리는 바지 밑단, 광을 낸 구두에 쨍쨍한 햇빛이 따라붙었다. 나는 내게 걸어오는 그를 피하지 않고 바라보았다. 그는 단정하게 상고머리를 하고 있었는데, 차림새 모든 것이 생소했으나 그것만은 익숙했다.

그의 등 뒤로 퍼진 햇살은 여름의 그것처럼 강렬했다. 11월 중순에 접어들었지만, 날씨는 초여름 혹은 초가을 날씨처럼 따뜻했다. 땀이 나고 찐득거렸다. 나는 손으로 부채질을 하며 다가오는 그를 유심히 바라보았다.

카페 여주인이 조심스럽게 커피를 탁자 위에 내려놓았다.

마늘빵을 좀 드릴까요? 방금 구웠는데.

……네. 좋죠.

나는 웃으며 여주인을 바라보았다.

양재준이 아니요?

어느새 다가온 그가 끼어들며 물었다. 나는 그를 기억해내려고 애썼다.

맞긴 한데, ……누구신지?

맞지? 진짜 모르는 건가, 모른 척하는 건가? 섭허네. 나는 딱 보니 알겠구만.

엉거주춤 일어나며 그가 내민 손을 잡았다. 가까이서 보니 낯익은 것도 같았다. 말에 남은 억양, 말투가 너무 익숙하게 느껴졌다. 고향 말씨였다.

각진 턱 때문인지 인상이 날카로웠다. 뿔테안경을 쓰고 있었는데, 렌즈 너머 눈매에 힘이 실려 있었다. 툭 째진 눈을 가리려고 안경을 쓴 것 같았다. 체격도 다부졌는데, 꾸준하게 운동을 한 것 같았다. 말끔하게 차려입은 옷이 서늘한 느낌을 주었다. 너무나 정돈된 패션이 오히려 거북스러웠다. 베이지색 바지에는 주름이 날 서 있었고, 와이셔츠는 실크 재질이었다. 하늘하늘한 검정 실크 와이셔츠 뒤에 감춰진 어깨가 단단해 보였다. 모양새는 꼭 건달 같았다. 오랜 기억 속에 묻혀 있는 한 풍경과 맞닥뜨린 느낌이었다. 청바지에 후드 티셔츠를 입고 있는 나와 자연스럽게 비교되었다. 나이는 엇비슷한 것 같았는데, 그는 어른 같았고 나는 애 같았다.

진짜 기억이 안 나는 모양이네. 혹시 연수고등학교 안 나왔어요?

나는 천천히 고개를 끄덕였다. 순간, 마주하고 싶지 않고, 외면하고 싶었다.

아⋯⋯.

나는 멋쩍게 웃었다.

나, 기억 안 나? 나 균수라고, 정균수. 모를 리가 없는데, 니가 날 모르면 안 되지.

이름을 듣자 기억이 났다. 한 번도 생각난 적 없었지만, 한 번도 잊어본 적 없는 이름이었다. 정균수란 이름은 이미 선명하게 뇌리에 박혀 있었다. 오히려 불분명한 것은 지금 앞에 서 있는 그의 얼굴이나 체격같이 구체적인 생김새와 이미지였다. 마주했지만 그가 그인가 잘 실감이 나지 않았다. 아니, 그가 내 이름을 불렀던 처음부터 나는 이미 알고 있었지만, 그것을 부정하고 싶어서 모른 척, 외면한 것인지도 몰랐다. 그럴 수도 있었다. 왜냐하면 나는 그를 어렸을 적에도 싫어했고, 21년이 지난 지금, 한 번도 만난 적이 없었고, 떠올려본 적도 없었고, 다시 만난다고 하더라도, 여전히 그를 싫어할 것이라는 것은 분명한 사실이기 때문이었다. 세월이 지나도 변하지 않는 것이 있다.

어, 정말 균수니? 너무 오랜만이다.

마음과는 달리 나는 과장되게 반가운 척했다. 내 음성은 떨리고 있었다. 마주 잡은 그의 손아귀에 힘이 실렸다. 얼른 손을 빼고 싶었지만 대신 힘을 뺐다. 그는 내 손을 잡고 빙긋이 웃음 지었다. 섬뜩한 기운이 내게 전해지는 것 같았다. 그것은 21년 전과 다르지 않았다. 나는 다시 그의 똘마니가 된 느낌이었다. 기분이 더러워졌지만 나는 웃고 있었다.

주인, 여기 재떨이 좀 주쇼.

그는 이미 담배에 불을 붙인 뒤였다.

여기 금연이야. 담배는 나가서 태워야 돼.

주인?

카페 여주인이 난감한 듯 어쩔 줄 몰라 했다. 만난 지 오 분도 지나지 않았지만 나는 이미 불안해졌다. 아무 일도 일어나지 않았지만, 꼭 무슨 일이 일어날지도 모른다는 불안감이 엄습했다.

나가자, 나도 피우게.

그럼, 그럴까나.

난감해하는 카페 여주인을 위해 나는 정균수를 데리고 밖으로 나왔다. 의외로 순순 그가 내 말을 따르니 기분이 이상했다.

요즘은 어디 가나 담배를 못 피우게 한다니까. 예전이 좋았지. 술은 끊었는데, 이건 잘 안 되데. 인이 박일 대로 박였나벼.

그가 웃으며 나를 쳐다보았다. 나는 대꾸하지 않고 담배에 불을 붙였다. 우리는 나란히 서서 한동안 말없이 담배만 피웠다. 나란히 서니 생각보다 키가 그리 크지 않았다. 앉은 채로 올려다보아서 그랬던 것인지, 기억 속에 존재하는 이미지가 그랬던 것인지, 어쨌든 처음 느꼈던 것보다 왜소했다. 으레 물어야 할 안부 같은 것이 외려 분위기를 이상하게 만들 것 같아 나는 말을 참았다. 그도, 나도 아무 말 하지 않았다.

찰나, 망각에 파묻혀 있던 오랜 기억들이 몸 이곳저곳을 스멀스멀 기어다니기 시작했다.

조용히 안 해? 정균수, 정균수 없어?

가만히 말했지만, 우리들은 입을 다물었다. 일순 운동장에 정적이 흘렀다. 그의 존재감은 입학 당일부터 확연했다. 입학식을 앞두고 줄지어 서 있는 신입생들 앞에서 한 무리의 선배들이 그의 이름을 부르고 있었다. 운동장에 모여 있던 신입생들이 일제히 조회대 위에 서 있는 선배가 바라보는 쪽을 돌아다보았다. 맨 뒤에 서 있던 그가 손을 들었다. 얼굴이 거무데데했는데 그래서 그런지 눈동자가 더욱 까매 보였다. 조회대에 선 선배가 그를 앞으로 불러냈다. 막 고등학교에 입학한, 아직 중학생 티도 벗지 못한 우리들은 겁이 났다. 그런 상황 자체가 두려웠다. 학교 안에 선배라는 존재가 선생보다 위에 있는 것 같았다. 실제로 운동장 한쪽 구석엔 선생님 몇 분이 담배를 태우고 있었는데, 조회대 위에 선 선배들을 향해 아무런 제지도 하지 않았다. 그로써 학교 안에 서열이 어떻게 존재하는지 우리는 자연스럽게 알게 되었다. 정균수가 천천히 앞으로 걸어 나왔다. 조회대 위에 그가 선배들과 나란히 섰다.

애가 지금부터 니들 짱 먹는다. 불만 있는 놈은 지금 말해. 나중에 찔찔대지 말고.

선배가 큰 소리로 외쳤다. 정균수는 고개를 푹 숙이고 서 있었다.

보면 인사들 잘하고, 알았지?

…….

대답들 안 허냐?

네.

여기 서 있는 균수 말, 잘들 듣고, 알았냐?

네.

우리는 짧게 끊어 대답했다. 처음에 무서웠던 것은 사라지고 어느새 조회대 앞에 서서 말하고 있는 그 선배가 엄청 존경스럽게 느껴졌다.

그런데, 키가 하나도 안 자랐다.

어이, 양재준이 많이 컸네. 내 눈을 똑바로 보고. 허허허. 키는 당신이 더 크지 않았나?

나는 속으로 움찔했지만 입가에 미소를 머금었다. 그가 빙긋 웃었다. 한쪽 입꼬리가 살짝 올라갔다. 꼭 비웃는 것처럼 보였다. 나도 따라 웃었다. 카페 여주인이 우리를 힐끔거렸다. 나는 카페 창 너머 불안한 시선으로 쳐다보고 있는 그녀를 보며 활짝 웃어주었다.

그런데 여긴 어쩐 일이신가.

근처, 살아.

가까이 있었구만, 몇 단지?

응, 중산 11단지.

나도 모르게 거짓말을 했다. 말하고는 바로 후회했다. 중산동과 내가 사는 곳은 세 블록 넘게 차이가 났기 때문이었다.

난 풍동 8단지에 산다네. 요 앞에.

그가 턱짓으로 앞 단지를 가리켰다.

그랬구나.

딱히 할 말이 없었다. 담배를 다 피웠지만, 그와 나는 한동안 그렇게 멍하니 서 있었다.

어쨌든 반갑네, 양재준이.

멋쩍어 자리를 피하고 싶었다. 카페로 다시 들어서는데 그가 내 등을 토닥였다. 나는 다시 고등학생으로 돌아간 것 같았다.

그가 자리를 옮기자는 것을 나는 정중하게 거절했다.

할 일이 좀 있어. 마감이 있거든.

바쁜 척했지만 거짓말이었다. 벌써 몇 달째 일이 없었다. 카드빚은 늘어갔고, 마흔이 넘어 무슨 일을 해야 할지 막막하기만 했다.

그니까, 글 쓴다고? 무슨 글? 그니까 원고지에 침 발라가며, 글짓기 같은 거 말인감?

나는 머리를 긁적이며 여주인 쪽을 바라보았다. 그녀는 컴퓨터 앞에 앉아 있었지만, 온 신경을 이쪽에 두고 있는 것이 태가 났다. 잠깐 내가 말이 끊기거나 망설일 때면 여지없이 우리가 앉은 쪽을 바라보았다. 창피했다. 아무 일도 일어나지 않았고, 그도 별나게 실수를 하고 있는 것이 아니었지만, 이상하게 조바심이 일었다. 속마음을 들킨 것 같아 창피했다. 짜증이 났지만 나는 실실 웃고 있었다.

그니까 양재준이가 작가가 됐단 말이지?

아니, 작가는 무슨. 원래는 영화 시나리오를 썼는데, 요즘엔 소설도 가끔, 뭐 그래.

그런데, 싸가지 없게 너 서울말 무지 잘 쓴다. ……뭐, 그래.

그가 히죽거리며 내 말투를 흉내 냈다. 나도 따라 웃었다. 그가 일어서며 나갈 차비를 했다.

일어서게?

한잔해야지. 연수고등학교 42회 양재준이를 그냥 보낼 수 있나.

나, 일해야 한다니까. 미안한데…….

어허. 스으…….

그가 혀 끄는 소리, 앞니를 물고 숨을 들이켰다. 그의 오랜 버릇이었다. 그는 어렸을 적에도 말을 끝까지 다 하는 법이 거의 없었다. 뱀이

내는 소리같이 숨을 들이켜며 스으, 하면 모두 그가 원하는 대로 이루어졌다. 앞니 사이로 드나드는 숨소리가 언제나 그의 마지막 말이었다. 다음은 기회도 없었고, 말도 없었다. 스으, 다음에 한번 시작된 주먹질은 웬만해선 멈추지 않았다. 나는 멈칫했다. 몸은 온전히 그것을 기억하고 있어 거부해야만 하는 것을 거부하고 있었다.

진짜 안 되는데, 다음에 보자.

마음과 몸이 따로여서 내 음성은 조금 떨렸다. 처음으로 나는 그에게 진심을 말했다. 그가 아무 말 없이 나를 가만히 내려다보았다.

가자니까. ……왜, 겁나서 그러냐? ……예전 그 양아치 취급하면 내가 좀 섭하지. 반가워서 밥 먹자는데.

안경 너머 건너보는 그의 눈매에 여전히 살기가 있었다. 나는 눈빛을 피하며 주섬주섬 짐을 챙겼다. 어차피 안 될 줄 알았으면서 괜히 한 소리 했다는 생각이 들었다.

내가 낼게.

어허, 내가 다 산다. 옛날에 내가 니들 삥 좀 뜯었잖냐. 오늘 다 되돌려줄라니까. 가만히 있어. 근데, 우리 카페 주인께서 참 미인이시네.

그가 찻값을 계산하며 여주인에게 농을 걸었다. 그녀가 웃음으로 받아주었다. 여주인이 마지못해 자주 오세요, 하고 문을 나서는 우리에게 작은 소리로 말했다.

밖으로 나오긴 했는데, 이렇다 할 음식점들이 주변에 없었다. 날씨는 해가 저물며 제법 쌀쌀해졌다. 난감했다.

정문 쪽으로 가야 뭐가 있는데. 니네 동네로 갈 거냐?

아냐. 우리 동네도 뭐 없어.

우리는 천천히 식당을 찾아 걷기 시작했다.

나이가 마흔이 넘었는데, 절대로 극복할 수 없는 무엇과 마주하는 것이 조금 서글프게 느껴졌다. 속으로 거절하지 못한 내가 싫어서 화가 꼭지까지 났다.

애는 몇이냐?

나는 대답하지 않고 고개를 저었다. 그가 걸음을 멈추고 뻔히 쳐다보았다. 한심하다는 표정 같기도 했고, 놀란 것 같기도 했다.

아니 좋은 대학 나오고, 멋있는 일 하는데, 왜 결혼을 안 했대?

그렇게 됐어. 넌?

머시마가 중1이여. 여자애는 5학년이고. ……참 나.

그를 만나고 보니 아무것도 잊은 게 없었다. 그와 나란히 서서 걷는 동안 마치 어제나 그제 있었던 일처럼 그와 관계된 일화가 하나둘 확연하게 떠올랐다. 걷는 동안 나는 말이 없어졌다. 그는 걸으면서 자기가 하고 있는 일에 대해서 장황하게 설명했다. 여러 가지 가게를 운영하는 모양이었다. '나무와 사람들'도 매물로 나와 한번 보러 간 것이라고 했다. 그의 얘기를 듣고 있었지만 머릿속은 오래전, 한때를 서성이느라 그의 말에 집중이 되지 않았다. 그를 우연히 만난 이후, 화가 나서 참을 수 없었는데, 분노나 화를 꾹 참은 것이 꽤 오래전의 일이라는 것을, 나는 또 깨달았다. 한 살, 한 살 나이를 먹으며 즉각적으로 분노하고 화를 내는 것에 익숙해져 있었다. 영화를 만들며 누구에게 싫은 소리 듣고 견디는 것이 익숙하지 않게 되었다. 가진 것은 없었지만, 얻은 것은 그것뿐이었다. 그는 내가 화를 낼 만한 말을 하거나, 실수를 한 것은 물론 아니었다. 모든 연유는 기억 속에 있었다. 과거의 시간이 나를 점점 분노케 하고 있었다. 그런데 어떻게 된 일인지 그에게 화를 낼 수가 없었다. 아주 오래전처럼 나는 속마음과 달리 행동하고 있었다. 단지를 끼고 우리는 한참을 걸었다. 정문 근처에 가니 몇 군데 음식점이 있었다.

나는 그에게 처음으로 맞은 날을 또렷하게 기억해냈다. 지천이 꽃으로 난리가 났던 봄빛 화창한 어느 날이었다. 교정은 아카시아, 라일락의 향기로 넘쳐났고, 무덤덤한 남학교 남학생 마음마저 봄빛에 물들었던 한때였다.

일일이 돈을 빼앗는 것이 귀찮아진 그는, 때리는 것도 귀찮아진 그는 아예 매일매일 교탁 위에 일정한 금액을 놓아두게 했다. 물론 학생 모두가 그렇게 하는 것은 아니었다. 순전히 자기의 감으로, 느낌으로 아이들을 선별했는데, 돈을 내는 일에 선별되지 않는 학생들은 그에게 우호적일 수밖에 없었다. 그는 모든 학생을 괴롭히지 않았다. 일부를 집중적으로, 집요하게 괴롭혔다. 대부분의 반 아이들은 나를 포함해 매일 돈을 교탁 위에 올려놓아야 하는 학생들이 그의 말을 거부하지 않고 복종하도록 또 괴롭혔다. 그것이 더 견디기 힘들었다.

반에서 돈을 내는 학생은 나를 포함해서 여덟 명이었다. 사십 명의 나머지들은 상납자 여덟 명이 그의 신경을 되도록 거스르지 않기를 바랐다. 자기 몸이 편하면 그만이었으니까. 우리야 어떻게 되든 상관없는 일이었으니까. 돈을 얼마나 갖다 바치는지, 여덟 명이 얼마나 힘든지 아무도 관심이 없었다. 자신에게 발생하지도 않은 일에 대한 우려 때문에 우리를 힘들게 하는 나머지 반 학생들이 원망스러웠다. 그가 하는 짓을 보면 생각보다 영리한 친구였다. 그는 우리를 겁주고, 때릴 필요가 없어졌다. 나머지 마흔 명의 학생들이 알아서 돈을 걷어주는 꼴이었으니까. 그는 부드럽게 말하곤 했다.

이제 너희들 차례가 돌아왔나 보다. 아이들이 비협조적인데.

많은 돈은 아니었다. 하루에 모두 합쳐 만 원 정도면 되었으니, 천 원이나 때때로 이천 원 정도를 상납하면 되었다. 문제는 지속성이었다. 고등학생이 하루도 빠지지 않고 천 원을 내는 일이 쉽지 않았던 것이다. 그에게 돈을 주기 위해 매일같이 부모님에게 돈을 타내야만 했다. 점심이나 저녁을 굶어야 했고, 필요 없는 참고서를 산다고 거짓말을 해야 하기도 했다.

이제 더는 못하겠어.

짐짓 부드러워진 그에게 나는 용기 내어 말했다. 다리가 후들후들 떨리고 가슴이 터질 듯이 요동쳤다. 그가 가만히 나를 쳐다보았다.

우린 할 만큼 했다고 생각해. 이건 너무 불공평한 일이야. 이젠, 다른 애들 차례라고.

나는 하루 종일 맞았다. 그는 한 대도 때리지 않았다. 반 아이들이 돌아가며 쉬는 시간마다 골고루 나를 때리게 했다. 아니, 그는 직접 나를 때리라거나, 괴롭히라고 시키지 않았다. 모두 반 아이들이 자발적으로 그런 것이었다. 따가운 햇살이 산산이 부서져 내렸다. 그는 집요했다. 절대로 말리지 않았다. 잘못했다고 빌어도 소용없었다. 쉬는 시간이 되면 나를 교실 뒤로 끌어다 놓고 반 아이들은 빙 둘러쌌다. 거부하면 그에게 찍힐까봐 모두들 나를 패는 데 열성적이었다. 그는 멀찍이 떨어져 구경했다. 나는 살려달라고 빌었고, 잘못했다고 빌었다. 그가 울부짖는 내게 다가와 부드럽게 말했다.

뭘? 뭘 잘못했다는 거냐?

우리는 8단지 정문 앞에 있는 삼겹살집에 들어갔다. 그와 나란히 걷는 동안 한 번도 생각난 적 없었지만 한 번도 잊은 적 없는 일이 떠올라 나는 기분이 엉망이 되었다. 그의 눈을 똑바로 쳐다보기도 힘들었다. 거절하지 못하고 그를 따라온 나 자신이 용서되지 않아 화가 머리끝까지 차올랐다. 우리는 삼겹살을 굽기 시작했다. 소주를 잔에 채워 건배를 했다.

사는 게 참 만만치 않더라고.

그의 말에 나는 가만히 고개를 끄덕였다. 쉽지 않지, 대답했던가 잘 기억이 나지 않았다. 방금 전에 했던 말도 했는지 안 했는지 생각이 나지 않았다. 나는 계속 딴생각을 하고 있었다.

너야 좋은 학교 나와서 재미난 일 하고 살았겠지만, 내가 가진 게 있길 하냐. 배운 게 있나. 배운 건 주먹질밖에 없어서, 한동안 엉뚱한 짓 많이 하고 살았지. 그렇다고 깡패를 한 것도 아니여. 나는 마음이 약해서 그건 못하겠더라고.

그가 고기를 뒤집으며 말했다. 나는 그를 뻔히 쳐다보았다. 그가 고기를 집어 내 접시에 올려주었다. 나는 상추에 고기를 싸 먹었다. 그가 술을 권해서 여러 잔 마셨다. 살짝 취기가 돌기 시작했다.

넌 그래서, 유명한 거냐? 난 그런 쪽 잘 모르니까.

하나도 안 유명해.

그러니까 말이다. 작가란 말이냐? 영화감독이란 말이냐?

그가 눈을 치켜뜨며 물었다. 그는 그냥 하는 말이겠지만, 꼭 화난 사람처럼 보였다.

영화는 하나 했고, 책은 아직 없어. 한번 해볼까 하고 시작한 지 얼마 안 됐어.

영화? 제목이 뭐?

「세상에서 가장 아름다운 노래」라고, 있어. 일반 사람들은 잘 이해 못해서…….

난 잘 모르겠고. 그건 그렇고 말이다. 왜 이렇게 말투를 바꾸는 게 어려운지 모르겠다. 아무리 노력해도 안 되데. 넌 자연스럽구만, 서울놈처럼. 나는 그냥 말만 해도 사람들이 괜히 겁먹는다니까.

나는 그를 아래위로 훑어보았다. 자세히 보니 그의 차림새는 내가 어렸을 적 어른들이 즐겨 입던 패션이었다. 뭐라고 말하려다가 그만두었다.

나 고생 많이 했다. 이만큼 사는 게 다 부인 덕이지. 너도 빨리 결혼해서 애도 낳고 해야지. 그거, 예술 같은 거 하면서 인생 허비 고만 허고…….

속으론 버럭 했지만 화를 내는 대신 찬 소주를 한 잔 마셨다. 그는 쉴 새 없이 이야기를 했고, 나는 연거푸 술을 마셨다. 그는 주로 내게 충고를 했고, 나는 들었다. 그가 연신 내 접시에 고기를 올려놓았다. 나는 그와 관련된 또 하나의 이야기가 떠올라 기분이 더러워졌는데, 겉으로는 물론 티를 내지 않았다. 대신 그가 올려놓은 고기를 상추에 싸 먹었다.

술은 거의 끊었는데, 담배는 안 되데.

담배에 불을 붙이며 그가 말했다. 나는 배가 불렀고, 점점 취기가 돌았다. 그는 내게 자주 술을 권하고 건배를 청했지만 정작 술을 많이 마시지는 않았다. 그가 고기를 몇 인분 더 시키는 것을 내가 말렸지만 말을 듣지 않았다. 인생에서 단 한 번도 내 말을 들은 적이 없는 사람이었다. 잠시 잊었다.

애들 엄마하고, 애들 불렀다. 가까운 데 사는데 인사도 시킬 겸, 저녁도 안 먹었다고 해서.

가족들?

자주 볼 건데, 어떠냐. 기회가 될 때 봐야지.

…….

안 그래도 니 얘기 많이 했어, 우리 마누라한테.

내 얘기, 뭐? 무슨 얘기?

나는 갑자기 발끈했다. 그가 고기를 뒤집으며 천천히 고개를 들어 나를 바라보았다. 그는 하나도 변하지 않았다. 아니 너무나 다른 사람이 되었다. 나는 술에 취해서 그런지 헷갈렸고, 뭐가 뭔지 잘 알 수 없었다.

그는 돈만 갈취하는 것에서 나아가 나를 종처럼 부리기 시작했다. 나는 그의 비서였고, 사랑스런 애완견이었고, 똘마니였다. 나의 주인은 그가 유일했지만 아이들은 나를 자기 똘마니 취급했다. 바로잡을 방법이 없었다. 아이들은 내게 툭하면 주먹을 휘둘렀고, 때마다 나는 저항했지만 맞았다. 나는 그를 위해 점심시간마다 도시락 뚜껑을 들고 다른 반을 돌아다니며 맛있는 반찬을 구걸하러 다녔고, 숙제를 대신 했으며, 심지어 시험도 대신 볼 때도 있었다. 그와 내가 무슨 운명인지, 시험 보는 자리마저 바로 옆줄이었고, 맨 뒷자리였다. 그렇게 되도록 그가 자리 배치를 했다. 우리는 시험지를 걷는 순간 바꿔치기했다. 그가 본 시험점수가 내 것이 되었다.

나는 두려움을 느끼거나 자의식이 뭔가를 판단할 능력마저 사라진 것 같았다. 때론 실제로 그와 같이 있는 게 재미있게 느껴질 때도 있었기 때문이었다. 진짜로 나는 개가 된 것 같았다. 그냥 몸이나 편하면 괜찮다 여겼다.

그는 어디를 가든지 나를 데리고 다녔다. 당구장에 가거나, 만화방에 가거나, 술을 마시거나, 미팅을 하거나 어디든지 나를 데리고 다녔다. 당구장에 따라가 그가 당구 치는 것을 구경하기도 했고, 만화방에 가서 컵라면에 물을 받아주기도 했다. 술자리 한구석을 차지하고 그가 마신 술값을 계산하기도 하고, 미팅을 따라 나가 폭탄을 자처하며 그의 존엄함을 높이기 위해 애를 쓰기도 했다. 나는 그를 위해서만 존재했다. 그무렵 그는 나를 상납자에서 빼주었는데, 나는 그게 진심으로 너무 고마워서 눈물이 날 지경이었다. 나는 그의 사랑을 느꼈다. 친구가 된 것 같았다. 예전처럼 때리지도 않았고, 아이들로부터 보호해주기까지 했다. 나는 여전히 그의 똘마니였지만, 아이들의 똘마니에서는 탈피할 수 있었다. 아이들은 나를 피했지만, 전과는 다른 이유에서였다. 그 일이 있기 전까지는 정말 그가 나를 친구로 받아들인 줄 착각했다.

양재준이, 너 나를 위해 뭐든 할 수 있지?

그럼, 그렇고말고. 우린 친구잖나.

내가 돈이 좀 많이 필요한데, 말이야.

돈? 얼마나 필요한데? 한 번에 집에서 타내기가 좀⋯⋯.

그래서 내가 좋은 생각이 있는데 말이다. 니가 진짜 나를 아낀다면 말이다. 한 번만 도와주라.

명령이 아니라 처음으로 그가 내게 부탁을 했다. 들어주지 못할 이유가 없었다. 그를 위해 뭐든 할 준비가 돼 있었다. 지난한 1년의 시간이 지나가고 있었다. 겨울이었고, 방학을 앞두고 있었다.

그의 단란한 가족과 마주 앉았다.

말씀 많이 들었어요. 꼭 한 번 보고 싶다고 입에 달고 살았는데, 이렇게 가까운 곳에 계실 줄 어떻게 알았겠어요. 전화를 받고 깜짝 놀랐어요.

네, 그렇지요. 뭐.

나는 그와 그의 아내를 번갈아 바라보았다. 아내는 상당한 미인이었다. 그것 때문에 또 신경질이 조금 나기 시작했지만, 마음을 고쳐먹었다. 짐짓, 짐작으로 나는 무슨 사연이 있을 거라 생각했다. 아내의 미모나 나이로 보아, 술집 같은 유흥업소에서 만났을 거라 속으로 단정해버린 것이다. 그의 행실로 보건대, 평범한 여자는 아닐 거라는 생각이 들었기 때문이었다. 그가 어리고 미모의 여자를 만날 수 있는 곳이 어디겠는가. 어쨌든 그녀는 중1과 초등학교 5학년이라는 두 명의 아이를 둔 아줌마라고는 믿기지 않을 만큼 너무나 어리고 예뻤다. 기껏해야, 이십대 후반으로밖에는 보이지 않았다. 아이들도 예의 발랐는데, 인사를 하고는 한쪽 테이블에 앉아 조용히 저녁을 먹었다.

가족들도 부르지 그러셨어요.

아직, 혼자라네.

아니, 왜 결혼을 안 하셨어요?

무슨 예술을 하느라 그랬대.

그래도 빨리 결혼해서 안정을 찾으셔야지요. 남편 어렸을 적 친구는 처음 봐요.

뭐, 사는 게 바쁘다 보니 모두 그렇죠. ……균수는 어떻게 만났어요?

취기가 돌아 혀가 꼬였다. 살짝 비꼬고 싶은 마음이 들었다.

학교 선배예요. 같이 무용하다가 보니.

……무용이요?

나는 취한 와중에도 눈이 번쩍 뜨여, 놀란 눈으로 그를 쳐다보았다.

몰랐나? 나, 발레 두 달 연습해서 무용과 갔잖나. 몸 쓰는 거 말고는 할 줄 아는 게 있어야지. 허허. 체육과나 가보려고 했는데…… 지방대라 무용과가 지원자가 없다고 해서, 허허. 남자 무용수가 필요하다는 거야. 그냥, 여자만 좀 들어주면 되는 일이니까. 허허.

그가 쑥스러운 듯 웃었다. 그것이 영 어색해서 나는 토를 할 뻔했다.

정균수가 무용수라니. 그건 말이 되지 않는 이야기였다. 그의 부인은 그가 어떤 사람인지 알기는 아는 것인지, 궁금해졌다.

내 얼굴이 좀 일그러진 모양이었는지, 어색한 기운이 감돌았다. 나는 연거푸 소주를 몇 잔 더 마셨는데, 완전히 취하기 직전이었다. 가까스로 정신을 차리고 앉아 있었다. 시간이 지날수록 낭패감이 심해졌는데, 처음에 시작됐던 그에 대한 반감은 점점 무뎌지고, 나 스스로에 대한 자책으로, 도대체 나는 뭐가 문제인지, 골똘해졌다.

저기, 재준 씨 혹시 종교는 있으세요?

종교요? 무슨…….

저희 같이 교회 다녀요. 이 사람도 얼마나 열심인지 몰라요. 이번에 안수집사 됐어요.

어허, 자네, 쓸데없이.

너도 다닌다고? 교회를?

근처니까 부담 없을 건데. 목사님이 얼마나 자상한지 몰라요. 이번 주에 같이 가요. 아, 내일이 마침 주일이네요.

정균수, 교회를 다닌다고?

나는 헤실헤실 웃기 시작했다. 반전의 연속이었다. 내가 알던 그가 그인지 헷갈렸다. 내가 왜곡된 기억을 가지고 있는 것인지, 과장해서 그를 기억하고 있는지, 미친 것인지, 정말이지 혼란스러웠다. 나는 계속 미친 사람처럼 웃었다. 떨어져 앉아 있던 그의 아이들이 멀뚱히 나를 쳐다보았다. 나는 웃겨서 죽을 것만 같았다.

웃을 일은 아니네. 너도 구원 받아야지 마음이 좀 다스려지지. 언제까지 그렇게 살려고 그러냐.

나는 웃음을 멈추지 않았다. 멈춰지지 않았다. 그가 나보고 왜 그렇게 사냐고 말하는 것 같았다. 그렇게 살지 말라고 말하는 것처럼 들렸다. 그는 진지했다. 그런 것처럼 보였다.

그해 겨울, 그는 나를 데리고 한적한 거리로 나섰다. 공단 근처였는데, 겨울밤, 가로등이 없어서 거리는 암흑이었다. 추운 날씨 때문에 풍경은 더욱 황량하고 을씨년스러웠다. 아주 가끔 자동차가 도로 위를 빠르게 지나갔다. 그가 부탁한 것은 간단했지만 용기가 필요한 일이었다. 내가 도와줘야 될 일은 쉬운 일이었지만, 아무나 할 수 있는 일은 아니었다. 나는 그를 위해 달리는 차로 뛰어들기만 하면 되었다. 알리바이를 완성하기 위해 허름한 자전거도 그가 훔쳐왔다. 자전거를 타고 가다가 달리는 차에 슬쩍 치어 넘어지면 됐지만, 그게 마음처럼 쉬운 일이 아니었다. 너무 무서웠고 난감했다. 내가 망설이자 그는 예전의 그로 돌아갔다. 어둠 속에서 나를 노려보는 그의 눈빛에 사랑이 사라졌음을 느낄 수 있었다. 나는 그의 사랑을 되돌려야만 했다.

결국 망설이는 나를 위해 그가 인도에서 밀어주었다. 나는 전속력으로 달리는 차에 뛰어들었다. 급정거하는 소리가 쌀쌀한 공기를 날카롭게 갈랐다. 운전자와의 흥정은 그가 했다. 보험을 부를 것도 없이, 구급차를 부를 것도 없이, 그 자리에서 그는 운전자와 합의를 보았다. 그가 따라가서 돈을 받아왔다. 나는 팔과 다리, 갈비뼈가 부러져 겨울 내내 병원 신세를 졌다. 죽지 않고 그래도 그만한 게 다행이었다. 부모님께는 뺑소니를 당했다고 거짓말을 했다. 그는 그 무렵, 두 살 많은 다방 여종업원을 사귀기 시작했는데, 꽤 두둑한 합의금으로 그녀와 여행을 갔다. 그는 병문안도 한 번 오지 않았다. 그 겨울, 나는 완전히 혼자였다.

남편은 어렸을 때 어땠어요?

……어렸을 때 만난 거 아니던가요?

나는 그의 눈치를 보았다.

군대 갔다 와서 복학생이었으니까, 완전히 어린애는 아니었지요. 저하고 일곱 살 차이 나거든요. 아시겠지만, 이 사람 처음 봤을 때에는 수줍음이 너무 많아서, 말도 못하고 얼굴만 빨개져가지고…….

허허, 별소리 다 허네.

나는 쉬지 않고 술을 마셨다. 그의 아내를 뚫어지게 쳐다보았다가, 그를 번갈아 바라보았다. 자꾸 그의 얼굴이 뭉개지며 형체가 사라졌다. 눈을 치켜뜨고 그를 똑바로 보았지만, 금세 그의 얼굴은 뿌예졌다.

수줍은 균수라. ……성실하고 착했죠, 균수.

나는 정색하고 말했다. 내뱉은 실없는 소리에 헛웃음이 나왔다. 씁쓸해졌다.

운명이라는 것이 그렇게 그가 마음먹은 대로만 되는 것이라면 하나님은 불공평한 신이 맞았다. 나는 2학년이 되어서도 그와 같은 반이 되었다. 개학하고서도 한동안 나는 목발을 짚고 다녔다. 그도 양심이 있었던지, 나를 내버려두었다. 그게 나는 또 불안해서 견딜 수 없어 주변을 맴돌았다.

여름 방학이 가까워지자 우리는 예전의 주종 관계를 회복했다. 마치 버림받은 애인에게서 용서를 받은 느낌이었다. 나는 그를 위해 다시 열심이었다. 방학이 가까워오자 나는 기꺼이 그를 위해 자해공갈의 일원이 되어 몸을 희생할 각오가 되어 있었지만, 그는 다시 그런 일을 제안하지는 않았다. 그 무렵 그는 희정이라는 여학생에게 마음을 빼앗겼는데, 뭔가 잘되지 않는 분위기였다. 그도 그럴 것이 그녀는 아주 평범한 고등학생이었기 때문이었다. 우리는 평범하지 않은 고등학생이었고.

그는 이제껏 만났던 여자와는 달랐기 때문에 어떻게 해야 그녀의 마음을 얻을 수 있는지 방법을 알지 못했다.

그는 갑자기 안 하던 짓을 했다. 가끔 멍하니 창문 밖을 쳐다보며 상심에 빠지곤 했다. 나는 아무 말도 하지 않았다. 희정이와 나는 어렸을 적부터 같은 교회를 다닌 남매 같은 사이였다. 그가 좋아하는 여자가 희정이라는 것을 알고서도 나는 내색하지 않았다. 당연한 일이었다.

삶의 총체적 문제는 언제나 우연에서 비롯된다. 세상에 필연적인 것은 없다. 우연이 결국 필연적인 운명을 만들어가는 것이다. 그냥 평범한 하루였다. 그와 나는 중학생들에게 돈을 뜯어내기 위해 골목길을 헤매고 있었다. 한적한 골목에서 그녀와 마주쳤다. 그녀의 집 근처였다.

왜 요즘 교회 안 나와? 무슨 일 있어?

……응……별일은.

나는 말을 얼버무리며 그의 눈치를 보았다. 그는 멀찍이 떨어져 우리를 바라보았다. 나는 서둘러 그녀를 돌려보내려고 애를 썼다.

니 친구니? 조금 불량해 보여. ……무서워.

그를 힐끔거리며 그녀가 말했다.

아니야, 절대 그런 애 아니야. 착해, 겉모습만 그렇지.

그가 내가 하는 말을 충분히 알아들을 수 있을 만큼 떨어져 있었기 때문에, 아니 혹 그가 알아들을지도 모를 일이어서 그녀에게 솔직하게 말해줄 수 없었다. 그녀를 돌려보내자마자 그가 다가왔다.

가서 얼른 데려와.

누구? 쟤? 왜?

나는 떨리는 음성으로 그에게 물었다.

몰라서 물어? 왜 나한테 얘기 안 했냐? 내가 어떻게 할까봐?

무슨 얘기하는지 모르겠어.

나는 너무 겁이 나서 다리가 후들거리기까지 했다. 거짓말을 하면 이상하게 몸이 떨렸다.

일단 데려와, 데려오고 얘기하자고.

그는 엄청 화가 난 듯 보였는데, 눈빛이 무서워서 오금이 저렸다. 나는 그녀를 잡으러 뛰기 시작했다. 겨우 그녀의 집 대문 앞에서 그녀를 불러 세웠다. 그녀가 나를 놀란 눈으로 쳐다보았다.

잠깐, 잠깐이면 되는데, 할 얘기가 있어서 그런데…….

나는 숨을 헐떡이며 말했다. 그녀의 눈을 똑바로 바라볼 수가 없었다.

지금? 씻고 학원 가야 하는데.

잠깐, 잠깐이면 돼.

불안했지만 어쩔 수 없는 일이었다.

그럼, 옷만 갈아입고 나올게, 조금 기다려줄래?

그녀는 한참 있다가 나왔다. 그사이 나는 열중쉬어 자세로 그에게 맞았다. 그는 내 왼쪽 가슴을 세차게 주먹으로 때렸다. 숨이 멎는 것 같았다.

앞으로 그러지 마라.

미, 미안해.

잘하면 되지.

잘할게.

그가 용서를 해주니 감격스러웠다. 그날 밤, 나는 어떻게든 그에게 희정을 맺어주려고 안간힘을 썼고, 그 결과는 참혹했다.

니가 사는 게 힘들었다고? 무엇이, 뭐가 그렇게 힘들었는데?

나는 술에 취해 횡설수설했다. 그의 아내는 당황한 표정이었지만, 그는 그럴 줄 알았다는 듯, 표정의 변화가 없었다.

애들 좀 집에 보내고 오지. 늦었는데.

그가 아무렇지도 않게 살고 있는 것이 화가 나고 분노가 일었다. 그간 내가 떨치지 못한 기억 때문에 얼마나 고통받으며 살아왔는지, 그와 나누고 싶었다. 아니, 그건 거짓말이었다. 나도 아무렇지 않게 잘 살아왔고, 그를 보자 오래전의 일이 떠올랐고, 그런 일이 있었다는 것에 화가 난 것뿐이었다. 그렇다고 해도 그가 아무런 문제 없이 잘 살고 있다는 것은 안 될 일이었다. 그를 한 번도 떠올려본 적이 없다는 것은 물론 거짓말이었다. 외면하고, 망각하려 애쓰던 과거의 시간이 우연히 만난 그 때문에 너무나 선명해졌다. 나는 왜 인생이 그렇게 삐뚤어졌는지 그제야 알 것 같았다. 그만 잘 살고, 나는 그렇지 못한 것이 억울했다. 꼭 그런 것만 같았다. 나는 엉엉 울기 시작했다. 아이들이 우는 내게 꾸벅 인사를 했다. 나는 식당을 나서는 그들을 불러 세웠다. 그의 아내가 놀란 눈으로 쳐다보았다. 아이들도 마찬가지였다.

이름이 뭐라고들 했지?

효인이요.

남자아이가 기어들어가는 목소리로 대답했다.

공부를 열심히 해야 한다.

나는 울음을 그치고 짐짓 어른스럽게 말하며 지갑에 있는 돈을 모두 꺼내어 아이들에게 용돈을 주었다. 그가 피식 웃었다. 한쪽 입꼬리가 살짝 말려 올라갔다.

그날 밤, 우리 셋은 술을 마시기로 했다. 아니 그가 원했다. 돌아서는 희정을 내가 억지로 잡았다. 술집에 갈 수 있는 나이가 아니었으니, 우리는 근처 대학교의 교정으로 자리를 옮겼다. 초여름이었지만 밤에는 제법 쌀쌀한 기운이 감돌았다. 희정과 나는 술을 마시지 않았다. 희정이 나를 힐끔거렸다. 평소 알던 나와는 많이 달랐기 때문이었다. 나는 그녀의 시선을 모른 척했다. 소나무숲 우거진 벤치에 앉아 그는 술을 마시고 그녀와 나는 멍하니 불 켜진 건물을 내려다보았다. 우리 셋은 말이 없었다. 한참 만에 그가 말문을 뗐다.

가서 소주 한 병 더 사 와라. 담배도 좀 사 오고.

무슨 학생이 그래요.

후다닥 일어서는 나를 보며 희정이 톡 쏘아붙였다.

거기는 좀 가만히 앉아 있지요.

내가 애절하게 희정을 바라보았다. 치욕스러웠지만, 그보다 그가 더 두려웠다. 희정이 도로 벤치에 앉았다. 나는 뛰어서 술과 담배를 사러 갔다.

서둘러 갔다 와보니 두 사람의 모습이 보이지 않았다. 갑자기 눈앞이 깜깜해졌고, 불길한 적막이 등줄기를 따라 흘러내렸다. 서늘하고 날카로운 섬뜩함이 머릿속을 갈랐다. 심장이 요동쳐서 터져버릴 것만 같았다. 나는 조용히 벤치에 앉았다. 어디선가 인기척이 있었지만 소리 나는 쪽을 돌아보지 않았다. 간혹, 외마디 비명을 우악스러운 손으로 막는 듯, 처참한 발악이 전해져왔지만, 나는 아무것도 들을 수 없고, 모른 척 벤치에 가만히 앉아 있었다. 정말, 아무 소리도 들리지 않는 것 같았다.

귓속에 벌레가 들어앉은 것처럼 울어댔다. 나는 아무 소리도 들을 수 없었고, 무엇도 볼 수 없었다. 얼마가 지났을까, 누군가 내 쪽으로 오는 소리가 들려왔다. 점점 가까워지는 그 소리가 너무 섬뜩해서 도망가고 싶어졌다. 오줌이 마려웠다.

가서 좀 닦아줘라.

그가 내게 처음 한 말이었다. 술 냄새가 확 풍겼다. 나는 언뜻 무슨 말인지 알아듣지 못해서 그를 멍하니 쳐다보았다.

시발아, 가서 좀 닦아주라고.

몸이 벌벌 떨렸다. 그가 떠미는 쪽으로 엉금엉금 기다시피 다가갔다. 광경은 처참했다. 희정은 정신이 혼미한 상태로 널브러져 있었다. 처음에는 그녀가 죽은 줄로만 알았다. 몸이 떨려서 주체할 수가 없었다. 여자의 사타구니를 본 것이 처음이었다. 온통 피범벅이었고, 맞았는지 입가도 터져 있었다. 나는 천천히 그를 뒤돌아보았다.

왜, 너도 하고 싶으냐? 맘대로 해.

그의 얼굴이 보이지 않았다. 새까만 어둠 속에 묻혀 그의 모습이 보이지 않았다. 그의 목소리가 세상의 것이 아닌 것처럼 들렸다. 새까만 윤곽이 점점 멀어지기 시작했다. 작아지며 사라졌다. 나는 교복 윗도리를 벗어 피범벅인 그녀의 사타구니를 닦기 시작했다. 희정이 천천히 몸을 일으키며 나를 밀어내고 몸을 가렸다. 그녀도 벌벌 몸을 떨고 있었다. 나는 움찔 한 발 뒤로 물러섰다.

……미, 미안하다.

……더러운 새끼. ……넌, 지옥에 갈 거야.

그녀가 겨우 입술을 움직여 말을 뱉었다. 희미하게 날아온 그녀의 목소리가 내 몸에 새겨진 첫 번째 문신 같았다.

그와 나는 온전히 침묵했다. 가끔 나는 술잔을 들었고, 때마다 그는 가만히 술잔을 채워주었다. 한참 만에 그가 입을 뗐다.

지난날, 미안하다. 언젠간 보겠지 했는데, 갑작스럽다만, 마음이 그래도 좀 홀가분하네.

내가 고개를 들어 그를 쳐다보았다. 뭐가 홀가분하다는 것인가, 속으로는 되묻고 있었지만, 나는 그저 뿔테안경 너머 그의 눈만 바라보았다.

……뭐가.

나는 고개를 숙였다. 그의 아내가 돌아오자 우리는 식당을 나섰다. 괜찮다는데도 나를 집까지 데려다주겠다고 막무가내였다.

중산 11단지라고 했지?

됐어. 그냥, 혼자 간다니까.

스으, 그러지 마라.

그가 혀 끄는 소리, 앞니를 물고 숨을 들이켰다. 뱀이 내는 소리같이 숨을 들이켜며 스으, 나는 어렸을 적으로 다시 돌아간 것 같았다. 나는 그의 아내가 운전하는 차에 몸을 실었다.

자주 보자, 예전에 친했잖아. 난 너무 좋다, 다시 만난 것이.

……그래, 그래야지.

그들은 나를 11단지 앞에 내려주었다. 입구까지 간다는 것을 겨우 뿌리쳤다. 멀어져 가는 그의 차를 바라보자, 자꾸 눈물이 흘렀다. 집까지 삼십 분은 걸어야 했다. 외진 곳이라 택시도 없었다. 큰길가를 향해 터덜터덜 걷기 시작했다. 몇 걸음 뗐을 때 문자가 하나 들어왔다.

'내일 교회 같이 가자, 전화하자.' ▪

이장욱

절반 이상의 하루오

1968년 서울 출생. 고려대 노문과와 동대학원 졸업.
2005년『문학수첩』등단.
소설집『고백의 제왕』. 장편소설『칼로의 유쾌한 악마들』.
〈문학수첩작가상〉〈웹진문지문학상〉수상.

절반 이상의 하루오

1

내 일본인 친구의 이름은 다카하시 하루오高橋春夫인데, 그는 일본인
답지 않게 여행을 매우 좋아했기 때문에 전 세계에 친구를 가지고 있었
다. 하루오 자신의 말을 그대로 옮기면 이렇다. 나, 하루오는 일본보다
다른 나라에 친구들이 더 많다.

실제로 세어보지는 않았다고 하지만 아마 사실일 거라고 생각한다.
그는 연중 일본보다 일본 바깥에 있는 시간이 더 길고, 일본에 있을 때
는 "죽은 듯이" 시간을 보낸다고 한다. 아무도 만나지 않고 아무런 활
동도 하지 않는다. 일부러 그러는 건 아닌데, 지내고 보면 그렇게 된다
는 것이다. 심해어나 바다거북처럼 시간을 보내다가 문득 비행기를 타
고 다른 나라로 날아간다. 그게 나, 다카하시 하루오가 살아가는 방식

이다. 그는 그렇게 말했다.

그럼 무슨 돈으로 생계를 유지하는가? 여행은 무슨 돈으로 다니는가?

이것은 나의 질문이었지만, 곧 우문임이 밝혀졌다. 나는 여행을 하는 것이 직업이고, 여행을 함으로써 생계를 유지한다—는 것이다.

하루오의 대답은 사실이었다. 그의 홈페이지를 방문해보면 유수의 다국적 기업들이 배너광고를 띄워놓고 있었다. 한 귀퉁이에는 내가 일하는 외국계 회사의 광고도 보였다. 마케팅 코디네이션팀—이라고는 하지만 몇 안 되는 국내 대리점들의 공동 프로모션을 관리하는 수준—에서 일하게 된 지 얼마 되지 않았지만, 앞으로 해외 쪽으로 나가게 될지도 몰랐다. 그건 내가 바라는 바였다.

하루오는 영어로 홈페이지를 운영하고 있었는데, 그는 거기에 자신의 여행담을 연재하는 중이었다. 그 여행담은 꽤나 인기가 있는 모양이어서 전 세계에 폭넓은 독자층을 갖고 있었다. 조회수를 보면 1만 회는 보통이었고, 어떤 게시물은 10만을 넘기는 경우도 있었다. 덕분에 그는 세계 각국의 다종다양한 잡지에 자신의 글을 싣게 되었고, 책도 몇 권 냈다고 했다. 그리고 언젠가부터 여행은 그의 취미가 아니라 직업이 되었다는 것이다.

나는 영어공부 삼아서 자주 그의 홈페이지에 들렀다. 하루오의 문장은 대개 단문이었고 어려운 단어는 거의 없었다. 영어는 하루오에게도 내게도 외국어였으니까—라고 말하면 이상하지만, 바로 그래서 편하기도 했다.

그의 글은 여행정보를 전달하는 류의 것은 아니었다. 파리에 가면 노천주점에서 홍합요리를 먹어보라거나, 페테르부르크에서는 에르미타

주 박물관보다 러시아 미술관이 좋다거나, 뉴올리언스라면 밤의 버번 스트리트를 강추한다거나—그런 글이 아니라는 뜻이다. 일본과 비교하자면 이곳은 이렇고 저곳은 저렇다는 식의 내용도 없었다. 그는 관광지를 소개하지도 않았고 특별히 일본인으로서 글을 쓰지도 않았다. 그렇다고 맛깔스러운 에세이나 지적이고 감성적인 여행기도 딱히 아니었다. 나로서는 그런 것이 왜 그리 인기가 있는지 알 수 없을 정도로 그냥 무색무취하다고 할까. 그러면서도 나 자신부터 그의 게시물들을 멍하니 읽고 있으니 신기하다면 신기한 노릇이었다. 글에다가 중세의 마법 같은 걸 걸어놓은 게 아닌가 싶을 정도였다.

사실 그는 자신의 행적을 글과 사진을 통해 노출할 뿐이었다. '노출'이라고 해서 사생활을 까발리면서 쾌감을 얻는다는 뜻은 아니다. 말하자면 자신이 있는 곳에서 자연스럽게 살아가는 모습을 옮겨 적는다고 하는 편이 옳았다. 그곳이 뉴욕 타임스스퀘어이건 치앙콩의 후미진 골목길이건 개의치 않는다는 투였다. 타임스스퀘어에서는 뉴요커처럼 살았고 치앙콩에서는 치앙콩에서 나고 자란 태국인인 듯이 살았다. 그랬다. '살았다'고 말할 수밖에 없는 방식으로, 하루오는 여행을 했다. 그걸 '여행'이라고 할 수 있다면 말이지만.

어쨌든 낯설고 새로운 게 없지 않을 텐데, 하루오는 그런 것에 별다른 관심이 없는 것 같았다. 기껏해야 자기가 어디에 있는 것인지 갑자기 어리둥절해졌다는, 그런 정도의 느낌뿐이었다. 낯섦에 관심이 없는 여행가라니—이건 거리 풍경에서 매일 신기함을 느끼는 노선버스 기사만큼이나 도대체 말이 안 되는 게 아닌가.

나는 그렇게 생각했지만, 독자들 가운데는 실제로 '프렌드'가 된 사람들도 있다고 하루오는 말했다. 어떤 친구는 온라인의 글로만 알고 있다가 우연히 여행을 간 곳에 살고 있어서 만나게 되고, 어떤 친구는 여행길에서 만났다가 나중에 그의 홈페이지에 들어와 연락을 주고받게 되고, 그렇다는 것이다.

우리—나와 그녀—로 말하자면, 후자의 경우였다. 여행 중에 만난 뒤 홈페이지에 들어가 독자가 되었다는 뜻이다.

2

하루오를 만난 건 몇 해 전 델리에서 바라나시로 가는 야간열차 안에서였다. 그녀와 나는 만난 이후 처음으로—실은 처음이자 마지막으로—함께 여행을 떠난 참이었다. 그것도 해외여행을.

사실 그녀는 외국이 익숙했지만, 나는 그렇지 않았다. 그때 나는 추리닝에 토익책을 끼고 사는 취업준비생이었다. 고교 시절까지만 해도 파일럿이 장래희망이었지만 해외여행이라고는 중국에 가본 게 전부인 위인이 나였다. 그것도 아버지가 추진한 동네 노인회의 마을여행에 억지로 끼어서였다. 사내는 모름지기 넓은 세상을 알아야 한다 —그게 아버지가 나를 어르신들의 중국여행에 끼워 넣은 이유였다. 당신 자신이 비행기를 처음 타본다는 이야기는 하지 않았다. 내가 그때 '중원'의 넓은 세상에 나가서 한 것이라고는 건강식품을 파는 상점에서 가이드의 지루한 설명을 들으며 물건을 집었다 놨다 집었다 놨다 했던 것뿐이다.

그녀는 달랐다. 전 세계에 라인을 갖고 있는 외국계 N항공사의 객실 승무원이 되었으니까. 나는 파일럿이 꿈이었으되 책상머리에 앉아 핏발 선 눈으로 컴퓨터 화면을 노려보는 사무직원이 될 것이었고, 그녀는 안정된 공무원이 꿈이었으나 고도 9천 킬로미터의 허공에서 일하는 스튜어디스가 될 것이다. 이제 막 입사했을 뿐이지만 인천을 베이스로 미주 등지를 왕복하게 될 그녀의 미래는 밝았다. 미국 내의 호텔에서 퍼디움(체류비)을 받으며 머물 자격이 있는 인생이라는 얘기다.

그러니까 이건 거대한 쇳덩어리인데 어디든 날아갈 수 있단 말야. 가벼운 솜털이 가지 못하는 곳을 무거운 쇳덩어리는 왕래할 수 있다는 거지. 그녀는 첫 비행을 마치고 난 소감을 그렇게 말했다. 얼굴이 달떠 있었다. 꽤나 낭만적인 소감이네—나는 그렇게 이죽거릴 뻔했지만, 그녀는 내 기분을 알아차리지 못하고 말을 이었다.

하룻밤 내내 비행기를 타고 머나먼 도시로 날아갔다가, 그곳의 호텔에서 시간을 보낸 후 다시 돌아오는 생활인 거야. 바다 건너의 마천루에 도착하면, 스무 시간밖에 날아가지 않았는데도 이틀이 지나 있는 거지. 돌아올 때는 반대야. 스무 시간이나 날아왔는데도 두 시간밖에 안지나 있어. 시간을 호주머니에 넣었다가 다시 꺼내는 꼴이랄까.

그녀는 갓 내린 커피를 마시며 대단히 흥미롭다는 어조로 말했다. 그날 우리는 만난 뒤 처음으로 술을 마시지 않고 헤어졌다.

그녀 역시 내 꿈이 비행사였다는 걸 알고 있었다. 어렸을 때는 아카데미의 팬텀 시리즈나 하세가와 모델들을 수집했고 나중에 항공학교로 진학하는 걸 당연하게 생각할 정도였다. 집에서도 물론 반대하지 않았다. 문제는 시력이었는데, 고교 때 시력이 급격히 안 좋아졌기 때문에 안경을 써야 했던 것이다. 중대한 결격사유였다. 하지만 나는 꿈을 접지 않았다. 부모님을 졸라 라식수술을 받은 것이다.

그리고 그것으로, 모든 꿈이 물거품처럼 사라졌다. 나중에 알게 된 사실이지만 눈 수술은 치명적이었다. 신체검사 때 의사는 이렇게 말했다. 비행기라는 것은 전후좌우뿐 아니라 위아래로도 움직이는 기계지.

비행사는 급격한 중력의 변화에 견뎌야 해. 그런데 라식은 망막을 깎아내는 수술이야. 결론은? 기압이 갑자기 높아지면 시야가 흐려질 수도 있고, 최악의 경우 안구 자체가 터져버릴 수도 있다는 거지.

나는 하늘에서 안구가 터지는 상상을 했다. 수없이 했다. 구름 속을 날아가다가 갑자기 거대한 태풍을 만난다. 기체가 상하좌우로 급격히 흔들린다. 그러다 문득 태풍의 눈으로 진입한다. 태풍의 눈은 고요로 가득하다. 그 고요의 한가운데서 갑자기 안구가 펑, 터져버리는 것이다. 시야가 사라진다. 시야가 캄캄해지는 게 아니라, 시야라는 것 자체가 그냥 없어진다는 뜻이다. 상상력이 꿈을 죽이기도 한다는 것을, 나는 그때 알았다. 이불을 뒤집어쓰고 상상을 반복한 끝에, 나는 흔쾌히 꿈을 접을 수 있었다.

하지만 요즘도 출장을 갈 때마다 공항에 들어서면 묘한 느낌이 든다. 그곳에서는 모두들 제 몸만큼 커다란 가방을 두어 개씩 끌고 머나먼 곳으로 떠나거나 머나먼 곳에서 돌아온다. 그런 곳에서 정장을 한 채 보딩 패스를 받고, 수화물을 보내고, 출국심사를 받기 위해 줄을 서서 허공을 바라보고 있으면…… 하릴없는 생각들이 나를 사로잡는 것이다. 세상의 모든 목적지들이란 어떻게 태어나는 것일까. 사람에게 목적지가 필요한 게 아니라 목적지가 사람들을 필요로 하는 게 아닐까. 인간이 떠나고 돌아오는 게 아니라 떠날 곳과 돌아올 곳이 인간들을 주고받는 게 아닐까—알록달록한 표지로 된 서양 잠언집의 문장 같은, 그런 생각들 말이다. 그러니까, 그녀에게 여행을 제안한 건 나였다.

열차는 꽤 지저분했다. 침대차였지만 쿠페식이 아니라 개방형이었다. 위아래로 두 칸씩의 침대가 마주 보는 형태였다. 바닥에는 오물들이 흩어져 있고 상한 과일향기 같은 것이 차내를 흘러 다녔다. 나와 그녀는 냄새 같은 것은 아랑곳없이 창밖과 열차 안을 번갈아가며 구경하고 있었다. 한국을 떠날 때는 한겨울이었는데 인도에 도착하니 초가을이구나. 그녀가 하나 마나 한 말을 중얼거렸다. 그게 지구라는 물건이야. 나 역시 하나 마나 한 말로 대꾸했다. 과연 그렇다고, 그녀는 고개를 끄덕였다. 낮의 창밖으로는 어느 나라에나 있을 법한 정겨운 시골 풍경이 지나갔고 밤의 창밖으로는 역시 어느 나라에나 있을 법한 캄캄한 어둠이 흘러가고 있었다.

시타푸르쯤을 지날 때였던가. 열차 안에서 바닥의 오물들을 치우기 시작한 사람이 있었다. 잠을 자거나 무료하게 시간을 보내고 있는 사람들 사이에 얌전히 앉아 있다가 문득 몸을 일으키더니, 어디선가 빗자루와 걸레를 가져와 물까지 슬슬 뿌려가며 객차 바닥을 청소하기 시작한 것이다. 중키에 호리호리한 체구의 젊은 남자였다. 남자가 그 열차의 직원이 아니라는 것은 누구나 알 수 있었다. 낡은 면바지에 헐렁한 그레이 티셔츠를 걸친, 평범한 복장을 하고 있었으니까.

저 사람, 뭐 하는 거야? 그녀가 남자 쪽을 턱으로 가리켰다. 다른 승객들 역시 그런 남자를 이상하다는 듯이 바라보고 있었다. 남자는 웃음 띤 얼굴로 승객들과 인사까지 나누며 청소를 계속하고 있었다. 남자가 가까이 다가왔을 때에야, 우리는 그의 얼굴이 인도인과는 다르다는 것을 깨달았다.

남자가 내 자리까지 와서 다리를 들어달라고 청했다. 나로서는 자연스럽게 그에게 말을 걸 기회가 생긴 셈인데, 내 입에서 나온 영어란 겨우 이런 것이었다.

당신은, 무엇을 하고 있습니까?

남자는 고개를 들어 나를 바라보더니 당연하다는 듯 대답했다.

나는, 청소를 하고 있습니다.

그의 싱거운 대답에 나는 다시 질문했다.

내 말의 뜻은, 왜 당·신·이· 청소를 하고 있는가 하는 것입니다.

나는 '당신이'에 강세를 두고 말했다. 남자는 무표정하게 나를 바라보며 대답했다.

왜 내·가· 청소를 하면 안 되는 것입니까?

남자 역시 '내가'에 힘을 주어 대답했다. 나는 어이가 없어져서 실없는 웃음을 터뜨리고 말았다. 그녀가 끼어들었다.

이곳은 인도이고, 우리가 있는 곳은 다른 곳도 아닌 야간열차 안입니다. 인도의 열차는 대개 이렇게 지저분하고 오래된 차량으로 되어 있습니다. 그것은 자연스러운 것입니다. 그것 자체가 인도의 일부라고 할 수 있습니다. 당신은 직원이 아니라 승객이며, 그렇기 때문에 청소를 할 필요가 없다고 우리는 생각합니다.

거의 연설에 가까운 그녀의 말을 듣고 나더니, 남자는 천진한 표정으로 빙긋, 웃었다. 그리고 그가 한 말은 다소 뜻밖의 것이었다.

당신들과 나는, 친구가 되도록 합시다.

그것이 하루오와의 첫 만남이었다.

그 후 우리는 정말 '프렌드'가 되었다. 하루오의 얼굴을 보고 있다가, 그녀와 나 역시 서로를 마주 보며 빙긋, 웃고 말았으니까. 우리가 웃는 이유를 우리 자신도 딱히 잘은 모르겠다는, 그런 표정으로.

3

하루오는 짐을 챙겨 우리 자리로 옮겨 왔다. 그리고 그 밤의 열차 안에서 내내 오랜 친구처럼 이야기를 나누었다. 처음 만났을 때조차 전혀 어색하게 느껴지지 않았다는 건 좀 의아한 일이지만, 하루오는 공기처럼 자연스럽게 우리에게 스며들었다. 말하자면, 그녀와 내가 이쪽에 있고, 풍경과 사람들이 저쪽에 있다. 이쪽과 저쪽은 서로를 바라보지만 그 사이에는 건널 수 없는 유리막 같은 게 있다. 우리는 유리막 저편의 세계를 구경하고 저편의 세계는 우리에게서 어떤 식으로든 수수료를 받는다. 여행이든 관광이든, 그런 것이다. 그런데 그 중간에 하루오가 슥 들어와 양쪽의 경계를 흩트려놓는다. 유리막 같은 것이 갑자기 사라져버려서 바깥의 공기가 밀려 들어온다. 그런 것이다.

새벽의 바라나시에 도착한 우리는 역시 같은 게스트하우스에 여장을 풀었다. 우리는 함께 노천카페에서 인도 맥주를 마셨고, 오토릭샤들이 윙윙거리며 내달리는 바자르를 헤맸으며, 갠지스 강변의 가트(계단)에 앉아 이런저런 이야기를 나누었다. 하루오는 처음부터 우리와 함께 떠나온 사람처럼 자연스러웠고, 그녀와 나 역시 그걸 자연스럽게 여겼다.

그게 하루오가 가진 기묘한 재능이라는 것은 나중에서야 깨달았던 것 같다. 하루오와 맥주를 마시며 떠들고 있으면 내가 외국의 언어를 쓰고 있다는 느낌이 사라지곤 했다. 하루오와 바자르를 헤맬 때는 그녀보다 더 오래 알고 지낸 옛 친구와 걷고 있다는 착각에 빠지기도 했다. 그녀보다 더—라는 표현을 빼고 말하긴 했지만, 그녀도 내 의견에 동의를 표했다.

하지만 하루오가 우리 곁에만 붙어 지냈던 것은 아니다. 하루오에게는 하루오의 여행이 있다는 식이랄까. 하루오는 자주 사라졌다. 밤새도록 어딘가를 돌아다니다가 아침에 개처럼 지친 몰골로 나타나기도 했고, 어디선가 오토릭샤를 빌려 와 혼자 먼지 날리는 시골길을 달리기도 했다. 인도인 친구들이라며 낯선 사람들을 게스트하우스로 데려와 '짜이茶'를 마신 일도 있었는데, 그럴 때 둥글게 앉아 있는 인도사람들 사이에 일본인이 끼어 있다고 생각할 수 있는 사람은 거의 없었다.

하루오는 하루오의 주위에 아무도 없는 것처럼 자연스럽게 행동했다. 때로는 하루오 자신이 이미 하루오가 아닌 것처럼 보이기도 했다. 한번은 게스트하우스에서 가까운 바자르를 지나가다가 인도산 액세서리들을 파는 상인을 물끄러미 바라본 적이 있다. 저 사람, 어딘지 낯이 익다—는 느낌이 들어서였다. 잠시 후 그녀와 나는 입을 딱 벌릴 수밖에 없었다. 그 복잡한 시장통에 좌판을 벌여놓고 액세서리를 팔고 있는 것은, 다름 아닌 하루오였던 것이다. 인도인 친구에게서 물품을 받아 파는 것이라고 말할 때의 하루오가 어찌나 천연덕스럽던지, 우리는 그가 이곳에서 나고 자란 사람이 아닌가 착각할 정도였다.

너는 내가 알고 있는 일본인과 다르다—고 하루오에게 말한 적이 있다. 그때 하루오는 내 얼굴을 멍청하게 쳐다보더니, 너도 내가 알고 있는 한국인과 다르다—고 대꾸했다. 예의 그 빙긋, 하는 웃음과 함께였다. 그건 당연한 일 아니냐는 투였다. 옆에 있던 그녀가 나를 향해 편견이 너무 많다고 비난한 것 역시 당연한지도 모른다. '일본인답지 않게 여행을 좋아하는 하루오' 어쩌고 한 것을 두고 하는 말이었다. 하긴 이 글의 첫 문장도 그렇게 시작했으니 나로서는 할 말이 없는 셈이다.

게다가 하루오는 엄밀히 말해서 전형적인 일본인도 아니었다. 하루오의 할아버지는 미국인이었고, 하루오의 어머니는 오키나와 태생이라는 것이다. 오키나와라면, 하고 그녀가 말했다. 대만 쪽에 있는 그 섬들인가? 류큐제도라고 하던가?

하루오가 고개를 끄덕였다. 오키나와인들은 일본인이라고 할 수도 없고 일본인이 아니라고 할 수도 없고, 그렇다던데. 그녀가 애매하게 뇌까렸다. 그때 하루오가 던진 농담은 이런 것이었다.

말하자면, 절반 이상의 하루오는 어딘지 다른 하루오이다—라고.

오키나와에서 나고 자란 하루오는 도쿄의 백부 댁으로 이주한 뒤에 이런저런 불행에 시달렸다고 한다. 하루오가 도쿄로 오자마자 오키나와의 부모님이 이혼한 게 첫 번째였다. 게다가 학교에서는 왕따에 시달렸다. 일본인으로서는 어딘지 모르게 이상한 외모에 말수가 적은 하루오로서는 교실이라는 우주에 적응하는 것이 가장 힘든 일이었다. 게다가 지원한 대학에는 보기 좋게 낙방까지 해버렸던 것이다.

하루오는 백부 집을 나와 무작정 여행을 떠났다고 한다. 일종의 '자살여행'이었지, 삶에 의욕이 없었고 죽음에 특별한 거부반응이 없었기 때문에—라고 하루오는 설명했다.

죽기 전에 그간 모아둔 돈을 모두 털어 여행을 가기로 마음먹은 하루오는, 절망에 빠진 청년답게 무작정 북극에 가고 싶다고 생각했다. 하지만 경제사정 등 여러 이유 때문에 결국 가까운 한국을 택했다고 한다. 부산에서 출발해 서울, 춘천, 속초를 거쳐 7번 국도를 타고 내려와 부산으로 돌아가는 루트였다.

여행의 첫날, 하루오는 이상한 느낌을 받았다고 한다. 부산 뒷골목의 어느 게스트하우스에서—아마도 그건 모텔이나 여관일 거라고 그녀가 정정해주었다—머물게 된 하루오는 전에 없이 길고 깊은 잠을 잤다. 깨어보니 낯선 방이었다. 몇 겹의 삶이 지나간 듯 오래 잔 느낌이었다. 그 아침, 천장을 바라보며 누워 있던 하루오는 어쩐지 바다 밑바닥에서 빠져나오는 기분으로 몸을 일으켰다. 창문을 열고 소음으로 가득한 거리를 내려다보았다. 희미한 햇살이 있었고, 무수한 자동차들이 지나다녔고, 매연이 뒤섞인 찬 공기가 창문으로 밀려들었다. 하루오는 아, 하고 짧은 신음을 내뱉었다. 어딘지 모르게, 그것은 새로운 세계였던 것이다.

아침식사를 위해 거리로 나갔다가 하루오는 사소하지만 이상한 경험을 했다고 한다. 길 저편에서 다가오던 젊은 여자 하나가 하루오에게 이렇게 물었던 것이다.

혹시…… 도를 믿으시나요?

하루오는 여자를 멍하니 쳐다보았다. 자신이 도를 믿는지 아닌지 알 수 없다는 표정을 짓고 있다가, 하루오는 자기도 모르게 빙긋, 웃음을 흘렸다. 여자도 하루오의 얼굴을 쳐다보고 있다가 그를 따라서 빙긋, 웃었다. 그것으로 그만이었다. 어쩐지 서로 더 이상 말이 필요 없어진 것 같은, 그런 기분이 된 것이다.

여자를 지나쳐 걸어가다가 하루오는 문득 이상한 느낌이 들었다. 여자가 한 말이 영어가 아니었다는 것을 깨달았던 것이다. 물론 일본어도 아니었다. 발음으로 보아—하루오는 그 발음을 또렷이 떠올릴 수 있다고 했다—그것은 확실히 한국어였다. 자신이 아는 한국어라고는 김치와 불고기, 그리고 안녕하세요—라는 인사말뿐이라고, 하루오는 덧붙였다.

여자와 헤어지고 찬 공기가 흘러 다니는 거리를 걸어가면서, 하루오는 기이하게도 죽고 싶었던 마음이 어디론가 사라져버렸다는 사실을 깨달았다. 그것을 하루오는 이렇게 표현했다. 말하자면 그건, 나라는 존재가 5센티미터쯤 다른 세계로 옮겨진 것 같은, 그런 순간이 아니었을까. 어쩌면 정말 도를 알게 된 것인지도 모르지만. 믿거나 말거나, 그건 겨울의 부산 남포동 거리에서 있었던 일이 분명하다—고 하루오는 진지한 표정으로 말했다.

4

바라나시를 떠나기 전날 밤이었다. 우리는 게스트하우스의 방에 앉아 술을 마셨다. 하루오가 들고 온 포도주였다. 그녀와 나는 인도와 갠지스강에 대해 여행자들다운 대화를 나누었다. 인도의 현재는 갠지스강의 신비와 IT산업의 결합이라든가, 조지 해리슨은 갠지스 강변에서 죽음을 기다리면서 무슨 생각을 하고 있었을까—같은 싱거운 이야기들이었다. 하루오는 간간이 웃어주었을 뿐이다.

잠시 옅은 잠이 든 모양이었다. 어둠이 깊다는 느낌이 들었다. 깊은 물속에 잠겨 있는 기분이었다. 새벽 두 시나 네 시는 된 듯했다. 나는 술을 마시던 그대로 침대 위에 누운 채였다.

어둠 속에서 하루오와 그녀가 이야기를 나누는 소리가 아련하게 들려왔다. 물속에서 들려오는 대화 같았다. 나는 무거운 눈꺼풀을 조금 들어올렸다. 하루오와 그녀가 눈에 들어왔다. 창밖에서 스며든 희미한 불빛이 하루오와 그녀에게 부드러운 실루엣을 만들어주었다. 그들은 나란히 앉아 가만히 손을 잡은 채 이야기를 나누고 있었다. 아주 오랜 연인들처럼 자연스러워 보였다.

이것은 밤과, 어둠과, 희미하고 연약하게 심장이 뛰는 물속의 풍경이라고 나는 생각했다. 그들의 모습이 너무 아늑하고 고요해 보여서, 나는 내가 깨어 있다는 기척조차 낼 수 없었다.

나는 물고기처럼 다시 잠에 빠져들었다.

아침에는 잔뜩 날이 흐려 있었다. 우리는 마지막으로 갠지스강에 나가보기로 했다.

우리는 아무런 목적 없이 걸었는데, 발이 멈춘 곳은 버닝 가트였다. 버닝 가트는 일종의 화장터로, 계단들 사이사이의 석조제단에 장작이 쌓여 있고 그 곁에 천으로 싸맨 시신이 순서를 기다리는 곳이다. 한쪽에서는 이미 장작불이 타오르고 있었다.

우리는 가트 주변을 걸었다. 바람을 타고 검은 재가 점점이 우리를 지나갔다. 검은 재는 불규칙하게 흩날리다가 우리의 머리와 어깨에 내려앉았다. 그녀와 나는 곧 델리로 돌아가 인천행 비행기를 탈 것이었다. 하루오는 바라나시에서 네팔을 거쳐 방글라데시까지 내려가볼 요량이라고 했다. 거기 어디서 일본으로 돌아갔다가, 두어 달 뒤에는 쿠바와 남미를 돈 뒤에 북미로 향할 거라는 계획도 덧붙였다. 일본에 있을 때는 "죽은 듯이" 시간을 보낸다는 이야기도 그때 들은 것이다.

버닝 가트 뒤쪽으로 천으로 싸맨 시신들이 드문드문 수레 위에 놓여 있었다. 그 위로 빗방울이 떨어지기 시작했다. 천이 젖어들고 있었다. 내 곁의 수레에 놓여 있던 시신의 윤곽이 스르르 드러나는 것을, 나는 물끄러미 바라보았다. 가슴과 허리의 굴곡, 가는 다리 선이 시신을 덮은 주홍색 천 위로 조금씩 도드라지고 있었다. 젊은 여성의 시신인 것 같았다. 나는 그 윤곽에서 시선을 떼지 못했다. 오늘은 춥네—나를 힐끗 바라본 그녀가 몸을 여미며 중얼거릴 때까지.

찬 안개가 물 위를 흘러 다니고 있었다. 인도의 아침이라고는 믿을 수 없을 정도로 체감온도가 낮았다. 공기 중에 얼음을 몇 개 푼 것 같은 느낌이었다. 몇몇 인도인들만이 강물에 몸을 담그고 묵상을 하거나 가볍게 몸을 씻고 있었다.

강 저편은 황량해 보였다. 집도 사람도 보이지 않는 모래땅이었다. 그곳을 '죽음의 땅'이라고 부른다는 이야기는 게스트하우스의 주인이 해준 것이다. 가트에서 타고 남은 재들이 모두 그곳으로 흘러가기 때문에 붙은 말이라고 했다.

그녀와 나는 계단에 앉아 점점이 떨어지는 빗방울을 맞으며 강과 강의 저편을 바라보고 있었다. 우리가 무언가 생각을 하고 있었던 것 같지는 않다. 그저 물 위를 떠가는 재들을 바라보고 있었을 뿐이다. 아니면 재들이 우리를 바라보고 있었는지도 모르지만.

그때 우리의 눈에 들어온 물체가 있었다. 그것은 강물에 떠 있었는데, 가만히 보니 남자의 머리였다. 남자는 거의 움직이지 않은 채 물 위로 머리를 내놓은 채 흘러가고 있었다. 처음에는 시신인가 싶었지만, 간혹 팔을 들어 물을 젓기도 하는 것으로 보아 헤엄을 치고 있는 게 틀림없었다. 그것은 확실히, 배·영·이었다.

간혹 수영을 하는 사람을 본 적이 있긴 하지만, 빗방울까지 듣는 차가운 아침에 배영이라니. 그녀와 나의 멍한 표정이 일그러지는 데는 그리 오랜 시간이 걸리지 않았다. 수영을 하고 있는 사람은 바로 하루오였던 것이다. 어느 결엔가 또 우리 곁에서 사라진 하루오가, 거기 물 위에 있었다.

하루오는 머리를 물 밖으로 내놓고 하늘을 바라보며 간간이 물을 저으며 흘러가고 있었다. '흘러가고 있다'고 표현할 수밖에 없는 속도였다. 아마도 강의 저편에 닿을 요량인지도 몰랐다. 하루오 주위의 수면

에는 시신을 태우고 난 뿌연 재들이 형체 아닌 형체를 이루어 떠내려가
고 있었다. 그런 하루오의 모습을, 우리는 가트에 앉은 채 멍하니 바라
보고 있었다.

그녀가 중얼거리듯 말했다.

하루오가…… 떠내려가네.

나 역시 중얼거리듯 뭐라 대꾸했는데, 내 입에서 튀어나온 말은 나
자신도 어리둥절한 것이었다.

아무래도…… 절반 이상의 하루오니까.

그녀가 나를 돌아보았다. 내 목소리가 어딘지 퉁명스럽게 들린 모양
이었다.

5

한국에 돌아온 뒤 나는 하루오의 홈페이지에 들러 그의 여행기 아닌
여행기를 읽기 시작했다. 어쩐지 탐닉이라고 해도 좋을 만한 열정이었
던 것으로 기억한다.

하루오는 인도에서 만난 '프렌드'로 그녀와 나를 소개하고 있었다.
그것은 무관심도 아니었고 과도한 애정도 아니었다. 우리를 묘사의 대
상으로 삼지도 않고 주인공으로 삼지도 않는다는 느낌이었다. 그냥 그
녀와 내가 그의 글에서 숨 쉬고 있을 뿐이었다. 카트만두를 거쳐 치타
공까지 가면서도 하루오는 황량하고 아득한 그곳의 풍광에 감탄하지
않았다. 그는 여행길에서 만난 이들과 자신이 어떻게 지냈는지, 어떤
음식을 먹을 때 어떤 생각이 떠올랐는지, 그런 시시콜콜한 것들을 기록
해 놓고 있었다. 얼마 뒤 문득 쿠바의 음악을 들려주면서도 이것은 단

지 음악일 뿐이라는 듯 말했으며, 멕시코의 거리에서 목격한 강도 사건을 적으면서도 나리타의 어디인 것처럼 쓰고 있었다. 하지만 이상하게도 그 모든 글들에서 내가 떠올린 것은, 재와 함께 갠지스 강물 위를 떠가는 하루오의 모습이었다.

세월은 빠르게 흘러갔다. 하루오의 홈페이지를 방문하는 빈도는 눈에 띄게 줄어들었다. 시간이 흐르니까 어쩔 수 없지, 하는 느낌이었지만 실제로는 그의 글에 대해 그리 흥미를 느끼지 않게 되었다고 하는 편이 옳았다. 하루오는 그토록 많은 장소들에서 살아가고 있었지만, 그의 글이 나에게 주는 인상은 점점 줄어들고 있었다.

그의 글을 읽으며 느꼈던, 이유를 알 수 없는 탐닉도 희미해졌다. 마음이나 집중력이라는 것에도 탄생과 소멸의 주기가 있는 법이니까—라고 나는 생각했다. 아마도 그 때문일 것이다. 그녀와 내가 헤어진 것역시.

어느 날인가 그녀가 나를 불러낸 적이 있다. 그녀는 2단짜리 캐리어를 끌고 비행기에서 내린 모습 그대로 내 사무실 앞에 서 있었다. 퇴근하는 길인 모양이었다. 두 손을 앞으로 모아 캐리어의 손잡이를 잡고, 그녀는 가만히 서서 나를 바라보고 있었다.

그런 그녀를 향해 한 걸음 한 걸음 다가가는데, 무언가 내 가슴속을 지나가고 있다는 느낌이 들었다. 한 줄기 텅 빈 바람인지도 모르고, 늙은 나무에서 마지막으로 떨어지는 잎사귀인지도 몰랐다. 이것으로 그녀와의 관계가 과거의 것이 되었다는 것을 나는 깨닫고 있었다. 그건 그녀도 마찬가지였던 모양이다. 그날 저녁식사를 하면서 서로 눈이 마주쳤을 때, 우리는 동시에 어색한 미소를 지었다. 우리 두 사람 사이에 앉아 있는 타락한 천사가 우리의 표정에 무거운 돌을 하나씩 올려놓은 느낌이었다. 돌이 떨어지면 잠시 미소가 돌아오려 하고, 그러면 그 짓 궂은 천사는 무거운 돌을 하나 더 올려놓는 것이다. 나는 하루오의 그 빙긋, 하는 웃음을 흉내 내보려고 했지만 잘 되지 않았다.

나는 생각했다. 뭐랄까, 이건 그냥 일상적인 사건인 거야. 그래서 지금 당장은 아무런 영향도 미치지 않을 테니 괜찮아. 나는 그녀와 헤어져서 집에 가서 잠을 잘 것이고, 내일은 출근을 할 것이고, 그리고 아무 일도 일어나지 않을 것이다. 나는 그런 엉뚱한 생각을 하면서 그녀와 마주 앉은 시간을 흘려 보냈다. 기린과 펠리컨이 같이 앉아 있는 것처럼, 서로 말이 없었다.

다음 날 밤 그녀가 전화를 걸어왔다. 그리고 그 무렵 새로 사귄 미국인 애인에 대해 이야기했다. 새로 배운 악기라든가, 새로 익힌 외국어에 대해 설명하는 것 같은 어조였다. 같은 항공사에 근무하면서 뭐가 어떻게 된 건지 모르게 자연스럽게 그렇게 되었다고 했다. 그것이 나와 헤어지게 된 원인인지 결과인지는 잘 모르겠다고, 그녀는 웃으면서 말했다. 나는 전화를 귀에 댄 채 고개를 끄덕였다.

어느 순간 인생은 '갑자기' 흘러가는 모양이다. 그 무렵 나는 같은 회사에서 근무하던 인턴 여직원과 가까워졌고, 모든 면에서 전형적인 연인관계로 발전해 있었다. 고향에서 홀로 지내시던 아버지를 모셔 와 전쟁 같은 결혼식을 치른 것은 그로부터 얼마 뒤였다. 충동적으로 떠난 여행처럼, 모든 것이 내 곁을 휙휙 흘러간다는 느낌이었다. 결혼 후의 생활은 순탄치 않았다. 나는 자꾸 밖으로 돌았고, 아내는 그런 나를 견디지 못했다. 절반 이상의 나는 어디 다른 곳에서 살고 있는 듯한 느낌이었다. 그건 아마도 아내 역시 마찬가지였을 것이다.

해외 진출을 희망했던 것과는 달리, 나는 국내 대리점 관리를 벗어나지 못했다. 그도 그럴 것이 미국에 본부를 둔 모회사가 기우뚱거리는 바람에 한국지사 역시 인원 감축 등 사업 전반의 구조조정이 시작되던 때였기 때문이다. 모든 것이 뜻대로 되지 않는다고 생각했지만, 실은 내 뜻이 무엇인지도 정확히 알 수 없었다. 원인과 결과가 마구 뒤섞이는 느낌이었다. 아내와는 한 해를 채우지 못하고 결국 이혼에 합의했다. 불행은 불행을 따라다니는 모양인지, 이혼 수속이 진행되는 와중에 아버지가 돌아가셨다.

아버지는 고향집에서 눈을 감으셨는데, 나는 그걸 아버지의 작고 겸손한 행복이라고 생각했다. 아버지는 평생 한 번도 떠나지 않은 자신의 공간에서 고요히 눈을 감으신 것이다. 오래전 함께 중국여행을 떠나기도 했던 동리 어르신들은 이제 거의 남아 있지 않았다. 절반 이상이 세상을 떠난 탓이기도 했지만, 한편으로는 근방에 생긴 리조트 덕분이기도 했다. 그쪽에 땅을 갖고 있던 몇몇 고향어른들은 '한몫' 잡아서 도회로 나갔다고 했다. 반면 아버지를 포함한 많은 토박이들은 리조트 건설 반대시위를 벌이며 사이가 벌어졌다. 이후 리조트 쪽과 시청 쪽의 로비 몇 번에 시위는 유야무야되었다. 시간은 많은 것을 순식간에 바꿔놓았다. 고향은 고향이었지만, 나로서는 아무런 미련이 남지 않는 고향이었다.

사흘간의 장례는 참으로 간소했다. 가까운 곳에 살던 몇몇 지인들이 찾아오고, 내 직장 사람들 중 친한 이들 몇몇이 내려와 술을 마셔주고, 사설 공원묘지를 구입해 아버지를 모시고, 장례가 끝난 뒤 아버지의 유품들을 정리하고, 사망신고를 하고……

읍내의 부동산에 작은 집과 쓸모없는 텃밭을 내놓고 나오는데, 아버지의 친구이기도 한 주인이 생전의 아버지를 회고했다. 멀쩡하던 양반이 갑자기 쓰러졌다 깨어난 와중이었기 때문에 더더욱 가슴이 아팠다고 덧붙이면서였다. 이보게, 여기가 어딘가─내가 태어난 곳이 맞는가? 내가 태어난 곳은 어디로 사라졌는가?─아버지의 말을 들려준 뒤에 부동산 주인은 허공을 쳐다보며 안타까운 듯 혀를 찼다. 그래도 그 양반은 고향에서 뜨셨으니, 다행이지.

나는 정중한 인사를 건네고 부동산을 나왔다. 아마도 아버지의 옛 친구를 만나는 것도 마지막일 것이다. 집과 텃밭이 팔리면 전화와 팩스로 일을 처리할 것이었다.

나는 아버지의 방에서 아버지의 요를 깔고 누운 채 고향에서의 마지막 밤을 보냈다. 낡은 벽지가 그대로인 천장을 바라보며 붓꽃의 무늬들을 하나하나 세었다. 50개쯤의 붓꽃까지 세다가 숫자를 놓치면 처음부터 다시 세었다. 2백 개쯤의 붓꽃까지 세다가 숫자를 놓치면 처음부터 다시 세었다. 5백 개쯤의 붓꽃까지 세다가 숫자를 놓치면 처음부터 다시 세었다.

그녀와는 가끔 연락하고 지냈다. 아내가 아니라 스튜어디스였던 그녀 말이다. 한번은 아주 오랜만에 저녁식사를 함께한 적도 있다. 하필이면 우리가 처음 연애를 시작한 바로 그날이었다. 목소리들이 마구 날아다니는 술집에서, 대화라는 걸 생전 처음으로 해보는 사람의 기분으로 그녀와 이야기를 나누던 오래전의 그날.

하필이면……이라고 했지만, 어쩌면 우리는 그날을 기억하고 있다가 우연을 빙자해 만난 것인지도 몰랐다. 다시 만날 것도 아니면서 옛 기념일이라니, 우리는 참 괴팍하군. 누가 먼저랄 것도 없이 그런 말들을 뱉어놓고는 동시에 웃음을 터뜨렸다. 샐러드의 키위드레싱이 좀 시었던지, 그녀가 얼굴을 찡그렸다. 내가 농담 삼아 물었다.

공중은 어때? 좋은 곳인가?

그녀는 뜻밖에 풀이 죽은 목소리로 탁자를 내려다보며 중얼거렸다.

공중은…… 외로운 곳이야. 창밖을 봐도 신호등도 없고, 마주 오는 구름을 향해 손을 흔들 수도 없고.

혼자 중얼거리듯 그녀는 말을 이었다.

공중에 있는 건 사람들뿐이지. 내가 시중들 사람들.

내가 짓궂게 반문했다.

비행기 속도가 시속 9백 킬로미터야. 선동렬이 던지는 공보다 여섯 배나 빨리 움직이는 기계 안에서 주스와 생수와 식사를 서비스하는 거지. 설마, 그걸 모르고 시작했다는 말이야?

그녀의 얼굴에 힘없는 미소가 떠올랐다가 사라졌다. 그녀가 문득 하루오 이야기를 꺼낸 것은 그 무렵이었다.

하루오를 봤어.

하루오? 하루오? 아, 하루오.

나는 그녀의 입에서 하루오라는 이름이 나오자 가벼운 감탄을 뱉어 냈다. 물풀과 녹조와 쓰레기로 채워진 기억의 늪에 잠겨 있다가, 스르르 수면 위로 떠오르는 이름 같았다. 인도여행을 한 지 꽤 된 데다 그간의 생활에 변화가 심했기 때문인지, 이젠 '올드 프렌드'라는 느낌마저 들었다.

그녀의 이야기는 다소 뜻밖이었다. 그녀가 하루오를 본 것은 디트로이트 공항에서였다고 한다. 아니, 그게 하루오인지 아닌지는 확실하지 않지만—이라고 얼버무리면서 그녀가 말을 이었다.

그녀는 승무원 전용 라인에서 순서를 기다리고 있었다. 두 손을 모아

예의 그 2단 캐리어를 쥐고 정복을 입은 채였다. 그런데 옆쪽 외국인 입국자들이 수속을 밟는 웨이팅 라인 쪽에서 작은 소동이 벌어지고 있었다.

한 남자가 공항경비대 소속 직원과 실랑이를 벌이고 있었던 것이다. 남자는 간간이 괴성을 지르면서 항의했고, 직원 두 명이 남자의 양팔을 잡고 조사실로 동행을 요구하고 있었다. 낡은 청바지에 헐렁한 갈색 니트를 입은 동양계 남자였다. 목소리와 억양으로 보아 일본인인 듯했는데, '일본인답지 않게' 격렬히 항의하더라는 것이다.

저것은 하루오이다—라는 생각이 든 것은 실랑이를 벌이던 남자가 문득 그녀 쪽을 돌아보았을 때였다. 눈이 마주치는 순간 빙긋, 하는 웃음이 남자의 얼굴을 지나갔다고 생각한 것은, 아마도 자신의 착각이었을 거라고 그녀는 덧붙였다.

미국 공항에서는 전신 스캔이 '랜덤하게' 이루어진다고 그녀는 설명했다. 임의로 선택된 외국인 승객을 커다란 원통형 촬영실에 넣고 용의자처럼 두 팔을 들게 한 뒤 엑스레이 같은 것으로 전신을 스캔한다는 것이다. 9·11 테러 이후 강화된 조치라고 했다. 요구를 거부하면 때로는 입국허가를 받지 못할 수도 있었다.

그녀는 하루오를 돕지 못했다고 한다. 몰려온 공항경비대원들이 그를 조사실로 데려갔기 때문이었다. 단순한 항의를 넘어 일종의 난동을 부렸으니, 아마도 간단한 신상조사 후 입국거부 절차가 진행됐을지도 모르겠다고 그녀는 덧붙였다.

기념일이란 이렇게 쓸쓸한 것일까, 하는 생각을 나는 하고 있었다. 식당 창밖으로는 눈이 내리고 있었다. 겨울도 막바지인지라 소담스러운 눈송이는 아니었다. 젖은 눈, 젖은 눈, 나는 그렇게 중얼거렸다.

그녀는 앞으로의 계획에 대해 말했다. 조만간 항공사에서 근무하는 '캡틴'과 결혼이 예정돼 있으며, 로스앤젤레스에 정착할 계획이라는 얘기였다. 승무원 일은 이미 그만두었고, 한국은 이것으로 이별이라고 덧붙였다. 아주 길고 끝나지 않는 여행을 하게 된 셈이야—라고 그녀는 말했다. 그래도 가끔은 놀러 와. 하나 마나 한 말을 뱉으며 나는 고개를 끄덕였다.

　　헤어질 때 그녀가 지나가는 말인 듯 들려준 이야기는 이런 것이었다.

　　그때 바라나시의 게스트하우스에서 하루오와 밤새 이야기를 나누었 잖아.

　　그녀는 젖은 눈이 떨어지는 하늘에 시선을 두고 말했다.

　　너도 우리를 바라보고 있었으니까 기억하겠지. 그때 우리가 어떤 이야기를 나눴는지 알아?

　　나도 눈발이 굵어지는 하늘을 바라보았다.

　　나는 하루오가 아름답다고 말했어.

　　폭설로 바뀌는 하늘에 시선을 둔 채 그녀가 말을 이었다.

　　그때도 하루오는 빙긋, 웃었는데, 그 웃음 뒤로 너무 쓸쓸한 표정이 떠오르는 거야.

　　그 표정 앞에서 그녀는 입을 다물 수밖에 없었다고 한다. 바라나시의 밤이 흘러가고 있었다. 그 어두운 방 안의 고요 속에서, 하루오가 지나가는 말인 듯 이렇게 말했다고 한다.

　　아름다운 건, 하루오를 제외한 모든 것이다.

　　그게 하루오의 말이었는데, 어딘지 건조한 그 말이 그때는 아주 조용하고 희박한 공기처럼 느껴져서, 뭐라고 더 말을 할 수가 없었다는 것이다. 그리고 그 순간, 그녀에게는 이상한 느낌이 들었다고 한다.

그녀가 젖은 눈을 손바닥으로 받으며 가만히 말했다.

작은 사랑이 하나 지나간 느낌이었어—라고.

하루오에 대해서는 덧붙일 이야기가 하나 더 있다.

얼마 전부터 내가 일하는 한국지사는 위기를 극복하고 회복세를 타고 있었다. 나는 오랜 무력감을 느끼고 있었지만, 회사는 정치권에 발이 넓다는 신임회장의 강력한 의지에 힘입어 사세를 확장해가고 있었다. 한국지사가 동아시아 및 동남아시아 시장 쪽을 총괄하게 되면서 사내에는 고요한 흥분이 일고 있었다.

나는 해외영업 강화를 위해 시작된 프로젝트에 참여하게 된 후, 외국인 사원 신규채용을 추진하는 일을 진행하게 되었다. 다양한 아시아계 외국인들을 선발하는 작업이었다.

뜻밖에도 나는 지원자들 가운데 하루오와 비슷한 일본인을 발견했다. 온라인으로 받은 지원서에는 다카하시 하루오가 아니라 하라 교스케라고 적혀 있었다. 하지만 사진으로 보아 그는 다카하시 하루오의 바로 그 눈매와 콧날과 입술을 가지고 있었다. 전체적인 인상은 지원서의 사진 쪽이 훨씬 날카로웠지만, 아무래도 하루오인걸—하는 생각을 떨칠 수 없었다. 나는 반신반의했지만 확인할 방법은 없었다. 하루오의 홈페이지가 어느 날 문득 폐쇄된 뒤로, 그의 근황은 물론 글도 전혀 접할 수 없었기 때문이다.

면접 때, 나는 하라 교스케를 직접 대면할 수 있었다. 하라 교스케는 스트라이프 양복을 맵시 있게 차려 입고, 입가에 절제된 미소를 띠고 있는 남자였다. 예의와 절도를 안다는 느낌이 들었다. 일본의 소규모 무역회사에서 인턴으로 근무한 적이 있고, 최근 한국여성과 사귀게 되면서 한국의 문화에 깊은 관심을 갖게 되었다고 했다.

하라 씨는 혹시 다카하시 하루오라는 이름을 따로 쓰지 않으십니까?

나는 그렇게 물었다. 하라 교스케는 나를 보고 무슨 뜻이냐는 표정을 지으며 갸우뚱하더니 또박또박 답했다. 자신의 이름은 하라 교스케이며, 다카하시 하루오라는 이름은 알지 못한다는 것이었다.

나는 고개를 끄덕였다. 그 순간 하라 씨의 얼굴에 빙긋, 짧은 웃음이 지나갔다.

면접이 끝난 그날 밤, 나는 혼자 집에서 술을 마시다가 하라 교스케의 번호를 찾아 전화를 걸었다. 하라 교스케는 인사 담당자가 밤늦게 전화를 걸었다는 게 이상한 모양이었다. 열 시가 넘은 시간이니 당연한 반응이었다. 나는 아랑곳없이 질문을 던졌다.

하라 씨, 당신은 정말 다카하시 하루오가 아닙니까? 당신은 오래전에 여행에 대한, 아니 삶에 대한 블로그를 운영한 적이 있고, 인도에서 나를 만난 적이 있습니다.

영문을 모르겠다는 듯한 침묵이 지나간 뒤, 하라 씨가 말했다.

그렇습니다. 나는 오래전에 인도를 여행한 적이 있고, 블로그를 운영한 적이 있습니다. 하지만 그것은 여행이나 삶에 대한 것이 아니라 글로벌 트렌드에 대한 것입니다. 물론 글로벌 트렌드 역시 삶에 대한 것이긴 합니다만…… 어쨌든 나의 이름은 하라 교스케이며 다카하시 하루오라는 사람은 알지 못합니다.

나는 하라 씨의 말이 끝나기 무섭게, 이상한 열에 들떠서, 단호하게 말했다.

그렇죠? 당신은 역시 다카하시 하루오가 아닙니다. 당신은 다카하시 하루오여서는 안 됩니다. 다카하시 하루오는 여전히…….

전화기 저편에서 하라 씨는 침묵을 지켰다.

……여행 중일 테니까요.

그렇게 말한 뒤 나는 일방적으로 전화를 끊었다. 독한 중국술이 담긴 술잔을 들어 입에 털어 넣었다.

얼마 뒤 나는 회사를 그만두었다.

이유는 여러 가지였다. 프로젝트가 지지부진해졌다는 것, 거기에는 나와 우리 팀원들의 책임도 있다는 것, 회사 쪽의 압박이 조금씩 들어오면서 팀 내 갈등이 심각해졌다는 것 등등.

나는 별다른 계획 없이 사표를 제출했다. 어쨌든 홀몸이었으니 회사를 옮길 수도 있고, 지방으로 내려가 전혀 다른 일을 할 수도 있다. 하지만 마음은 어느 쪽으로도 움직이려 하지 않았다.

며칠 동안 침대에 누워 천장의 아라베스크 무늬들을 바라보며 시간을 보냈다. 3백 개쯤의 무늬까지 세다가 숫자를 놓치면 처음부터 다시 세었다. 7백 개쯤의 무늬까지 세다가 숫자를 놓치면 처음부터 다시 세었다. 9백 개쯤의 무늬까지 세다가 숫자를 놓치면 처음부터 다시 세었다. 천오백 개까지 세다가, 나는 문득 인터넷에 접속해 인도행 비행기 티켓을 구했다.

여행이나 다녀오자는 느낌도 아니었고, 도를 찾아가자는 마음도 아니었다. 이렇게 말해도 좋다면, 어쩐지 그래야 할 것 같았다고나 할까. 아마도 나는 뉴델리로 가서 바라나시행 야간열차를 탈 것이었다. 잠을 자거나 무료하게 시간을 보내고 있는 사람들 사이에 얌전히 앉아 있다가 문득 몸을 일으켜 청소를 시작할 것이었다. 그렇게 하고 있으면 누군가 이렇게 말을 걸어올지도 모른다.

　당신은 혹시 다카하시 하루오를 아십니까?
라고.

　나는 빙긋, 웃으며 이렇게 대답할 것이다.

　절반 이상의 하루오라면,

　아마도. ▪

정 찬

학술원에 드리는 보고

1953년 부산 출생. 서울대 국어교육과 졸업.
1983년『언어의 세계』등단. 소설집『기억의 강』『완전한 영혼』
『아늑한 길』『베니스에서 죽다』『희고 둥근 달』『두 생애』.
장편소설『세상의 저녁』『황금 사다리』『로템나무 아래서』『그림자 영혼』
『광야』『빌라도의 예수』『유랑자』등. 〈동인문학상〉〈동서문학상〉등 수상.

학술원에 드리는 보고

학술원 회원 여러분!

여러분이 '침팬지의 시간'이라는 제목의 글을 저에게 청탁하기로 결정하셨을 때 제 글을 받을 수 있으리라고 생각하셨는지, 무척 궁금했습니다. 혹시 한 분이라도 계셨다면 그분은 대단한 공상가임이 틀림없습니다. 물론 그동안 여러분의 간곡한 부탁으로 학술원 회보에 글을 몇 차례 기고했지만, 그것은 제가 인간 공동체에 들어와 살면서 느낀 사소하고 보잘것없는 경험의 편린들을 미숙한 언어로 표현한 것에 불과했습니다. 그럼에도 여러분에게 좋은 반응을 얻은 것은 제가 침팬지이기 때문임을 잘 알고 있습니다.

여러분에게는 글을 쓴다는 것이 숨을 쉬고 두 발로 걸어 다니는 것만큼이나 자연스러운 일이겠지만 저는 다릅니다. 침팬지의 습관을 버리고 인간처럼 살기 시작한 지 10년이 넘었음에도 말하고 글 쓰는 행위는 여전히 어색하고 두렵습니다. 게다가 '침팬지의 시간'이라는 제목이 제 가슴을 아프게 찔렀습니다. 침팬지의 자의식이 아직도 남아 있는 게지요. 그럼에도 제가 청탁에 응한 것은 여러분이 청탁서에 첨부하신 자료 때문이었습니다.

여러분이 굳이 자료를 첨부하신 것은 그것이 제가 '침팬지의 시간'이라는 제목의 글을 쓰는 데 도움이 되리라는 판단에서였을 것입니다. 그것에 대해 제 입장을 조심스럽게 말씀드리자면, 첨부 자료가 소설이라는 사실에 처음에는 적잖이 불쾌했습니다. 소설이라는 것은 작가라 불리는 사람들이 공상을 통해 만든 이야기라고 저는 알고 있습니다. 결례를 무릅쓰고 말씀드립니다만, 저는 공상을 신뢰하지 않습니다. 삶은 극장 무대에서 벌어지는 허구가 아닙니다. 소설이라는 것을 쓰는 사람들이 저에게 잉여적 존재처럼 느껴지는 까닭은 여기에 있습니다. 덧붙이자면, 저는 제가 경험하지 않은 것은 결코 이야기하지 않습니다. 그럼에도 여러분이 보내주신 소설을 흥미롭게 읽은 것은 '학술원에 드리는 보고'라는 소설의 제목이 제가 처한 입장과 기묘하게 일치하는 데다, 그 내용이 관심을 끌었기 때문입니다. 여러분이 아무 생각 없이 자료를 첨부하실 리가 없지요. 그것은 저를 유혹하는 미끼였고, 저는 미끼인 줄 알면서도 물었습니다. 제가 물지 않을 수 없는 미끼를 선택하신 여러분의 혜안에 감탄을 금할 수 없습니다.

저는 그 소설을 읽고 충격과 불쾌감을 동시에 받았습니다. 그 충격과 불쾌감은 지금도 제 마음을 긁고 있습니다. 꽤 오랫동안 마시지 않았던 술을 다시 입에 댄 것은 마음을 가라앉히는 데 도움이 되지 않을까, 생각했기 때문입니다.

아시다시피 「학술원에 드리는 보고」의 주인공은 빨간 피터라는 이름의 원숭이입니다. 그는 아프리카 황금해안에서 사냥꾼이 쏜 두 발의 총알을 맞았는데, 한 발이 뺨을 스치면서 크고 새빨간 흉터를 만들어냈고, 그 모습이 당시 유럽에서 조련되어 인기를 끌고 있던 빨간 피터라는 이름의 원숭이와 비슷한 데가 있어 그렇게 불리게 된 것입니다.

철창에 갇힌 빨간 피터에게 가장 큰 고통은 출구가 없는 현실이었습니다. 그는 아프리카 황금해안에는 얼마나 많은 출구가 있었는지, 철창에서 비로소 알게 되었지요. 문제는 출구 없이는 살 수 없다는 무서운 깨달음이었습니다. 흥미로운 점은 그가 출구를 자유와 동일시하지 않는다는 사실입니다. 그는 자유를 원치 않았다고 했습니다. 단지 하나의 출구만을 원했을 따름이라고 했습니다. 자유를 원했다면 출구를 택하기보다 차라리 망망대해로 뛰어들었을 것이라고 했습니다. 그는 인간들이 즐겨 쓰는 자유라는 말에 경멸의 감정을 가지고 있는 듯합니다. 인간들은 자유라는 말에 너무나 자주 기만당하고 있다고 했으니까요. 이 문제에 대해 더 이상 거론하지 않는 게 좋겠습니다. 미묘하고 예민한 문제인 데다, 오해의 소지까지 있으니까요.

아무튼, 그는 살기 위해서 출구를 찾아야 했습니다. 자신이 원숭이인 한 철창에서 벗어날 수 없다는 사실을 알고 있었습니다. 그가 발견한 출구는 말이었습니다. 인간의 말이 그에게는 출구였던 것입니다. 그가 처음 뱉은 말은 "헬로우!"였습니다. 이 소리로 그는 철창 우리에서 빠져나와 인간 공동체 속으로 들어갔습니다. 말을 통해 원숭이의 본성을 버리고 인간으로 변신한 그가 지금까지 이 세상에서 결코 되풀이된 적이 없는 노력으로 유럽인의 평균 교양에 도달하여 지금의 지위에 이르렀다는 것이 「학술원에 드리는 보고」의 줄거리입니다.

제가 이 소설을 읽자마자 작가의 출생연도를 검색한 것은 어떤 예감 때문이었습니다. 예감대로 작가가 1736년 이후에 태어났다는 사실을 확인하고는 깊은 감회에 잠겼습니다. 만약에 1736년 이전에 태어난 작가였다면 여러분은 제가 지금부터 하려는 이야기를 들으실 수 없었을 것입니다. 작가가 태어나고 자란 도시가 프라하라는 사실도 의미가 큽니다. 빈에서 그다지 멀지 않은 도시이니까요. 이 두 가지 사실 때문에 저는 작가가 오래전부터 전해져오는 이야기를 바탕으로 문제의 소설을 썼을 것이라고 확신했습니다. 그러니까 빨간 피터의 실제 모델이 있었던 것입니다. 침팬지 외젠입니다.

그동안 제가 여러분에게 과분한 관심을 받아온 것은 저의 변신 때문임을 잘 알고 있습니다. 침팬지가 인간으로 변신한다는 것은 놀라운 마술임이 틀림없습니다. 장구한 인류의 역사에서 이 마술이 실현된 것은 두 번밖에 없었으니까요. 그 선구자가 침팬지 외젠입니다. 저의 변신은 그를 흉내 낸 것에 불과합니다. 선구자 외젠의 경이로운 마술이 이루어진 것은 1700년대였습니다.

외젠. 이름이 낯익지 않습니까? 1663년 10월 파리에서 태어나 1736년 4월 빈에서 숨을 거둔 탁월한 군인이자 정치가인 사보이 가문의 외젠을 여러분은 잘 아실 것입니다. 침팬지 외젠의 위대한 변신과 그 생애를 알기 위해서는 사보이 가문의 외젠을 먼저 알아야 합니다.

외젠은 신성로마제국 황제 휘하의 군 지휘관으로 복무하는 동안 뛰어난 전략가로 명성을 떨쳤습니다. 나폴레옹이 역사상 최고의 7대 전략가들 가운데 후세에도 연구할 가치가 있는 유일한 인물로 지목한 이가 외젠이었습니다. 만년에 외젠은 빈 근교에 지은 벨베데레 궁전에 은거하다시피 했습니다. 지금은 미술관으로 사용되는 벨베데레 궁전은 외젠의 정신세계를 반영한 건축물입니다. 1714년부터 1716년까지 첫 건물인 아래 궁전이 지어졌고, 1716년부터 1719년까지 정원과 소규모 동물원인 미네저리가 건립되었습니다. 위 궁전이 대지의 경사면 꼭대기에 완성된 것은 그로부터 5년 후인 1724년이었습니다.

벨베데레 궁전에 들어서면 방문객의 시선은 기하학적 형태인 화단에서부터 곧게 뻗은 정원 통로를 따라 위 궁전을 향해 서서히 상승합니다. 누군가가 말했듯이 그것은 세속의 풍경에서 천상의 세계로 올라가는 듯한 느낌을 불러일으킵니다. 그렇습니다. 외젠이 벨베데레 궁전에서 추구한 것은 천상의 세계였습니다. 천상세계의 중심 공간은 '열린 방'이라 불리는 곳이었습니다. 위 궁전에 있는 팔각형 형태의 '열린 방'은 천상의 존재를 위한 특별한 공간이었습니다. 이 특별한 공간은 수집에 대한 외젠의 비밀스러운 욕망과 밀접한 관계를 맺고 있습니다.

외젠은 신성로마제국의 카를 5세나 루돌프 2세 등의 군주 수집가들과 비교해도 결코 뒤지지 않는 수집가로 알려져 있습니다. 군주들은 수집물을 통해 자신의 권력을 드러냈지만 외젠은 달랐습니다. 그가 외국으로부터 수많은 희귀 식물들을 사들여 정교하게 배치하고 디자인한 것은, 인도·네팔·아프리카·아메리카 등에서 동물들을 사들이고 양식이나 주제가 다양한 그림들과 공예품들을 사들인 것은, 그리고 그가 수집한 수많은 책들을 모르코산 가죽으로 다시 장정하여 책의 제목에 금박을 입히고, 표지 색깔을 장르에 따라 다르게 (역사와 소설책은 진홍색, 신학과 법은 암청색, 자연과학은 노란색 등으로) 한 것은 '열린 방'의 주인인 천상의 존재에게 바치기 위함이었습니다.

이제 여러분은 천상의 존재가 누구인지 궁금할 것입니다. 대부분의 연구자들은 외젠으로 기록하고 있습니다. 그들의 생각이 맞다면 외젠은 군주를 뛰어넘어 신적인 존재를 욕망한 것이 됩니다. 궁전의 내부와 그 내부를 채우는 수많은 생명과 사물 들이 외젠을 천상의 존재로 끌어 올리기 위한 도구 혹은 통로가 되는 것이지요. 이런 생각은 아주 자연스럽습니다. 외젠에 관한 기록들이 그것을 뒷받침하니까요. 예를 들면 이런 기록들입니다.

— 동물이든 식물이든 그림이든 책이든 외젠에게 들어오면 그들은 스스로를 뛰어넘는 속성을 지니게 되었다.

— 벨베데레 궁전의 안과 바깥 사이에는 확고한 연속체가 존재한다. 그런 연속성을 제공하는 존재가 외젠이었다.

— 외젠은 궁전의 모든 수집물의 중심이자 모든 시각이 발산되는 지점 그 자체였다.

— 벨베데레 궁전의 미네저리는 베르사유 궁전과 비슷했지만, 베르사유가 걸어 다니면서 보아야 했다면 벨베데레는 한가운데에 가만히 서서 볼 수 있도록 만들어졌다.

연구자들의 생각이 맞다면 외젠은 '유일한 인간'이 될 수 없습니다. 역사를 들여다보면 지극히 소수이기는 하지만 그런 종류의 인간들을 발견할 수 있으니까요. 하지만 저는 인류사에서 외젠만큼 특별한 인간을 찾지 못했습니다. 저에게는 외젠이야말로 과거에도 없었지만, 앞으로도 출현할 수 없는 '유일한 인간'입니다.

프랑스의 시인이며 극작가인 장 밥티스트 루소의 편지에 따르면 외젠이 자신의 도서관에 있는 책들 가운데 보지 않거나 적어도 훑어보지 않는 책은 없었다고 합니다. 외젠의 도서관에는 책 1만 5천 권과 원고 230편 이상이 있었습니다. 이런 초인적인 독서가 어떻게 가능했을까요? 침팬지 외젠이 존재했기 때문입니다. 어리둥절해하시는 여러분의 모습이 눈에 선합니다. 지극히 당연한 반응입니다. 인간 외젠에 관한 기록은 많으나 침팬지 외젠에 관한 기록은 어디에도 없으니까요. 지금 제 가슴이 설레는 것은 침팬지 외젠의 존재를 세상에 처음으로 알리고 있기 때문입니다. 그러니까 여러분은 침팬지 외젠의 존재를 가장 먼저 아시게 되는 것입니다.

*

침팬지 외젠이 아프리카 숲에서 인간 사냥꾼들에게 포획된 것은 여덟 살 때였습니다. 인간으로 치면 사춘기로 막 들어서는 나이입니다. 사냥꾼들이 그를 주목한 것은 특별한 외모 때문이었습니다. 아시다시피 대부분의 침팬지는 홍채 주위가 갈색입니다. 하지만 그는 흰색이었습니다. 사람의 눈과 흡사했지요. 털의 색깔도 특별했습니다. 침팬지의 털은 검은색인데 그의 털은 갈색과 회색이 뒤섞여 있어 멀리서도 잘 보였습니다.

서커스단으로 팔려간 그는 유럽 각지를 떠돌아다녔습니다. 그의 장기는 공중그네 타기였습니다. 침팬지와 인간이 벌이는 공중그네 타기는 관객들에게 가장 인기 있는 프로그램이었습니다. 그가 인간의 말을 처음 한 것은 열세 살 때였습니다. 누가 가르쳐준 적이 없었습니다. 스스로 터득했습니다. 침팬지가 말을 한다는 사실이 알려지면서 사람들이 구름처럼 몰려들었습니다. 공중그네 타기 파트너와 일상적인 대화까지 할 수 있게 되자 서커스 단장은 언어학자를 고용하여 체계적으로 말을 가르치기에 이르렀습니다. 그가 서커스 단장으로부터 특별한 관심과 대우를 받은 것은 그만큼 돈을 많이 벌어다 주었기 때문입니다. 동물을 가두는 우리 대신 인간들이 쓰는 방이 제공됐고, 그를 위한 전속 요리사도 배정됐습니다.

그의 명성은 날이 갈수록 높아졌습니다. 언어 학습 능력이 믿기지 않을 정도로 뛰어났기 때문입니다. 책을 읽는다는 소문까지 퍼졌습니다. 그가 벙어리가 된 듯 침묵한 것은 공중그네를 타던 도중 그의 파트너가 추락사하고부터였습니다. 그넷줄을 놓고 공중을 날 때 상대의 손을 잡으려 해서는 안 됩니다. 양팔을 내밀고 상대가 자신을 잡아 반대쪽 그네 위 디딤판으로 안전하게 끌어주기를 기다려야 합니다. 겁을 먹고 상대의 손을 잡으려 하면 사고가 발생합니다. 그날 공연에서 그의 파트너가 무슨 까닭인지 그의 손을 잡으려 하다가 팔목이 부러지면서 추락사했습니다.

서커스 단장은 그의 침묵을 이해했습니다. 죽은 단원과 사이가 무척 좋았으니까요. 공연이 없을 때는 친한 친구처럼 담소하곤 했습니다. 충격이 컸는지 먹는 것도 거부했습니다. 일주일이 지나면서 조금씩 먹기 시작했지만 침묵은 계속되었습니다. 그의 침묵을 이해하고 받아들였던 서커스 단장은 한 달이 지나도 말을 하지 않자 불안해졌습니다.

외젠이 그를 만난 것은 1709년 11월이었습니다. 당시 외젠은 말플라케전투를 치르고 깊은 후유증에 시달리고 있었습니다. 여러분은 말플라케전투를 잘 아실 겁니다. 10만 명의 오스트리아·영국·네덜란드 연합군과, 9만 명의 프랑스군이 말플라케에서 벌였던 유혈전이었지요. 이 전투에서 연합군은 2만 2천 명, 프랑스군은 1만 2천 명의 사상자를 냈습니다. 말플라케의 참혹한 전투로 스페인 왕위 계승 전쟁은 전환점을 맞게 됩니다.

외젠이 특히 못 견뎌한 것은 악몽이었습니다. 그가 전쟁터에서 목격했던 시체들이 일어나 춤을 추는가 하면, 굶주린 늑대처럼 달려들어 그의 몸을 뜯어 먹었습니다. 더 큰 문제는 꿈에서 깨어난 후였습니다. 시간이 지나면 꿈속의 장면들이 희미해져야 하는데, 오히려 또렷해졌습니다. 그러다 보니 그것이 꿈이 아니라 실재가 아닌가, 하는 엉뚱한 생각까지 들기에 이르렀습니다. 스무 살 때 투르크와의 전쟁에 참여한 이래 26년 동안 전쟁터를 누비고 다녔지만 그런 고통은 처음이었습니다.

그날도 외젠은 악몽에서 허우적거리다 간신히 깨어났습니다. 해가 서녁 하늘로 기울 무렵 말을 타고 부대를 나왔습니다. 어디로 가야 한다는 생각 없이 말을 몰았습니다. 한참을 달리다 보니 넓은 들판이 나타났습니다. 말에서 내려 들판 앞에 섰습니다. 휑하니 빈 늦가을 들판은 쓸쓸했습니다. 자신의 내면 풍경을 보는 것 같았습니다. 자신이 아무런 가치가 없는 존재처럼 느껴졌습니다. 지우고 싶은 얼룩처럼 느껴지기도 했습니다. 살아 있기 때문에 악몽을 꾸며, 시체들이 달려든다는 생각이 들면서 자살의 충동이 솟구쳐 올랐습니다. 충동이 워낙 강해 제어할 수 없었습니다. 오른손이 어느덧 총을 쥐고 있었습니다. 총신의 감촉이 차가웠습니다. 시체가 된 자신의 모습이 어렴풋이 떠올랐습니다. 그러자 안도감과 함께 죽음이 친근하게 느껴졌습니다. 눈을 감았습니다. 살아 있는 사람들은 떠오르지 않았습니다. 가족도 친구도 안 보였습니다. 죽음의 군무만이 명료하게 보였습니다. 춤을 추고 있는 죽음들이 그를 향해 손짓하고 있었습니다. 그는 지금 자살을 하지 않는 것이 불가능하다는 사실을 알았습니다. 죽음의 기운은 이미 그의 몸을 에워싸고 있었습니다. 몸이 차가워지면서 납처럼 경직되었습니다. 방아쇠를 막 당기려는데 어떤 소리가 들렸습니다. 끊어질 듯 끊어질 듯하면서 이어지는 그것은 트럼펫 소리였습니다. 단순하고 투명한 그 소리는 내면 깊은 곳에 있는 무언가를 건드리면서 차가워진 그의 몸을 따뜻하게 하고 있었습니다. 방아쇠 당기는 것을 잊은 채 트럼펫 소리에 귀를 기울이던 그의 눈에서 눈물이 주르르 흘렀습니다.

트럼펫 소리가 나는 곳은 서커스단 천막들이 세워져 있는 넓은 공터였습니다. 외젠이 말에서 내려 공터로 들어가는데 트럼펫 소리가 그쳤습니다. 공터의 을씨년스러운 모습이 몰락하는 서커스단처럼 보였습니다. 서커스 단장의 모습에서도 몰락의 냄새가 물씬 났습니다. 단장은 연합군 고위 장교가 자신을 찾아왔다는 사실에 긴장하기도 했고, 흥분하기도 했습니다. 외젠이 방금 트럼펫을 분 사람을 만나고 싶다고 하자 그는 곤혹스러운 표정을 지었습니다. 외젠의 재촉에 단장이 머뭇머뭇하면서 그를 안내한 곳은 공터 구석에 있는 우리였습니다. 철창 안에는 바짝 마른 침팬지 한 마리가 있었습니다. 단장은 침팬지 옆에 있는 트럼펫을 가리켰습니다. 외젠이 들은 트럼펫 소리는 침팬지가 분 거라고 했습니다. 단장은 믿으려 하지 않는 외젠에게 이렇게 말했습니다.

"저놈은 트럼펫만 부는 것이 아닙니다. 10년 전까지만 해도 사람의 말을 기가 막히게 했습니다. 믿기 힘드시겠지만 책도 읽었습니다. 제 눈으로 똑똑히 보았습니다. 그때는 참 좋았지요. 관객들이 새까맣게 몰려들었으니까요. 그러던 어느 날 저놈과 함께 공중그네를 타던 단원이 떨어져 죽는 사고가 났습니다. 그 후로 저놈은 지금까지 말을 하지 않고 있습니다. 무려 10년 동안이나 말입니다. 저놈을 우리에 넣은 것은 제가 아닙니다. 말을 하고 글을 읽는 영물을 어떻게 짐승 우리에 가둘 수 있겠습니까. 저놈이 스스로 들어갔습니다. 철창을 보십시오. 문이 잠겨 있지 않습니다. 언제든지 나올 수 있습니다. 그런데도 10년 동안 저러고 있습니다. 간혹 트럼펫을 불면서 말입니다. 언젠가 우연히 이곳을 지나던 사람이 트럼펫 소리에 홀려 여기로 들어온 적이 있습니다.

자신을 음악가라고 소개한 그 사람은 지금까지 수많은 악기 소리를 들었지만 이토록 슬픈 소리는 처음이라고 했습니다. 그러면서 악기를 분 사람을 찾더군요. 제가 침팬지에게 데려가자 그 사람은 고개를 설레설레 흔들면서 가버렸습니다. 모욕을 당한 사람의 표정이더군요."

외젠은 침팬지를 가만히 보았습니다. 침팬지도 외젠을 가만히 보고 있었습니다. 서녘 하늘에는 황혼이 서려 있었고, 낙엽이 차가운 바람에 흩날리고 있었습니다. 인간 외젠과 침팬지 외젠의 경이로운 만남은 그렇게 시작되었습니다. 부대로 돌아오면서 외젠은 깊은 생각에 빠져 있었습니다. 서커스 단장의 말은 믿을 수 없는 내용이었습니다. 하지만 거짓말하는 사람처럼 느껴지지 않았습니다. 외젠을 한층 혼란스럽게 한 것은 침팬지의 검은 눈동자였습니다. 늙고 메마른 침팬지의 검은 눈동자가 자신의 영혼을 비추는 거울처럼 느껴졌던 것입니다. 그날 밤 외젠은 악몽을 꾸지 않았습니다. 악몽 대신 트럼펫 소리가 가득한 황혼의 하늘을 보았습니다. 그의 몸을 뜯어 먹으려 달려드는 시체들 대신 트럼펫 소리가 그의 몸속으로 물처럼 스며들었습니다. 다음 날도 그다음 날도 악몽을 꾸지 않았습니다. 외젠은 악몽이 사라졌다는 것을 알았습니다. 트럼펫 소리가 악몽을 사라지게 했다는 사실도 함께 알았습니다. 그날 저녁 외젠은 그의 충직한 집사에게 보내는 밀서 한 통을 작성했습니다.

외젠이 빈으로 돌아온 것은 두 달 뒤였습니다. 공식적인 일들을 다 치른 뒤 집사를 대동하고 빈의 동북쪽 성벽 주변의 군사 지역 너머로 갔습니다. 거기에는 외젠이 집사에게 지시하여 만든 미네저리가 있었습니다. 넓은 뜰이 있고, 곳곳에 나무가 작은 숲을 이루고, 단아한 오두막이 있는 목가적인 미네저리였습니다. 외부인이 들어올 수 없는 그곳

에는 집사가 서커스단에서 사들인 침팬지가 있었습니다. 단아한 오두
막은 침팬지의 집이었습니다. 외젠은 침팬지를 철저히 숨겼습니다. 가
족에게도 말하지 않았습니다. 미네저리에 상주하는 수의사와 사육사에
게 침팬지의 존재를 발설해서는 안 된다는 엄명을 내렸습니다.

외젠은 미네저리를 자주 방문했습니다. 한 번 오면 며칠씩 머물렀습
니다. 침팬지가 외젠 앞에서 트럼펫을 분 것은 1710년 햇살이 맑은 6월
어느 날이었습니다. 처음 트럼펫 소리를 들었던 날의 기억이 떠오르면
서 눈물이 솟구쳤습니다. 외젠이 눈물을 뚝뚝 흘리고 있을 때 사람의
목소리가 들렸습니다. 고개를 드니 침팬지가 슬픔이 가득한 표정으로
그에게 말을 건네고 있었습니다.

앞서 말씀드렸듯이 외젠이 벨베데레 궁전을 짓기 시작한 것은 1714
년입니다. 침팬지가 외젠 앞에서 트럼펫을 불고 다시 말문을 연 지 4년
뒤의 일입니다. 그동안 유럽의 저명한 언어학자들이 정기적으로 미네
저리를 방문했습니다. 그들의 방문은 외부에 일체 알려지지 않았습니
다. 궁전은 1724년에 완성되었습니다. 위대한 군인이자 정치가이며 재
산가였던 외젠이 한 마리 침팬지를 위해 10년에 걸쳐 오스트리아에서
가장 아름다운 궁전을 지은 것입니다. 외젠은 벨베데레 궁전의 핵심 공
간인 '열린 방'을 외부와 철저히 차단시켰습니다. 왜 그랬을까요? 이
물음에는 외젠이라는 한 인간의 신비가 서려 있습니다.

신비는 외젠이 자살하려는 순간 들려온 트럼펫 소리에서 시작되었습
니다. 여기에서 여러분에게 상기시켜드리고 싶은 것은, 자살을 하지 않
을 수 없음을 깨닫고 있었던 외젠은 이미 죽음 속으로 들어가 있었다는
사실입니다. 트럼펫 소리가 죽음 속에서 외젠을 빼내는 순간 외젠은 어
떤 감각 속에 있었을까요? 재생의 감각입니다. 재생을 종교적 의미로

환치하면 부활입니다. 외젠은 트럼펫 소리 속에서 새롭게 태어났다는 느낌에 휩싸였습니다. 새로운 탄생은 자신의 의지가 아니었습니다. 누군가가 그렇게 했습니다. 누군가가 그를 선택하여 구원한 것입니다. 그렇게 할 수 있는 존재는 신밖에 없습니다. 그러니까 그는 신으로부터 구원을 받은 것입니다. 신이 왜 그를 구원했을까요? 특별한 존재이기 때문입니다. 특별하지 않은 존재를 신이 되살릴 이유가 없습니다. 왜 살렸을까요? 어떤 목적이 있기 때문일 것입니다. 외젠은 이런 생각에 몰두하면서 트럼펫 소리의 근원을 찾아갔습니다. 그 근원이 침팬지이며, 게다가 말까지 한다는 사실을 알았을 때 외젠이 어떤 혼란에 빠져들었는지, 상상해보시는 것도 흥미로울 것입니다.

외젠이 침팬지를 사들인 것은 그가 경험한 일련의 사건들을 신의 섭리로 받아들였기 때문입니다. 그렇지 않고는 그 사건들을 이해할 수 없었습니다. 그러니까 침팬지가 외젠에게는 신이 어떤 목적을 위해 그에게 보낸 사자使者였던 것입니다. 그런 침팬지를 외면한다는 것은 신의 섭리를 외면하는 것이 됩니다. 일개 인간이 신의 섭리를 외면한다는 것은 불가능합니다.

침팬지의 언어 능력은 상상을 초월했습니다. 그를 가르친 유럽의 저명한 언어학자들은 그의 눈부신 발전에 경악했습니다. 그럴 수밖에 없는 것이 얼마 지나지 않아 그들이 오히려 침팬지에게 배워야 했으니까요. 언어는 의사 전달의 도구이기도 하지만, 사유의 도구이기도 합니다. 침팬지의 사유는 당대의 저명한 철학자들을 넘어서고 있었습니다. 외젠이 당시 유럽에서 명성을 떨쳤던 독일 출신의 철학자 라이프니츠와 편지를 주고받았다는 것은 널리 알려져 있습니다. 그 편지를 쓴 이는 외젠이 아니었습니다. 침팬지였습니다. 침팬지가 외젠을 대신한 것입니다. 라이프니츠는 침팬지가 쓴 서신의 내용이 너무 심오해 편지를 끊을 수 없었습니다. 아시다시피 라이프니츠는 생전에 출판한 책이 많지 않습니다. 대부분의 책들은 사후에 그가 남긴 편지와 원고 등을 정리하여 출판한 것들이었습니다. 그의 편지 가운데 상당수가 침팬지 외젠과 주고받은 것이었습니다. 덧붙이자면, 라이프니츠는 일찍부터 유럽연합이 나올 것을 예상했으며, 유럽이 하나의 종교를 채택할 것이라고 믿었습니다. 하지만 1715년에 그런 믿음을 철회했습니다. 침팬지 외젠의 영향 때문이었습니다.

이야기를 하다 보니 침팬지 외젠의 비밀이 자연스럽게 밝혀졌습니다. 외젠은 침팬지를 자신의 분신으로 생각한 것입니다. 침팬지 이름이 외젠인 이유를 이제 아셨을 것입니다. 외젠이 침팬지를 자신과 동일시한 것은 침팬지가 신성한 존재였기 때문입니다. 신이 보낸 사자가 어이 신성하지 않겠습니까.

인간이 품은 욕망 가운데 신성에의 욕망은 대단히 특별합니다. 신의 피조물에 불과한 인간이 신성을 욕망하려면 자신의 전부를 바쳐야 합니다. 일부가 아닙니다. 전부입니다. 자신의 개인적 사회적 위치를 유지하는 데 필요한 '일상적 자아'를 뿌리째 뽑아버려야 하는 것입니다. 인류의 역사가 신성에의 욕망에 사로잡힌 인간들에 의해 혁명의 폭풍우 속으로 자주 휩쓸려 들어간 까닭은 여기에 있습니다.

외젠은 침팬지를 자신과 동일시함으로써 신성에의 욕망을 이루려고 한 최초의 인간이었습니다. 최초의 인간으로서 그가 꿈꾼 것은 전쟁의 영원한 종식과 인류 평화였습니다. 돌이켜보면 외젠이 자살하려고 한 것은 전쟁의 참혹함이 불러일으킨 치욕과 절망 때문이었습니다. 외젠은 자신의 꿈을 침팬지를 통해 이룰 수 있다고 믿었습니다. 그 꿈을 침팬지에게 고백한 것은 벨베데레 궁전을 완성한 날이었습니다. 외젠은 침팬지가 원하는 모든 책을 제공했습니다. 침팬지가 특히 관심을 기울인 분야는 역사와 철학, 종교였습니다. 고대에서 당대에 이르기까지 헤아릴 수 없는 역사서와 철학서와 종교서 들이 침팬지의 머릿속으로 소용돌이치듯 빨려 들어갔습니다.

세월이 흘러 벨베데레 궁전의 '열린 방'에서 침팬지가 외젠의 꿈을 사유한 지 어느덧 12년이 지나고 있었습니다. 그동안 외젠은 대외 활동을 계속했습니다. 1733년 폴란드 왕위 계승 전쟁이 일어나자 황제로부터 군 지휘권이 내려왔습니다. 그는 거절하고 싶었습니다. 그가 꿈꾸는 것은 전쟁이 없는 세계였습니다. 거절해야 마땅했습니다. 하지만 거절할 명분이 없었습니다. 명분도 없이 거절할 경우 그의 지위가 위태로워집니다. 당시 외젠에게 지위는 조금도 중요하지 않았습니다. 중요한 것은 그의 꿈이었고, 그 꿈을 실현시킬 침팬지였습니다. 그런데 외젠의 지위가 위태로워지면 침팬지도 위태로워진다는 데에 문제가 있었습니다.

침팬지를 가르쳤던 언어학자들은 외젠의 권력이 두려워 입을 다물었습니다. 벨베데레 궁전에서 일하는 이들 가운데 일부만 침팬지의 존재를 알고 있었습니다. 그들이 외젠의 지시를 어기지 않은 것은 외젠이 그들의 주인이기 때문이었습니다. 외젠의 전쟁 참여는 침팬지를 보호하기 위한 불가피한 선택이었습니다. 신성한 존재를 지키기 위해 오히려 '일상적 자아'를 견지해야 했던 것이 당시 외젠이 처한 역설이었습니다.

1736년 3월 어느 날이었습니다. 3월임에도 아침부터 눈이 내렸습니다. 벨베데레 궁전은 눈으로 덮이고 있었습니다. 궁전에서 어렴풋이 보이는 빈의 시가지도 하얗게 변해갔습니다. 신성로마제국의 황제 카를 6

세의 순행을 수행하느라 한 달 만에 궁전으로 돌아온 외젠은 침팬지를 보고 깜짝 놀랐습니다. 몸이 너무나 수척해 있었습니다. 집사는 그동안 식사를 자주 걸렀다고 죄를 지은 듯한 표정으로 말했습니다. 외젠은 책들이 쌓여 있는 책상을 사이에 두고 침팬지와 마주 앉았습니다. 한참을 침묵하던 침팬지가 희미한 미소와 함께 입을 열었습니다.

"저는 역사를 연구한 이들이 기록한 모든 책을 읽었습니다. 저는 철학을 탐구한 이들이 기록한 모든 책을 읽었습니다. 저는 신을 궁구한 이들이 기록한 모든 책을 읽었습니다. 거기에는 인류가 겪은 무수한 사건들과 그 사건을 잉태한 무수한 원인들이 저마다 고유한 형태를 이루며 역동적으로 운동하고 있었습니다. 저는 원인들만을 추출하여 하나의 물음 속으로 수렴했습니다. 원인을 낳은 원인, 원인의 원인을 낳은 원인, 원인의 원인의 원인을 낳은 원인…… 이렇게 원인들의 내부로 파고들면서 그들이 이루어나가는 형태들을 추적하는 작업이었습니다. 초기의 형태들은 대단히 복잡하고 불명료했습니다. 하지만 내부로 들어갈수록 단순하고 명료하게 변화하고 있었습니다. 내부로 들어가는 길이 처음에는 직선처럼 느껴졌으나 얼마 지나지 않아 부드러운 곡선임을 알게 되었습니다. 그것은 행성의 길이기도 했고, 나비의 길이기도 했습니다. 한 그루 나무를 스치고 지나가는 바람의 길이기도 했고, 사원의 처마에서 집을 짓는 거미의 길이기도 했습니다. 공중그네를 타는 곡예사의 길이기도 했고, 심해를 유영하는 물고기의 길이기도 했습니다. 새벽을 향해 날아오르는 천사의 길이기도 했고, 캄캄한 어둠 속에서 빛을 찾아 질주하는 짐승의 길이기도 했습니다. 그 모든 형태의 길들이 하나의 형태로 수렴되는 공간이 있었습니다. 과거와 현재와 미래가 동시적으로 존재하는 공간이었습니다. 거기에는 모든 움직임의 중심이면서 영원히 움직이지 않는 어떤 것이 씨앗처럼 숨 쉬고 있었습니다. 저는 직감했습니다. 더 이상 단순해질 수 없고 더 이상 명료해질 수 없는 최초의 원인을 지금 보고 있음을. 가슴이 설 습니다. 당신이 찾고자 했던 천국의 열쇠였으니까요."

외젠을 바라보는 침팬지의 검은 눈동자는 슬픔에 잠겨 있었습니다.

"하지만 그것은 인간의 언어로는 표현이 불가능한 형태였습니다. 침팬지에게 언어가 있다면 표현할 수 있을지도 모르겠다는 생각을 했습니다. 그런 생각을 한 것은 아마도…… 인간의 눈으로는 볼 수가 없는 형태였기 때문일 것입니다. 저는 그것을 인간의 눈으로 보지 않았습니다. 침팬지의 눈으로 보았습니다."

그날 이후 침팬지는 음식을 끊었습니다. 물만 간간이 마셨습니다. 말도 끊었습니다. 다시 벙어리가 된 것입니다. 외젠도 말을 잃었습니다. 집사가 보기에는 침팬지와 함께 벙어리가 된 듯했습니다. 외젠의 방에서 탄식의 소리 같기도 하고, 분노의 소리 같기도 하고, 울음소리 같기도 하고, 때로는 기도하는 것처럼 느껴지기도 하는 소리들이 들려오곤 했습니다. 침팬지가 죽은 것은 단식을 시작한 지 한 달이 조금 못 되어서였습니다. 그동안 요리사들은 한 끼도 거르지 않고 침팬지를 위한 식탁을 차렸습니다. 외젠의 지시였습니다. 하지만 물이 든 병 외에는 손을 댄 흔적이 한 번도 없었습니다.

외젠은 '열린 방'에서 침팬지의 시신과 함께 꼬박 사흘을 지냈습니다. 누구도 들어오지 못하게 했습니다. 사흘 동안 아무것도 먹지 않았습니다. 물만 마셨습니다. 외젠의 생애에서 사흘을 굶은 것은 그때가 처음이었습니다. 집사가 느끼기에, 외젠은 무언가를 간절히 기다리는 듯했습니다. 하지만 무엇을 기다리는지, 도무지 알 수 없었습니다. 나흘째 되던 날 저녁, 야생동물 요리 전문가 두 사람이 벨베데레 궁전으로 은밀히 들어왔습니다. 그들이 요리해야 할 동물은 침팬지였습니다. 집사는 가능한 한 양념을 적게 쓰라는 외젠의 지시를 그들에게 전했습니다.

단식으로 몸이 많이 마르긴 했으나 키가 170센티미터인 침팬지 고기의 양은 결코 적지 않았습니다. 그것을 다 먹는 데 아흐레가 걸렸습니다. 아흐레 동안 외젠은 오직 침팬지 고기만 먹었습니다. '열린 방'의 식탁에서 홀로 조금씩, 천천히 먹었습니다. 고기 맛에 대해서는 일체 말이 없었습니다. 미각이 예민한 외젠이었기에 집사에게는 지극히 이례적으로 비쳤습니다. 고기를 다 먹은 날 저녁 외젠은 평소보다 늦게 잠자리에 들었습니다. 잠자리에 들기 전 집사에게 식후에 마신 홍차 맛이 무척 좋았다고 말했습니다. 그것이 마지막으로 듣는 주인의 목소리임을 집사는 까맣게 몰랐습니다. 외젠의 시신은 다음 날 아침에 발견되었습니다. 의사는 수면 도중 숨을 거두었다는 검시 결과를 공식적으로 발표했습니다. 외젠의 죽음은 카를 6세에게 즉시 보고되었고, 황제는 제국의 큰 별이 졌다면서 애도를 표했습니다.

외젠의 이야기가 끝났습니다. 이야기는 끝났지만 여러 가지 의문들이 제 머릿속을 맴돕니다. 여러분도 마찬가지일 거라 생각합니다. 저의 의문들과 여러분의 의문들은 같을 수도 있고, 다를 수도 있습니다. 같은 것일지라도 형태와 빛깔에서 차이가 날 수 있습니다. 다름과 차이는 여러분 사이에서도 있을 것입니다. 그러니 여기에서 저의 의문들만 일방적으로 열거하고 그것에 대한 견해를 밝히는 것은 적절치 않을 듯합니다. 모든 의문들을 모아 합당한 기준에 따라 분류하고, 차이가 있는 것들은 토론을 통해 부드럽게 섞일 수 있는 자리가 마련되면 기꺼이 참

석하겠습니다.

*

앞서 저는 「학술원에 드리는 보고」를 읽고 충격과 불쾌감을 동시에 받았다고 밝혔습니다. 그것에 대해 말씀드리고, 저의 정체성과 관련하여 몇 가지 생각들을 들려드리면서 이 글을 매듭짓겠습니다.

외젠이 침팬지를 숨기려고 애썼지만 누군가의 입을 통해 새어 나갔을 것입니다. 외젠은 제국의 권력자였습니다. 그가 살아 있었을 때는 후환이 두려워 입을 다물었던 사람들이 그가 죽은 후에까지 계속 입을 다물었다고 보기는 힘들 것입니다. 더욱이 그것은 공상을 자극하는 신비로운 이야기입니다. 그런 이야기일수록 사람들은 더 귀를 기울이고, 이야기는 빨리 퍼져 나갑니다. 이야기는 생명체와 흡사해 시간과 공간을 넘실거리면서 끊임없이 변신하는 속성을 갖고 있습니다. 「학술원에 드리는 보고」의 작가가 태어난 해는 외젠이 죽은 지 147년이 지난 1883년입니다. 그동안 외젠에 관한 수많은 이야기들이 유럽을 떠돌았을 것입니다. 그중의 하나가 작가의 귓속으로 흘러 들어갔을 것으로 저는 생각합니다. 버전이 다른 복수의 이야기들이 흘러 들어갔는지도 모르지요.

제가 「학술원에 드리는 보고」를 읽으면서 충격과 함께 불쾌한 느낌이 든 가장 큰 이유는 빨간 피터의 존재가 너무 왜소하게 그려져 있었기 때문입니다. 빨간 피터는 침팬지 외젠을 반영한 존재입니다. 그럼에도 침팬지 외젠과 너무 다릅니다. 더욱이 작가는 침팬지를 원숭이로 바꾸어버렸습니다. 침팬지와 원숭이의 차이를 잘 알고 계실 것입니다. 여러분은 제가 허구적 이야기에 불과한 소설에 너무 예민하게 반응한다고 생각하실지 모르겠습니다. 부인하지 않겠습니다. 침팬지 외젠은 제가 꿈꾸는 존재이니까요. 말 그대로 꿈입니다. 침팬지 외젠의 장려하고 숭엄한 영혼에 비하면 제 영혼은 너무나 초라하고 남루합니다. 제가 처음 뱉은 인간의 말부터 그랬습니다. 그것은 '미치겠네'였습니다. 제 담당 사육사가 걸핏하면 뱉는 말이었습니다. 사육사는 눈이 휘둥그레져서 저를 보았습니다. 놀란 표정이 역력했습니다. 저는 턱을 들고 조용히 그의 시선을 받았습니다. 입가에 약간의 미소도 머금었습니다. 저를 뚫어지게 보던 사육사의 얼굴이 하얗게 되더군요. 상황을 알아차린 것입니다. 제가 단순히 그의 목소리를 흉내 낸 것이 아니라는 사실을. 그렇습니다. 저는 뜻을 명확하게 인식하면서 그 말을 뱉었습니다. 제가 사냥꾼의 마취총에 맞고 인간에게 포획된 지 5년 만에 일어난 일입니다. 그때의 기억이 꿈속의 풍경처럼 떠오릅니다.

마취총을 맞고 의식을 완전히 잃을 때까지의 시간은 몇 분에 불과했지만, 저에게는 한없이 긴 시간이었습니다. 그동안 저의 혼이 (침팬지에게 혼이라는 것이 있다면) 산산이 흩어졌으니까요. 산산이 흩어진 혼이 제 몸을 관통한 은색 번개와 함께 먼 우주 속으로 사라져가는 것을 저는 가물거리는 눈으로 보고 있었습니다. 깨어났을 때 저는 그 전하고는 전혀 다른 세상에 내팽개쳐져 있었습니다. 그곳은 몸 하나 겨우 누일 수 있는 우리였습니다.

그동안 수많은 침팬지들이 사냥꾼들에 의해 인간세계로 끌려왔습니다. 그들 가운데 상당수는 숲에서 누려온 자유를 그리워하다가 죽었습니다. 끌려온 지 며칠 만에 죽는 경우가 허다했습니다. 그들은 대부분 땅에 얼굴을 처박은 자세를 하고 있었습니다. 죽음의 순간에 왜 그런 자세를 했는지, 한번쯤 생각해볼 것을 여러분에게 권유하고 싶습니다. 완전한 자유의 상태가 만들어내는 생명의 에너지는 여러분의 상상을 초월합니다. 여러분이 운명에 짓눌려 죽음 안쪽으로 얼굴을 묻는 침팬지들의 모습에 관심을 기울이지 않는 까닭은, 자유의 상실이 침팬지에게 불러일으키는 슬픔과 고통을 상상할 수 없기 때문입니다. 여러분은 침팬지가 아니니까요. 저는 다릅니다. 인간으로 변신은 했지만 침팬지의 기억은 일부이기는 하나 제 몸을 떠나지 않고 있습니다. 제가 왜 자유를 그리워하다가 죽어간 그들을 생각하면 죄의식을 느끼는지, 이제 여러분은 조금이나마 이해하실 수 있으리라 믿습니다.

그 죄의식은 종종 저에게 "왜 너는 땅에 얼굴을 처박지 않았는가?" 하고 추궁합니다. 아프리카의 숲에서 누려온 자유를 그들보다 덜 그리워했기 때문이었을까요? 아닙니다. 저 역시 자유를 미친 듯이 그리워했습니다. 자유의 박탈이 불러일으키는 절망에 숨 쉬는 것조차 힘겨웠습니다. 그럼에도 제가 죽음의 심연에 얼굴을 처박지 않았던 것은 가슴 깊은 곳에서 고개를 들고 일어나는 의문 때문이었습니다.

우리에 갇힌 저는 인간들을 유심히 보았습니다. 인간들도 저를 유심히 보았지만 저는 그들보다 훨씬 더 유심히 보았습니다. 제 눈에 비친 인간은 솔직히 말씀드리면 기이했습니다. '기이했다'는 표현을 혹시 언짢아 하실지 모르겠습니다만 당시 제가 처한 상황과, 그 상황을 만든 인간들이 저에게는 처음 보는 생명체였음을 고려하신다면 이해가 가능하리라 믿습니다. 아무튼 저는 은빛 볏을 가진 회색 수풀돼지와는 모습이 전혀 다른 인간들에게서 시선을 뗄 수 없었습니다. 인간들을 보고 있노라면 저도 모르게 '내가 누구지?' 하는 강렬한 의문에 사로잡혔기 때문입니다. 아프리카 숲에서는 한 번도 들지 않았던 의문이었습니다.

왜 그런 의문이 들었는지는 정확히 알 수 없지만, 인간이라는 존재가 저를 비추는 거울 같은 역할을 하지 않았을까, 생각해보곤 합니다. 침팬지의 검은 눈동자가 자신의 영혼을 비추는 거울처럼 느껴졌던 외젠의 경우와 비교해보시면 흥미로우실 것입니다.

제가 죽음의 심연에 얼굴을 처박지 않았던 것은 저에 대한 의문이 그만큼 컸기 때문입니다. 제가 누구인지 알기 위해서는 인간을 알아야 했고, 인간을 알기 위해서는 인간의 언어를 습득해야 했습니다. 그런 과정을 거쳐 보잘것없는 한 마리 침팬지가 인간으로 변신한 것입니다. 빨간 피터는 자신이 획득한 지위에 대해 그가 도달하려고 한 곳에 도달한 셈이라고 말합니다. 여기에 대해 애쓸 만한 가치가 없었다고는 말하지 않기를 바란다고 하면서, 인간이 자신에 대해 판단하는 것을 원치 않는다고 슬쩍 덧붙였습니다.

빨간 피터의 말을 빌려 이 자리에서 고백하자면, 저는 제가 도달하려고 한 곳에 아직 도달하지 못했습니다. '내가 누구인가?'에 대한 답을 구하지 못했기 때문입니다. 답을 구하려면 인간을 먼저 알아야 하는데, 알면 알수록 오히려 더 알 수 없는 존재가 되어버리는 것이 인간임을 언젠가부터 깨닫기 시작했습니다. 입안으로 끊임없이 음식을 밀어 넣으면서도 허기를 끊임없이 느끼는 인간의 모습을 어떻게 이해해야 할지 정말 모르겠습니다. 한 평의 공간에서는 우주를 상상하면서 우주 속에서는 갇힌 쥐처럼 절망하는 인간의 모습을 어떻게 이해해야 할지 정말 모르겠습니다. 여러분이 원하시면 예를 얼마든지 들려드리겠습니다. 언어의 경우만 해도 그렇습니다.

언어를 배우면서 놀란 적이 한두 번이 아닙니다만, 가장 놀란 적은 인간들이 신의 존재를 언어로 더없이 풍부하고 다양하게 표현해왔다는 사실을 알았을 때였습니다. 외람된 말씀이지만 제가 처음으로 신을 생각한 것은 아프리카의 숲에서였습니다. 믿기 힘드시겠지만, 사실입니다.

마취총에 맞기 직전 저는 바위에 앉아 호수를 내려다보고 있었습니다. 해가 지면서 수면이 회색으로 물들고 있었습니다. 호수 너머의 들판과 산도 제 빛을 잃고 어스름에 잠기고 있었습니다. 털이 곤두서기 시작했습니다. 두려움 때문이었습니다. 눈앞의 세상을 캄캄한 어둠으로 덮어버리는 밤을 두려워하지 않는다는 것은 불가능했습니다. 처음에는 어떤 무시무시한 존재가 두 눈을 앗아간 줄 알았습니다. 눈 안이 뻥 뚫린 느낌까지 들었습니다. 그때의 두려움을 생각하면 지금도 가슴이 서늘해집니다. 눈에 보이는 모든 것을 사라지게 하는 존재가 불러일으키는 두려움의 감각을 여러분은 실감하시기 어려울 것입니다. 그 원초적 두려움은 오직 침팬지만이 느낄 수 있습니다. 영원히 계속될 것 같은 어둠은 새벽이 오면 물러납니다. 하늘이 열리면서 다시는 오지 않을 것 같은 빛이 세상 속으로 흘러 들어오는 것입니다. 어둠에 삼켜진 만물이 재생하는 모습을 보고 있노라면 경이로움에 사로잡히지 않을 수 없었습니다. 경이로움의 전율 속에서 제가 가장 알고 싶었던 것은 빛과 어둠을 있게 한 어떤 존재였습니다. 당시는 몰랐는데, 인간의 언어를 쓰다 보니 그것이 신을 뜻하는 것임을 알았습니다. 놀랍지 않습니까? 어린 침팬지가 신의 존재를 느끼고 그 실체를 알고 싶어했다는 사실이 말입니다. 그럼에도 누구에게도 묻지 않았던 것은 물음의 내용을 표현할 언어가 침팬지에게는 없었기 때문이었습니다. 그런데 인간의 언어에서 신과 마주쳤으니 어찌 놀라지 않을 수 있겠습니까. 오랫동안 잊고 있었던 경이로움이 다시 살아나는 것 같았습니다. 하지만, 놀라움이 허탈의 감정으로 바뀌는 데에는 시간이 별로 걸리지 않았습니다. 신을 표현하는 언어들은 현기증이 날 정도로 많지만 정작 제가 그토록 궁금해했던 신의 모습은 잘 보이지 않았습니다. 언어들이 신을 보여주는 척하면서 오히려 감추는 것이 아닌가, 하는 의구심마저 들었습니다. 언어가 신을 갈기갈기 찢고 있는지도 모른다는 의구심까지 들자 저도 모르게 얼굴이 확 달아올랐습니다. 어쩌면 제가 너무 지나친 생각을 했는지도 모릅니다. 침팬지의 한계라고 간주하시고 너그럽게 받아주시길 바랍니다.

거듭 말씀드리지만, 저는 아직도 제가 누구인지 모릅니다. 저에 대해 제가 아는 유일한 사실은 침팬지의 시간과 인간의 시간 사이에서 가느다란 줄을 타고 위태롭게 왕복하는 존재라는 것입니다. 간혹 침팬지의 시간과 인간의 시간이 뒤섞일 때가 있습니다. 제가 영혼의 분열을 겪지 않는 유일한 시간이지요. 그림자가 분열되지 않는 그 놀라운 시간에 외젠이 나타납니다. 침팬지 외젠 말입니다. 그가 하는 이야기는 강물이 되어 제가 꾸는 꿈속으로 고요히 흘러 들어옵니다. 그러면 저는 깨어 있으면서 꿈꾸는 자가 되어 강물에 누워 머나먼 하늘에서 어렴풋이 빛나는 별을 봅니다. 우리가 보았던 최초의 별을. ▪

조해진

홍의 부고

ⓒ김준현

1976년 서울 출생.
이화여대 교육과 및 동대학원 국문과 졸업.
2004년 『문예중앙』 등단. 소설집 『천사들의 도시』.
장편소설 『한없이 멋진 꿈에』 『로기완을 만났다』.

홍의 부고

1

개 짖는 소리가 요란했다. 안은 반사적으로 손을 뻗어 머리맡에 두었던 휴대폰을 집었다. 손안에서 만져지는 휴대폰의 질감은 익숙하고도 뚜렷했지만, 안의 귀는 꿈과 현실 사이를 가로지르는 높은 깃대에 걸린 조잡한 수신기처럼 여전히 휴대폰 벨소리를 개 짖는 소리로 잘못 해독하고 있었다. 우연찮게도 그때 안은, 검은 개떼에 쫓기다가 유리가 깨진 전화박스를 발견하고는 정신없이 그 안으로 뛰어 들어가는 꿈을 꾸고 있었다. 개들은 끈적끈적한 침을 흘리며 날카로운 송곳니를 드러낸 채 맹렬하게 짖어댔다. 수화기를 쥐고 있던 안의 두 손은 경련하듯 떨렸고 갑작스러운 요의로 다리까지 후들거렸다. 여보세요? 거, 거기 누구 없어요? 마침내 신호음이 지나가고 통화가 연결되어 안이 다급하게 물었을 때, 개들은 순식간에 뿌연 안개 속으로 삼켜지듯 사라져갔다. 개떼뿐만 아니라 가로등과 깨진 전화박스와 그때껏 온힘을 다해 쥐고 있던 수화기도 하얗게 지워지면서 안은 갑자기 텅 빈 들판에 혼자 서 있게 되었다. 여보세요? 여보세요! 안은 들판 여기저기를 뛰어다니며 절망적으로 소리를 질러댔다. 바람조차 불지 않는 어둑한 들판이었지만 하늘엔 극지방의 오로라처럼 초록과 보라의 빛 무더기가 겹치고 휘어지며 흘러가는 장관이 펼쳐져 있었다. 먼 옛날 세상 끝에 도착한 방랑자가 더 이상 갈 곳이 없자 하늘을 찢고 그 밖으로 빠져나갔다는 이야기가 떠오른 건 그때였다. 안은 어쩌면 이 이상한 들판의 출구일지도 모르는 하늘을 향해 두 팔을 쭉 뻗어보았다. 신비로운 하늘은 바로 머리 위에 있는 듯 가깝게 보였지만 손에 닿지는 않았다. 여보세요? 마침 하늘 저편에서 누군가 굵은 목소리로 신호를 보내왔다. 얼굴은 보이지 않았지만 그 목소리는 들판 끝까지 메아리를 남기며 길게 울려 퍼졌다. 담당의인가. 담당의일지도 모른다는 생각이 들자 안도감이 들었다. 그러나 그것도 잠시뿐, 빈 들판을 헤매는 동안의 막막함을 뻔히 알았을 텐데도 이토록 늦게 응답을 보내온 담당의가 안은 못내 서운했다. 늦었어, 중얼거리며 두 손으로 머리를 감싼 채 무릎을 꿇는데 어느 순간 현실적인 감각이 조금씩 살아나면서 안은 자신의 감정이 비이성적으로 과장되어 있다는 것을 자연스럽게 깨달았다. 그제야 안은 슬며시 눈을 뜨고 주변을 둘러봤다. 방 안의 풍경이 한 줌씩 깃든 정방형의 조각들이 허공에서 질서 없이 나부끼고 있었다. 눈을 한 번 깊이 감았다 뜨자 조각들은 순식간에 제자리를 찾아 들어갔고 이내 그 이어진 자국마저 감쪽같이 지워졌다. 여보세요? 제 말 안 들립니까? 귀에 대고 있던 휴대폰 너머에서 누군가가 연이어 물어왔다. 꿈속에서처럼 무조건적인 신뢰감을 주는 중저음이긴 했지만 담당의의 목소리와는 미묘하게 달랐다. 안은 비로소 꿈이 끝났다는 것을 실감했다. 아뇨, 잘 들립니다. 말씀하십시오. 다시 잠들지 않기 위해 이불을 밀치며 안은 쉰 목소리로 대답했다. 아침부터 실례가 아닌가 모르겠는데, 혹시 Y대 산악서클 15기 멤버 아니신가요? 남자의 질문에 침대 밖으로 한쪽 다리를 내놓던 안은 맞은편 벽에 세워진 전신거울을 물끄러미 건너다봤다. 안이 Y대를 나왔고 산악서클에서 활동한 건 사실이지만, 대학을 졸업한 지 10년이 넘은 데다가 현을 제외한다면 서클 동기나 선후배 중에서 연락하며 지내는 사람도 없었다. 한때 자신의 정체성을 대변해주던 Y대니 산악서클이니 하는 말들이 안은 낯설기만 했다. 그렇습니다만, 누구시죠? 잠시 후 안은 조심스럽게 물을 수밖에 없었다. 아, 저는 홍의 오빱니다. 홍이오? 어젯밤에, 홍이 죽었습니다. 아······. 안은 낮게 신음했다. 월요일 이른 아침, 타인의 부고를 들으며 잠에서 깰 줄은 몰랐다. 고인의 명복을 비는 것과 남자에게 유감을 표하는 것 중 무엇을 먼저 해야 할지 판단이 되지 않았다. 홍이 이름인지 성인지도 알지 못하니 그녀에 대해 좀 더 자세히 설명해달라는 부탁은 그 두 마음 사이에 들어올 틈이 없었다. K구에 있는 S병원입니다. 발인은 내일이고요. 안의 문상을 확신이라도 한다는 듯 덧붙여 설명하는 남자의 목소리엔 습기가 없어 불편했다. 그럼, 기다리겠습니다.

남자가 전화를 끊자 때맞춰 알람시계가 울려대기 시작했다. 시계를 들어 알람을 끄는데 침대 옆 콘솔 구석에 일렬로 놓인 하얀색 플라스틱 약통 세 개가 눈에 들어왔다. 안은 2주에 한 번씩 신경정신과 병원에서 상담을 받았고, 상담이 끝나면 처방전을 들고 약국으로 가서 꼬박꼬박 저 플라스틱 약통을 받아왔다. 그러고 보니 언제부터인가 안은 자정 즈음 잠자리에 들었고 아침 일곱 시에 알람이 울릴 때까지 깨지 않고 단 잠을 잤다. 받아온 약을 저렇게 방치해놓은 건 수면장애가 사라졌음을 몸이 먼저 감지했기 때문일 것이다. 몸은 대개 머리보다 민감하고 별다른 노력 없이도 알아서 변화에 적응하지 않던가. 다음 상담은 이틀 후였다. 담당의에게 수면장애가 완치되었음을 밝히는 게 당연한 절차인 줄 알면서도 안은 그 당연함이 새삼스러웠다. 오히려 이틀 후면 담당의를 만나게 된다는 생각에 문득 마음이 설레었다. 안에게 담당의는 연체니 압류니 하는 단어를 빼놓고도 이야기를 나눌 수 있는 거의 유일한 대화 상대였다. 실제로 그는 안에 대해 누구보다 많은 것들을 알고 있었다. 당황하면 말을 더듬는 습관뿐 아니라, 칼이나 가위 같은 뾰족한 사물에 근원적인 공포감을 갖고 있다는 것이나 발꿈치가 매끈하고 분홍빛인 여자에게 강한 성적 매력을 느낀다는 것까지. 담당의라면 간밤의 제법 생생한 꿈과 기억나지 않는 대학 동창의 죽음, 그리고 지금 이 순간 떠오르는 자신의 장례식에 대한 상상을 숨김없이 토로한다 해도 차분히 그 모든 이야기를 경청해줄 터였다. 조금은 어리둥절한 표정으로 썰렁한 빈소를 지킬 가족과 의례적으로 조의를 표하는 지인들의 모습, 심지어 구색을 맞추기 위해 상조회사가 갖다놓았을 국화의 알싸한 향으로까지 안의 상상은 뻗어가는 중이었다. 상상 속 그곳은 그동안 안이 다녀봤던 빈소들과 크게 다를 것 없는 분위기였고 안은 그 평범함이 언짢았다. 그렇다면 휴대폰을 들고 외진 구석자리를 찾아가 친척이나 지인들에게 부고를 전하게 될 사람은 두 살 터울의 형일까, 세 살 아래 여동생일까. 형이나 여동생도 전화를 반복하는 사이 슬픔이나 회한이 희석된 목소리로 한 사람의 완벽한 소멸을 전할 것인가, 홍의 오빠처럼? 안은 뼛속까지 번지는 얼음처럼 차가운 통증을 느꼈고, 동시에 이 모든 상상이 마음의 연약한 부분을 자극하는 쓸데없는 자기연민에 지나지 않는다는 것을 깨달았다. 안은 콘솔에서 약통 하나를 가져와 거칠게 뚜껑을 열고는 알약 하나를 입안에 넣은 뒤 벽에 기대섰다. 잠시 동안이라도 200밀리그램짜리 알약이 품고 있는 둥글고 작은 위로를 받고 싶었다. 알약에는 어쩌면 잊고 있던 기억 하나가 비밀스럽게 포장되어 있을지도 몰랐다. 가령 초여름의 어느 산행에서 연둣빛 나뭇잎 사이로 내리비치던 햇살의 반짝임에 자신도 모르게 한쪽 눈을 찡그렸던 순간 같은. 뒤를 돌아보면 Y대 산악서클 멤버들이 옹기종기 서 있을 터이고 주의를 기울여 살핀다면 그들 사이에서 조용히 웃고 있는 홍의 모습도 포착될지 모른다. 안은 더, 더, 깊이 상상하고 싶었지만 식도를 넘어간 알약은 기대와 달리 둥글고 작은 테두리에서 벗어나지 못한 채 가슴속 어딘가에 내려앉았다. 벽의 서늘함을 조금 더 느끼다가 안은 화장실로 들어갔고 오래오래 오줌을 누었다.

2

현이 열어준 현관문을 지나 거실로 들어서자 맥주캔과 양념치킨, 불은 컵라면 등이 어지럽게 널려 있는 다탁이 눈에 들어왔다. 소파 쪽으로 걸어가 검은색 슈트 재킷을 벗으며 엉거주춤 앉는데 현이 새 맥주캔 하나를 내밀었다. 사양했지만 현은 막무가내였고 안은 어쩔 수 없이 맥주캔을 받아든 뒤 뚜껑을 땄다. 켜져 있는 텔레비전에선 연쇄살인 사건에 대한 뉴스가 보도되는 중이었다. 연쇄살인 사건이라면 안도 익히 들어 알고 있었다. 벌써 몇 주째 온갖 매체가 이 사건을 다루었고, 사무실이든 식당이든 사람들은 두셋만 모여도 요란하게 떠들어대며 언제 누구에게 닥칠지 모르는 죽음에 대한 공포를 소모품처럼 나누어 가졌다. 살인범들의 수법 자체는 믿을 수 없을 만큼 단순했다. 남자든 여자든 일단 표적이 되면 인적 드문 곳으로 끌고 가 각목과 쇠파이프로 무작정 패는 것, 그게 다였다. 살점이 너덜거리고 뼈가 부러지고 장기가 훼손되어 마침내 희생자의 숨이 끊어질 때까지 쉬지 않고, 아마도 끈적끈적한 침을 흘리기도 하면서. 대여섯 명의 건장한 남자들로 알려진 이들은 개인적 원한이나 사회에 대한 불만을 비치지도 않는 데다가 그 수법 또한 잔인하고 비전문적이어서 일부 범죄심리학자들은 이들이 일종의 취미처럼 살인을 즐기는 거라고 진단합니다. YTN 뉴스, 최…….

개떼 같군. 리모컨으로 텔레비전을 끄며 현이 혼잣말처럼 중얼거렸다. 개떼라는 비유에 간밤의 꿈이 떠오르면서 안은 저도 모르게 인상을 썼다. 참, 아까 전화로 할 말 있다고 하지 않았어? 현이 물었다. 그, 그게, 시, 실은……. 말하는 중에도 안은 자신이 당황하는 이유를 알 수 없어 의아했다. 퇴근시간이 다가올 때까지 장례식장에 가는 문제를 결정하지 못해 망설이다가 현에게 전화를 걸었던 건, 물론 현이라면 홍을 알지도 모른다는 기대 때문이었다. 현이 뜻밖의 질문을 한 것도 아니고 대답이 준비되어 있는데도, 왜. 안은 생각했다. 그런데도 왜 말의 조각들은 적당히 조립되어 매끄럽게 이어지지 못하고 이렇듯 혀끝에서 뭉개지고만 있는가. 하긴, 현이 어떤 대답을 내놓든 아침부터 지속된 이 답답함이 해소되진 않을 터였다. 현이 홍을 안다면 자신의 기억을 계속해서 의심해야 하고, 모른다고 답한다면 그녀의 존재를 변함없이 미스터리로 남겨둬야 하는데, 안은 그 두 개의 가능한 상황 모두가 달갑지 않았다. 치매냐, 그새 까먹게? 그나저나 저녁 안 했으면 해. 현이 새 나무젓가락을 건네며 퉁명스레 말했다. 젓가락을 받긴 했지만 도통 식욕이 일지 않는 저녁상이었다. 현은 이미 치킨 조각 하나를 집어 입 주변에 붉은 양념을 묻혀가며 물어뜯고 있었는데, 그 모습을 보고 있자니 그나마 남아 있던 시장기마저 사라지는 듯했다. 지난봄 이혼을 하면서 현은 이전보다 확연히 몸이 불었다. 허리선은 무너지고 뱃살도 축 늘어진 저 상태로 투신이든 실수든 한강에 빠진 사람을 구하러 물속을 드나들 수나 있는 건지, 아니 몸에 맞는 잠수복이 남아 있기는 한 건지 의문이 들었다. 현은 한강구조대원이었다.

피곤해 보이네, 응급상황이라도 있었어? 의례적으로 묻자 어젯밤에, 현은 짧게 대답했다. 날이 제법 쌀쌀해졌는데도 강에 뛰어드는 사람이 있구나. 항상 있는 일인걸, 뭐. 근데 어젯밤의 그 사람은 왜 죽으려고 했대? 내가 어떻게 알겠어, 그들의 속을! 현이 돌연 신경질적으로 쏘아붙이며 아직 살점이 남은 닭 뼈를 다탁 위에 탁, 내려놓았다. 연체 상황을 알려주기 위해 전화했을 뿐인데도 욕부터 지껄이는 자들과 통화할 때처럼 안은 얼굴이 화끈거렸다. 또 모르지, 너한테 독촉전화 받고 홧김에 그랬는지. 순간이었지만, 안은 현의 입가에 떠오르는 한 줌의 조소를 보았다. 이봐, 나, 난 사, 사채업자도 아니고 부, 불법 대출회사에 다니는 것도 아, 아냐. 저, 정당하게……. 알아, 안다고. 넌 꼭 별것도 아닌 농담에만 발끈하더라. 현은 재빨리 안의 말을 막으며 멍청하게 웃었다. 안은, 웃지 않았다. 그저 궁금했다. 현이 그 사건을 알고 있는지, 알면서 그동안 모른 척했던 것인지, 알고 있다면 저 무심함을 가장한 질 낮은 유도심문으로 자신을 괴롭히는 의도는 무엇인지.

1년 전, 사업에 실패한 뒤 생활고에 시달려오던 중견배우가 신용카드 연체대금 때문에 채권추심을 받던 중 한강에 투신했다. 뒤늦게 도착한 구조대원이 어두운 강바닥을 더듬어 찾아낸 건 이미 형편없이 물에 불은 시신이었다. 당시 구조대원에 현도 포함되어 있었는지는 묻지 않았다. 그 배우의 채권추심을 담당한 직원이 자신이었다는 것도 안은 밝힌 적이 없다. 그러니 조롱인지 농담인지 구분할 수 없는 저 화법에 대고 그 일은 회사가 직원에게 지시한 업무일 뿐이고 합법적인 절차를 밟았으며 그 배우는 어떤 이유에서든 자신의 채무에 책임을 지지 않았다고 항변하는 건 무의미했다. 시스템 안에서는 그 누구도 사적인 원한이나 악의로 움직이지 않으므로 개인의 죄란 성립되지 않으며 죄의식 또한 무의미하다는 말도 꺼낼 필요가 없었다. 어차피 안은 지금 와서 그 사건을 들추어낼 마음이 없었고 현이 보일 반응도 알고 싶지 않았다. 안의 불편한 표정을 읽었는지 현이 미적미적 안 곁에 다가와 앉더니 어제의 일을 설명하기 시작했다.

40대 여자가 마포대교 위에서 한 시간가량 울부짖으며 신세타령을 하다가 그대로 물속에 뛰어들었다. 전기보트에서 잠수복을 챙겨 입고 대기하고 있던 현과 또 다른 구조대원은 곧바로 산소통을 메고 강 속으로 들어갔다. 강이란 겉에서 보면 아름답고 고요하지만 그 속은 어둡고 더러우며 물살은 미친 듯이 빠르게 흐른다. 매일 엄청난 양의 오물이 유입되고 수도 없이 많은 사람들이 수몰된 곳이다. 교각의 온화한 조명이 반사되는 한강을 등지고 선 채 사랑을 속삭이고 낭만을 노래하는 텔레비전 드라마나 예능 프로그램을 보면 현은 토하고 싶을 지경이다. 여하튼 40대 여자는 물에 빠진 대부분의 사람들이 그러하듯 구조대원들에게 필사적으로 매달렸다. 죽겠다고, 제발 죽게 내버려달라고 외치던 물 밖에서의 모습은 어디에도 없었다. 차라리 기절이라도 해주었다면 다소나마 구조가 손쉬워질 텐데 여자는 눈을 감지도 않은 채 악착같이 현의 몸에 들러붙었다. 악귀 같다고, 현은 생각했다. 죽겠다는 일념 하나로 감행한 검은 강으로의 투신과 오직 살아남기 위하여 구조대원의 위험 따위 신경 쓰지 않는 그 맹렬한 몸부림은 명백하게 모순적이면서도 똑같은 분량으로 절실했으므로, 현으로선 그중 무엇이 여자의 진심에 가까운 건지 짐작도 되지 않았다. 아무도 모르게 죽을 수 있는 방법은 수도 없이 많은데 왜 하필 남들 보란 듯이 한강을 택하는지도 현은 이해하지 못했고, 이해하고 싶지도 않았다. 가끔은 투신자의 목을 물속으로 더 깊이 내리누르는 상상을 하기도 한다. 아니, 어쩌면 매번. 그 은밀한 상상을 애써 모른 척하며 여느 때처럼 온몸의 에너지가 소진될 정도로 힘겹게 여자를 보트 위로 올려놓자 잠시 넋이 빠진 모습으로 앉아 있던 여자는 이내 서럽게 울부짖기 시작했다. 왜지? 안이 묻자 현은 한껏 느슨해진 목소리로 대답했다. 왜 자기를 살렸냐는 거지, 왜긴.

긴 이야기를 마친 현은 격앙됐던 표정을 풀며 다시 맥주캔을 집어 들었다. 적막이 흘렀다. 한 모금에 맥주캔을 다 비운 현이 문득 안에게 시선을 돌렸다. 현의 얼굴은 공허해 보였다. 애초부터 아무것도 들어 있지 않았던 이 세계의 동그란 구멍 같기도 했다. 홍이 죽었대. 안은 얼떨결에 말했다. 깊이를 가늠할 수도 없는 구멍에 대고 말한 것처럼 안은 자신의 목소리가 몇 겹으로 파동 치는 걸 느꼈다. 누구? 홍, 홍 말이야. 같은 산악서클 멤버였잖아. 몰라? 심문하듯 다그쳐 묻자 현은 그제야 알 것 같다는 표정을 지어 보이며 아, 작게 신음했다. 근데, 홍이 왜? 그건 나도 몰라. 오늘 아침 홍의 오빠라는 사람한테서 연락이 왔어. 근데 걔가, 무슨 과였지? 약학과 아니었나? 그렇게 되묻는 현을 안은 미심쩍게 쳐다봤다. 안의 기억 속엔 산악서클 멤버였던 약대 출신 여학생이 기록되어 있지 않았다. 왜, 시답잖은 농담에도 곧잘 웃어주곤 하던 한 학년 후배, 걔가 홍이었잖아. 덧붙여 설명하는 현에게 안은 미끼를 던지는 마음으로 다시 물었다. 혹시 칼을 무서워하던 그 후배? 맞아, 걔!
아, 생각난다. 북한산이었나, 도봉산이었나. 산 중턱에서 누가 사과 좀
깎으라고 시키니까 덜덜 떨리는 손으로 과도를 쥐더니 바로 손가락 베
어서 막 피 흘리고, 난리도 아니었잖냐. 현의 말을 듣는 동안 안은 터져
나오려는 헛웃음을 가까스로 참고 있어야 했다. 현이 지금 회상하고 있
는 사람은 바로 안 자신이었다. 그 산은 관악산이었다고 정정해주고 싶
은 것을 꾹 참으며 안은 침착하게 이어 말했다. 발꿈치가 매끈하고 분
홍빛이었지, 홍 말이야. 그랬나? 하긴, 홍이 얼굴은 평범했지만 종아리
에서 발꿈치까지의 라인은 봐줄 만했지. 여름에 홍이 짧은 치마 입고
나타나면 남자애들 여럿 침 흘리기도 했으니까. 야, 근데 너 별걸 다 기
억한다. 말하며, 현은 가상의 여자가 눈앞에 나타나 하체를 다 보여주
고 있기라도 한 것처럼 음흉하게 웃어대기 시작했다. 안은 혼란스러웠
다. 혹시 현의 기억이 왜곡된 게 아니라 내 기억의 어느 부분이 오려진
건 아닐까. 어쩌면 나와 쌍생아처럼 닮은 홍은 정말로 실재했는지도 모
르는 일이고, 내 성적 취향이란 것도 홍에게서 비롯된 것일 수도 있지
않은가 말이다. 의심이 시작되자 이상하게 몸이 간지러웠다. 마치 홍이
라는 후배가 머릿속으로 스며들어와 스러진 성곽 같은 불완전한 기억
의 테두리를 사뿐사뿐 걸어 다니고 있기라도 한 것처럼. 아니, 그녀는
정말 눈에 보이는 듯했다. 그녀는 맨발이었고 분홍빛 발꿈치 외에는 모
든 것이 희미했다. 안이 다가가려 할수록 그녀는 멀어져 갔고 절대로
뒤를 돌아보지 않았다. 소실점을 향해 나아가던 그녀는 어느 순간 감쪽
같이 사라졌다. 바로 그때 그녀와 안 사이의 수평적 거리가 수직적 깊
이로 뒤바뀌면서 안은 가파른 절벽 위에 서 있게 되었다. 기억과 기억
의 틈새는 질리는 어둠뿐, 그 속에 무엇이 있는지 확인할 수 없었기에

두려웠다. 안은 공포에 가까운 현기증을 느끼며 천천히 고개를 들었다. 현은 입을 크게 벌려 하품을 하고 있었는데 그의 입안 역시 아주 까맸다. 그 안으로 깊이 손을 집어넣으면 한 인간의 뼈와 내장이 아니라 가장 비참하고 끔찍한 기억들이 밀봉된 차가운 자루 같은 게 만져질 것만 같았다. 소름이 돋았다. 저자는 누구인가. 저 지방덩어리 사내가 내가 안다고 여겨왔던 현이 맞는 것일까. 안은 현에게 홍에 대해 물은 것을, 아니 그를 찾아온 것 자체를 후회했지만 이내 그 후회조차 부질없다는 것을 깨달았다.

안은 벗어놓은 재킷과 가방을 챙겨 일어났다. 어서 장례식장에 가서 홍의 영정사진을 확인하고 싶다는 생각뿐이었다. 시간은 벌써 여덟 시가 넘어가고 있었으므로 부지런히 이동해야 보통 때의 취침시간인 자정까지 귀가할 수 있을 터였다. 어, 가게? 현이 주춤주춤 따라 일어나며 물었다. 장례식장에 가봐야지. 너도…… 갈래? 나? 나야 홍과는 친분도 없었고 연락도 못 받았는걸. 납작한 뒤통수를 긁적이며 뻔한 대답을 내놓는 현에게 안은 무성의하게 고개를 끄덕여 보인 뒤 현관 쪽으로 뚜벅뚜벅 걸어갔다. 혼자 가기 멋쩍으면 민을 데려가지 그래? 등 뒤에서 현이 말했다. 민이야 홍과는 절친이었으니 분명 갈 텐데 말이야. 민? 민이 저 아래 지하철역 앞 사거리에서 약국 하잖아. 야, 근데 걔는 어쩜 그렇게 여전히 촌스럽냐. 아스피린 사러 우연히 그 약국 들렀다가 바로 알아봤다, 내가. 수다쟁이인 것도 그대로고 말이야. 날 붙들고 한 시간이나 수다를 떨더라니까, 10년 만에 만났으면서! 민은 또 누구인가. 안은 궁금했지만 묻지 않았다. 그에게는 더 이상 그 무엇도 묻지 않을 생각이었다. 참, 너, 조심해라. 현관문을 나선 뒤 구두를 고쳐 신는데 현의 목소리가 칼날처럼 날카롭게 두 귀를 스쳤다. 뒤를 돌아봤지만 그새 센서등이 꺼져 현의 표정은 잘 보이지 않았다. 너도 아까 봤잖아, 요즘 서울이 어떤 덴지. 되도록 혼자 다니지 말고. 개떼……. 안이 속삭였다. 뭐? 개떼 같은 그 자식들 말하는 거야? 그래, 개떼, 정말 개떼인지도 모르지. 현은 무심하게 말했고 안은 거울 앞에 서 있는 듯 현의 얼굴을 찬찬히 들여다봤다. 센서등이 켜졌다. 주황의 조명 속에 드러나는 현의 얼굴은 어쩐지 잔뜩 겁을 집어먹은 것처럼 보였다. 센서등이 다시 꺼지자 안은 현이 정말 거기 있는 건지 확인하고 싶다는 듯이 손을 뻗었다. 순간 찰칵, 현관문은 서늘한 금속음을 내며 닫혔다.

*

홍요? 홍이라…… 아, 홍요?

맞아요, 저와는 Y대 동창이에요. 고등학교도 같이 다녔고요. 근데 뭘 착각하신 것 같은데요, 홍은 약학과가 아니라 화학과 학생이었어요. 그리고 전 산악서클에 가입한 적이 없고요. 저는 등산이라면 질색인 사람인걸요. 그러고 보니 홍은 산을 좋아했던 게 기억나네요. 고등학교 때 학교 뒤편에 제법 큰 야산이 있었는데 가슴이 답답하면 곧잘 그 산에 올라가곤 했죠. 그것도 혼자서 말이에요. 걘 늘 겁이 없었거든요. 하지만 홍이 산악서클에서 활동했다는 건 처음 듣는데요? 하긴, 어떤 일이 있은 후로는 우리는 서로에게 전화조차 안 했으니까 내가 걔 서클을 모르는 건 당연하달 수도 있겠네요. 홍과 멀어진 계기요? 그 일이 뭐냐면…… 하, 근데 10년도 더 지난 얘기를 막상 하려니까 좀 쑥스럽네요. 돌아보면 그리 대단한 일이 아니란 생각도 들고요.

그러니까 그게…… 대학교 1학년 겨울방학이었을 거예요. 홍이 갑자기 캐나다로 이민을 가게 됐다고 전화로 알려온 적이 있죠. 난 정말 서운했어요. 비상금을 탈탈 털어 달러로 환전해서 걔 손에 쥐어주며 눈물을 뚝뚝 흘릴 정도였다니까요. 근데 다음 학기에 학교식당에서 홍을 본 거 있죠? 홍은 날 못 봤지만 난 봤죠. 그 후에도 캠퍼스 구석구석에서 자주 그 앨 목격했어요. 화가 났다기보단 어이가 없더군요. 절교의 방식치고는 너무 유치해서 상대도 하기 싫었죠. 솔직히 난 걔한테 내가 뭘 그리 잘못했는지 알지도 못했다고요. 실은 지금도 몰라요. 아무튼 그 일 이후로 저 역시 홍에게 연락하지 않았고 우연히 마주쳐도 못 본 척했어요. 졸업할 때까지, 아니 그 후에도요. 현 선배요? 현 선배야 제가 수강하던 수영과목 조교여서 알게 됐죠. 네에? 현 선배가 홍과 내가 절친이라고 했다고요? 하긴, 현 선배는 그애랑 내가 멀어진 과정을 모를 테니 그리 착각할 수도 있겠네요. 게다가 현 선배한테 홍을 소개해 준 사람이 바로 저였으니까요. 홍과 내가 교내에서 얘기하는 걸 보고, 물론 그땐 멀어지기 전이었죠, 현 선배가 같이 술 좀 마시자고 몇 번이나 졸랐거든요. 홍한테는 애인이 있다고 밝혔는데도 말이에요.

근데 참 신기하네요. 그렇지 않아도 오늘 하루 종일 홍이 생각났는데…… 이 잡지 때문이었나 봐요. 제가 즐겨 보는 잡진데, 여기 이 사람 보이죠? J구에 자기 이름으로 사무실을 열었다는 인권변호사, 이 사람이 바로 홍의 애인이었거든요. 고등학교 때부터 유명했어요, 애네 커플. 둘 다 공부도 잘하고 외모도 출중하고 집안도 부유했으니까요. 일종의 선망과 질투의 대상이었다고나 할까요?

그나저나 홍에 대해서는 왜 물으시는 건가요? 혹시 형사세요? 아님, 흥신소 직원? 홍이 무슨 사기 사건에라도 휘말렸나요? 설마 불륜은 아니겠죠? 네? 홍이…… 홍이 죽었다고요? 아니, 어떻게 그런 일이……

홍이 뾰족한 걸 병적으로 무서워했느냐니, 그건 또 무슨 말이세요? 어쩌자고 아까부터 자꾸 이상한 말만 하느냐고요! 아, 죄송해요, 제가 너무 충격을 받아서…… 이해해주세요. 근데요, 홍은 아무런 이상이 없는 아이였어요. 건강했죠. 그래요, 걘 늘 건강했어요, 몸도 정신도 다.

저는 좀, 앉아 있을게요.

그놈도 이 사실을 알고 있겠죠? 하긴, 그놈은 홍이 죽었다고 해도 눈 하나 깜짝 안 할 위인이긴 하지. 멀어지긴 했지만 그래도 동창이니까 홍의 소식을 전해 듣긴 했어요. 그 자식이 홍한테 한 짓거리도 다 알고 있었다고요. 정말 입에 담기도 불쾌한 일화가 한두 개가 아니더군요. 뭐, 인권변호사? 인권 좋아하시네, 파렴치한 이중인격자 주제에!

홍의 사진요? 우리가 무슨 애틋한 사이였다고 내가 걔 사진을 갖고 있겠어요. 장례식장엔, 글쎄, 아무래도 전…… 못 갈 것 같아요. 너무 갑작스러운 소식이라 준비도 못했고 내가 가봤자 홍은, 아니 홍의 영혼은 날 불편해할 텐데요, 뭐. 저 대신 조의금이나 좀 부탁드려요. 여기요, 봉투는 알아서, 예, 예.

근데요, 아까부터 묻고 싶었는데, 어디가 좀 불편하세요? 아니, 안색이 안 좋아 보여서요. 뭔가에 쫓기는 사람 같다고나 할까. 혹시 이 약요, 한 알 드셔보시지 않을래요? 저도 가끔 먹는 항불안젠데, 마음을 안정시키고 싶을 때 확실히 도움이 되거든요. 약사는 이런 게 좋은 것 같아요. 처방전이 필요한 약도 그냥 먹을 수 있다는 거. 물론 들키지 않게 조심조심 빼돌려야 하는 어려움은 있지만요. 정말, 필요 없으세요? 이거 구하기 힘든 약인데…… 약을 잘 모르시는구나. 어떤 약은요, 사람 같아요. 아주 정교하고 섬세하고 게다가 말도 없는 사람, 그래서 위로를 주면서도 생색내는 법이 없죠. 진정한 친구처럼요. 아, 이런, 제가 괜한 얘길 한 것 같네요. 예, 어서 가세요, 어서, 빈소가 문을 닫기 전에. 맞다, 빈소는 밤새 문을 열어놓지. 하하, 내가 이렇게 맹하다니까. 참, 밤길 조심하시고요.

알다시피, 요즘 서울이 그렇잖아요.

*

약국을 나온 안은 몇 발자국 걷다가 뒤를 돌아봤다. 안에게 주려 했던 알약 하나를 손바닥에 올려놓고 가만히 내려다보고 있던 민이 마침 고개를 들면서 두 사람의 시선이 허공에서 얽혔다. 안이 먼저 가볍게 목례를 했지만 그녀는 인사도 받지 않은 채 그저 뚫어지게 안을 건너다봤고, 손안의 알약을 주저 없이 입안으로 털어 넣으면서도 안에게서 시선을 떼지 않았다. 안이 건조하게 웃자 민의 입가도 부자연스럽게 올라가는 게 보였다. 그렇게 잠시, 그들은 서로를 마주 보며 차고 쓰게 웃었다. 약 때문인지 민의 눈동자는 흐릿해 보였고 텅 빈 배처럼 흔들리고 있었다. 항불안제로 제거되지 않는 불안이 있다는 것을 알기에 더 불안하다는 듯이. 안은 아침에 복용했던 둥글고 작은 알약을 떠올릴 수밖에 없었다. 알약은 지금도 치유할 곳을 찾지 못한 채 몸속 어딘가를 헤매고 있을 터였다. 날 닮은 건 홍이 아니라 민일지도 모르겠군. 안은 생각했다. 그렇다면 우리는 조금 전, 상대방이 아니라 약국 유리에 비친 각자의 희미한 실루엣을 건너다보며 조소하듯 웃었던 걸까. 안은 곧 무표정한 얼굴로 돌아섰다. 도로 쪽으로 걸어가 택시를 잡을 때까지 안은 뒤를 돌아보지 않았다.

목적지를 묻는 기사에게 안은 K구 대신 J구를 말했다. 민의 말대로 빈소는 밤새 문을 열어놓는 곳이니 잠시 J구에 들러 홍의 옛 애인을 만난 후에 출발한다 해도 문제될 건 없었다. 게다가 변호사라면 홍의 사진 한 장 정도는 보관하고 있을지도 모르는 일이었다. 택시 안에서 안은 가슴이 뛰었다.

택시에서 내린 뒤엔 휴대폰의 길 찾기 프로그램을 실행해놓고 변호사 사무실을 찾아갔다. 5분도 지나지 않아 안은 휴대폰의 도움이 필요 없다는 것을 깨달았다. 변호사 사무실은 안이 2주에 한 번씩 상담을 받는 담당의의 진료실과 불과 세 블록 떨어진 곳에 있었던 것이다. 담당의와 그의 진료실을 떠올리자 안은 마음이 안정되는 걸 느꼈고, 그가 뭘 하고 있을지 궁금해지기도 했다. 진료실에 찾아가 지나가는 길에 잠시 들렀다고 하면 그는 분명 반갑게 맞아줄 터였다. 어쩌면 가볍게 술 한잔을 마시며 오랜 친구처럼 다정한 대화를 나눌 수도 있을 것이다. 담당의의 진료실엔 아직 불이 켜져 있었다. 흐뭇하게 미소를 지으며 진료실이 있는 건물 쪽으로 성큼성큼 걸어가던 안은 돌연 제자리에 멈춰섰다. 돌이켜보니 진료시간이 아닌 때에 담당의를 만난 적이 없었고, 더욱이 안이 그에 대해 알고 있는 거라곤 그의 직업이 의사라는 것뿐이었다. 이 늦은 시간에 담당의와 진료실이 아닌 곳에서 술을 마시는 상황이 불가능할 건 없겠지만 그 술자리는 지루하고 어색할 게 뻔했다. 안은 돌아섰다. 걸음이 빨라졌다. 어차피 이틀 후면 담당의를 만나 이 모든 이야기를 할 수 있을 테니 조급해할 이유가 없다고 안은 스스로를 위로했다.

변호사 사무실은 제법 현대적인 건물의 9층에 자리하고 있었다. 9층에서 멈춘 엘리베이터에서 내리자 마침 사무실을 막 나서는 변호사를 안은 한눈에 알아볼 수 있었다. 저기…… 애매하게 말을 붙이자 안을 지나쳐 가던 변호사가 천천히 돌아섰다. 저요? 저, 혹시 저쪽 사무실에서 일 보시는 변호사분 아니신가요? 예, 그렇습니다만. 아, 법률상담받으러 오셨군요. 근데 제가 지금 급히 갈 곳이 있어서요. 내일 다시 오시겠습니까? 그게 아니라……. 변호사는 의아하게 안을 쳐다봤고, 안은 홍에 대한 이야기를 어떤 방식으로 꺼내야 할지 정리가 되지 않았다. 다행히 변호사는 안처럼 검은색 슈트를 입고 있었다. 그가 홍의 빈소로 가는 길일 가능성이 아주 없는 건 아닌 셈이다. 안은 용기를 내보기로 했다. 저, 홍이라고 아시죠? Y대 화학과를 나온. 예? 예. 근데, 누구시죠? 홍의 동창한테서 들었습니다, 홍과 각별한 관계였다고. 변호사가 한 발 다가왔다. 그의 얼굴이 갑자기 경계의 빛을 띠었으므로 어깨가 저절로 움츠러들긴 했지만 이대로 물러나기엔 너무 늦었다는 걸안은 잘 알고 있었다. 대체 누구시죠? 누군데 제 아내를 찾습니까? 아내……라고요? 그러니까 호, 홍이 당신의 혀, 현재 아내라고요? 그렇다니까요. 그러는 당신은 누구요? 그럼 홍이…… 사, 살아 있다는 거, 겁니까? 뭐요? 변호사의 눈빛이 싸늘하게 안의 머리끝에서 발끝까지를 훑기 시작했다. 당신 뭔데 남의 아내가 살아 있느냐니 하는 괴상한 질문을 하는 거야? 진심으로 화가 난 듯한 변호사를 마주 보며 안은 굵은 침을 크게 한번 삼켰다. 정신을 똑바로 차려야 했다. 또다시 말을 더듬는다면 모자란 사람 취급만 받다가 아무런 성과도 없이 이 혼란을 그대로 떠안고 돌아서야 할 터였다. 실은 오늘 아침에 홍의 부고를 들었습니다. 저는 홍이 기억나지 않았지만 그녀가 Y대 산악서클에서 활동했다고, 아니 그런 식으로 말하면서, 홍의 오빠라는 사람이 말입니다, 분명히 그렇게……. 이봐요, 뭘 잘못 알고 온 게 분명하군. 산악서클이라니. 아내는 나와 같은 봉사동아리 멤버였소. 우리는 그곳에서 만났고요. 그럼, 고등학교 때부터 사귄 게 아니란 겁니까? 아니, 이자가 아까부터 왜 되도 않는 소리야! 여하튼 죽었다는 그 홍은 딴 데 가서 알아보슈. 난 지금 살아 있는 내 아내를 만나러 가는 길이니 말이오. 변호사는 홱 돌아섰다. 일부러 발소리를 내며 복도를 걸어가는 변호사를, 안은 쫓기 시작했다. 저기요! 또 뭡니까? 혹시 아내분 사진을 갖고 있다면 좀 보여줄 수 있습니까? 사진이 없다면 지금 가시는 약속장소에 제가 잠시 따라가면 안 될까요? 아내분 얼굴만 확인하면 됩니다. 뭐야? 저는 단지, 이 상황이 납득이 안 돼서……. 변호사가 돌연 안의 멱살을 잡더니 벽 쪽으로 밀어붙였다. 당신 상황이 뭔지는 내 알 바 아냐. 근데 이 자식, 너 누구야? 누가 널 고용했어? 경찰이야? 검찰이야? 강 변호사가 지 와이프 때린다는 제보 들어왔으니 사진이라도 한 장 찍어오라고 시켰나, 어? 변호사의 얼굴은 적의로 붉게 물들어갔고 목소리는 빈 복도에 울릴 만큼 커지고 있었지만 안은 잔잔한 물속에서 변호사를 올려다보고 있는 듯 눈앞은 뿌옇고 두 귀는 먹먹했다. 저 사내가 진실을 말하고 있다면 난 거짓이겠지. 하지만 반대로 저 사내가 거짓을 말하는 거라 해도 난 진실이 아니라 허상이 될 뿐이란 게 재미있군. 생각하며, 안은 두 손으로 변호사의 손목을 잡고는 힘껏 뿌리쳤다. 안의 행동에 놀랐는지 변호사는 급히 뒤로 물러났다. 거짓이나 허상만을 반사하는 혼탁한 물에 잠긴 쪽은 안이 아니라 변호사라는 듯 그에게서는 이내 거친 숨소리가 들려왔다. 안은 설명할 길 없는 무력감에 젖어들었다. 일직선의 긴 복도가, 아니 오늘 하루 걸어온 모든 길들이 미로처럼 느껴졌고 지금껏 출구의 위치가 아니라 출구가 없다는 것을 알려주는 거짓 실타래를 쫓아온 기분이었다. 또 다른 누군가의 미로 안에서는 자신 역시 이미 죽은 사람이거나 처음부터 없던 존재일 거라고 생각하니 안은 이 미로 게임이 지겨워졌다. 이제 안에게 홍은 오늘 알게 된 홍, 그 홍이 진짜였고 전부였다. 홍은 말입니다. 안은 변호사를 물끄러미 건너다보며 차분하게 말했다. 별것도 아닌 말에도 잘 웃어주고, 과도 하나 제대로 못 쥘 정도로 겁도 많던 후배였습니다. 고등학교 때부터 산을 좋아했고 미래의 변호사와 연애했다가 호되게 실연을 당하기도 했죠. 그리고 홍은, 죽었습니다, 어젯밤에. 말을 마친 후 안은 헝클어진 옷매무새를 바로 하며 엘리베이터 쪽으로 느긋하게 걸어갔다. 열렸다가 다시 닫히는 엘리베이터 문틈으로 고소와 소송 등의 단어가 섞인 변호사의 성난 말들이 쏟아져 들어왔다. 이 미친 개새끼야! 변호사가 마지막으로 외쳤다. 홍의 부고를 들은 이후 처음으로, 안은 그녀가 가엾게 느껴졌다.

*

변호사 사무실이 있는 건물을 나서자 짙은 어둠 사이로 찬 바람이 두 팔을 휘휘 내저으면서 달려들었다. 도로 쪽으로 서둘러 걷던 안은 갑자기 걸음을 멈추고 고개를 외로 틀었다. 집요하게 한곳만 바라보는 동안 두 눈이 시리듯 아파왔다.

리모컨 차키를 누르며 고급스러운 검은색 세단 쪽으로 걸어가는 담당의를 교복 차림의 여학생이 따라가는 중이었다. 여학생은 지나치게 타이트한 교복 치마 때문인지 뒤뚱뒤뚱 걷고 있었고 걸음도 자꾸 뒤처졌다. 담당의는 잠시 여학생을 기다리고 있다가 이내 그녀의 어깨를 감싸 안으면서 세단 조수석 쪽으로 이끌었다. 담당의는 단신에 왜소한 체격이었고, 그래서인지 여학생의 보호자가 아니라 그녀에게 붙어 있는 정령처럼 보였다. 혹은, 악귀처럼. 차 문을 열고 조수석으로 몸을 숙여 들어가려는 여학생의 엉덩이를 담당의가 거칠게 쓰다듬자 여학생이 뒤를 돌아보며 백치처럼 웃었다. 그 순간 담당의는 무슨 이유에선지 조수석 문을 세게 닫았고 그 바람에 여학생의 까르륵거리는 웃음소리는 뭉텅 잘려나갔다. 쌍년. 초겨울의 대기 속에서 순식간에 결빙된 담당의의 목소리가 바람을 타고 빠르게 날아와 안의 뺨을 세게 쳤다. 통증은 없었지만 안은 저도 모르게 짧게 신음했다. 운전석 쪽으로 걸으며 주위를 살피던 담당의는 그제야 안을 발견하고는 제자리에 우뚝 멈춰 섰다. 당황한 표정일 거라고 안은 믿고 싶었지만 그 믿음은 어둠 속에 있을 뿐이었다. 알 수 없어 불안하긴 하지만 알지 않아도 되기에 편하기도 한 그런 어둠. 담당의의 진료실을 처음으로 찾아간 날이 저절로 떠올랐다. 담당의는 불면증을 동반한 우울증의 원인을 알고 싶어했고 안은 상담 없이 약만 처방받으려 했다. 무슨 일이 있었는지는 모르겠지만, 그 일은 분명 환자분만의 잘못은 아니었을 겁니다. 처방전을 쓰며 담당의는 덤덤히 말했다. 아마도 그는 의사로서 보편적인 수준의 조언을 해준 것이었겠지만, 그 말을 들은 순간 안은 두 손으로 얼굴을 감싼 채 한참을 흐느껴 울었다. 한시적으로만 약에 의존하려 했던 안은 그날 이후 부지런히 담당의를 만나러 갔다. 진료시간을 어긴 적은 단 한 번도 없었다.

　마침 트럭 한 대가 상향등을 밝히며 안과 담당의 곁을 지나갔다. 어둠이 걷힌 자리에서 안은 이제야 진짜 목이 죄어오는 고통을 느꼈다. 그런데, 저런 얼굴의 담당의를 나는 전에도 본 적이 있던가. 사람을 죽인 것에 비하면 별거 아니지 않으냐는 듯 서늘하게 웃고 있는 저 얼굴이 왜 이렇게 낯익은 걸까. 뭔가 이상한 낌새를 느꼈는지 여학생이 차창을 내리고는 담당의와 안을 번갈아 쳐다봤다. 담당의는 끝까지 인사한 마디 하지 않고 운전석에 올라탔다. 시동이 걸린 세단은 곧 어딘가를 향해 달려갔고 몇 초 후엔 미등조차 보이지 않았다. 이틀 후면, 안은 중얼거렸다. 이틀 후면, 나는 이 모든 걸 당신에게 말할 수 있을 거야.

안은 대로로 나가 택시를 잡은 뒤 뒷좌석으로 들어가 몸을 깊이 기대었다. 피곤했다. 시간은 어느새 밤 열한 시를 향해 나아가고 있었다. 목적지를 묻는 기사에게 안은 K구에 있는 S병원이라고 말하고는 이내 잠이 들었다.

3

소, 손님, 보셨습니까?

운전석에서 들려오는 다급한 목소리에 안은 잠에서 깼다. 꿈은 꾸지 않았다. 거리에서 보았던 담당의의 얼굴도 기대와 달리 기억 속에서 온전했다. 손님! 안이 아무런 대답을 하지 않아서인지 택시기사가 한 번 더 목소리를 높였다. 대체 뭘 봤느냐는 겁니까? 안은 시큰둥하게 대꾸했다. 방금, 방금 지나온 그 공터에서 그 광경을 못 봤습니까? 저는 이제 막 깨서요. 그놈들입니다. 그놈들이라뇨? 손님은 뉴스도 안 봅니까? 그 연쇄살인범들 말입니다. 또 그 지겨운 연쇄살인범 얘기였다. 개새끼들, 정말 끈질기군. 안은 창밖을 건성으로 훑어보며 혼잣말로 속삭였다. 택시가 통과하는 곳은 여기저기 땅이 파헤쳐지고 건물들이 무너진 한적한 골목이긴 했지만 그래도 몇몇 창문엔 불이 켜져 있었다. 사람이 살고 있는 동네 공터에서 살인이라니, 안은 기사의 말이 비상식적이라고 생각했다. 기사님이 뭘 잘못 본 건 아닐까요? 아닙니다! 제가 두 눈으로 똑똑히 봤습니다. 각목이랑 쇠파이프로, 뉴스대로 말입니다. 놈들이 누군가를 마구잡이로 패고 있었단 말입니다! 안은 룸미러를 향해 고개를 갸우뚱거렸고 안의 반응을 살피던 기사의 형형한 눈동자는 그 룸미러 위를 할퀴듯 스치고 갔다. 다시 거길 지나갈 테니 이번엔 두 눈 크게 뜨고 보십시오! 안이 말릴 새도 없이 택시는 급회전을 했고, 그 탓에 안의 몸은 오른쪽으로 눕듯 기울어졌다. 택시는 금세 멈춰 섰다. 저집니다. 기사가 숨죽인 채 말했다. 안은 창가에 바짝 붙어 앉으며 기사의 주문대로 눈을 크게 떠보았다. 20여 미터 떨어진 공터에 몇 명의 남자들이 둥그렇게 모여 서 있는 게 보이긴 했지만 주변에 조명이 없어서인지 그들이 구체적으로 뭘 하는지까지는 파악할 수 없었고, 구타의 소음과 신음 소리 역시 들려오지 않았다. 기사가 착각한 게 분명해 보였지만 안은 더 따지고 싶은 마음이 없었다. 뭔 사고가 났는지 교통정체가 심해서 나름 지름길 찾겠다고 이 동네로 들어서지 않았겠습니까? 근데 저놈들을 딱 목격하게 될 줄이야! 기사는 마치 보고 싶었던 경기 관람권을 손에 넣은 소년처럼 천진하게 말했다. 그 순간, 안은 깨질 듯 머리가 아파오면서 속이 울렁거리기 시작했다. 손님, 왜 그러십니까? 토할 것 같아요. 잠시 내리겠습니다. 예? 연쇄살인범들이 바로 저기 있는데 차 문을 열겠다고요? 미쳤습니까? 안은 기사의 말을 무시한 채 한 손으로 입을 가리고는 급하게 뒷문을 열고 나갔다. 쭈그리고 앉아 속을 게워내는데 눈앞으로 무언가가 툭, 떨어졌다. 가방이었다. 기사는 창밖으로 안의 가방을 내던지고는 바로 차를 출발시켰다. 멀어져 가는 택시를 보고 나서야 주위에 정체를 알 수 없는 한 무리의 남자들 외에는 아무도 없다는 사실이 안의 머리를 둔중하게 내리쳤다. 등 뒤에서 발소리가 들려온 건 그때였다. 아니, 안은 그렇게 느꼈다. 뒤를 돌아볼 자신은 없었다. 잠자코 웅크린 채 숨을 고르고 있던 안은 어느 순간 벌떡 일어나 가방도 챙기지 않고 뛰기 시작했다. 등 뒤의 발소리도 간격이 짧아졌고 또 빨라졌다. 한 명 같기도 했고 여러 명 같기도 했으며 사람이 아니라 짐승들 같기도 했다. 안은 사력을 다해 뛰고 또 뛰었지만 발소리는 계속 안을 따라왔고 행인도, 자동차도, 불을 켠 상점도 나타나지 않았다. 내리막길이 시작된 부근에서 안은 넘어졌고 그대로 몇 번인가 굴렀다. 바지는 찢어졌고 손바닥에선 피가 났으며 허리는 뻐근했다. 이제 발소리는 바로 귓등 뒤에 있는 듯했다. 그 소리는 미끌미끌한 침을 흘리며 날카로운 송곳니로 안의 귀를 덥석 물어뜯을 준비가 되어 있는 살인중독자의 핏발 선 눈동자로 되돌아왔다. 안은 일어날 엄두도 내지 못한 채 바닥을 기기 시작했다. 숨을 헐떡이며 필사적으로 기어가고 있는데 여자의 날 선 비명이 들려왔다. 고개를 들자 사색이 된 얼굴로 자신을 내려다보고 있는 젊은 여자가 보였다. 안은 그제야 턱을 덜덜 떨며 조심조심 뒤를 돌아봤다. 지나온 골목은 텅 비어 있었다.

여자는 고개를 푹 숙인 채 빠른 걸음으로 안을 지나쳐 갔고 안은 인상을 쓰며 일어났다. 절뚝이며 몇 발자국 떼지도 않았는데 믿을 수 없게도 8차선 대로가 나왔다. 이곳은 어디일까. 어느 방향으로 가야 K구에 있는 S병원에 무사히 도착할 수 있는 것일까. 아무것도 알 수 없었지만 안은 무작정 앞만 보며 걸었다. 자정이 다 된 거리는 조용했고 밤하늘은 낮게 내려와 있었다. 팔을 쭉 뻗으면 손끝에 닿을 것처럼 아주 가깝게. 안은 가만히 서서 하늘을 올려다봤다. 세상 끝에 도달하여 하늘을 찢고 그 너머로 사라진 방랑자는 어떻게 됐을지 문득 궁금해졌다. 인생의 모든 진리를 터득한 현자가 되었을 수도 있고, 새까만 어둠 속에서 눈이 먼 것과 다를 바 없이 매 순간을 영원처럼 살았을 수도 있을 것이다. 어떤 방식의 삶이었든 방랑자의 가슴속에 쌓인 고통과 후회의 총량은 똑같았을 거라고 안은 생각했다. 눈을 감았다. 이제 곧 어딘가에서 전화벨이 울릴 것이고 안은 홍의 부고를 들으며 잠에서 깰 터였다. 아직 아무런 사건도 일어나지 않았고 그 누구도 만나지 않은 이른 아침에. 잠시 후, 안은 천천히 눈을 떴다. ▪

최진영

어디쯤

1981년 출생. 덕성여대 국문과 졸업.
2006년 『실천문학』 등단.
장편소설 『당신 옆을 스쳐간 그 소녀의 이름은』 『끝나지 않는 노래』.
〈한겨레문학상〉 수상.

어디쯤

지하철역에서 빠져나와 아버지가 그려준 약도를 펼쳐 들었다. 직진 후 우회전. 건널목을 건너 다시 우회전. 한동안 직진. 그리고 좌회전. 드문드문 스쳐 지나가게 될 건물 이름조차 생략된 대충 그린 약도였다. 아버지의 글씨는 알아보기 어려웠다. '다' 인지 '아' 인지 '시' 인지 '서' 인지 분간할 수 없었다. 성원빌딩(선원빌딩 혹은 서운빌딩일 수도 있다) 3층. 지도의 끝에 그려진 건물. 내가 최종적으로 도착해야 할 그곳.

습관처럼 땅만 보고 걸었다. 회색, 검은색, 갈색의 어그부츠와 운동화 몇 켤레가 내 옆을 스쳐 갔다. 진동이 느껴졌다. 주머니에서 휴대전화를 꺼내다가 맞은편에서 오던 사람과 부딪쳤다. 휴대전화가 바닥에 떨어졌다. 입에서 허연 입김이 터져 나왔다.

죄송합니다.

상대편이 짧게 사과했다. 헝클어진 머리칼. 경직된 얼굴. 낡고 더러운 운동화. 검은 파카엔 뿌연 재 같은 것이 묻어 있었다. 오랫동안 거리를 헤맨 몰골이었다. 그는 바닥에 떨어진 내 휴대전화를 주워준 뒤 파카 주머니에 손을 넣고 내가 걸어온 방향으로 바삐 걸어갔다. 몸을 약간 돌려 그의 뒷모습을 잠시 쳐다보다가 어, 지하철역, 하고 중얼거렸다. 방금 빠져나온 지하철역 입구가 보이지 않았다. 휴대전화 진동이 다시 울렸다. 사랑한다고 믿는 사람, 안이었다. 지하철역이 있었다고 짐작되는 곳을 멍청히 쳐다보며 통화버튼을 눌렀다.

어.

어디야?

어, 밖이야.

밖 어디?

여기가······.

주변을 둘러봤다. 낯선 곳이었다.

어디 좀 가는 길인데.

어디?

어. 아버지가 가보라고 해서.

그러니까 어딜.

성원빌딩인가, 선원빌딩인가, 모르겠어.

뭐가 그래.

가봐야 알아.

거길 왜 가보라셔?

몰라. 가보면 좋을 거라고.

퇴근하고 가는 거야?

응. 근데······.

퇴근했으면 전화 좀 주지.

근데 있잖아.

나도 퇴근해.

이상해.

뭐가?

지하철역이 없어졌어.

응?

바로 저기 있었는데…….

다른 전화가 걸려 온다는 신호음이 울렸다. 잠깐. 전화 온다. 다시 걸게. 말하곤 다시 통화버튼을 눌렀다. 아버지였다.

가고 있냐?

네. 아버지.

얼마나 갔냐?

방금 지하철역에서 나왔는데요, 근데…….

잘 찾아가야 한다. 길이 좀 복잡하댔어.

……네. 그런 것 같네요.

지하철역이 없어진 게 아니라 내가 못 찾고 있을 뿐이라는 생각이 들었다. 땅만 보고 걷느라 방향을 놓친 것일 수도 있고. 아버지 말대로 길이 복잡해서 그런 것일 수도 있다. 손톱깎이나 라이터도 아니고, 지하철역 같은 게 사라질 리 없지 않나.

정신 바짝 차리고 다녀라.

아버지가 말했다.

네. 아버지.

전화를 끊은 뒤 아버지가 그려준 약도를 다시 펼쳐 봤다. 지하철역에서 나와 직진만 했으므로 지하철역은 분명 내가 걸어온 방향 어딘가에 있을 것이다. 패밀리마트, 파리바게뜨, 김밥천국, 더페이스샵, 올레, 카페베네, 비비큐치킨. 인도에 죽 늘어서 있는 상점들을 눈여겨보았으나 색다를 건 없었다. 나열된 순서만 다를 뿐 내가 사는 동네에도, 회사 근처에도, 안의 동네에도 같은 이름의 가게가 들어서 있으니까. 하지만 낯설었다. 똑같은 이름으로 채워진 거리였지만 친근감이랄까 안도감 따윈 전혀 들지 않았다. 배가 고파 편의점에 들어가 컵라면을 샀다. 포장을 뜯고 물을 붓고 면이 익길 기다리다가 편의점 직원에게 말을 걸었다.

저, 혹시 이 근처에 성원빌딩이나 선원빌딩이라고 있습니까?

두 손으로 휴대전화를 든 채 손가락을 바삐 움직이던 직원이 잘 모르겠다며 고개를 저었다. 미성년자 같았는데, 뽀얀 뺨 위에 돋아난 분홍빛 여드름이 참 예뻤다.

그럼 여기서 얼마나 가야 오른쪽으로 꺾이는 길이 나옵니까?

그런 길은 위로 가도 있고 아래로 가도 있는데.

직원이 인도의 양쪽을 동시에 가리키며 말했다.

어디가 위고 어디가 아래죠?

말을 할 때마다 움찔거리는 여드름을 보며 말을 이었다.

저는 지하철역에서 왔는데, 나온 방향으로 쭉 걸어가면…….

아.

직원이 고개를 갸웃하며 목을 쭉 뽑아냈다. 연갈색의 탄탄한 머리칼이 허옇게 드러난 목덜미를 살짝살짝 건드렸다.

이 근처엔 지하철역 없는데.

차가운 표정이었다.

지하철역은 아주 멀리 있는데. 한참 걸리는데.

걸어온 시간을 가늠해봤다. 내가 그렇게 많이 걸었던가. 그럴 수도 있다. 생각 없이 오랫동안 빠른 걸음으로 여기까지 왔을지도. 오른쪽으로 꺾이는 길을 벌써 지나쳤으면 어쩌나 불안해졌다.

저 방향으로 쭉 올라가도 오른쪽으로 가는 길 나와요. 근데 여기 그런 길 되게 많은데.

직원이 유리문 너머를 고갯짓으로 가리키며 말했다. 친절하고도 귀여운 말투였다. 안도 오래전엔 내게 저런 목소리, 저런 말투로 말하곤 했다. 너무 오래 만났다. 요즘 들어 자주 드는 생각이었다.

뭐, 그건 어느 동네나 그렇죠.

피식 웃으며 대꾸했다. 직원은 잠시 샐쭉한 표정을 짓곤 고개를 숙여 휴대전화만 내려다봤다. 약간 불어버린 라면을 세 젓가락 만에 다 먹어버리고 생수와 담배를 샀다. 거스름돈을 주고받을 때 손가락 끝에 직원의 손바닥이 살짝 닿았다. 몰랑하고 따뜻했다. 여자애의 내장 같은 걸 건드린 기분이었다. 싫지 않았다. 편의점을 나오며 내 손바닥을 매만져봤다. 누렇고 딱딱하고 메마른 손. 굳은살로 무장된 발뒤꿈치 같았다. 금세 언짢아졌다. 담배를 피우며, 왔던 길로 되돌아갈까 가던 길로 계속 갈까 고민하다가 다시 걸었다. 걷는 속도와 시간의 흐름에 신경을 쓰려고 애썼으나 뜻대로 되지 않았다.

긴 연필심이 뚝 부러지듯 느닷없이 오른쪽으로 꺾이는 길이 나왔다. 길모퉁이에 국민은행과 우리은행이 마주 보고 서 있었다. 우리은행엔 내 돈 오십만 원 정도가 들어 있는데, 내일쯤 카드대금으로 다 빠져나갈 것이다. 국민은행에 매달 삼십만 원씩 적금을 붓고 있다. 앞으로 이

년만 더 부으면 천오백만 원이 된다.

지난 몇 년 동안은 학자금 대출을 갚느라 적금 부을 여유도 정신도 없었다. 처음 적금을 들었을 때 기분이 정말 좋았다. 하지만 안이 침울한 목소리로, 이런 식으로 돈 모아서 우리 언제 결혼하지, 하고 말해버려서 기가 죽어버렸다. 매달 삼십만 원밖에 저금을 못하는 내가 바보 등신처럼 느껴졌다. 그때 안에게, 나랑 결혼하고 싶어? 하고 되물었다가 큰 싸움이 났다. 나는 정말 나와 결혼을 할 생각이 있는지 궁금했을 뿐인데, 안은 내 말을 그렇게 받아들이지 않았다. 자기와 결혼할 마음이 없다는 뜻으로 받아들인 것이다. 억양의 문제였을까? 억울했지만 미안하다고, 잘못했다고 사과했다. 안은 내 말을 들으려고도 하지 않고, 그동안 자기를 무슨 생각으로 만난 거냐고 화만 냈다.

이후 두 달 넘게 연락을 받지 않던 안은 계절이 완벽히 바뀐 후에야 내게 연락을 해왔다. 안은 나를 계속 만나보자고 마음먹은 차였고, 나는 안과 헤어져야겠다고 결심했던 차였다. 서로 반대 방향으로 가던 길이었지만, 그래서 한 번은 만나야 했다. 만나서 술 마시다 보니 헤어지자고 말하기가 성가셔졌다. 결국 우리는 다시 잘 만나고 있지만, 안이 예전만큼 가깝게 느껴지진 않는다. 이전의 내 안엔 이별이란 단어가 없었다. 하지만 지금은 언제든 펑 터질 수 있는 폭약처럼 박혀 있다. 이별. 헤어질 수 있다는 가능성. 안과 연락이 닿지 않던 두 달 동안 나는 그 가능성의 맛을 봤다. 때론 쓰고 때론 달콤한 맛이다. 전화가 온다.

왜 전화 안 해.

안이다.

응?

아까 전화 끊어놓고 왜 다시 안 하냐고.

아. 깜빡했어. 미안.

어딘데?

아까 거기.

아직 못 찾았어?

응.

난 집에 거의 다 왔어.

그래.

오늘도 있잖아. 그런 말 들었어.

무슨?

오랜만에 연락 온 친구랑 통화하다가, 남자친구 무슨 일 하느냐고 묻기에 너 다니는 데 말했더니 대뜸 그러잖아.

…….

야, 거기 진짜 별로라던데!

아…….

너네 회사 정말 안 좋니?

글쎄. 나는 딱히 모르겠는데.

근데 다들 왜 그럴까?

그러게. 왜들 그러지.

하고 말한 뒤 잠시 뜸을 들였다. 그런 말이야 나도 숱하게 들었다. 내가 엠 사에 다닌다고 하면, 그 일 힘들지 않냐. 돈도 별로 안 주지 않냐. 장래성도 없지 않냐. 하지만 많지 않은 월급이라도 제때 나오고, 나는 그 돈으로 빚도 갚았고 적금도 붓고 밥도 먹고 차비도 하고 데이트도 하며 잘 살고 있다. 같이 일하는 사람들도 점잖고. 일 힘든 거야 어느 직장이나 마찬가지 아닌가 싶고. 설렁설렁 일하면서 염치없이 돈만 많이 받고 싶진 않다. 엠 사가 불법적인 일을 하는 데도 아니고, 여느 곳처럼 인간 생활에 도움될 만한 것을 정성스럽게 만들어 적당한 가격에 파는 곳이고, 내가 하는 일에 나름 자부심도 있는데. 사람들은 어째서 엠 사에 다니는 나를 불치병 걸린 환자처럼 대하는 걸까.

우리 엄마만 해도.

건조한 목소리로 말을 이었다.

다른 사람들한테는 내가 7급 공무원 준비 중이라고 말하니까.

어머님이?

응. 내가 엠 사에서 돈 버는 것보다 고시생인 게 더 낫다고 생각하나 봐.

진짜?

진짜.

주말에 안을 만나려고 집을 나설 때마다 어머니는 고3 수험생 대하듯 나를 다그친다.

너, 그렇게 놀면서 공부는 언제 하려고 그러니. 그게 보통 어려운 시험인 줄 알아?

그럴 때마다 나도 내가 뭘 하는 놈인지 헷갈린다. 정말 공무원이 되지 않는 이상 어머니 앞에서는 영영 고시생 노릇을 해야 할지도 모른다는 생각도 들고. 하지만 그런 어머니도 나를 어엿한 직장인 취급해줄 때가 있다. 부모님 생신. 설. 추석. 어버이날. 알량한 용돈이나마 내미는 그런 때.

이직 생각은 없지?

안이 묻는다.

……응. 아직. 근데 이직하기 전에 잘릴지도 몰라.

왜?

우리 회사에서 만드는 제품을 더 큰 회사에서도 만들기 시작했거든. 더 싼 값에 대량으로.

그래서 나는 화가 난다. 사람들이 내가 다니는 직장을 얕잡아서가 아니라, 자기들이 얕잡아 보는 그 일자리마저 뺏으려 해서.

이직해. 그럼.

…….

내 말 들려?

싫어.

왜?

난 지금이 좋아.

없어질지도 모른다며.

큰 데 가도 더 큰 게 잡아먹을 텐데.

그럼 제일 큰 데로 가면 되지.

…….

자신 없어?

…….

어디든 도착하면 전화해.

내 침묵의 결을 하나하나 세던 안이 갑자기 주눅이 든 목소리로 말을 맺고 내가 응, 이라고 대답하기도 전에 전화를 끊었다. 술집이 빽빽하게 늘어서 있는 길을 말없이 걷는다. 비틀거리는 사람. 토하는 사람. 소리 지르는 사람. 꽁꽁 얼어버린 밤공기를 깨부수듯 깔깔깔깔 웃다가 나자빠지는 여자. 그리고 묵묵히 제 갈 길을 걸어가고 있는 많은 사람들. 나는 내가 있는 곳을 지키고 싶다. 더 높은 곳으로 가고 싶은 게 아니라.

건널목에 다다라 아버지가 그려준 약도를 다시 펼쳐 들었다. 신호등 옆에 선 아주머니에게 약도를 보여주고 길을 물었다. 지도를 훑어보던 아주머니가

돌아가.

하고 말했다. 단호한 목소리로.

이 근처가 아닙니까?

잘못 왔어. 돌아가야 해.

어디로요?

왔던 길로. 왔던 길로 돌아가.

아주머니는 자꾸 돌아가라는 말만 했다. 늦은 밤 불쑥 찾아온 반갑지 않은 손님 대하듯.

여기가 여기 아니에요?

지도에 그려진 건널목을 손가락으로 가리키며 다시 물었다. 신호등이 녹색으로 바뀌자마자 아주머니는 현관문을 쾅 닫듯 도로로 발을 내려놓았다. 돌아가라는 말 때문에 조급하고 불안해졌다.

실례합니다.

앞서 걸어가던 남자를 붙잡았다. 남자가 고개를 돌렸다. 나보다 젊은 남자였다. 약도를 보여주려고 하자, 남자가 고개를 저으며

저도 여기 처음이에요.

하고 말했다. 앞을 보고 바삐 걸어가는 남자를 쫓아가며 물었다.

그럼 어디서 오셨습니까? 여기까지 어떻게 왔어요?

남자가 미심쩍은 눈으로 나를 돌아보더니 마지못해 대답했다.

지하철 타고요.

무슨 역이요? 무슨 역에서 내렸습니까?

내심 나와 같은 곳에서 내렸길 바랐으나, 남자의 입에선 낯선 지명이 튀어나왔다. 신호등의 녹색불이 깜빡이자 남자가 달리기 시작했다. 묻고 싶은 게 많았지만 따라잡을 수가 없었다. 남자가 사라진 길 안쪽으로 수십 개의 모텔 네온사인이 아우성치듯 번쩍이고 있었다. 그 불빛들을 보자 문득 춥고 배고팠다. 따뜻한 객실에 들어가 뜨거운 물에 몸을 담그고 쉬고 싶었다.

모텔 대신 편의점에 들어갔다. 요깃거리를 고른 후 계산하려는데, 지갑을 찾을 수 없었다. 코트 안주머니에 넣어둔 지갑이 만져지지 않았고 거짓말처럼, 코트 안주머니도 없었다. 가슴께를 두 손으로 마구 더듬다가 코트를 벗어 안쪽을 샅샅이 뒤졌다. 안감과 겉감이 견고한 바느질로 철썩 들러붙어 있었다. 휴대전화가 떨린다. 아버지다.

네. 아버지.

아직이냐?

네. 아버지. 근데…….

밥은 먹었고?

아뇨. 근데 아버지.

생각보다 오래 걸리는구나.

네. 아버지. 근데요.

말해라.

…….

못 찾겠니?

……거기 꼭 가야 합니까?

왜. 힘들어?

왜 가야 합니까?

가보면 알아. 손해 보진 않아.

아버지 약도가 이상해요.

니가 못 찾으니 그런 거지.

아뇨. 사람들도 다들 모른다 그러고.

못 가본 사람들이니 모르는 거지.

아버지는 가보셨어요?

서둘러라. 많이 늦었어. 도착하면 전화해.

전화가 끊겼다. 돌아가자고 마음먹었다. 지갑도 없고 돈도 없고 피곤하고 배도 고프고. 약도도 믿을 수 없고 아버지 말도 믿을 수 없었다. 왔던 길로 되돌아갈까 하다가, 이 근처엔 지하철역 없는데, 하고 말하던 편의점 여자애가 생각났다. 그 여자애가 내 지갑을 훔쳤나? 그 여자애가 내 안주머니도 꿰매버렸나? 여자애의 내장 같던 손바닥 살집이 떠올랐다. 그 여자애가 노인이 되어 죽어버렸다 해도 수긍할 만큼 아주 오래전 일처럼 느껴졌다. 편의점 유리문에 나를 비춰봤다. 젊었다. 징그러울 만큼 젊었다. 안에게 전화를 걸어 지갑을 잃어버렸다고 말했다.

주머니 다 찾아봤어?

무얼 먹고 있는지, 안의 말이 쩝쩝 소리와 함께 들렸다. 지갑도 없어지고 주머니도 없어졌다고 대꾸했다.

농담이 나와?

주머니도 없어졌다는 내 말을 안은 농담으로 받아들였다. 진심으로 한 말인데 제대로 알아듣지 못하는 이런 상황이 언제부턴가 자주 일어난다는 생각이 들어 짜증이 났다. 나랑 결혼하고 싶어? 라고 물어봤던 그날 이후 우리 사이에 놓인 말의 도로에 골목이 너무 많이 생겨났다. 골목과 골목 사이의 막다른 길에 갇혀 진심은 길을 잃고 오해는 그 자리에서 자꾸 새끼를 낳는다. 지름길은 없고 이정표도 없고 사람들에게 물어보면 다들 다른 방향을 가리킨다.

어딘데. 내가 갈게.

그 말을 듣자마자 빵빵하게 부풀었던 짜증에 커다란 구멍이 뚫렸다. 이곳을 어떻게 설명해야 하나 고민하는 사이 안이 다시 다그쳤다.

거기 어디냐고. 어딘지 몰라?

모른다는 대답을 할 수가 없어 처음 내렸던 지하철역 이름을 댔다. 안이 도착할 때까지 그곳으로 가면 된다. 그 정도는 할 수 있을 것이다. 전화를 끊고 주변을 둘러봤다. 동네 이름만 알아내도 안심이 될 것 같은데, 도로에도 인도에도 이정표 따윈 보이지 않았다. 건물 벽면에 응당 붙어 있어야 할 주소도 없었다. 편의점에 들어가 동네 이름을 물었다. 직원 입에선 생소한 지명이 튀어나왔다. 가까운 지하철역으로 가려면 어떻게 가야 하느냐고 물었다.

여기서 좀 멀어요. 택시를 타는 게 좋아.

지갑을 잃어버려서 돈이 하나도 없다고 대꾸하자, 직원이 버려진 영수증 하나를 주워 그 뒷면에 그림을 그리며 중얼거렸다.

힘들 텐데.

직원이 내민 영수증에는 조잡한 약도가 그려져 있었다. 편의점을 나오며 약도를 유심히 살펴봤다. 직진 후 우회전. 건널목을 건너 다시 우회전. 한동안 직진. 그리고 좌회전. 코트 주머니에서 아버지가 그려준 약도를 꺼내 들었다. 비슷했다. 길의 모양이 비슷할 뿐인지 두 약도가 설명하는 곳이 진짜 같은 곳인지 알 수 없었다. 직진 후 우회전, 건널목을 건너 다시 우회전, 한동안 직진, 그리고 좌회전으로 이루어진 길이 세상에 어디 하나뿐이겠는가. 어쩌면 모든 길을 그런 식으로 설명할 수도 있을 것이다. 두 개의 약도를 초조하게 쳐다보다가, 무엇이든 찾자고, 어서 걷자고 생각했다.

　직진 후 우회전. 건널목을 건너 다시 우회전. 그리고 한동안 직진을 반복했다. 오른쪽으로 꺾이는 골목은 자주 나왔고 건널목도 흔했다. 한자리만 맴맴 맴도는 기분이기도 했고, 서너 개의 동네를 거침없이 지나온 것도 같았다. 살아오면서 길을 잃은 적은 거의 없었다. 태어나서 지금까지 한동네에서만 살았고 대부분 같은 곳만 오갔다. 낯선 곳으로 간 적도 별로 없었고, 가더라도 길을 잃을 정도로 넓게 움직이진 않았다. 모르면 물어봤고, 어른들은 언제나 그들이 아는 길을 가르쳐주었다.

　어젯밤 아버지가 약도를 내밀며

　네가 이곳까지 꼭 갔으면 좋겠다.

하고 말했을 때,

　여기 가면 뭐가 있는데요.

하고 내가 물었을 때,

　가면 널 알아봐줄 사람이 있을 거다.

하고 아버지가 말했을 때,

　요즘 바쁜데. 시간 되면 한번 가볼게요.

하고 무성의하게 대꾸했을 때, 아버지의 누추한 눈빛과 힘없이 꿈틀거리던 입가를 보고 고민하지 말았어야 했다. 그것에 겁먹지 말았어야 했다.

　지나가는 사람들을 붙잡고 길을 물었다. 모르겠다는 사람이 대부분이었다. 어떤 이의 설명은 매우 복잡하고 장황해 알아들을 수가 없었다. 중년 남자가 자신만만하게 가르쳐준 대로 갔다가 모텔 골목을 다시 맞닥뜨렸을 때는, 길을 거슬러 가 그 남자를 찾아내 쌍욕을 퍼붓고 말겠다는 생각만 들었다. 그래서 한동안 성원빌딩도 선원빌딩도 지하철역도 아니고, 길을 잘못 알려준 그 남자를 찾으려고 거리를 헤맸다. 하지만 그가 길을 잘못 알려준 게 아니라 내가 잘못 찾아간 것이라면 어쩔 것인가.

전화가 온다. 안이다. 전화를 받자마자 소리를 질렀다.

어디야!

지하철역도 못 찾은 주제에, 안에게 화를 냈다.

나 못 갈 것 같아.

안이 절절매며 대꾸했다. 우는 것 같았다.

울어?

혹시 안도 길을 잃은 건 아닐까. 두려워졌다.

아빠가 맞았어.

안의 목소리가 부들부들 떨렸다.

경찰 오고 지금 난리도 아니야.

아버님이 맞아?

어떤 사람이 우리 집 앞 지나가면서 이런 데서 어떻게 사느냐고. 이게 사람 사는 집이냐고. 이런 데는 싹 다 밀어버리고 아파트 세워야 한다고. 자기 애한테 막, 아빠 말 안 들으면 너도 나중에 이런 데서 살게 될 거라고. 그래서 우리 아빠가…….

누가. 어떤 새끼가 그딴 소리를 해!

여기 사람 사는 집 맞다고. 우린 여기서 한평생 잘 살았다고. 여기서 자식 낳고 키우고 다 했다고. 늙어 죽을 때까지 우린 여기서 살 거라고. 당신 대체 뭐냐고 따지다가……. 어떡해. 네가 이리 와줘. 좀 와줘.

정신없이 울며 겨우 말을 잇는 안에게 길을 잃었다는 말을 할 수 없어서 알았다고, 곧 가겠다고 말한 뒤 전화를 끊었다. 택시를 잡으려고 큰길로 나갔다. 짜증과 분노가 뒤섞인 뜨거운 감정이 몸을 가득 채우고 콸콸 넘쳐흘러 목구멍 귓구멍으로 쏟아져 나왔다. 아무리 손을 흔들어도 수십 대의 택시는 그냥 지나갔다. 간신히 택시 한 대를 잡고 안이 사는 동네 이름을 댔다.

안 가요.

기사가 무기력하게 고개를 저으며 그대로 떠났다. 대여섯 대의 택시를 그렇게 놓쳤다. 휴대전화를 열어 시간을 봤다. 자정 가까운 시간이었다. 순간, 뜨겁게 끓어오르던 감정이 거짓말처럼 사라졌다. 여섯 시에 퇴근한 뒤 바로 지하철을 탔다. 삼십 분쯤 지하철을 탔다고 쳐도, 내가 그렇게 오랫동안 길바닥을 헤매고 다녔나?

차가 이동하는 방향으로 무작정 달리다가 젊은 남자를 붙들고 길을 물었다. 물으면서도 어리석은 일이라는 걸 알았다. 아무도 모르고 다들 제멋대로 말하는데, 새파랗게 어린 데다 이 동네 사람 같지도 않은 그에게 원하는 대답을 얻을 순 없으리라는 예감이 들었다. 결국 너도 모르지? 결국 너도 모르는구나. 그래 결국 너도 나랑 같은 처지지. 확인하고 싶은 마음을, 똑똑히 느낄 수 있었다.

아, 당신도 여기가 처음이군요.

남자가 대꾸했다. 나만큼이나 혼란스러워하는 것 같았고, 나만큼이나 시비를 걸고 싶은 것 같았고, 나만큼이나 두려워하는 것 같았다.

안 가본 길이 없는 것 같은데.

그가 몸을 잔뜩 웅크리며 말했다.

새로운 길은 계속 나오고.

얼굴이 노랗고 몸이 얄팍한 남자였다.

근데 결국은 다 비슷한 길이에요. 그러니까 더 헷갈려.

촌스러운 광택이 줄줄 흐르는 검은 양복을 입은 채 몸을 부르르 떠는 남자의 입에서 뿌연 입김이 터져 나왔다. 양복만 입고 돌아다니기엔 너무 추운 날씨였다. 어디를 찾는 중이냐고 물었다. 남자는 집에 가고 싶다고 대답했다. 애초에, 어디를 찾아 이곳으로 왔느냐고 다시 물었다. 글쎄. 성원빌딩인가. 선원빌딩인가. 남자의 입에서 내가 찾던 빌딩 이름이 튀어나왔다.

거긴 왜 찾아요? 누가 가보랬어?

다그치듯 물었다.

늦기 전에 꼭 가봐야 하는 곳이래요.

남자가 사방을 둘러보며 대답했다. 얼굴과 귀와 손이 피 묻은 것처럼 빨갛게 얼어 있었다.

돈 있어요?

남자에게 물었다. 지쳐 있던 남자의 표정이 긴장과 경계의 표정으로 변했다. 내가 일하는 곳과 내가 사는 곳을 말하고, 내 전화번호를 가르쳐주며 택시비만 빌려달라고 했다.

나라고 택시 안 잡아본 줄 알아요?

남자의 말투가 어른스럽게 변했다. 내가 말한 무언가가 그를 거만한 어른으로 만든 것 같았다

여기 밖으로 나가는 택시는 없어요. 포기해요.

포기하라는 말을 듣자마자 간신히 참고 있던 화가 폭발했다. 그럼 당신은 어쩔 건데? 어디로 어떻게 갈 건데! 하고 소리 질렀다. 잠시 표정을 찡그리던 남자가 거칠게 자기 옷매무새를 다듬었다. 소리만 질렀을

뿐인데, 마치 그의 멱살이라도 붙잡고 뒤흔든 것 같은 착각이 들었다.

찾아야죠. 빌딩을.

남자가 왜소한 어깨를 펴며 대꾸했다.

포기하라며!

내 말은.

크고 넓은 도로로 몸을 돌리며 남자가 말을 이었다.

여기서 나갈 생각을 말라는 거죠.

혼자 남겨지는 게 두려워 남자를 따라 걸었다. 종종 뒤돌아보며 그와 나를 따라오는 사람이 없는지 살폈다. 같은 방향으로 걷는 사람은 많았지만, 그들이 어디로 가는지는 알 수 없었다. 전부 그 빌딩을 찾는 것처럼 보이기도 했고, 혹은 그 빌딩에 이미 다녀온 것처럼 보이기도 했다. 어서 안에게 가야 한다는 생각은 우선 집으로 가자는 생각으로, 아니 일단 이 동네만 벗어나자는 생각으로 변했다. 그리고 결국, 그 빌딩을 찾아야만 모든 게 가능하리라는 예감에 사로잡히고 말았을 때, 나를 괴롭히는 건 분노와 짜증이 아닌 체념과 두려움이었다. 남자의 걸음은 지나치게 빨랐고, 내 걸음이 그보다 빠르지 않다는 사실에 자존심이 상했다. 안에게서 자꾸 전화가 왔다. 어디쯤이냐는 질문을 받을 때마다 말을 더듬고 거짓말을 했다. 길이 막히네. 생각보다 오래 걸려. 사고가 났나 봐. 거의 다 온 것 같은데. 안의 질문은 한결같았고, 남자에게 건네는 나의 질문은 조금씩 바뀌었다. 우리가 빌딩 이름을 잘못 알고 있는 게 아닐까요? 혹시 지나친 거 아닐까요? 이 동네가 아니지 않을까요? 남자를 따라잡기 위해 닥치는 대로 질문을 했다. 어디서 왔어요? 몇 살이에요? 무슨 일 해요? 결혼했어요? 학교 어디 나왔어요? 이름이 뭐예요? 축구 좋아해요? 군대 어디서 다녔어요? 고향이 어디에요? 이봐요. 사람이 묻잖아! 남자는 나를 흘금흘금 돌아보기만 할 뿐 대답 없이 내처 걸었다. 자기도 나처럼 헤매긴 마찬가지지만, 그래도 나보다는 앞서 간다는 사실에 일말의 위안을 얻는 듯했다.

술집과 모텔이 즐비한 거리를 다시 맞닥뜨렸다. 아까 지나온 그곳 같기도 했고, 그와 비슷한 또 다른 구역 같기도 했다.

이봐요.

남자를 불렀다.

여기, 왔던 곳 같지 않아요?

남자의 걸음이 잠시 느려졌다.

성가시게 왜 이럽니까.

남자가 나를 돌아보며 신경질적으로 말했다.

그렇게 자꾸 의심할 거면 따라오지 마요. 각자 찾자고. 각자.

하지만 우리는 찾는 곳도 같고 빌어먹을 이 동네는 온통 비슷한 길뿐이잖아요.

우리가 같은 곳을 찾는다고 어떻게 확신합니까.

성원빌딩인지, 선원빌딩인지. 젠장. 그거 찾잖아요.

빌딩 이름도 제대로 모르면서.

당신도 모르잖아.

그러니까 우리가 찾는 곳이 다른 곳일 수도 있단 거죠. 누군 안 피곤하고 짜증 안 납니까? 그래도 나는 묵묵히, 필사적으로 가고 있잖아. 근데 당신은 뒤따라오는 주제에 무슨 말이 그렇게 많으냐 이 말이야. 당신이, 아닙니까? 맞습니까? 아니지 않습니까? 할 때마다 다리에 힘이 쭉쭉 빠진다고.

남자의 말을 들으며 담배에 불을 붙였다. 어지러웠다.

저기요.

침착하게 말하려고 노력했다.

좀 쉬었다 갑시다. 두 시가 넘었어. 이러다 밤새요. 뭘 좀 먹든지. 아님 눈 좀 붙이고 가든지. 난 지갑을 잃어버렸어. 돈이 없다고. 나는 내일 출근도 해야 합니다. 휴대전화 배터리도 얼마 안 남았는데 이놈의 동네는 사람 뺑뺑이질만 계속 시키고, 씨발, 그쪽 걸음은 너무 빠르지 않습니까.

······뭘 어쩌라는 겁니까. 나한테.

무심결에 나온 씨발이란 욕 때문인지, 남자의 말투가 온순해졌다.

뭘 알고나 가는 겁니까. 그쪽은.

나도 돈 없어요. 다 쓴 지 오래야.

어디가 어딘지 알고나 가는 거냐고. 그쪽은.

당신이 따라오고 있잖아.

당신도 쥐뿔 아는 거 없지?

그래도 당신이 따라오잖아.

내가 당신을 왜 따라갔는데!

내가 맞게 가니까 따라온 거 아닙니까?

휴대전화가 울렸다. 통화버튼을 눌렀다. 어머니였다.

어디냐. 왜 아직 안 들어와.

아, 어머니. 제가 길을 잃었는데요.

술 마시냐?

아뇨. 제가 길을 잃었다고요. 근데······.

너 언제까지 그렇게 나태하게 살 거야. 공부는 대체 언제 하려고 그래. 죽자고 달려들어도 떨어지는 사람이 태반인 시험이라고.

엄마. 내가 지금 길을 잃었다고. 여기가 어딘지 모르겠다고요.

나도 니가 뭘 하고 돌아다니는지 모르겠다. 언제까지 그렇게 살 수 있을 것 같니. 요즘 니 아버지 보면서도 느끼는 거 없어? 늙어서 소용 있는 거라곤……

엄마. 아버지 있어요?

없다.

어디 계세요?

넌 어디냐.

…….

정신 차려. 난 하루하루가 너무 아깝다.

전화를 끊고 아버지에게 전화를 걸었다. 신호음이 울리는 사이 담배 한 대를 더 꺼내 피웠다. 전화가 끊어져 통화키를 다시 눌렀다. 남자는 편의점 앞 플라스틱 의자에 몸을 웅크리고 앉아 있었다. 24시간 꺼지지 않는 편의점의 강렬한 형광등을 보자 마음이 서늘해졌다.

도착했니?

아버지가 물었다.

아뇨. 아버지.

그럼, 아직도 아직이냐?

아버지. 그 빌딩 이름이 정확히 뭐죠?

내가 적어주지 않았니.

알아볼 수가 없어요.

길을 따라가.

이름을 알려주세요. 아버지.

나도 잘 기억은 안 난다만. 길을 따라가면 돼.

그런 길은 어디에나 있다고요.

그래도 가야 할 곳은 한 곳이지 않니.

아버지는 가보셨어요?

시간이 많이 늦었다.

아버지는 가보셨냐고요.

…….

아버지는 어디 계세요?

내 걱정은 마라. 난 괜찮다.

아뇨. 아버지는 지금 어디 계시느냐고요.

누군가와 부딪혔다. 휴대전화가 바닥에 떨어졌다. 나와 부딪힌 사람이 휴대전화를 주워 내게 건네줬다. 죄송합니다. 그가 말했다. 검은 파카를 입은 남자였다. 파카엔 뿌연 재 같은 것이 드문드문 묻어 있었다. 헝클어진 머리칼. 경직된 얼굴. 낡고 더러운 운동화. 어깨를 움츠린 채 바삐 걸어가는 남자의 뒷모습을 멍청히 쳐다보다가 큰 소리로 그를 불렀다. 남자는 어둠에 스며드는 그림자처럼 사라져버렸다. 편의점 의자에 앉아 있던 남자도 검은 파카가 사라진 방향으로 다시 걷기 시작했다. 전화가 울렸다. 안이었다.

어디야. 온다면서 왜 안 와?

지갑을 잃어버렸다고 했잖아. 나도 미치겠어.

아버지가 많이 아파.

안이 울었다. 울음 섞인 목소리를 듣자 죽고 싶었다. 많이 아프겠지만, 그렇지만 안의 아버지는 적어도 가족과 함께 있지 않은가. 길을 잃은 것도 아니고, 지갑을 잃은 것도 아니고, 어쨌든 아버지가 있어야 할 곳에 있지 않은가 말이다.

이럴 때 네가 옆에 있어주길 바랐어.

안이 말했다.

우리는 충분히 그런 사이라고 믿었어.

아니. 들어봐. 네가 생각하는 것처럼 한가한 상황이 아니야. 나는 길을 잃었고, 돈도 없고 씨발, 다들 자기 말만 하고 약도는 엉터리고. 이러다가 내일 출근도 못할 것 같다고.

택시 타. 택시 타면 되잖아. 여기까지만 오면 내가 돈 줄게. 다 큰 남자가 그 정도 생각도 못해?

갑갑증이 올라왔다. 이곳에 있지 않은 이에게 이곳이 어떤 곳인지 설명해봤자 바보 취급밖에 더 받겠나. 폴더를 닫아버리고 남자가 사라진 어둠을 향해 달려갔다. 가로등 불빛이 나타났다 사라지기를 반복했다. 남자의 뒷모습이라 짐작되는 것을 놓치지 않기 위해 숨이 차도록 뛰었다. 골목은 점점 가팔라졌다. 막연한 밤하늘에 둥실 떠 있는 낡은 여관 간판과 여기저기 흩어져 있는 빨간 십자가. 센 바람이 불었다. 코트 깃을 세워 목과 귀를 가렸다. 양복 한 벌만 걸친 그의 뒷모습에 가까워질수록 말할 수 없이 속상해졌다.

가파른 오르막 끄트머리에 간결한 지평선이 보였다. 그 너머에 무엇이 있을지 짐작조차 할 수 없었다. 시간을 보려고 휴대전화 폴더를 열었다. 배터리가 방전되었는지 까만 창이 떴다. 오르막 끝에 다다른 남자가 우뚝 멈춰 서더니 황망한 표정으로 나를 돌아봤다. 그곳으로 올라가기 두려워 걸음을 멈췄다.

뭐가 보여요?

선 채로 물었다.

…….

뭐가 있긴 있어요?

……내리막길이요.

그와 나는 지쳐 벌벌 떨었다. 주머니를 뒤져 아버지가 그려준 약도를 꺼내 펼쳤다. 너무 많이 접고 펴길 반복해서 접히는 모서리마다 지저분한 구멍이 뚫려 있었다. 성원빌딩인지 선원빌딩이 적혀 있던 곳에도 블랙홀 같은 검은 구멍이 뚫려 있었다.

아직이냐?

아버지가 묻는다. ▪

편혜영

비밀의 호의

ⓒ 백다흠

1972년 서울 출생.
서울예대 문창과와 한양대 국문과 대학원 졸업.
2000년『서울신문』등단. 소설집『아오이가든』
『사육장 쪽으로』『저녁의 구애』. 장편소설『재와 빨강』『서쪽 숲에 갔다』.
〈한국일보문학상〉〈이효석문학상〉〈오늘의 젊은 예술가상〉〈동인문학상〉수상.

비밀의 호의

택시는 떠날 것이었다. 기사가 창문을 올렸다. 경술은 꿈쩍 않고 보도에 서 있었다. 이내 택시가 거리를 향해 육중하게 움직였다. 그는 난처한 표정으로 경술을 보았다. 경술은 택시가 남기고 간 불빛을 보고 있었다. 그는 경술을 역에 보내려 했다. 막차 시간이 임박했다. 서둘러도 늦을 거라는 경술의 말이 맞기는 했다. 경술을 방에서 재우는 일은 무척 불편할 테니까 뭐라도 해보고 싶었다. 실제로 그런 일이 벌어지자 불편하기보다 몹시 화가 났다. 화를 내지는 않았다. 지금은 잊었지만 화를 내기도 피로한 일을 그날 낮에 겪었다. 서울에서 지내게 되면서 경술과는 명절이나 경조사가 있을 때 얼굴이나 한번 보는 정도였다. 남매니까 그럴 수 있었다.

그는 하나뿐인 이불과 베개를 경술에게 내주고 찬 바닥에 누웠다. 딱딱하고 냉기 어린 바닥에 누워 있자니 다분히 보호자 같은 감정이 느껴졌다. 고작 이부자리를 내준 건데 뭔가 희생했다는 생각이 들었다. 그만큼 해준 게 없다는 뜻이어서 미안하기도 했다. 경술은 금세 서운함을 잊고 순전히 생애 첫 서울 나들이의 감회로 잠을 못 이루고 뒤척였다. 그는 딱딱한 바닥잠에 익숙지 않았다. 그들은 천장을 보고 누워 얼마간 얘기를 나눴다. 식구들이 나눌 법한 얘기였다. 어린아이가 있는 집에서 늘 아이를 화제 삼듯이 그들은 치매 걸린 할머니 얘기를 나눴다. 할머니는 대학생인 그를 남편으로 착각해서 교태를 부리거나 버럭 소리를 지르며 화를 냈는데, 그와 경술은 그러는 할머니를 떠올리며 흉내 냈다. 부모가 보았다면 할머니를 돌보는 일에 지쳐 있었어도 지나치다 싶어 야단을 쳤을 것이다. 그와 경술은 할머니를 웃음거리로 만들었다는 자책에 묘한 공모의식을 느꼈다.

나중에 할머니가 죽었을 때 그는 전혀 슬프지 않았다. 할머니는 죽어 가면서 그의 손을 잡고 '여보, 혼자만 먹지 말아'라고 말했다. 할머니가 남긴 대사가 좀 더 희극적이거나 비극적이면 좋았을 거였다. 늘 하는 말을 마지막으로 남겼기 때문에 죽었다기보다는 잠시 잠이 든 것 같았다. 조만간 벌떡 일어나서 음식을 떠먹여달라고 앙탈을 부릴 것 같았다. 입관 때는 모두 울음을 터뜨렸다. 그는 조금 울었지만 할머니 앞에서 연극을 하고 있다는 죄책감을 느꼈다. 그와 달리 경술은 탈진할 정도로 울었다. 그 밤의 공모를 기억하고 있던 그는 괜히 머쓱해졌다.

화제가 끊기자 이번에는 경술이 서울과 대학 생활에 대해 물었다. 그는 무뚝뚝하게 대꾸하다가 미안한 마음에 하지 않아도 좋을 말을 길게 덧붙였다. 그러기를 몇 차례 되풀이하다 보니 불쑥 피로해져서, '그만 자라' 하고 말했다. 경술이 시무룩해져 입을 다물었다가 '여긴 정말 정신이 없는 곳 같아요' 라고 말했다. 그는 대꾸하지 않았다. 실로 정신없는 일이 그의 주위에서 끊임없이 벌어지고 있었다. 늘 뭔가 선택해야 했고 선택이 잘못되었으리라는 불안에 시달렸고 아무것도 하지 않았다가 더 큰 모멸감에 빠지기를 반복했다.

"그래서 뭐든 잘될 것 같아요."

경술이 뜸을 들이다 말을 이었다. 경술은 아직 고등학생이었고 서울에 머물 수 없는 집안 사정이 있었다. 짐짓 애틋해져서 면박을 줬다.

"그게 뭐니. 좀 논리적으로 굴어라. 정신이 없는데 잘될 리가 있니."

"그러면 재미가 없지요. 나는 비논리적이고 비약하는 게 좋아요. 그런 건 나만 하니까요."

그때의 일을 회상하면 경술의 말이 가장 먼저 떠올랐다. 경술이 그에게 배가 고프다거나 날이 춥다고 하는 것 말고도 의견을 말하는 게 있구나 싶어서였다. 경술은 얘기를 나누거나 뭔가 의논할 상대가 되지 않는 어린아이였다. 그와 경술은 아홉 살 차이가 났다. 그의 부모가 아이를 낳던 시절에는 흔치 않은 터울이었다. 어머니는 지독한 난산으로 그를 낳은 후 오랫동안 임신을 두려워했다. 나이 차이 탓인지, 경술은 그의 말은 무엇이든 당연히 받아들이는 태도가 배어 있었고 그에게 크게 통박이라도 당한 것처럼 어려워하고 주눅 들어 보이기도 했다. 당시에는 경술이 그가 매번 논리적으로 생각하려다가 천편일률적인 결론에 도달하는 걸 비아냥거리는 건가 싶었으나 그럴 리 없었다. 경술은 그의 삶에 대해 아무것도 몰랐다. 그도 마찬가지로 경술을 모른다는 것은 나중에야 깨달았다.

아침에 깼을 때 경술은 없었다. 첫차로 내려갔겠거니 했다. 한참 시간이 지나서야 부모에게 경술이 그날 이후 나흘간 집에 내려오지 않았다는 얘기를 들었다. 부모는 소문이 돌까 겁이 나 그 사실을 아무에게도 말하지 않았다. 경술은 어디서 뭘 했느냐는 호된 다그침에도 입을 꽉 다물었다고 했다. 그가 나중에 경술을 보았을 때는 이미 충분히 야단을 맞아서인지 얌전하고 묵묵한 아이로 돌아가 있었다.

경술에게 그 나흘은 영영 지나가버린 것 같았다. 그런 순간일수록 금세 지나가고 지나가고 나면 그뿐이라는 걸 배운 듯했다. 그 나흘에 비하면 고향집의, 오래 밟아 삐걱대는 마룻바닥이나 집을 떠받치는 밤색 나무기둥, 치매 걸린 할머니의 어리광, 한적한 흙길과 야트막한 지붕들이 얼마나 견고한가를 이내 깨달았을 것이었다.

그래도 그는 경술을 야단치려고 마음먹었다. 그에게 왔다가 생긴 일이어서 책임감이 느껴졌다. 쉽게 기회가 생기지 않았다. 명절이라 친척들이 계속 드나들었다. 짬을 내 경술의 방으로 갔다. "경술아." 책상에 앉아 있던 경술이 뒤돌아봤다. 그는 조금 주저하다 "그때 말이다" 하고 굳은 표정으로 말문을 텄다. 경술은 뭔가를 생각하듯, 그러니까 '그때'를 생각하듯 조금씩 표정이 변하더니 칭찬이라도 받을 것처럼 의기양양한 얼굴이 되었다. 무심하거나 주눅 든 얼굴이 아니었다. 그 표정에서는 숫제 누구도 말해주지 않은 것에 스스로 다가갔다는 자부, 생은 비밀을 갖는 것으로 성장한다는 것을 통감한 긍지 같은 게 보였다. 생각해보면 부모와 함께 있을 때 경술에게서 보았던, 멍한 표정이나 딴생각에 빠진 듯한 말투는 그 또래 계집아이라면 누구나 가지는 것이지 경술에게서만 보이는 특별한 것은 아니었다. 그 무렵의 아이가 세상이 이물스럽지 않고 순조롭게 느껴진다면 오히려 이상한 일이니까. 경술은 허공을 향해 살짝 웃었다.

그가 다그치려는데 한 떼의 친척 아이들이 경술의 방으로 몰려들었다. 그는 하릴없이 경술의 방에서 나왔고 밤 내내 그러면 재미가 없지요, 라는 말과 함께 그와 부모가 모르는 나흘을, 경술을 의기양양하게 만든 나흘을 생각했으나, 다음 날 일찍 서울로 돌아가야 할 일이 생기면서 다시 묻지 못했다.

그 나흘을 모르는 채로 오십 년 가까운 시간이 지나갔다. 지금에 와서 생각해보면 그가 모르는 것은 비단 나흘만이 아니었다. 경술과 그는 식구들끼리 일상적으로 나누는 익살, 예를 들면 치매 걸린 할머니 흉내 내기나 조금만 술에 취하면 나오는 아버지의 주정, 어머니의 반복되는 잔소리 같은 것을 함께 기억했지만 그밖에 사소하고도 일상적이며 소소한 삶은 내내 각자의 것이었다. 어린 시절, 경술이 따라다니며 놀이에 끼려고 칭얼대면 그가 경술을 떼어놓으려 애쓰던 때도 있었을 테지만 잘 기억나지 않았다. 그가 아이에서 남자로 자라고 경술이 꼬마에서 여자로 자라면서부터 경술과 그는 남 보듯 대하는 게 익숙해졌다. 자라면서 경술이, 그가 보기에도 여자의 것처럼 보이는 맨다리를 내놓고 낮잠을 자거나 아니면 살이 희미하게 비치는 스타킹을 신고 스커트를 입거나 어머니의 축 처진 젖가슴과는 비교할 수 없을 정도로 커진 젖가슴이 어느 날 얇은 티셔츠 위로 도드라진다는 걸 깨달았을 때 짐짓 놀라기도 했으나 경술이 자신과는 다른 생리적, 신체적 질서를 가졌음을 깨닫는 게 다였다.

그들은 일생 이해할 필요도 없고 딱히 이해 못 할 것도 없는 가족으로 존재해왔고 앞으로도 그럴 것이었다. 서로 울음을 터뜨려본 적 없고 뭔가를 털어놓으려고 작은 소리로 속삭인 적도 없었다. 다툰 적이 없어 말 한 마디 없이도 화해가 되는 신기를 경험해보지 못했고 사소한 농담을 주고받지 않아서 크게 웃을 거리도 가져보지 못했다. 부모의 생일이나 집안 의례가 생길 때면 서로 상의했지만 예년 수준에서 비용을 각출

하고 일을 분담하는 것으로 쉽게 합의했다.

그는 내내 궁금했다. 경술이 다니던 대학을 그만두고 그가 보기에는 난봉꾼이 틀림없는 사내와 결혼한다고 했을 때, 그 사내가 다른 여자 때문에 집을 나갔을 때, 하나뿐인 아들이 미국 유학을 가서 돌아오지 않겠다고 통보했을 때 경술에게 사정을 묻고 위로를 하는 대신, 그 나흘간 뭘 했느냐고 묻고 싶었다. 나흘을 알면 경술의 일생을 알 것 같았다. 경술이 가까운 사람에게 버림을 받는 것으로 생의 이력을 쌓아가는 것도 오래전의 나흘 때문인 것 같았다. 경술에게 시력 상실이 진행 중인 걸 알았을 때도 그랬다. 언제부터 그런 것인지, 진단을 받아본 적 있는지, 그걸 알고 미국에서 돌아온 것인지 하는 것보다 그 나흘간 뭘 했는지가 중요하게 여겨졌다. 인생은 잠들어 있는 사나운 개와 같아서 일단 건드려놓으면 계속 으르렁대며 노려보고 경계하려 들기 마련인데, 그 나흘 동안 경술이 개의 꼬리라도 밟은 건 아닌가 싶었다.

그러나 묻지 않았다. 경술이 곤란할까봐 그런 것은 아니었다. 그는 그것을 알고 싶은 동시에 절대로 알고 싶지 않았다. 그게 뭐든 전적으로 경술 인생의 일부였다. 결코 그의 인생으로 스며들어서는 안 되었다. 알고 나면 그의 인생이 조금 달라질 것 같아 불안했다. 경술은 이미 느닷없이 미국에서 돌아와 그의 집으로 들어왔고, 그것만으로도 많은 부분이 달라졌다.

경술이 다시 나타났을 때 그는 깜짝 놀랐다. 죽을 때까지 경술을 다시 보는 일은 없으리라 생각했다. 전화로나 소식을 듣게 될 텐데, 그건 틀림없이 부고일 것이었다. 그가 전화로 듣는 소식이 죄다 그렇듯이. 그에게 무슨 일인가 생긴다면 경술도 마찬가지일 것이었다. 둘은 오랫동안 왕래가 없었다. 경술이 미국에 있는 아들 집으로 떠나기 전 짧게 통화를 한 게 다였다. 함께 식사라도 할 법했지만 그렇게 하지 않았다. 그의 아내와 경술은 사이가 좋지 않았다. 경술은 매사 트집을 잡았고 부러 친절하지 않은 말투를 썼다. 아내는 호락호락하지 않았고 그는 두 사람의 적의에 무관심했다.

커다란 트렁크를 현관 안으로 먼저 밀어넣고 나서 경술이 들어왔다. 경술이 놀란 표정의 그에게 말했다.

"드디어 내가 태어난 때로 돌아갔네요. 세상에나, 우리가 다시 같이 살게 되다니요. 태어날 때도 그랬는데, 죽을 때도 함께 있는 거잖아요."

해후의 순간에 그를 붙든 것은 당혹감과 불쾌감이었다. 연극적으로 과장하는 말투는 확실히 감회를 누그러뜨리는 데 효과가 있었다. 그는 왜 네가 여기서 살 생각이냐고 묻지 못했다. 묻지도 않았는데 오빠를 돌봐주러 왔다는 경술의 능청스런 대답을 들은 것처럼 느껴졌다. 그가 우물쭈물하는 사이 경술은 트렁크를 풀고 방 하나를 제가 쓰겠다고 한 후 당장 냉장고를 열어 안에 든 것들을 다 꺼내더니 청소를 하기 시작했다. 그는 경술을 만류할 기회를 놓쳤다.

그와 지내는 동안 경술의 눈은 점점 나빠졌다. 얼마 전까지는 빛과 어둠을 구분했고 빛이 들어오는 방향을 알았고 눈앞에서 손을 흔들면 알아봤다. 최근에 급격히 나빠진 게 분명했다. 아예 외출을 하지 않으려 들고 집 안에서 소파나 식탁 모서리, 벽에 자주 부딪혔다. 시계를 읽지 못했고 텔레비전 드라마를 소리로만 보느라 상황을 이해하지 못했으며 손으로 더듬거려 물건을 파악했다. 그가 있는 쪽을 보기는 하지만 시선을 마주치지는 못했다. 이미 심각할 정도로 시력 상실이 진행된 것인지도 몰랐다.

아무도 그에게 눈이 먼 사람과 함께 지내는 일에 대해 말해주지 않았다. 경술의 증상을 알아채고 그가 겨우 떠올린 사람은 교사 시절의 동료였다. 동료는 갑자기 시력을 잃었다. 신경외과에서 찍은 뇌 영상을 판독해보니 거대한 종양이 양쪽 전두엽으로 번져나가 있었다고 했다. 신경세포를 따라 뇌 구석구석 뻗어나간 종양은 영상으로 보면 검은 혈관처럼 보였다. 우려와 달리 종양은 양성이었으나 워낙 크기가 커서 수술로 완벽하게 제거하지 못했다. 그러는 과정에서 신경학적으로 상당한 손상을 입었다. 교사들은 한동안 모일 때마다 눈이 먼 동료를 화제에 올렸다. 눈이 침침해지기 시작했을 때 상식적으로 서둘러야 했다고 안타까워했다. 그는 '상식적'이라는 말을 오랫동안 기억했다. 무슨 일인가 결정해야 할 때면 최악을 면할 방편으로 그 말을 떠올려봤다. 별 도움이 안 됐다.

경술을 볼 때면 상식적으로 늦어버린 건 아닌가 하는 생각이 들었다. 경술은 단순히 노안으로 시력 저하를 겪는 게 아니라 질병을 앓는 것 같았다. 뇌손상까지는 아니더라도 흔한 안과 질환, 이를테면 녹내장이나 황반변성, 색소성망막염 같은 것들 말이다. 그는 그간 경술이 해온 말들을 무심히 넘겼다. 눈이 침침하다거나 시야가 뿌옇다거나 사물이 찌그러져 보인다는 말들을. 눈이 안 보이는 척해서 관심을 끌려는 거라고 생각했다. 경술은 참을성이 없고 워낙에 말이 많고 전조 없이 질병을 앓을까봐 두려워해서 작은 증상도 참지 않고 모조리 말하는 편이었으니까. 경술은 나이가 들면 주름이 늘거나 검버섯이 피거나 관절 사이가 헐렁해져 시큰거리는 것처럼 육체의 노쇠는 자연스러운 일이라는 걸 고려하지 않았다. 그가 보기에는 지나치게 예민했다. 좀 더 일찍 예민하게 굴어서 치료를 받았으면 좋았겠지만, 이미 나빠질 대로 나빠진 후에 예민하게 굴었다. 그것은 가까이 있는 사람을 무척이나 피곤하게 만든다는 의미였다. 나중에 경술은 자신이 맹인이 되는 것에 그가 당황하지 않도록 배려한다는 투로 말하기 시작했다. 그 때문에 그는 오히려 불행이 멀지 않다는 걸, 경술의 방에 항시 깔려 있는 이부자리처럼 가까운 곳에서 늘 불길한 냄새를 풍기며 자리 잡고 있다는 걸 상기해야만 했다.

경술이 한사코 병원에 가지 않으려 해서 병명을 묻는 요양원 상담자에게 정확하게 대답하지 못했다. 상담자는 진단을 받아본 적 없다는 말에 조금 당황한 것 같았다.

"왜 그런 걸까요?"

그가 우둔하게 묻자 상담자는 전화상으로는 단정할 수 없다고만 대답했다. 그는 상담자가 경술이 시각을 잃어가고 있다는 명백한 대답을 유보하는 게 못마땅했다.

"이제야 개나리가 저렇게 피네요."

전화를 끊고 나가 보니 경술이 베란다에 서서 밖을 내다보고 있었다. 개나리는 며칠 전부터 노랗게 질린 얼굴을 아파트 담벼락 아래로 축 늘어뜨리고 있었다.

"목련도 피려나 봐요. 그렇지요?"

정확하지는 않지만 경술이 손을 뻗어 가리킨 부근에는 꽃망울을 터뜨린 목련나무가 서 있기는 할 것이었다. 경술은 그것들을 보고 있는 게 아니라 뉴스를 떠올리고 있었다. 어젯밤 그들은 이른 봄의 때아닌 추위로 서울에서 이제 막 개화가 시작되었다는 뉴스를 함께 보았다.

"그래, 곧 활짝 피겠구나."

그는 나무를 보지도 않고 건성으로 대꾸하고는 경술에게 물었다.

"오늘은 뭘 할 거니?"

시선을 맞추지 못하는 경술의 눈동자가 불안하게 움직였다. 경술은 햇살이 마루 깊숙이 들어오는 시간과 희미하게 어둠이 살포된 저물녘을 공기 변화 없이는 알아채지 못했고 짐작이나 추측, 기억에 의지하지 않고 사물의 위치를 파악할 수 없는 지경에 이르렀다. 목소리를 듣지 않고는 상대를 알아볼 수 없고 냄새로 기후 변화를 알아챘다. 변한 듯 그대로인 창밖 풍경이나 집 안에 쌓여가는 먼지, 손자국이 많이 나서 반사 기능이 떨어진 거울 같은 것이 경술에게는 더 이상 존재하지 않는 것이나 다름없었다. 경술은 이제 예순을 조금 넘었다. 청춘이라고 과장할 수는 없지만 삶의 영역을 최소한으로 한정하기에는 이른 나이인 게 분명했다.

"오빠는 서재에서 책을 보실 거죠? 저는 청소를 할까 봐요. 오후에 친구가 찾아올지도 몰라서요."

그에게는 서재가 없었다. 지은 지 이십오 년이 넘은 아파트에 방은 두 개뿐이고 그와 경술이 각각 하나씩 쓰고 있었다. 찾아올 친구도 없었지만 경술은 매번 그런 식으로 대꾸했다.

"누가 온다는 거니?"

"오빠가 모르는 친구예요."

되묻는 법 없던 그가 캐묻자 경술은 조금 당황한 듯했다.

"오늘은 산책을 좀 가자."

"어디로요?"

"근처에 좋은 숲이 있다."

"날이 좀 따뜻해지면 가요."

"오늘만 해도 따뜻한 거지. 포근해진다 싶으면 금세 더워질 거다."

"이맘때는 황사도 자주 오잖아요. 밖에 나가기 좋은 날은 아니에요."

"집에만 있기에도 좋은 날은 아니다."

그는 품위 있고 다정한 연장자의 대화에 흥미를 잃고 무뚝뚝하게 대꾸했다. 경술이 정말 나갈 거냐는 듯 그가 있는 쪽으로 고개를 돌렸다. 그는 의지를 보여주듯 딱히 들를 곳도 없으면서, 잠깐 나갔다 올 테니 준비하라고 이르고는 현관문을 나섰다. 그는 오늘의 외출을 오랫동안 생각해왔다. 충동적으로 취소할 수는 없었다.

1층에서 엘리베이터 문이 열리자 푹 꺼진 밋밋한 둔부가 먼저 눈에 띄었다. 계단을 청소하는 노파였다. 노파는 엉덩이를 높이 들고 계단에 세제를 뿌려 일일이 솔질을 하고 있었다. 약간 굽고 살집이 붙긴 했지만 여전히 묵직하고 튼튼한 그의 허리에 비해 노파의 허리는 구부정하고 뭉툭했다.

엘리베이터 열리는 소리에 노파가 뒤를 돌아봤다. 눈이 마주쳐 할 수 없이 인사를 건넸다. 노파는 제 성량보다 큰 목소리로 인사를 했는데 그녀가 귀가 멀었거나, 그가 듣지 못한다고 생각하는 것 같았다.

"할아버지, 무슨 일로 나오셨어요?"

그는 대꾸하지 않고 현관 쪽으로 갔다. 노파가 재빨리 그를 따라와 셔츠 자락을 움켜쥐었다.

"어딜 혼자 나가시려고 해요. 동생분이 걱정하니까 얼른 들어가세요."

그는 길을 막아서는 노파 때문에 잠시 당황했으나 실랑이를 벌이지는 않았다. 노파가 왜 그러는 줄 알 것 같아서였다.

"멀리 가시면 안 돼요. 동생분이 걱정하신다고요. 아셨죠?"

노파가 어린아이 달래듯 했다. 그는 우는 것도 웃는 것도 아닌 노파의 얼굴이 가까이 다가오는 게 부담스러워 도망치듯 멈춰 있던 엘리베이터 버튼을 눌렀다.

"몇 층 가시는 줄은 아시죠?"

노파가 엘리베이터 안쪽까지 바짝 얼굴을 디밀고 물었다. 그는 갈 데도 없는데 뒤로 물러섰다. 일그러진 그의 얼굴이 닫힌 엘리베이터 문에 비쳤다. 놀란 듯하면서 근심에 싸인 얼굴이었다.

노파가 그를 대하는 태도가 바뀐 것은 경술 탓이었다. 그는 자신을 선생님이라 부르던 사람들이 경술이 온 다음부터 할아버지라고 호칭을 바꾸는 것을 귀담아들었다. 이웃들은 그가 퇴직한 교장인 줄 알고 있었다. 예전에 교사였다고만 말했지 평교사로 사직했다는 얘기를 생략해서 생긴 일이었다. 그동안 그가 해온 교양 있고 점잖고 의젓한 퇴직 교사 행세는 경술이 오면서 곧 끝났다. 그는 까탈스럽고 인색한 노인네가 되었다. 경술은 그런 육친을 돌보는 일로 이웃에게 동정을 사는 편이 낫다고 생각했다.

이웃들은 그에게 암으로 투병하다 세상을 떠난 아내가 있는 줄 알고 있었다. 언젠가 엘리베이터 앞에서 경비원과 주민 몇 명이 암에 걸린 이웃을 걱정하며 얘기를 나눌 때, 그가 무심코 대꾸하며 끼어들었다가 그렇게 알려졌다. 누군가 암에 걸린 가족이 있느냐고 물었고 그는 대꾸하지 않았다. 주위들은 얘기로 아는 척한 게 머쓱해서였고 침묵은 적어도 거짓말은 아니니까. 그 침묵 때문에 사람들은 아마도 가까운 가족을, 그러니까 아내를 암으로 잃었다고 생각한 것 같았다. 비약이 지나치다 싶었지만 한번 알려지자 그걸로 끝이었다. 그는 사람들의 오해를 방관했다. 물론 경술이 오기 전까지의 일이다. 지금은 간혹 아파트에서 만나는 사람들, 청소부 노파나 경비원, 이웃들의 눈빛을 통해서 그들이 자신을 어떻게 생각하는지 자연스럽게 알게 되었다. 방금 노파를 통해 알게 된 것처럼. 이제는 숫제 치매 환자로 취급받고 있었다. 그가 아무리 홀로 고요히 잘 지내는 것처럼 보이고 싶어해도 소용없었다. 그에 대한 평판을 만드는 건 언제나 경술이었다.

그도 그 사람들을 알았다. 청소부 노파는 종합검진에서 위암 판정을 받았는데, 암 치료보다 이혼한 아들과 중학생 손녀 걱정이 마를 날 없었다. 경비원은 그 자리에 들어오기 위해 관리사무소에 얼마간의 돈을 건넸다. 옆집 여자는 남편과 사이가 좋지 않은 알코올중독자가 분명한데, 매일 바깥에서 페트병에 든 맥주를 마시고 술을 안 마신 척 엘리베이터나 계단참에 빈 병을 버려두고 집으로 들어갔다. 모두 경술에게 들은 얘기였다. 고스란히 믿을 수 없었으므로 이웃과 화제로 삼지는 않았다. 경술의 얘기는 건성으로 대꾸하는 게 상책이었다. 그 얘기를 곧이 듣는다면 어떤 경우에는 이웃을 제대로 볼 수 없었다. 경술의 말에 따르면 이웃은 모두 조울증을 앓고 있으며 비밀로 삼을 만한 가족사를 술이나 담배 같은 것에 의존해 해소했고 치료가 시급하나 완치가 어려운 질병에 걸려 있었다.

그는 화가 난 채로 집으로 돌아왔다. 경술은 어느새 옷을 갈아입고 단출한 짐을 들고 서 있었다. 문 열리는 소리에 경술이 현관 쪽을 돌아보았다. 어린 시절과 달리 경술은 말이 많았다. 경술을 보면 늙어가는 건 말이 많아진다는 걸까 싶기도 했다. 확실히 그랬다. 사람들에게 자기에 대한 것뿐 아니라 그에 대해서도 거리낌 없이 얘기하는 걸 보면 자제력을 잃은 게 틀림없었다. 말이 많고 눈이 먼 사람과 함께 지내는 일에 대해 왜 아무도 말해주지 않은 걸까. 생각할 것도 없이 답은 간단했다. 그런 말을 포함해서 그에게 뭔가 얘기를 해줄 사람은 경술 외에는 아무도 남지 않았다.

밖에 나오자 경술은 눈이 침침하다거나 피로하다면서 아예 눈을 감아버렸다. 함께 외출하는 건 처음인데도 그가 경술을 부축하고 버스 의자에 앉히고 길을 인도하는 일이 비교적 자연스럽고 순조롭게 진행되었다. 경술은 버스 안에서 계속 떠들어댔다. 눈을 게슴츠레 뜬 채로 옆 좌석에 앉은 사람과 얘기했고, 그 사람이 내리면 몸을 돌려 뒤에 앉은 그에게 말을 걸었고 그도 아니면 혼잣말을 했다. 신통할 것 없는 얘기들이었다. 처음에는 한탄으로 시작했다가 나중에는 자랑으로 끝나는, 실망만 안겨준 미국생활과 아들 얘기이거나 누군가에게 전해 들은 이웃 얘기였다. 적당히 말을 쉬는 법 없이 누군가 들어주지 않을까봐, 말할 기회를 잃게 될까봐 걱정된다는 듯 떠들어댔다. 경술은 자기가 늘어놓는 무미건조한 이야기에 도취된 것 같았지만 무한정 계속하지는 못했다. 이야기에는 끝이 있기 마련이고 이야기를 듣는 사람이 산만해지는 건 금세 알게 되니까.

그는 스스로 남의 말을 잘 경청한다고 자처했다. 입을 꾹 다물고 사려 깊게 몸을 끄덕이면서 말이다. 성급하게 숨을 몰아쉬는 법이 없고 의견이 다를지라도 일단은 수긍하듯 고개를 끄덕이면서. 사교적인 성격이거나 면밀한 계산으로 그러는 것은 아니었다. 별로 말이 없는 편인데다가 누가 무슨 얘기를 하더라도 수긍하며 들어줄 만한 얘기가 있다고 생각해서였다. 경술의 얘기에도 분명 그런 점이 있었다. 그는 경술이 아파트 복도에서 혹은 제 방에서 이웃과 하는 말을 들으며 경술이 사람들에게 말하고 싶어하는 것과 말하고 싶지 않은 게 무엇인지 알았다. 그 구분을 통해 남들에게는 어떻게 보이고 싶어하는지, 자신을 어떻게 생각하는지도 알았다. 경술은 거의 모든 것을 다 얘기하는 듯해도 절대로 오래전의 나흘은 말하지 않았다. 자신과 마찬가지로 그에게도 말하고 싶지 않은 게 있고 알려지지 않았으면 하는 게 있다는 건 고려하지 않았다. 그는 처음에는 부드럽고 다정한 말투로 그러나 단호하게 경술의 잘못을 지적하려고 했지만 얘기를 시작할 때마다 앓는 소리를 내거나 시선을 맞추지 못하고 불안해하는 경술 때문에 이내 의지가 꺾였다.

아내가 남자 문제로 집을 나간 후 그는 빠르게 달라졌다. 동료 교사들에게 자주 술주정을 했다. 아침 조회를 빼먹고 술 냄새를 풍기는 채로 간신히 일 교시 수업에 들어갔다. 그가 십오 년 간 담당했던 타자과목이 교과과정 개편으로 없어진 지 채 일 년도 지나지 않은 시점이었다. 그는 일정 기간 까다로운 연수를 받았고 국어과목을 가르치게 되었다. 타자과목에 비하면 국어과목은 해야 할 말이 많았다. 그는 거의 매 시간마다 아이들에게 교과서만 읽게 했고 시를 외우게 했고 자습서에 쓰인 해제를 그대로 불러주거나 필기시켰다. 성실함을 잃게 되자 사소한 거짓말을 하게 되었고 술값을 지출하는 일이 늘면서 동료들에게 푼돈을 빌려 쓰기 시작했다. 빌린 사실을 까맣게 잊어버리거나 모른 척하면서 갚지 않았고 지각과 조퇴를 예사로 하면서 스스로 생각해도 말이 안 되는 변명을 늘어놓았다.

동료들은 얼마간 그를 너그럽게 봐주었다. 그는 담당하던 교과를 잃었고 기존 국어교사들의 텃세에 시달렸으며 무엇보다 아내가 갑자기 떠났으니까. 동료들은 그를 안쓰럽고 애처롭게 여겼으나 그는 동료들이 자신과 같은 처지가 될까봐 두려워한다고 생각했다. 그는 잔뜩 꼬여 있었다. 거칠게 말하고 거짓말로 변명하고 심술궂게 대하고 비아냥거리는 말투를 계속 쓰자 아무도 그를 상대하지 않게 되었다.

그가 간신히 의지를 추슬러 다른 일을 해보기로 결심했을 때는 몇 년

간의 칩거와 고립이 이미 어떤 일에도 맞지 않는 인물로 만들어놓은 후였다. 전업할 수 있는 시기도 오래전에 놓쳤다. 그는 할 수 없이 가지고 있는 돈의 일부를 주식에 투자하는 식으로 생계를 꾸리고자 했다. 얼마 지나지 않아 많은 액수의 돈을 탕진했다. 누군가 그에게 주식 거래의 핵심은 신속함이라고 충고했으나 아무리 빨리 움직여도 매번 한발 늦었다. 짧은 기간의 주식 투자는 그에게 많은 것을 가르쳤다. 정당한 노동이 가장 손쉬운 돈벌이라는 당연한 교훈 말고, 신중하게 판단하고 생각해서 결정하면 항상 늦는다는 것 말이다. 그는 행동하기 전에 많이 생각하고 망설이는 성격이었다. 그러다가도 결국 행동을 취해야 할 때가 오면 가장 좋지 않다고 생각했던 것을 선택했다. 그는 뭔가를 선택하는 일을 늘 두려워했는데, 주식은 그에게 날마다 뭔가를 선택하고 결정하게 했고, 언제나 선택이 틀렸다는 자괴감을 남겨주었다.

나이가 들자 뜻밖에 괜찮다 여겨지는 것이 많아졌는데, 그중 하나가 선택해야 할 일이 줄었다는 거였다. 그것은 달리 말하면 새로울 게 없어졌다는 뜻이기도 했다. 원하지 않는 노동을 견디며 돈을 벌어야 할 이유가 없고 불확실한 미래를 걱정하거나 애써 긍정감과 희망을 품을 필요도 없었다. 시간을 다투지 않아도 되고 뭔가를 이루기 위해 애쓰지 않아도 되었다. 책임져야 할 일도 없고 사이가 틀어질까봐 조심해야 할 사람도 없었다. 과거에 알았던 사람들과 연락이 끊기면서 근황이나 아내 소식을 묻는 사람도 없어졌다. 그 덕에 고요해진 탓인지 그럴 만한 시간이 지나서인지, 아내에게 화도 나지 않았고 그럭저럭 이해하는 마음도 생겼다. 마음만 먹으면 영 다른 사람 행세를 할 수도 있을 만큼 오며 가며 마주치는 아파트 주민들 외에는 만나는 사람이 없어졌는데, 이상하고 믿을 수 없지만 평온했다. 일생 이렇게 평안하고 행복해본 적이

있을까 싶을 정도였다. 앞으로는 그저 육체적 허기에 답하고 쇠약에 적
응하는 일로 간소하고 소박한 일상을 채워가면 될 것 같았다. 늙는다는
게 뭔지 잘 몰랐지만 그렇게 되리라 생각했다. 점차 사그라들다 한순간
훅 꺼져버리는 불꽃처럼 노쇠한 숨이 이어지다 돌연 끊어지리라는 건
의심의 여지가 없었다. 막연하게도 그는 노년이란 모든 운명이 종결되
는 시기이므로 우연의 신비를 더 이상 두려워할 필요가 없고 지난 세월
을 돌아보며 체념하고 원망하는 것이 아니라 혼란과 불확실성을 확실
하고 결정적으로 잠재우는 시간이 아닐까 생각해왔다. 경술이 다시 나
타나기 전까지만 해도 그랬다. 경술은 끊임없는 수다와 특유의 솔직함
으로 그가 인생에서 숨기고 싶었던 것, 비밀로 삼아왔던 것들을 거리낌
없이 폭로해버렸다. 그럼으로써 혼란을 야기했고 거짓말의 충돌로 인
한 오해를 만들었다.

이웃에게 알려졌다고 해서 그가 비난을 받거나 입방아에 오르는 일
은 생기지 않았다. 그를 힐끔거리거나 뒤에서 작게 수군거리는 사람도
없었다. 아무 일도 없었다. 아내가 집을 나간 것은, 그것도 이미 오래전
에 벌어진 일은, 자신에게나 특별한 일이지 다른 사람에게도 그런 것은
아니었다. 절친한 사람을 예기치 못한 일로 떠나보내는 것은 누구에게
나 일어나고, 믿었던 사람의 변심은 흔하디흔한 것이어서 위로나 격려
를 받을 사건이 아니었다. 사람들은 풍파를 경험한 늙은이라면 누구나
과거의 일부를 과장하고 허세를 떤다고 생각했다. 그가 유별난 것은 아
니었다. 무엇보다 그는 이웃에게 관심을 살 만한 인물이 아니었다. 그
일은 그에게만 충격을 주었다. 그는 비밀이라는 명분으로 인생을 포장
해왔던 자신과 직면했다. 겸연쩍었고 참을 수 없이 슬퍼졌다. 그의 슬
픔은 자신의 비밀이 대단치 않은 것임을 깨달아서였고, 사람들이 이미

그것을 별 볼 일 없는 것으로 알고 있어서였다. 무엇보다 비밀이 있건 없건 적막과 고독 속에서 지내야 한다는 게 자명해서였다.

버스에서 내린 후에는 간이 이정표를 따라 좁은 숲길을 걸어야 했다. 그는 경술의 손을 잡았다. 그것은 아주 오래전 경술에게 이부자리를 내주고 찬 바닥에 누웠던 밤을 떠오르게 했다. 딱딱하고 차가운 밤이 그에게 보호자로서 위신을 세워줬다면 축축하고 눅눅한 손바닥은 그에게 부양자로서의 부담과 경술에게 성급하게 수의를 입히는 것은 아닐까 하는 자책을 불러왔다. 그 때문에 금세 피로해졌는데 그렇다고 손을 놓을 수는 없었다.

점차 땀이 차오르는 두 개의 손바닥을 견디는 일은 힘들었다. 기억할 수 없는 어린 시절을 제외하면 그가 경술과 손을 잡은 것은 거의 처음이었다. 그만큼이나 경술도 어색하고 불편해하는 걸 감지했으나 동시에 의지할 데라고는 이 손밖에 없다는 체념도 느껴졌다. 먼저 손을 빼지 못하는 걸 보면 확실히 그랬다.

경술은 느릿느릿 걸으면서 자주 주위를 둘러보았다. 소리를 듣거나 냄새를 맡는 식으로 장소를 살폈다. 이 난데없는 산책의 끝에 무엇이 있을지 짐작하지 못할 텐데 아무것도 묻지 않았다. 버스에서 내리고 나서는 부쩍 말수가 줄었다. 그의 손을 잡고는 있지만 걷는 일에 집중하느라 그런 것인지도 몰랐다. 그저 산책 삼아 나온 게 아니라는 것은 진작 알았을 것이다. 어쩌면 목적지를 짐작하는지도 몰랐다. 문을 닫고 통화하기는 했으나 그는 제법 자주 요양원에 전화를 걸어 상담을 받았으니까.

먼 데서 새소리가 들리자 경술이 돌연 걸음을 멈췄다. 땀이 찬 손바닥을 떼어내고 가방에서 무늬 없는 손수건을 꺼내 그에게 내밀었다. 손바닥을 닦으려다 냄새를 맡아보았다. 식초가 섞인 듯한 땀 냄새가 났다. 손수건을 건네주자 경술이 자기 손과 얼굴을 조심조심 닦고는 그의 점퍼 주머니에 손수건을 넣어주었다. 경술에게 뭔가 얘기해야 한다면 지금이었다. 처음에는 간단한 일 같았다. 그런데 눈이 완전히 멀지도 않은 경술을 곧 눈이 멀 거라는 이유로 병원도 아닌 요양원에 방치하는 일을 어떻게 얘기할지 생각하자 매우 곤란하고 어려운 문제로 여겨졌다. 그는 경술과 좀 더 함께 지낼 수도 있었다. 경술이 비록 거동이 불편하더라도 활달하고 말 많은 과부로 적응해가는 걸 지켜보면서 말이다. 하지만 그렇게 하지 않았다. 그는 혼자 지내고 싶었다. 일시적인 생각이 아니었다. 경술에게 종종 화가 나고 귀찮기도 했지만 그런 순간이 지난 뒤에도 생각은 변하지 않았다. 그는 뭔가를 바란 지 하도 오래되어서 자신에게 욕망이 생겼다는 데 놀랐다. 그것이 깊고 지속적이어서 또 한 번 놀랐다. 경술은 아무것도 묻지 않았다. 만약 물었다면 치료를 위해서라고 안심시킬 수도 있었다. 경술은 사실이 아님을 금방 알아챌 것이다. 치료 때문이라면 도시의 병원으로 데리고 갔을 테니까.

다시 손을 마주 잡고 얼마간 걸은 후에 철문을 밀어 여는 소리가 나자 경술이 그가 있는 쪽을 보며 도착했느냐고 물었다. 그는 잠자코 고개를 끄덕였다. 경술이 먼저 안쪽으로 걸음을 옮겼다. 작게 소리를 내어 철문부터 현관까지 몇 걸음이나 되는지 세기 시작했다. 모두 열한 걸음이었다. 경술이 잊지 않으려는 듯 여러 번 되뇌었다. 열한 걸음이면 밖으로 나갈 수 있다고 생각했을까. 그러나 경술은 혼자 걷는 것은 누군가의 손을 잡고 걸을 때와 폭과 속도와 방향이 완전히 다르다는 걸 알고 있을 터였다. 그러므로 방금 자신이 걸어온 열한 걸음은 과거에 속하는 것이지, 더 이상은 존재하지 않는다는 것도 알 것이다.

상담실에서 그들은 나란히 앉아 설명을 들었다. 상담자는 경술이 수술로 시력을 회복할 수 없는 경우라면 장차 점자와 지팡이 사용법을 배우게 될 거라고 했다. 경술은 말없이 고개를 끄덕였다. 그 태연한 태도 때문에 그는 경술이 모든 것을, 그러니까 치료가 실명 시기를 늦추기는 하겠지만 시력을 완전히 잃는 걸 막지는 못하리라는 것을, 외출의 목적지가 요양원임을 알고 있었다는 생각이 들었다. 그런 의심 속에서도 경술이 손을 더듬어 문장을 읽고 지팡이로 길을 익히는 모습을 떠올리니 불쾌해졌다. 상담자가 펼쳐놓았던 수첩을 딱 소리가 나게 덮었다. 끝났다는 신호였다. 이제는 경술에게 뭔가 물어볼 시간도 없고, 이별에 예의를 차릴 만한 시간도 없었다.

상담자가 일어서는 소리에 경술이 손으로 허공을 더듬으며 따라 일어섰다. 손짓에 대꾸하듯 상담자가 경술의 팔을 잡아주었다. 경술이 상담자에게 의지해 천천히 몸을 돌렸다. 그는 경술이 자기에게 무슨 말인가 하려 한다고 생각했다. 경술은 아무 말도 하지 않고 문 쪽으로 걸었다. 경술은 그를 상대하지 않았다. 그는 경술을 잃었다. 경술이 눈이 멀고 진심 섞인 거짓말을 해서가 아니라 그가 눈이 멀지 않고 계속 거짓말을 하고 싶어서였다. 요양원을 나서자마자 그는 경술의 쉴 새 없는 재잘거림이, 거짓말과 진실이 뒤범벅되어 전부를 거짓말로 만드는 기묘한 언술이 그리워질 것 같았다. 지금 당장 모든 일을 물릴 수도 있었다. 그러나 지금은 너무 일렀다. 내일이면 늦을 게 분명하지만.

그가 자책과 절망이 섞인 열한 걸음을 걸으려 할 때 "오빠" 하고 부르는 소리가 들렸다. 상담자는 어디에 간 것인지 없고 경술이 복도에 혼자 서서 그를 빤히 보고 있었다. 한때 경술에게는 자신이 어떻게 보일까 생각한 적이 있었다. 아마도 빛과 그림자가 뒤섞여 있거나 희미하게 빛이 흩어진 분자로 보일 거라고 생각했다. 지금 경술은 옅은 미소를 띠고 그의 얼굴을 보고 있었다. 눈을 반쯤 덮을 정도로 처진 눈꺼풀과 아마도 흰 코털이 비어져 나와 있을 콧구멍, 가느다랗게 숨이 새어 나오는 벌린 입, 얼굴을 뒤덮은 검버섯, 깊게 파인 주름 같은 것을 낱낱이 살펴보면서. 낯선 듯 익숙한 미소는 오래전 비밀을 품어 의기양양해진 웃음과 닮아 있었다.

그는 어리둥절해서 경술을 보았다. 경술이 천천히 그러나 똑바로 걸어와서는 말없이 그의 손을 잡았다. 물기라고는 하나도 없는, 손금이 느껴질 정도로 메마르고 차가운 손이었다. 경술이 그를 마주 보았다. 잠깐이지만 그는 자신이 경술에게 뭔가를 물었나 하고 생각했다. 그때 뭘 했느냐거나 어디서 지냈느냐는 등의 질문 말이다. 경술이 그 대답으로 웃고 있는 거라는 생각이 들었다. 경술은 아무 말 없이 잡고 있던 손을 내려놓았고 이내 돌아서 복도 끝으로 걸어갔다.

숲길을 걸어 내려오는 동안 차츰 빛의 잔광이 사라졌다. 그렇기는 해도 어두워진 건 시간은 아니었다. 언덕 위에 있는 요양원은 나무숲에 가려 보이지 않았다. 그는 점퍼 주머니에서 손수건을 꺼냈다. 이제 와 생각해보니 경술은 숲길을 걸어 내려갈 사람은 그뿐이라는 걸 알고 있었던 듯했다. 그는 손수건을 길가에 버렸다. 어떤 물건이든 한 사람의 인생을 구성한 물건은 언젠가는 버려지는 법이었다. 게다가 자신은 뭔가를 잃는 걸 당연하게 여길 만한 나이였다.

버스 정류장에 도착해서는 등받이 없는 의자에 주저앉아 신발을 벗었다. 신발 안에 작은 돌멩이가 들어갔는지 걸음이 내내 편치 않았다. 탁탁 소리가 나게 신발을 털고 안에 남아 있을지 모르는 돌멩이를 찾아 밑창에 손을 넣었다. 끈적거리는 게 묻었을 뿐 아무것도 잡히지 않았다. 다시 신을 신고 의자에 앉아 적막한 도로를 한참 바라보았다. 도로는 뭉텅 잘린 듯 보이지 않아서 거기서 버스가 나타날 거라는 생각이 들지 않았다.

간간이 새가 울었다. 사위는 어둡고 고요했다. 그는 드디어 홀로 남았다. 마음이 가벼워지지 않았지만, 괜찮았다. 셀 수 없는 주름과 거칠고 메마른 살갗, 아침이면 마른 몸에서 떨어지는 살비듬과 숱 적은 흰 머리, 제 기능을 잃어가는 내장들이 차차 그를 따뜻하게 감싸고 호의를 베풀고 안정감을 줄 테니까. 앞으로의 삶은 비밀을 주지 않을 것이고 그러므로 비밀이 없어 허허롭지 않아도 될 것이었다. 그에게 언젠가 겪었음직한 일만 겪게 할 것이고 모든 것이 불분명하지만 다 알 것 같은 착각을 불러일으킬 것이었다. 동시에 이토록 늙어가도록 아무것도 모른다는 자괴를 줄 것이고 그럼으로써 어떤 것도 기대하지 않게 할 것이었다. 그렇다고는 해도 그는 그게 늙음 탓이 아니라는 것쯤은 알았다. ∎

역대 수상작가 최근작

못생겼다고 말해줘
윤 성 희

배웅
전 성 태

옥수수빵 구워줄까
조 경 란

윤성희

못생겼다고 말해줘

ⓒ박민주

1973년 경기도 수원 출생.
1999년 『동아일보』 등단.
소설집 『레고로 만든 집』 『거기, 당신?』 『감기』 『웃는 동안』. 장편소설 『구경꾼들』.
〈현대문학상〉〈올해의 예술상〉〈이수문학상〉〈황순원문학상〉 수상.

못생겼다고 말해줘

　"오늘 저녁엔 삼계탕이나 먹자." 어머니가 김빠진 맥주로 벤자민 잎을 닦으며 말했다. 화분은 모두 열세 개였고, 어머니는 아침마다 두 그루씩 물을 주고 잎을 닦았다. 오른쪽부터 두 개씩. 그렇게 일요일이 되면 벤자민 화분 하나만 남았다. 열세 개의 화분 중에서 내가 이름을 아는 유일한 나무였는데, 천장에 닿을 정도로 커서 잎을 닦는 데만 두 시간이 족히 걸렸다. 거실에 술 냄새가 은은하게 퍼졌다. 나는 발톱을 깎으며 탁, 탁, 소리에 맞춰 침을 삼켰다. 엄지발톱이 안쪽으로 파고들었다. 손가락으로 발톱을 눌러보았다. 아직까진 아프지 않았다. 맥주로 잎을 닦으면 진딧물이 끼지 않는다는 기사를 본 뒤 어머니는 매일 저녁 맥주를 한 잔 마셨다. 내가 퇴근길에 맥주 한 캔을 사 가지고 오면 어머니는 늘 똑같은 질문을 했다. 정민이네서 샀어? 나는 늘 똑같은 대답을 했다. 응. 정은이네서. 정은이는 초등학교 동창인데 P시에서 남편과 세탁소를 한다는 소문을 들었다. 초등학교 삼 학년 때인가 사 학년 때인가 캐러멜을 훔친 적이 있었다. 저녁밥을 지으러 간 정은이 어머니 대신 정은이가 가게를 보고 있었을 때였다. 초등학교를 졸업하고 각자 다른 중학교로 진학한 뒤, 어느 날, 나는 짓다 만 상가건물에서 담배를 피우고 있는 정은이를 본 적이 있었다. 그때 나와 눈이 마주친 정은이 말했다. 비밀이야. 난 너 캐러멜 훔친 거 여태 아무한테도 말 안 했거든. 그때, 내가 담배 피운다는 사실을 고자질했다면 그 아이의 인생이 달라졌을까? 그랬다면 정은이 어머니가 천자문만 들여다보면서 하루를 보내지는 않았을지도 모르지. 어쩌다, 내가 퇴근이 늦거나, 일찍 가게 문을 닫을 일이 있거나, 그런 날이면, 정은이 어머니는 맥주 한 캔을 검정 비닐봉지에 넣어 가게 문에 매달아놓았다. 어머니는 맥주를 세 모금만 마셨다. 안주는 김 한 장이면 끝. 그리고 남은 맥주를 식탁 위에 올려두었다. 다음 날, 어머니는 미지근한 물에 맥주를 섞어 세수를 했다. 아침밥을 먹고 설거지를 마친 뒤 남은 맥주로 화초의 잎을 닦았다. 그렇게 이 년이 지나자 뱃살이 늘었다. 맥주로 세수를 한 덕분에 피부가 좋아졌다고, 어머니는 우겼다. 내가 사준 화장품 덕이라고, 나는 우겼다. 분리수거를 하는 화요일이면 어머니는 일곱 개의 캔을 재활용 쓰레기통에 버렸다. 내가 한다고 해도 한사코 당신이 한다고 우겼다. 사는 건 니가. 버리는 건 내가. 어머니는 잎이 반들반들해진 벤자민을 뿌듯하게 바라보았다. "그럼 점심은?" 내가 물었다. "아무 거나 먹어. 배 안 고파." 그렇게 말하고 어머니는 화장실로 들어가 오랫동안 나오지 않았다. "변비야?" 내가 소리쳤다. "손 닦아." 어머니가 말했다. 나는 깎은 손톱과 발톱을 모아 화분 속에 파묻었다. 옆집 아주머니가 옥상에서 빨래를 널고 있었다. 팬티 일곱 장. 수건 열 장. "내가 저 여편네 저러고 살 줄 알았어." 어머니가 소파에 앉으면서 중얼거렸다. 손걸이 부분 가죽이 동그랗게 벗겨져서, 그걸 볼 때마다 나는 눈사람이 생각났다. 어머니는 검지손가락으로 8자 모양의 자국을 반복해서 따라 그렸다. 그러다 보면 저절로 잠이 온다고 했다. 어머니는 앞집 아주머니와 말을 하지 않았다. 내가 태어나기 전부터 그랬다니 삼십 년도 더 지난 일이다. 무슨 일이 있었냐고 물어보면 어머니는 이렇게 대답했다. 이런저런 일들. 비가 올 때도 우비를 입고 옥상에서 국민체조를 하던 앞집 아저씨는 이제 어떻게 하루를 견딜까. 이제는 아저씨 대신 아주머니가 옥상에서 국민체조를 했다. "환기 좀 시켜요?" 어머니는 고개를 저었다. 이상하게도, 빨랫줄에 걸린 팬티를 볼 때마다 어머니는 눈물을 흘렸다. 죽을 때 깨끗한 속옷을 입고 있어야 하는데. 어머니는 앞집 옥상을 보며 중얼거렸다. 나는 텔레비전을 틀었다. 광대 복장을 하고 노래를 부르는 남자를 보고 어머니가 웃었다. 그러고는 언제 웃었냐는 듯 이내 코를 골기 시작했다. 리모컨의 '조용히' 버튼을 눌렀다. 소리 없이 사람들이 노래를 불렀다. 나는 입 모양만 보고 어떤 노래인지 맞춰보다가, 깜빡 잠이 들었다.

바람이 차네, 하고 어머니가 말했다. 나는 목도리를 풀어 어머니의 목에 둘러주었다. "이젠 개나리가 피었잖니." 어머니가 목도리를 도로 내 목에 둘러주었다. 어머니는 개나리가 피면 시장에 가서 달래니 냉이니 씀바귀니 하는 봄나물을 잔뜩 사 와 일주일 내내 그것만 먹었다. 그러고는 내복을 벗었다. 꽃샘추위가 찾아와도 다시 내복을 꺼내 입지 않았다. 삼계탕을 파는 식당은 걸어서 십오 분쯤 걸리는 곳에 있었다. 삼계탕으로 업종변경을 하기 전, 칼국수를 팔았을 때, 우리들은 그 식당에 자주 갔다. 호박, 표고버섯, 달걀지단, 고명을 어찌나 가지런하게 올려놓는지

젓가락으로 모양을 흩트리는 게 미안할 정도였다. 마지막으로 갔던 게 이 년 전 여름이었다. 정전이 두 번이나 될 정도로 폭우가 내리던 날이었다. 바람 때문에 우산이 자꾸만 뒤집어졌다. 우비를 입고 횡단보도를 건너는 아이들을 보면서 웃었던 기억이 아직까지 남아 있다. 니들은 좋겠다. 어머니가 중얼거렸던 것도. 비에 젖은 양말을 벗고 맨발로 가게 안으로 들어갔을 때 가게 주인은 이젠 칼국수를 팔지 않는다고 했다. 어머니가 돌아가셨다고. 이십 년 동안 국수 반죽을 하면서 밤마다 손목과 어깨 통증에 시달렸다고. 저도 이제 오십이 넘었거든요. 가게 주인이 말했다. 난 삼십 년도 넘게 이 집에서 칼국수를 먹었어. 이젠, 안녕이네. 어머니가 말했다. 어머니는 비에 젖은 양말을 다시 신었다. 나는 젖은 양말을 신기 싫어 우산살에 양말을 매달았다. 집에 돌아오니 발가락이 퉁퉁 불었다. 그 발을 보면서 어머니는 짬뽕이나 시켜 먹자, 하고 말했다. "다신 그 집에 안 간다면서요?" 내가 물었다. 어머니의 숨소리가 가빠졌다. "이젠 걷는 것도 힘드네." 어머니의 발걸음에 맞추다 보니 이십 분이 넘게 걸렸다. 갑자기 허기가 졌다. 메뉴를 한참 들여다보던 어머니가 전복 하나와 보통 하나를 주문했다. 오천 원이나 가격 차이가 났다. 나는 가위와 집게를 들고 깍두기와 배추김치를 잘랐다. "잘게 잘라라." 어머니가 말했다. 종업원이 전복삼계탕을 어머니 앞에, 보통 삼계탕을 내 앞에 놓았다. 맛있게 드세요, 라는 말을 들릴락 말락 한 목소리로 말했다. 종업원이 가고 나자 어머니는 당신의 삼계탕과 내 삼계탕을 바꾸었다. 나는 닭을 먹기 전에 전복을 먼저 먹었다. 이렇게 작은 게 한 개에 오천 원이나 하다니. 전복 껍데기는 푸른색이었다. 껍데기를 집어 그걸 숟가락 삼아 삼계탕 국물을 떠먹었다. 자연산과 양식은 껍데기의 색깔을 보고 구별할 수 있다고 들었는데, 푸른색이 자연산이었는지 양식이었는지는 기억나지 않았다. 어머니는 음식을 남겼다. 나는 어머니의 것까지 닭다리를 세 개 먹었다. 가게 주인이 서비스라며 인삼주를 내왔다. 더 이상 칼국수 반죽을 하지 않아서인지 가게 주인은 턱선이 사라질 정도로 살이 쪘다. 인삼주를 한 잔 마시고 어머니가 말했다. "맛이 없어." 그래도 가게 주인은 웃었다. "또 오세요. 다음엔 맛있게 해드릴게요." 어머니는 빈말이라도 또 오겠다는 말을 하지 않았다. 맛이 없는데도 맛있게 먹었다고 말하는 게 예의인 줄 아는 사람들 때문에 우리나라가 맛없는 식당 천지가 된 거라고 어머니는 말했다. 우리는 왔던 길을 다시 걸었다. 어머니가 트림을 했다. 나도 트림을 했다. 어머니가 걷다 멈추고는 손가락을 들어 하나, 둘, 셋, 넷, 다섯, 여섯…… 하고 숫자를 세었다. "하나가 많네." 나는 고개를 들어 어머니가 가리킨 곳을 보았다. 전신줄이었다. "다섯 개면 좋을 텐데." 어머니는 다시 길을 걸었다. 또 전선이 보였고 이번에는 줄이 아홉 개나 되었다. 줄이 다섯 개면 어머니는 전신줄을 오선지 삼아 「학교종」이란 노래의 악보를 상상하고는 했다. 아주 오래전부터. 우리들이 「학교종」이란 노래를 배우기도 전부터. "잘 기억은 안 나지만 니들이 뱃속에 있었을 때부터였는지 몰라. 다 내 덕에 머리가 좋은 거야." 어머니가 말했다. 외할아버지가 애를 지우라며 욕을 할 때마다 어머니는 「학교종」의 악보를 머릿속으로 떠올리며 노래를 불렀을까? 바람은 찼지만 어디선가 꽃향기가 나는 듯했다. "신발끈 풀어졌네." 어머니가 오른쪽 발을 살짝 들었다. 나는 쪼그리고 앉아 어머니의 신발끈을 묶었다. 운동화 끈이 파란색이었다. 파란색 리본을 한참 들여다보다 왼쪽의 신발끈도 풀어 다시 묶었다. 양쪽의 리본 크기가 달랐다. 이번에는 오른쪽을 풀어 다시 묶었다. "이상하지. 이 신발은 언제나 오른쪽 끈만 풀려. 한 번도 왼쪽 끈이 풀린 적이 없단다. 한 번도." 어머니가 내 머리를 쓰다듬었다. 나는 신발끈을 묶는 이 시간이 한없이 길게 느껴졌다. "이게 내 꿈이었어. 신발끈을 묶어주는 자식을 두는 거." 어머니가 제자리걸음을 걸으며 웃었다. 나는 어머니의 팔짱을 끼었다. "얼른 가요. 추워요." "정말이야. 신발가게에서 운동화를 살 때였어." 화장품가게를 하던 친한 언니를 따라 단풍 구경을 가기로 한 어머니는 큰맘을 먹고 운동화를 사러 갔다고 한다. 신발가게에는 잘생긴 청년이 있었는데 무릎을 꿇고 신발끈을 묶어주었다. "그 남자 가마가 세 개인 게 지금도 기억나." 남동생 부부가 지방으로 이사를 간 뒤 하루에 담배 두 갑을 피고 막걸리 세 통씩을 먹는 아버지와 단둘이 남게 된 마흔네 살의 노처녀에게는 기쁜 일이 별로 없었다. "그래서 생각했어. 이렇게 신발끈을 묶어주는 근사한 아이를 하나 낳아야겠다고. 정말이야." 정말이라니까, 하고 어머니가 다시 말했다. 나는 속으로 믿어요, 하고 말했다. 마흔다섯 살에 미혼모가 될 생각은 아무나 하는 게 아니니까. 숲. 꼬깃꼬깃. 도마뱀. 단어들이 마법의 주문처럼 느껴졌다. 매일매일 중얼거리다 보면 하늘을 날 수 있을지도 모르지. 정은이네가 보이자 나는 어머니의 팔짱을 풀고는 가게로 뛰어 들어갔다. 집에 돌아와 어머니는 맥주를 세 모금 마셨다. 김 한 장도 세 번에 나눠 먹었다. "그런데 왜 하필 「학교종」이에요? 「얼룩송아지」나 「산토끼」도 있는데." "응. 「학교종」은 음표에 꼬리가 안 달렸거든." 어머니가 깔깔거리며 웃었다. 어머니의 말이 무슨 뜻인지 몰라 나는 웃지 않았다. 그러다 잠들기 전에, 무슨 말인지 깨닫고, 혼자 웃었다.

*

　자동차 뒷자리에 앉아서 점심을 먹었다. M의 자동차는 조수석이 너무나 더러워 앉을 수가 없었다. 매주 월요일은 '나트륨을 덜 먹는 날'이었고 그래서 음식들이 싱거웠다. 시금치무침은 그냥 데친 시금치를 먹는 기분이었다. 수출 물량이 늘면서 회사는 공장을 증축했다. 직원이 늘자 구내식당에 앉을 자리가 모자랐다. 늦게 가면 이삼십 분은 줄을 서야 했고 그러다 보니 열한 시 사십 분부터 식당으로 가는 직원들이 늘었다. 식당을 새로 짓거나 점심시간을 부서별로 달리 해야 한다는 건의가 게시판에 올라왔다. 그때 누군가 이런 의견을 냈다. 식당을 새로 짓는 대신 원하는 사람들에게 도시락을 싸주었으면 좋겠다고. 주방용 밀폐용기와 도시락 용기를 파는 회사의 점심 풍경으로는 괜찮은 아이디어였다. 의견이 채택되었고, 우리 팀은 구내식당용 도시락을 디자인했다. 이 단 도시락으로 하자는 의견과 식판에 투명한 뚜껑을 덮자는 의견으로 나뉘었다. 도시락이라면 모름지기 이 단이나 삼 단이어야 해요. 그게 아니면 도시락이 아니에요. 신입사원 L은 이 단 도시락이 채택되지 않으면 앞으론 점심시간에 햄버거만 사 먹겠다며 우겼다. 중학교. 고등학교. 대학교. 그리고 군대. 지금까지 계속 식판이에요. 식판! 하지만 L이 햄버거를 사 먹은 건 겨우 삼 일뿐이었다. 식판 모양의 도시락이 채택된 이유는 간단했다. 식당 아주머니들이 그렇게 주문했으니까. 싸기도 편하고 식기세척기에 넣기도 편한 걸 만들어줘. M이 도시락을 들고 걸어오는 것이 보였다. 나는 손을 흔들었다. M은 고개를 흔들었다. "오늘 반찬 맛있어?" "응. 차 문 좀 잠그고 다녀." 나는 M이 자리에 앉는 동안 M의 도시락을 들어주었다. M이 문에 등을 기대앉아 내 쪽으로 다리를 뻗었다. 나는 M의 무릎에 도시락을 올려주었다. 나도 반대편 문에 등을 기대고 앉았다. "일부러 니가 디자인한 걸로 골라왔어." M이 도시락 뚜껑을 벗기면서 말했다. "근데 이걸 디자인이라고 하다니. 나랑 부서 바꾸자." 식판 도시락은 별다른 디자인이 필요하지 않았다. 국물이 새지 않게 만드는 게 더 중요했으니까. 일반 식판보다 더 작고 더 오목하게 만들었다. 그리고 뚜껑은 밥과 국과 반찬의 경계선마다 패킹 처리를 해서 식판에 밀착이 되도록 했다. 시제품을 만들어보니 뜨거운 수증기 때문에 압축이 되어 뚜껑이 잘 열리지 않았고, 뚜껑에 수증기 배출구를 만드는 것으로 해결을 했다. 팀장은 팀원들에게 도시락 뚜껑에 마음껏 그림을 그려 넣으라고 했다. 천장에 매달린 굴비를 그려넣은 직원도 있었고, 자기가 좋아하는 노래의 가사를 적어 넣은 직원도 있었다. 반찬이 입에 안 맞으면 이 생선을 먹으세요. 밥을 다 먹고 노래 한 곡을 부르세요. 그런 문구들과 함께. 그렇게 뚜껑 그림이 다른 일곱 종류의 도시락이 완성되었다. 나는 투명한 뚜껑 위에 밥, 국, 반찬, 반찬, 반찬, 김치, 라고 적었다. "아줌마들이 제발 김치라고 써진 칸에 김치를 담아주었으면 좋겠어. 참, 그런데 김치는 반찬이 아닌가?" M은 밥을 몇 번 씹지도 않고 삼켰다. 그럴 줄 알았다면 뚜껑에 이렇게 적을 걸 그랬다. 백 번씩 씹으세요. 어떤 직원은 내게 반찬이라고 하지 말고 갈비찜이라고 적었어야 한다고 투덜댔다. 오곡밥. 고깃국. 생선구이. 제철나물. 불고기. 국산 김치. 이런 식으로. M은 내가 남긴 시금치무침을 가져다 먹었다. 밥을 다 먹은 다음 우리는 트렁크에서 버너와 코펠을 꺼내 물을 끓였다. 나는 커피를, M은 녹차를 마셨다. M은 회사 기물을 훼손했다는 이유로 징계위원회에 회부된 적이 있었다. M은 화장실 문에 붙어 있는 광고판을 유성펜으로 검게 색칠을 하다 걸렸다. 사장 전용 화장실을 빼고 회사 내에 있는 모든 화장실을 그렇게 했다. 남자화장실까지. M이 광고판을 망가뜨린 이유는 거기 적힌 문구가 마음에 들지 않았기 때문이었다. '행복해서 웃는 게 아니라 웃어서 행복한 것입니다.' 그 글을 볼 때마다 M은 과연 그럴까 하는 의문이 들었고 그래서 변비까지 걸리게 되었다. M은 밀폐용기 생산라인에서 일을 했다. 뚜껑이 제대로 맞는지 맞지 않는지를 검사하는 일을 십오 년이나 했는데, 남들보다 두 배는 빠른 속도로 불량품을 찾아냈다. 그것 때문에 회사에서는 M을 자르지 못했다. 그 사건 후, 나는 M에게 쪽지를 보냈다. 실은 나도 그랬다고. 고맙다고. 사람들이 빈 도시락을 들고 회사로 돌아오고 있는 것이 보였다. 공원에서 도시락을 먹는 직원이 늘어났다. 우리는 언제나 주차장이었지만. 추울 때는 뒷좌석에서. 따뜻한 날에는 자동차와 자동차 사이에서. 도마뱀. 삽. 나는 두 단어가 들어가는 문장을 생각해보았다. "도마뱀 본 적 있어." M은 어렸을 때 계곡에 놀러갔다가 도마뱀을 잡은 적이 있다고 했다. 꼬리가 잘려도 또 자란다는 이야기가 생각나 도마뱀의 꼬리를 잘랐다고. "난 꼬리가 잘리면 바로 자라는 줄 알았거든. 십 분이나 붙잡고 있어도 꼬리가 안 자라길래 놔줬어." 숲. 꼬깃꼬깃. 도마뱀. 삽. 네 개의 단어들을 연결해보니 숲 속에 버려진 산장이 떠올랐다. 십 년, 이십 년, 아무도 찾지 않는 산장. "가는 길에 내가 반납할게." M이 자신의 도시락 위에 내 도시락 그릇을 올려놓았다. 사무실로 들어가기 전에 목소리를 몇 번 가다듬고는 어머니에게 전화를 걸었다. "엄마. 나. 점심 먹었어?" 나는 목소리 끝을 올렸다. 조금 더 가늘게. "응. 미역국에 밥 말아 먹었어." 어머니가 말했다. 어머니는 공부만 하지 말고 건강도 챙기라고 잔소리를 했다. 잔소리는 늘 똑같았다. 하지만 짜증을 내면 안 된다. 언니는 늘 친절하고 착한 딸이었으니까. "참. 거긴 밤이지. 얼른 자라." 어머니가 전화를 끊었다. 나는 통화가 끊어진 전화기에 대고 학교종이 땡땡땡, 하고 노래를 불러보았다. 계이름으로 다시 한 번 부르려 했는데 계이름이 생각나지 않았다.

형부에게 메일이 한 통 왔다. 살이 오 킬로그램이나 늘었다고 했다. 하루 세끼를 다 챙겨 먹어. 그러니 걱정 마. '왕성한 식욕'이라는 제목으로 된 첨부파일을 열어보니 접시가 작아 보일 정도로 커다란 스테이크를 썰고 있는 사진이 보였다. 한 손에는 포크를 들고 다른 손에는 나이프를 들고. 나는 배가 나온 중년 아저씨가 되면 재혼도 못할 거라는 답장을 보냈다. 형부와 언니가 결혼을 하기 전, 우리 셋은 자주 여행을 다녔다. 미국으로 유학을 떠나기 전에 남해에 있는 모든 섬을 가보는 게 언니의 소원이었고, 그러자니 하루나 이틀은 섬에서 잠을 자야 했고, 그러자니 어머니에게 핑계를 대기 위해서는 내가 필요했다. 언니의 결혼식날, 여태까지 내가 남자친구가 없는 이유는 모두 언니 때문이라며 나는 투덜댔다. 니가 못생겨서 그래. 언니는 말했다. 니가 더 못생겼어. 내가 말했다. 쌍둥이 자매들이 서로의 얼굴을 보면서 못생겼다고 싸우는 걸 형부는 재미있어했다. 그때마다 형부는 늙으면 더 못생겨질 텐데, 하고 놀렸다. 그건 세상의 곱지 않은 시선을 견디는 우리만의 주문이었다. 넌 너무 못생겼어. 넌 너무 못됐어. 넌 너무 뚱뚱해. 그렇게 둘이 서로에게 욕을 하면서 우리들은 초등학교를 졸업하고, 중학교를 졸업하고, 고등학교를 졸업했다. 언젠가, 외할아버지의 제사가 있던 날, 술에 취한 외삼촌이 어머니에게 이렇게 물었다. 누나, 내 자식들은 왜 하나같이 속을 썩이지? 내 자식들은 엄마 아빠가 다 있는데. 외삼촌은 아들 둘과 딸 하나를 두었는데 자식들이 너무 속을 썩여 불면증 환자가 되었다. 큰오빠는 대학에 들어가자마자 연애를 하더니 군대도 가기 전에 애아버지가 되었고, 둘째 오빠는 오토바이를 훔치다 걸려 퇴학을 당하더니 결국 퀵서비스 기사가 되었다. 우리보다 한 해 늦게 태어난 외삼촌의 늦둥이 딸은 너무나 공부를 못했다. 걔는 하루 종일 거울만 들여다봐요. 외삼촌이 한숨을 쉬었다. 우리는 외삼촌 앞에서 반듯하게 보이기 위해 허리를 꼿꼿이 세우고 설거지를 했다. 어머니가 외삼촌에게 말했다. 넌 효자였잖니. 난 불효녀였고. 그러니 자식들이 거꾸로 된 거야. 균형을 맞추려고. 그렇게 말하고는 어머니가 목소리를 낮춰 이렇게 덧붙였다. 비결이 하나 있긴 해. 쟤들 어렸을 때 난 질문을 자주 하지 않았어. 난 어른들이 어린아이들에게 왜 그리 유치한 질문을 자주 하는지 이해하지 못하겠더라고. 좋아? 사랑해? 이런 걸 안 물었더니 알아서 크던데. 어머니는 우리에게 그런 질문을 하지 않았지만 거꾸로 우리는 자주 어머니에게 그런 질문을 했다. 엄마, 이 옷 좋아? 엄마, 공부 잘하니 좋아? 엄마, 화장품 사주니 좋아? 그때마다 어머니는 어린아이처럼 대답했다. 응. 좋아. 아주 많이 많이 좋아. 나는 인터넷을 검색해서 「학교종」의 악보를 찾았다. 프린트를 해서 다이어리 사이에 끼워 넣었다. 그리고 어린이용 숟가락과 젓가락 세트 디자인을 조금 손보았다. 분홍색 아니면 파란색. 지난 십 년 동안 그 색을 벗어나려 노력했지만 결국 팔리는 건 분홍색 아니면 파란색이었다. 어렸을 때 나는 포크가 붙어 있는 숟가락으로 밥을 먹는 걸 좋아했다. 그것 때문에 젓가락질을 남들보다 늦게 배웠다. 젓가락과 숟가락이 하나로 붙어 있는 제품을 인터넷에서 팔길래 하나 사봤는데 포크와 숟가락이 하나로 붙어 있는 것보단 못했다. 무엇보다 예쁘지가 않았다. 녹차를 네 잔 더 마시고, 화장실을 다섯 번 왔다 갔다 했더니 퇴근시간이 되었다. 셔틀버스를 타지 않고 사거리까지 걸었다. 삼십 분에서 사십 분이 걸리는 거리였다. M이 태워주겠다고 했지만 나는 한 번도 M이 운전하는 차를 탄 적이 없었다. 내 차가 소파인 줄 알아. 애도 달릴 줄 알아. M이 말했지만, 나는 그 낡은 차의 뒷자리에서 밥을 먹을 때면 영원히 움직이지 않았으면 좋겠다는 생각이 들곤 했다. 그곳에서 도시락을 먹고, 낮잠을 자고, 커피를 마시면서 늙어가고 싶었다. 길을 걸으면서 눈에 보이는 전신줄을 세어보았다. 다섯 개보다 많거나 적었다. 사람들이 길게 줄을 서 있길래 따라가보았더니 닭강정을 파는 가게였다. 오픈 기념으로 오십 프로 할인을 한다고 써 있었다. 나는 십 분을 기다렸다가 오천 원어치를 샀다. 매운맛과 중간 맛을 선택하게 되어 있어서 반반 섞어달라고 했다. 버스정류장에서 오선지 모양의 전신줄을 발견했다. 줄의 간격도 일정했다. 거기 비둘기가 앉을 때까지 기다리다가 버스두 대를 그냥 보냈다. 마침내 비둘기 세 마리가 줄에 앉았다. 나는 휴대폰을 꺼내 사진을 찍었다. 정은이네 가게에서 맥주 한 캔을 사고 집에 돌아오니 닭강정이 차갑게 식었다. 차가운 닭강정에 어머니가 맥주를 마셨다. 나는 휴대폰에 찍힌 사진을 어머니에게 보여주었다. 땡땡땡이네. 어머니가 말했다. 무슨 뜻인지 몰라 오랫동안 사진을 들여다보았다. 두 번째 줄에 두 마리. 첫 번째 한 마리. 솔솔미. 나도 노래를 불렀다. 마지막 새가 흰색이면 더 좋았을 텐데.

*

일요일이 되자 어머니가 누룽지삼계탕을 먹으러 가자고 했다. 나는 식당 검색을 했다. 조금 멀리 떨어진 곳에 별표가 평균 네 개나 되는 식당이 있었다. "택시 부를까요?" 어머니가 이왕이면 모범택시를 부르라고 했다. 요금이 팔천 원이 나왔는데 만 원을 내고 거스름돈을 받지 않았다. 어머니는 닭다리 하나를 먹더니 더 이상 고기에는 손대지 않았다. 대신 누룽지탕을 세 그릇이나 비웠다. 나는 어머니가 남긴 닭다리를 마저 먹었다. 동치미는 별맛이 없었다. 돌아올 때는 버스를 탔다. 정류장에 내려 집까지 걸어오는 길에 어머니가 하늘을 가리켰다. "달 봐라." 보름달은 보름달답게 크고 둥글었다. 우리는 제자리에 서서 한참 달을 바라보았다. "달빛에도 무지개가 생길까요?" "그럼." 어머니가 고개를 끄떡였다. "봤어요?" "아니. 달 무지개는 들어본 적도 없어. 그래도 있다고 생각할래. 뭐, 돈 드는 것도 아닌데." 우리는 다시 길을 걸었다. 주말농장을 지날 때 어머니가 퀴즈를 냈다. "저 모종은 뭘까?" 나는 고추라고 대답했다. "땡. 틀렸으니 이따 맥주는 니가 사렴." 나는 맥주는 늘 내 돈으로 샀다고 말하려다 말았다. 나무 푯말들이 가지런히 꽂혀 있었다. "저기는 형민이네. 그 옆은 윤희 윤정이네." 어머니는 푯말에 적힌 열두 가족의 이름표를 모두 외우고 있었다. 막상 형민이네는 만나본 적도 없으면서. "윤희 윤정이는 자매겠지? 그 집은 지난주에 방울토마토를 심었더라." 나는 주말농장 사이를 걸어 다니면서 고추 모종이 자라는 걸 구경하는 어머니의 모습을 상상해보았다. 아마도 어머니는 상추가 자라는 걸 보면서 한 번도 얼굴을 본 적이 없는 윤정 윤희 형민이를 상상해보았겠지. 입이 터지게 상추쌈을 싸서 먹는 모습을. "노을이라고 이름표를 붙인 집도 있다. 노을이 아이 이름일까? 아니면 노을을 좋아해서 그렇게 지었을까?" 노을이네는 농사를 짓는 데 게으른 집이어서 이주 전에 고추 모종 열 개를 심고는 아직까지 무소식이라고 했다. 바람이 불었다. 바람 끝에는 아직 찬 기운이 남아 있었다. "있잖니. 지난번 뉴스를 보니까 텔레비전 공개방송을 구경하던 방청객이 애를 낳았다고 하더

라. 웃다가 애를 낳았다니." 그건 지난주 인터넷 뉴스를 뜨겁게 달구던 뉴스 중 하나였다. 코미디 프로그램 공개녹화장에서 일어난 일이었는데, 그 사건 덕분에 십이 년 동안 무명으로 지냈던 개그맨이 검색어 이위를 차지했다. 만삭의 여자가 아이가 나오는 줄도 모르고 웃었던 코너의 주인공이었다. 그 코미디 프로그램 중에서 가장 재미가 없는 코너여서 여자가 왜 그때 웃었는지를 두고 의견이 분분했다. 앞에 봤던 코너를 생각하다 뒤늦게 웃음이 터진 것이라는 의견이 가장 많았다. 암튼, 여자 덕분에 검색어 이 위를 하게 된 개그맨은 출산 선물로 유모차를 선물했다. "그 아이가 커서 개그맨이 되면 좋겠다." 나는 어머니의 팔짱을 끼었다. "그러게요." 어머니가 숨을 크게 쉬었다. 그러더니 들릴락 말락한 소리로 이렇게 중얼거렸다. 니들이 뱃속에 있을 때 난 코미디는 빠짐없이 봤단다. "식당에서 점심을 먹을 때였어. 유명한 냉면집이라 점심시간이면 앉을 자리가 늘 부족했지." 모녀가 어머니에게 다가와 같이 앉아도 되겠냐고 물었다고 한다. 그때나 지금이나 어머니는 혼자서 밥을 잘 사 먹었다. 혼자 식당에 못 들어가는 사람만큼 바보는 없다고 어머니는 늘 말했다. 고등학생이 된 딸들에게 혼자 밥 사 먹기 훈련을 시키기도 했으니. 어머니 앞에 앉은 모녀는 비빔냉면과 물냉면을 시켰다. "무슨 일이 있는지 여자는 우울해 보였어. 비빔냉면을 먹으면서 눈물을 흘리더라니까." "혹시 매워서 그런 거 아니고요?" 어머니가 팔짱을 풀더니 넌 그래서 여태 애인이 없는 거야, 하고 말했다. 눈물을 흘리는 엄마 옆에서 말없이 물냉면을 먹던 아이가 갑자기 김수한무거북이와두루미…… 하며 어느 코미디언의 흉내를 냈다. 비빔냉면을 먹은 여자가 갑자기 웃음을 터뜨렸다. 씹던 냉면 가닥이 어머니의 얼굴 위로 튀었다. "그때 생각했어. 아이를 낳아야겠다고. 정말이야." 어머니가 말했다. "신발끈 때문

이라면서요?" "내가 언제?" 어머니는 기억이 나지 않는다며 발뺌을 했다. 정은이네 가게는 문이 닫혀 있었다. 나는 입구에 매달린 검은 비닐봉지 안에서 맥주 한 캔을 꺼냈다. "정민이네는 어디 갔나 보네. 오늘은 외상술을 먹네." 어머니는 어째서 아직까지 정민이네라고 부르는 것일까. 정은이네 어머니가 그토록 잊고 싶어하는 이름을.

  어머니의 이야기는 매주 달라졌다. 다음 일요일이 되자 이번에는 오리백숙이 먹고 싶다고 했다. 어머니가 다리 한쪽을 내가 다른 한쪽을 먹었다. 곁들여 나온 반찬이 맛있어서 두 번이나 반찬을 더 가져다 먹었다. 특히 오이무침과 동치미는 입맛을 돌게 해서 평소보다 과식을 했다. "맛은 있었지만 또 가고 싶지는 않네." 어머니가 집에 오는 길에 말했다. 주인이 종업원들에게 반말을 했다는 게 이유였다. 노을이네는 고추 모종을 심은 이후 아직까지 아무것도 심지 않았다. 어디 아픈 건 아닐까. 삽. 나는 삽이라는 단어의 모양을 생각해보았다. 삽이란 말을 처음 생각해낸 사람은 누굴까. 도마뱀. 삽. 바닥. 나는 손바닥을 펼쳐보았다. "손금은 참 신기해요." 나는 어머니에게 말했다. 어머니가 내 손바닥 위에 당신 손바닥을 올려놓았다. "그래서 내가 엄마가 되려고 한 거야." 어머니는 당신의 손금에는 자식운이 없다고 했다. 그건 어머니를 짝사랑했던 철물점 사장이 한 말이었다. 처음에는 어머니 손을 한번 잡아보려는 속셈이었는데 손금에 자식운과 결혼운이 없는 걸 보고는 같이 저녁 먹자는 말을 취소했다. "자기는 삼대독자라나." 암튼, 그 말을 들은 어머니는 용하다는 점쟁이를 찾아가서 사주를 보았다. 사주에도 자식운이 없다고 나왔다. "그래서 결심했지. 아이를 낳아야겠다고. 정말이야." 그다음 주에 들려준 이야기는 다음과 같았다. 친구들과 김밥을 싸서 꽃

구경을 갔을 때였다. 호수가 있는 공원이었다. 친구들은 보트를 타자고 했다. 어머니는 물에 빠진 경험이 없는데도 불구하고 물에 빠져 죽는 악몽을 자주 꾸었다. 그래서 수영장은 물론이고 대중목욕탕도 자주 가지 않았다. 어머니는 돗자리에 앉아서 친구들이 배를 타는 것을 구경했다. 배가 고파서 김밥 하나를 몰래 집어 먹었다. 그랬더니 더 배가 고파져서 또 하나를 먹었다. 막 세 개째 먹으려 할 때였다. 배가 뒤집힌 건. 그 사고로 친구 둘을 잃었다. "친구들의 장례식을 치르는데 그냥 그런 생각이 들더라. 손가락 발가락 꼼지락거리는 아이를 낳아야겠다고. 정말이야." 또 그다음 주에 들려준 이야기는 이랬다. 자살을 하려다 끈이 끊어져 실패를 한 뒤 새로운 삶을 살게 된 한 여자를 알게 되었다. 친구의 친구의 친구였다나. 암튼, 술집 종업원에서 상가건물을 다섯 개나 소유하게 되기까지의 인생 이야기를 듣는 동안 어머니는 점점 술이 늘었다. 술에 취한 어머니에게 여자는 언니라고 불렀다. 동갑끼리 무슨 언니. 어머니는 손사래를 쳤지만 내심 기분이 나쁘지는 않았다. "그 여자한테 사기를 당하고 생각했단다. 세상에 내 편을 만들어야겠다고. 나를 사기 치지 않는. 정말이야." 설악산 단풍이 아름다워서 엄마가 되기로 결심했다는 황당한 이야기도 들려주었다. 그런 절경을 혼자 보는 건 죄인 것 같았어, 라고 어머니는 말했다. 눈사람을 보다가 더 늦기 전에 아이를 낳아야겠다는 생각을 했다는 이야기도 있었다. 그때까지 나는 눈사람을 만들어 본 적이 없었단다, 라고 어머니는 말했다. 그래서인지 우리는 폭설이 내리면 항상 눈사람을 만들었다. 하지만 어머니는 우리 키보다는 큰 눈사람은 만들지 못하게 했다. 나는 아무리 눈사람이라도 내 자식보다 키가 큰 건 싫다. 그래서 우리가 자라는 속도에 맞춰 눈사람의 키도 커졌다. 고깃집에서는 일 인분을 팔지 않아서라는 황당한 이유도 있었다. 그 사이 산삼을 넣어준다는 삼계탕가게도 갔고, 녹두를 넣고 죽을 끓여준다는 가게도 갔다. 굴삼계탕. 추어삼계탕. 세상에. 상상도 못해본 삼계탕들도 먹어보았다. 그렇게 식당을 돌고 돌다, 결국 칼국수집 아들의 삼계탕이 그나마 낫다는 결론을 내렸다. 일요일마다 외식을 했더니 만나는 사람들마다 얼굴이 좋아졌다는 이야기를 했다. 미국에서 언니의 이름으로 편지가 왔다. 어머니가 돋보기를 쓰고 편지를 읽었다. 어머니가 받았던 편지를 복사해서 보내달라고 했을 때만 해도 형부가 이렇게 오랫동안 가짜 편지를 쓰게 될 줄은 생각도 못했다. 형부는 언니가 어머니에게 보낸 편지 위에 투명종이를 올려놓고 글씨연습을 했다. 이젠 언니가 쓴 편지보다 형부가 쓴 편지가 더 많아졌는데 섞어놓으면 어느 것이 진짜인지 구분할 수 없게 되었다. 노을이네는 더 이상 텃밭을 가꾸지 않았다. 잡초가 무성했다. 나는 퇴근길이면 버스정류장에 앉아서 전신줄에 새가 앉는 것을 기다렸다. 한 시간. 두 시간. 버스가 지나갔다. 솔솔미미를 완성하는 데 한 달이나 걸렸다.

새들로 「학교종」 악보를 만드는 것은 생각보다 어려운 일이어서 두 달이 지나도 완성하지 못했다. 나는 M에게 그동안 찍은 사진들을 보여주었다. "곧 어머니 생신이거든. 이 사진들을 모아 선물할 거야." 솔과 미를 만드는 것은 그나마 쉬웠다. 참새로 만든 솔솔. 비둘기로 만든 솔솔. 뚱뚱한 비둘기와 날씬한 비둘기로 만든 미미. 나는 사진들을 순서에 맞게 펼쳐놓았다. M이 노래를 불렀다. 아직 찍지 못한 부분은 허밍으로 불렀다. 솔솔음음 솔솔미 솔솔미미음. 솔솔음음 솔솔미 솔미음미음. "솔직히 라하고 레하고 도는 어떻게 찍어야 할지 모르겠어." 나는 고백했다. "그럼 라하고 레하고 도가 없는 동요를 찾아봐." M이 말했다. 나는

M에게 꼬리가 하나도 없는 악보를 찾는 건 쉬운 일이 아니라고 말해주었다. 꼬리. 꼬리. M이 고개를 갸웃하며 중얼거렸다. 그러다 갑자기 아! 하고 소리쳤다. "팔분음표 말하는 거야?" 나는 그렇다고 대답했다. 가난 때문에 어머니가 초등학교를 다니다 그만두게 된 이야기는 하지 않았다. 그래서 할머니가 될 때까지 「학교종」이란 동요를 매일 불러본다는 말도 하지 않았다. "도는 어렵지 않을 것 같은데. 전선이 여섯 줄이면 되잖아. 저기도 여섯 개네." M이 회사 담장 밖을 가리켰다. 건너편 하늘을 전선 여섯 줄이 가르고 있었다. 우리는 M의 자동차에 기댄 채 맨 아랫줄에 새가 앉기를 기다렸다. "그런데 생각할수록 계이름이라는 말 좀 웃기다. 계는 무슨 뜻이지?" 우리는 계로 시작하는 단어들을 찾아보았다. 계획. 계산. 계란. 계속. 계절…… "혹시 계단?" 계단 모양을 생각해보니, 오선지 위를 마음껏 뛰어다니는 어린아이의 모습이 만화영화처럼 그려졌다. 아이는 고무줄놀이를 하듯 선들을 밟고, 뛰고, 넘어진다. "음. 계단. 계명. 형제 같네." 점심시간이 지나도록 새가 한 마리도 날아오지 않았다. M이 빈 도시락을 들고 공장으로 돌아갔다. 나는 운전석으로 자리를 옮겨 앉았다. 한 시간을 더 기다렸지만 새는 오지 않았다. 형부가 영양제를 사서 보냈다고 메일을 보냈다. 매일 저녁을 사 먹는 단골 식당에서 친구를 사귀게 되었다는 소식도 알려왔다. 혼자 밥을 사 먹는 두 남자는 가끔 합석을 하기도 했다. 하지만 아주 가끔이지. 어쩌다 맥주라도 한잔하고 싶을 때. 형부는 그렇게 덧붙였다. 퇴근을 하고 사무실을 나오는데 저 멀리 낮부터 기다렸던 전선에 새 한 마리가 앉아 있는 게 보였다. 얼른 주차장 쪽으로 달려갔다. 카메라버튼을 누르려는 순간 새가 날아갔다. 어머니가 전화를 걸어 만두가 먹고 싶다고 했다. 고기만두 일 인분과 김치만두 일 인분을 사서 택시를 타고 집으로 갔다. 나는 김

치만두를 어머니는 고기만두를 먹었다. 잠들기 전, M이 문자메시지를 보냈다. 새 두 마리가 두 번째 줄과 세 번째 줄 사이를 날아가고 있는 사진이었다. 사진을 프린트해서 참새로 만든 솔솔 옆에 붙였다. 솔솔라라. M이 알려준 방법대로 새가 날아오르는 찰나를 기다렸다가 레 음을 찍었다. 새가 날아가는 속도를 셔터 속도가 따라가지 못해, 새의 날개가 오선지의 줄을 건드렸다. 나는 눈을 감고, 하늘을 향해 카메라를 들고는, 셔터를 눌렀다. 백 번 찍으면 그중 하나는 제대로 된 게 있겠지. 눈을 뜨고 찍은 걸 확인해보니 정말로 그랬다. 날이 더워져 자동차 창문을 열어놓아도 소용이 없었다. M의 자동차는 에어컨이 나오지 않았는데, 애당초 에어컨이 고장 난 중고차를 샀기 때문이었다. 자기가 고장 낸 것도 아닌데 자기 돈으로 고치는 게 아깝다며 M은 절대 에어컨을 고칠 생각이 없다고 말했다. "그럼 내 돈으로 고칠게. 이 뒷자리는 내 소파니까." "고마워. 사양 안 하고 받을게. 그건 그렇고 저거 봐." M이 회사 담장 밖으로 고개를 돌렸다. 거기 여섯 개의 전선 중 맨 아래에 커다란 새 한 마리가 앉아 있었다. 나와 M이 동시에 카메라를 꺼내 찰칵, 하고 사진을 찍었다. "도." 우리는 동시에 외쳤다. 어머니는 새들로 만든 악보를 선물받자 내게 노래를 불러주었다. 물론 「학교종」일 것이라고 예상했는데 보기 좋게 빗나갔다. 처음 들어보는 노래였다. 눈을 감고 눈썹을 바르르 떨면서 노래를 부르는 어머니의 얼굴을 보고 있으니 어째서 어머니가 「학교종」이라는 동요를 부르지 않았는지 알 것만 같았다. 그것은 어머니가 어머니에게만 불러주는 노래였다. 어머니는 내가 선물해준 새 악보를 거실 벽에 길게 붙여놓았다. 아침에 일어나면 악보를 보면서 마음속으로 노래를 부르고 있는 어머니의 모습을 볼 수 있었다. 나도 마음속으로 이런 단어들을 중얼거렸다. 숲. 꼬깃꼬깃. 도마뱀. 삽. 바닥.

언니의 다이어리 맨 앞 장에 적혀 있는 단어들. 자꾸 중얼거리다 보면 이 단어들이 하나로 연결될까. 마치 별들이 별자리를 만드는 것처럼. 그 때가 되면 언니가 왜 죽고 싶어했는지도 알게 될까? 나는 잘 모르겠다. 그래서 어머니의 옆에 서서 솔솔라라 솔솔미, 하고 계이름으로 노래를 불렀다. "엄마. 정말로 달빛에 무지개가 생겼대요. 어떤 사진작가가 그 걸 찍었대요." 어머니는 놀라지 않았다. "거봐. 세상에 이런 게 있을까 싶으면 꼭 있더라." 어머니의 말처럼 세상에 이런 게 있을까 싶은 것들 을 상상하며 늙어갔으면 좋겠다. 매일 맥주 세 모금을 마시며. 쌍둥이 딸이 있었다는 사실을 잊을 때까지. 밤에 잠이 오지 않으면 나는 자는 어머니를 깨워 윷놀이를 하자고 할 것이다. 어머니는 맞고를 싫어하니 까. 고스톱은 셋이 쳐야 제맛이지. 나는 말 세 개를 엎어 한꺼번에 가다 가 두 번이나 붙잡힐 것이다. 어머니는 윷 도사다. 던졌다 하면 윷. 나는 개 아니면 도다. 다섯 판을 내리 진 나는 어머니의 저금통에 오만 원을 넣는다. "이거 일 년 모았다가 우리 꽃놀이 가자." 머리가 하얗게 센 어 머니가, 이가 몇 개 남지 않은 어머니가, 아이처럼 환하게 웃는다. "내 돈으로 가는 거랑 뭐가 달라요." 나는 괜히 심통이 나서 윷판을 뒤집는 다. 열 번에 한 번 이길까 말까. 앞으로 내 기록이 그러할 것이다. ▪

전성태

배웅

ⓒ이해선

1969년 전남 고흥 출생. 중앙대 문창과 졸업.
1994년 『실천문학』 등단.
소설집 『매향埋香』 『국경을 넘는 일』 『늑대』
장편소설 『여자 이발사』.
〈오영수문학상〉 〈신동엽창작상〉 〈현대문학상〉 등 수상.

배웅

C카운터가 한산해졌다. 승무원들도 자리를 뜨고 창구 두 개만 열어놓고 있었다. 미숙은 출국대합실 의자에서 일어나 가까운 출입구와 서편으로 바나나처럼 휘어진 여객터미널을 초조하게 바라보았다. 그녀는 공항에 도착한 뒤 손에서 내려놓지 않은 휴대폰을 들여다보았다. 오후 다섯 시가 지나고 있었다. 쏘야와 만나기로 약속한 시간에서 한 시간, 그리고 늦게 공항에 도착해 여태 그녀를 기다린 지도 얼추 삼십 분은 지나 있었다.

그사이 미숙은 출국장 입구를 서너 차례 기웃거렸고, 쏘야 닮은 외국인 여자를 쫓아간 일도 있었다. 인천공항이 아무리 넓고 북새통이라 해도 제가 일러준 장소를 못 찾고 헤맬까. 아무래도 무슨 일이 일어난 게 분명했다. 공항 오는 버스에서 휴대폰에 찍힌 번호로 전화했는데 낯선 여자가 어눌한 한국말로 전화를 받았다. 쏘야의 친구라고 했다. 갑작스런 귀국 소식을 알려온 사흘 전 전화도 그렇고 어젯밤 전화까지 서너 통의 전화는 그 편을 빌려서 썼던 모양이었다. 어젯밤에 빠이빠이 했어요, 쏘야는 오늘 공항 갔어요, 하고 여자가 알려주었다. 그렇다면 오는 길에나 혹은 공항에서 미등록 체류문제로 어디에 붙들려 있는 건 아닌가 싶었다.

미숙은 따뜻한 밥 한 끼 먹여 보내자고 두 시간을 달려온 제 오지랖에 짜증이 났다. 잘 가라, 인연 닿으면 또 보자고 인사나 하고 말걸, 하고 후회했다.

그녀는 항공사 체크인 카운터로 갔다. 미숙이 아까도 다녀가서 여승무원은 알은체를 했다.

"아직 못 만나셨습니까?"

"비행기 시간이 당겨졌나 보죠?"

"아스타나행 항공편 말씀이시죠? 이상 없을 텐데요."

여승무원은 모니터를 들여다보고는 덧붙였다.

"예정대로 정시 운항합니다. 십팔 시 맞습니다, 고객님."

"그럴 리 없어요. 분명히 저녁 여덟 시 삼십 분 출발 비행기라고 했거든요."

승무원은 고개를 갸웃거리고는 다시 모니터로 시선을 내려뜨렸다.

"고객님께서 말씀하신 시간대에 출발하는 항공편은 타슈켄트행이 있습니다."

"거기는 어디래요?"

미숙은 모니터를 보겠다는 듯 창구 쪽으로 고개를 기웃이 내밀었다.

"우즈베키스탄입니다."

"그럼 아스타나는요?"

"아스타나는 카자흐스탄입니다, 고객님."

미숙은 신음처럼 한숨을 내뱉으며 창구에서 한 발 물러났다. 승무원도 금세 상황을 파악하고 울상을 지었다.

"더러 혼동하는 분들이 계세요. 타슈켄트행 카운터는 J입니다."

여승무원은 고개를 빼 서편 여객터미널을 가리켰다. J창구는 보이지 않았고, 지는 해가 들이비추어 실내가 뿌예진 그쪽은 끝없는 터널 같았다. 미숙은 맥이 빠졌다.

그녀는 서쪽 여객터미널로 종종걸음을 쳤다. 공항 온다고 평소 안 입던 정장에 하이힐까지 신어서 몸놀림이 여간 거추장스럽지 않았다. D, E카운터를 지나고, F카운터에 이르렀을 때 멀리 J라고 쓰인 노란 간판이 보였다. 백 미터 달리기라도 한 듯 숨이 찼다.

J카운터 주변은 그야말로 북새통이었다. 쏘야와 동포로 보이는 중앙아시아 사람들이 여기저기 바닥에다가 짐을 풀고 꾸리느라 난장이 따로 없었다. 미숙은 출입구 왼편, 화물과 사람들이 몰린 곳에서 길 잃은 아이처럼 되똑하니 선 쏘야와 눈길이 마주쳤다. 대번에 쏘야는 표정을 밝히고 눈물까지 글썽였다. 미숙은 그녀의 어깨를 맵게 쳤다.

"이 바보야, 전화 한 번 해주지 그랬어. 딴 데서 한참 헤맸단 말이야."

"죄송해요. 사장님 번호 적은 종이 없어졌어요."

그제야 미숙도 쏘야의 손을 끌어 잡았다. 개수통에서 분 손이 쪼글쪼글했다. 세 해 남짓 못 본 사이 쏘야는 부쩍 늙어버린 것 같았다. 탄력 잃은 볼은 홀쭉하니 들어가고 눈매는 꺼졌으며 미간은 주름져서 푸석했다. 낼모레면 쉰에 닿는 자신보다 열댓 살이나 어린 게 더 늙어 보였다.

"사장님 안 와도 됐는데……."

쏘야가 눈구석을 훔치며 말했다.

"그놈의 사장님 소리 지겹지도 않니? 기껏 언니 동생 잘하다가 이제 와서 돌려놓는 심보는 뭐야. 식당 할 때도 사장님 소리에 오그라들었는데, 백수가 돼갖고 그 소리 듣자니 꼭 놀림받는 거 같다."

"전화로는 언니 되는데 얼굴 보니까 사장님 돼요."

쏘야는 싱겁게 웃었다. 십 년을 한국에 살아도 주방에서만 지낸 쏘야는 우리말 실력이 그제나 이제나 딱했다.

"그나저나 얼굴이 왜 이리 상했어?"

미숙은 손을 내밀어 쏘야의 볼을 쓰다듬었다. 쏘야는 고개를 내저었다.

"살 안 빠졌어요. 이빨이 빠져서 그래요."

그녀는 입을 수줍게 벌려 보여주고는 얼른 다물었다. 양쪽 위아래로 어금니 자리가 휑했다. 미숙은 깜짝 놀랐다.

"그때 앓던 이를 여태 치료 안 했어?"

"세 개나 더 빠졌어요. 한국 이빨 너무 비싸요. 우리 고향에 가면 금이빨 싸요."

"어이구, 뭘 제대로 먹기라도 했겠어?"

미숙은 혀를 찼다. 그녀는 얼마 전까지 자신을 괴롭히던 낭패감은 잊은 채 여자를 끌어 세웠다.

"묵은 얘기는 차차 해. 어디 가서 저녁부터 먹자."

미숙이 식당을 찾아 두리번거리는 사이, 쏘야는 카트를 잡고 서서 황망한 표정을 지어 보였다. 카트에는 낡은 트렁크와 종이박스 두 개가 위태롭게 쌓여 있었다. 거기에다 노란 포장지로 싼 길고 넓적한, 부피깨나 나가는 물건이 카트에 비스듬히 세워져 있었다.

"무슨 악기인가봐?"

쏘야는 물건을 들어 카트의 짐 위에다가 올렸다.

"범퍼예요. 자동차 앞에 붙이는 거."

"범퍼?"

"사촌오빠가 한국 차로 택시 해요. 들어오는 길에 꼭 갖다 달라고 부탁했어요. 우즈베키스탄에서는 비싸요."

미숙은 짧은 탄성을 내뱉었다. 그녀는 체념한 목소리로 말했다.

"수속부터 밟고 먹어야겠네."

그러나 쏘야는 머뭇거리며 입을 열었다.

"사장님, 나 출입국관리사무소 가야 해요. 기다려주세요."

쏘야는 카트를 열없게 바라보았다. 그런 그녀가 카트를 제 숄더백이 놓인 의자 쪽으로 바짝 밀어놓고 백을 들었다. 숄더백은 자리를 맡느라고 올려놓은 것 같았다. 미숙은 의자에 앉았다.

"금방 다녀올게요."

쏘야가 G카운터 뒤편으로 총총히 사라졌다. 미숙은 쏘야가 들고 가는 숄더백을 알아보았다. 식당을 할 때 드나들던 짝퉁 장사꾼한테 사서 쏘야와 하나씩 나눠 가진 가방이었다. 미숙은 제 앞에 놓인 짐들을 바라보았다. 눈대중으로 보아도 중량을 초과할 듯싶었다. 십 년을 살자니 자취방을 전전한 살림이라도 이것저것 끼고 산 살림이 제법 되었을 것이다. 그래도 어디 쓸 만한 세간이나마 있었겠는가. 쏘야의 성정에 미루어 숟가락까지 챙기지 않았을까 싶었다. 귀국을 급하게 결정한 바람에 선물 살 틈도 없었을 테고 짐을 오랫동안 공들여 싸지도 못했을 것이다. 어젯밤 통화에서도 밤 열 시까지 식당에서 일했다지 않은가. 야반도주하듯 가방에 짐을 쑤셔 넣는 풍경이 선했다. 쏘야는 두 딸을 친정에 맡기고 온 홀어미였다. 미숙네 식당에서 찬모로 일할 때 친정아버지가 돌아가셨는데 쏘야는 가보지 못했다. 그런데 이번에는 아이들을 맡아 돌보던 친정어머니마저 위독하다는 전갈을 받았다.

미숙은 의자에서 일어났다. 그간 참았던 담배 생각이 간절했다. 누군가에게 짐을 지켜달라고 해야 할 것 같았다. 옆자리에 앉은 남자가 눈에 들어왔다. 콧수염을 제법 가꾸고 카라쿨 모자를 쓴 게 쏘야의 동족 사내로 보였다. 그래봤자 서른을 갓 넘긴 듯싶은 콧수염 사내는 운항정보 안내모니터를 우두커니 바라보고 있었다. 미숙은 그에게 손짓으로 짐을 봐달라는 의사표시를 했다.

"걱정 마요. 잘 지켜줄게요."

뜻밖에도 사내는 한국말로 응대했다.

해가 지고 있는데도 이른 더위는 좀처럼 누그러지지 않았다. 미숙은 천천히 담배를 피웠다. 한 시간 만에 바깥 공기를 쐬니 좀 살 것 같았다.

미숙이 돌아왔을 때 콧수염 사내는 얌전히 자리를 지킨 채 앉아 있었다. 짐들도 손 탄 흔적 없이 그대로였다. 사내가 자리에서 일어났다.

"교대해요."

그는 손에 담뱃갑을 쥔 채 제 앞에 놓인 가방들을 가리켰다. 쏘야의 짐보다는 덜하지만 트렁크와 캐리어백이 놓여 있었다. 미숙과 사내는 서로 웃었다. 사내가 자리를 뜨자 미숙은 핸드백에서 콤팩트를 꺼냈다.

콧수염 사내는 금방 돌아왔다. 둘은 목례를 주고받았다. 그러고 나니 조금 어색해졌다. 사내가 점퍼주머니를 뒤적거리더니 미숙에게 껌을 내밀었다. 미숙은 껌을 받아서 포장을 벗겼다. 사내가 물었다.

"우즈베키스탄 가요?"

미숙은 머리를 저었다.

"배웅 왔어요. 거기 가세요?"

"예. 저는 칠 년 만에 집에 가요."

미숙은 다시 한 번 사내의 낯을 살피고 고개를 주억거렸다. 껌종이를 손가락 끝에 말아쥔 사내에게서 시선을 떼며 미숙이 물었다.

"집에 가면 많이 변했겠어요?"

사내가 수줍게 웃었다. 그의 낯에서 설렘과 긴장감이 함께 떠올랐다.

"애들이 셋인데 올해 학교에 들어간 막내는 처음 봐요."

사내는 손을 가슴까지 들어 아이 키를 시늉해 보였다.

"돈 많이 모았어요?"

"타슈켄트에 아파트 사고 애들 키웠어요."

말해놓고 사내는 전보다 크게 웃었다. 미숙이 조금 수꿀해져서 말했다.

"난 삼 년이나 데리고 있던 사람이 우즈베키스탄 사람인지 카자흐스탄 사람인지 몰라서 저쪽에서 헤맸지 뭐예요."

미숙은 동편 터미널 쪽으로 눈길을 돌리며 중얼거렸다.

"걔한테는 미안해서 말도 못했네."

사내가 다시 웃었다.

"우리 형제 나라 이름들 아주 어려워요."

그래 놓고 사내는 손가락을 꼽았다.

"우즈베키스탄, 카자흐스탄, 키르기스스탄, 타지키스탄, 투르크메니스탄……."

미숙은 혀를 내둘렀고 종내에는 웃음을 터뜨렸다.

"어디에 그런 나라들이 다 있었대. 금방 듣고도 까먹었네."

"가방 주인은 참 좋겠어요, 이런 사장님을 둬서."

화제를 잇느라 그랬겠지만 입에 발린 소리였다. 미숙은 눈을 내리깔고 말을 받았다.

"갑자기 떠난다고 해서 밥 한 끼 먹여 보내려고 왔지 뭐예요. 그래도 삼 년이나 한솥밥을 먹었잖아요. 거기는 어디서 지냈어요?"

"인천 남동공단 알아요? 난 회사 안 옮겼어요. 우리 사장님이 잘해줬어요. 가족처럼 대해줬어요. 나도 열심히 일했어요. 근데……."

그가 말하다 말고 고개를 살래살래 흔들었다. 미숙이 눈을 지릅뜨고 그를 바라보았다.

"공항까지 태워다줄지 알았는데 안 해줬어요. 갑자기 집에 돌아간다고 하니까 속상했나 봐요."

"하이고, 저런……. 사장이란 양반이 너무했네."

미숙은 그제야 자신이 왜 공항까지 왔는지 알 것 같았다. 쏘야에게 미안한 게 있었던 모양이었다. 바쁜 주방에서 지청구도 좀 했을 것이고, 문 닫기 전 몇 달 동안은 임금을 제때 주지도 못했다. 쏘야가 전화하지 않았다면 그녀의 존재 따위는 잊고 살았을 것이다. 미숙은 쏘야에게 전화를 받고 반가운 마음에 앞서 마음 한구석이 켕겼던 걸 떠올렸다. 딱히 곤궁하다는 내색을 않는데도 불편한 사람이 있는데 쏘야가 그랬다. 그녀가 헤쳐가는 인생살이를 애써 외면하고 싶었는지 모른다. 이 배웅길이 제 마음 편하자고 온 길임이 확연해졌다.

쏘야가 터벅터벅 돌아왔다. 미숙이 한껏 살갑게 맞으며 일어섰다.

"일은 잘 봤어?"

쏘야는 표정이 밝지 않았다.

"떨려서 못 들어가요. 사장님이 도와줘요."

쏘야가 여권과 항공예약권을 흔들며 절박한 얼굴로 쳐다보았다.

"내가 뭘 알아야지……."

"거기서 조사해요. 쏘야는 학생 때 선생님이 물어봐도 대답 어려운 아이예요."

미숙은 난감한 얼굴로 핸드백을 챙겼다. 쏘야가 카트를 잡고 서서 뒤따를 채비를 했다. 미숙이 콧수염 사내에게 다가섰다.

"우리가 출입국관리사무소에 다녀와야 하는데 짐을 좀 지켜줘요."

콧수염 사내가 예의 그 웃는 낯으로 승낙했다. 쏘야가 미심쩍은 표정으로 섰다가 사내에게 다가가서는 저희 나라말로 대화를 나누었다. 사내가 품에서 여권을 꺼내서 쏘야에게 보여주었다. 돌아서는 쏘야에게 미숙이 퉁명스레 말했다.

"속고만 살았나, 웬 의심은……."

두 사람은 G카운터 뒤편의 출입국관리사무소로 향했다. 사무소 입구까지 국적이 다양한 외국인들이 두 줄로 길게 서 있었다. 한눈에 봐도 쏘야처럼 자진출국신고를 하려는 사람들로 보였다. 더러는 한국인을 대동하고 있었다. 웬 동남아 쪽 젊은 여자 하나는 바닥에 쪼그려 앉아 눈물을 훔치고 있었다.

쏘야가 눈에 띄게 긴장했다. 긴장되기는 미숙도 마찬가지였다. 이런 일도 처음이거니와 쏘야를 데리고 있을 때 쏘야는 체류연장기간도 다 보낸 미등록 체류자 신분이었다. 식당은 학원가에 있었는데 주변 상가에 단속반이 뜬다는 소문이 들리면 쏘야는 부식창고에 들어가 몇 시간씩 숨어 있고는 했다. 외국인 불법체류자를 고용하는 업주도 처벌을 받는다고 해서 미숙은 아예 셔터를 내릴 때도 있었다.

미숙은 조사받는 과정에 그 일이 적발되어 벌금이나 물지 않을까 걱정이었다.

"너무 떨지 마. 제 발로 나간다는데 무슨 일 있겠어?"

미숙은 스스로 다짐하듯 말했다. 그리고 쏘야의 손을 꼭 잡아주었다.

줄은 좀처럼 줄지 않았다. 가만히 보니 줄을 선 사람들이 하나같이 법정에 선 사람 같은 표정들이었다. 공항에 떠도는 들뜬 열기 같은 건 조금도 느껴지지 않았다.

"혹시나 모르니 미리 입을 좀 맞춰두자."

미숙이 말했다. 쏘야가 겁에 질린 얼굴로 바라보았다.

"우리 식당 나가서는 몇 군데서 일했어?"

"네 군데요. 다 식당이었어요. 안산에서도 했고 평택에서도 했어요. 마지막은 수원이었어요."

"무슨 식당?"

"불타는 닭발. 호프집이에요."

"그럼 거기 한 군데만 말해. 식당 이름 묻거든 모른다고 잡아떼고."

"예. 사장님 식당은 절대 말 안 해요."

"그래. 우리는 그냥 아는 사이로 하자."

쏘야는 고개를 끄덕였다. 그런 대화가 오가는 사이 안심이 되기는커녕 뭔가 큰 죄를 지은 사람들처럼 더 불안해졌다.

미숙이 잡은 손에 쏘야가 떠는 게 느껴졌다.

"쏘야, 그냥 사실대로 말하는 게 좋겠어. 괜히 일을 키울지도 모르잖아."

쏘야가 한숨을 내쉬며 고개를 끄덕였다.

삼십 분 만에 쏘야의 차례가 돌아왔다. 쏘야는 출국심사관 앞에 놓인 의자에 앉고 미숙은 그녀 옆에 섰다. 미숙이 먼저 입을 열었다.

"자진출국신고하러 왔어요."

쏘야는 여권과 항공예약권을 심사관 앞에 내밀었다. 이 남자는 고개를 빼서 길게 늘어선 줄을 바라보았다. 심사관이 고개를 들어 힐끗 미숙을 바라보았다.

"업주세요?"

"……친구예요. 통역을 도울 거예요."

심사관은 쏘야에게 시선을 돌렸다. 여권의 사진과 실물을 비교하는 눈길이 집요했다.

"ID카드 주세요."

쏘야는 울상이 되어 심사관과 미숙을 번갈아 쳐다보았다.

"없어요? 본인 이름 한 번 확인해주세요."

심사관이 다그치자 미숙이 쏘야에게 전했다.

"쏘야 이름."

쏘야는 마른 침을 삼키고 입을 열었다.

"투르수노바 쏘야 사이다흐마도브나."

대답이 끝났을 때 미숙은 쏘야를 낯설게 바라보았다. 그 마음은 순간적으로 지나갔다.

"어디에서 무슨 일 했어요?"

"식당일 했어요, 주방에서."

"어디에서요?"

미숙이 대신 나섰다.

"수원이요. 수원에서 일했어요."

"체류만기 후 육 년간 죽 수원에서 지냈단 말이죠?"

쏘야가 고개를 끄덕였다.

심사관이 서류 한 장을 출력해 내밀었다.

"사인하세요."

쏘야는 서류를 들고 미숙을 우두커니 올려다보았다. 미숙이 서류를 받아들었다. 서류에는 출입국관리법 위반 사실이 적혀 있고, 아래에는 벌금을 면제한다는 내용이 적혀 있었다. 미숙이 고개를 끄덕이자 그제야 쏘야가 서류에 날인했다.

심사관은 쏘야를 사무실 한편으로 데려갔다. 그녀를 벽 쪽으로 세우고 카메라로 촬영했다. 쏘야가 표정을 꾸밀 틈도 없이 카메라 플래시가 터졌다. 사진촬영이 끝나자 심사관이 이번에는 쏘야를 옆 테이블로 이끌었다. 두 손을 내밀게 해 열 손가락에 잉크를 밀어 바르고 서류에다가 꼼꼼하게 지문을 채취했다.

"가도 좋아요. 다음!"

심사관이 제자리로 돌아가 앉으며 외쳤다.

그것으로 출국심사는 끝난 모양이었다. 쏘야가 우두커니 서 있어서 미숙은 그녀를 떼밀었다. 사무소를 나오며 미숙은 쏘야의 어깨를 두드려주었다. 쏘야는 잉크 묻은 손가락을 거두지 못하고 있었는데 여전히 긴장되고 주눅 든 얼굴이었다. 미숙이 핸드백에서 물티슈를 꺼내 내밀었다. 쏘야는 출입국사무소에서 한참 멀어진 다음에야 손가락을 닦아냈다. 그러던 그녀가 두 손으로 얼굴을 감싸고 주저앉았다.

"왜 그래, 다 잘됐는데?"

"너무 무서웠어요. 육 년이 그랬어요."

쏘야가 젖은 눈으로 올려다보며 말을 이었다.

"너무 이상해요. 돌아가는 일 이렇게 쉬울지 몰랐어요."

미숙은 쏘야를 일으켜 세웠다.

"이제 갈 일만 남았네. 짐 부치고 밥 먹자. 시간이 많이 흘렀어."

그제야 두고 온 짐이 생각났는지 쏘야가 서둘렀다.

짐은 그대로인데 콧수염 사내가 보이지 않았다. 쏘야는 이리저리 짐을 살폈다. 그때 안경 낀 한국 젊은이 하나가 의자에서 벌떡 일어났다.

"왜 남의 짐을 만지세요?"

기세와는 달리 목소리가 어리숙했다. 미숙과 쏘야는 뚱하니 바라보았다. 미숙이 나섰다.

"이봐요, 무슨 말이에요? 우리 짐을 가지고 왜 당신 거라는 거야?"

"어, 아닌데……."

젊은이의 반응에 쏘야가 난데없이 발을 동동 굴렀다. 젊은이가 당황한 목소리로 덧붙였다.

"제 것은 아니고요. 참…… 저도 잠시 맡고 있단 말예요. 아무튼 짐 만지지 마세요."

그는 난감한 얼굴로 주위를 두리번거렸다. 쏘야가 카트에서 손을 뗐다. 쏘야는 곧 쓰러질 사람처럼 휘청거리며 의자에 몸을 부렸다.

때마침 콧수염 사내가 나타났다. 쏘야가 벌떡 일어나 콧수염 사내에게 삿대질을 하며 저희 말로 쏘아붙였다. 콧수염 사내가 돌아서며 안경 낀 사내에게 설명했다.

"이분들 짐이 맞아요."

이내 두 사내는 엉거주춤하니 자리에 앉았다. 콧수염 사내가 미숙을 건너다보며 말했다.

"이분 잘못 없어요. 담배 피우러 가면서 부탁했어요. 사모님은 이해하시죠?"

쏘야가 고개를 주억거려 젊은이에게 사과했다. 젊은이가 선선히 사과를 받았다. 미숙이 쏘야를 의자에 앉히고 다독였다.

"어쨌든 이제 짐을 부치자."

그래 놓고 미숙은 편의점으로 가서 음료수를 네 병 사 왔다. 그새 콧수염 사내는 가방을 챙겨서 자리를 뜨고 없었다. 그는 체크인 카운터로 가서 줄을 서 있었다. 미숙이 한사코 찾아가서 음료수를 안겼다.

자리로 돌아왔을 때 쏘야가 카트에서 짐을 부리고 있었다. 카운터 구석에 놓인 저울에서 무게를 달아보고 온 모양이었다. 그녀는 상심한 목소리로 말했다.

"짐이 너무 많아요."

"그래. 눈으로 봐도 중량 초과야. 몇 킬로그램이나 나가?"

"32. 이것은 빼고도 그래요."

그녀는 범퍼를 가리켰다.

"쏘야, 비행기 처음 타보는 것도 아니면서 왜 그랬어?"

쏘야가 웃으며 대답했다.

"나 두 번째 타요."

미숙은 괜히 맥이 풀려서 얼버무렸다.

"짐을 다시 꾸리면 줄일 수 있을 거야."

미숙이 종이상자 옆에 쪼그려 앉았다. 쏘야는 종이상자 하나를 뒤집어서 포장테이프를 뜯어냈다.

"25까지는 통과해준대요."

상자에서는 작은 사진 액자들과 앨범, 국제우편 묶음, 자명종, 수건들, 반쯤 쓰고 남은 생리대 묶음, 그리고 수십 개에 달하는 파스가 들어 있었다. 쇼핑한 물건들은 하나도 보이지 않았다. 쏘야는 활짝 열린 상자를 들여다보며 선뜻 손을 내밀지 못했다.

"사진을 빼고 액자는 버리는 게 좋겠어."

미숙이 재촉하듯 말했다. 그제야 쏘야가 손을 놀려 액자에서 사진을 빼냈다. 크기와 디자인이 제각각인 액자는 모두 네 개였다. 가족사진들과 자신이 한강유람선을 배경으로 찍은 사진이었다. 쏘야는 빼낸 사진들을 앨범 사이에 모아 넣었다. 자명종과 파스는 다시 상자로 들어갔고, 수건들과 생리대는 밖으로 나왔다. 버릴 물건들이 한쪽에 쌓였다.

"이건 만병통치예요. 아, 시원하다."

쏘야는 파스 하나를 들고 장난스럽게 말했다. 미숙이 머리를 콕 쥐어박는 시늉을 했다.

"이 박스도 풀 거지?"

미숙이 나머지 종이상자 하나를 잡아당겼다. 제법 묵직했다. 상자가 열렸을 때 미숙은 입이 저절로 벌어졌다. 부엌과 욕실에서 쓰던 가재도구들이 그대로 담겨 있었다. 쓰다 남은 샴푸와 설거지 세제, 포장지를 벗기지 않은 세안비누들, 올리브유, 김치 얼룩 선명한 흰 도마 따위였다.

"세상에, 퐁퐁 같은 걸 왜 가져가?"

하도 한심해서 미숙은 쏘아보기까지 했다. 쏘야가 설핏 웃었다. 미숙이 세제들을 모두 꺼냈다. 비누 몇 장은 도로 넣었다. 상자 바닥에 신문지로 싼 물건들이 보였다. 신문지를 벗기자 접시들이 나왔다. 모두 네 개였다. 밤색 격자무늬가 놓인 접시들은 미숙의 눈에도 익었다. 식당에서 쓰던 접시들이었다. 자신이 개업할 때 이천까지 가서 구해 온 그릇들이었는데 식당 문을 닫을 때 쏘야가 버리지 않고 챙긴 모양이었다.

쏘야는 훔친 물건을 들킨 사람처럼 얼굴을 붉혔다.

"쏘야, 이런 걸 왜 가져가니? 지겹지도 않아? 나 같음 지겨워서 다 버리고 가겠다."

쏘야는 웃으며 대꾸했다.

"아까워요."

"네가 주방 물건을 허투루 쓰지 않고 제 살림처럼 다루는 게 난 제일 맘에 들었어. 근데 이건 아니잖아. 이런 건 바보들이나 하는 짓이야."

미숙은 화가 나서 접시들을 물건 더미에 던지듯 올려놓았다. 쏘야가 멈칫멈칫 손을 뻗어서 접시 하나를 수습해서는 제 앞에 놓인 상자에 담았다.

"다 버리면 나 한국생활 아무것도 없어."

쏘야는 화가 나 있었다. 미숙은 혀를 차고는 벌떡 일어났다. 그녀는 허리를 짚고 돌아서서 한참을 서 있었다. 다시금 배웅 나온 일이 후회되었다.

쏘야는 옷이 담긴 트렁크를 열었다. 미숙은 자리에 더 있고 싶지 않아서 가까운 백화점 매장으로 갔다. 그녀는 지퍼 달린 검은 천가방을 사고 큰 비닐봉투를 구해왔다.

가방을 쏘야에게 건네며 미숙이 말했다.

"여기에다가 물건을 좀 담아서 갖고 타."

트렁크에서 낡은 옷가지 몇 벌이 나와 있었다.

"언니, 이 옷 기억하세요?"

쏘야가 검은색 롱코트를 펼쳐 보였다. 그건 미숙이 입던 외투를 물려준 것이었다.

"아직도 그걸 가지고 계셨어?"

"몇 번 안 입었어요."

"이제 버리고 가."

미숙이 손을 내밀었다. 쏘야는 손을 숨겼다. 그녀는 일어나서 외투를 걸쳤다. 좌우로 몸을 흔들어 보이며 간만에 활짝 웃었다. 버리기 전에 한번 해보는 짓이려니 생각하니 쏘야가 어린애처럼 순박해 보이고 짠하였다.

"그나저나 밥은 언제 먹니? 난 쏘야 밥 사주러 왔단 말이야."

"언니, 나 배 하나도 안 고파요."

"그래도 그냥 가서는 섭섭해서 안 돼. 좀 서둘러보자."

쏘야가 고개를 끄덕였다. 종이상자 하나가 줄었다. 버릴 물건들은 빈 상자에 담고, 세제 같은 건 비닐봉투에 담아 미숙이 챙겼다. 이제 남은 것은 한편에 관처럼 널브러진 범퍼였다.

"저건 어떻게 한다니?"

미숙이 한숨을 내쉬며 말했다. 쏘야는 의자 쪽으로 손을 가리켰다. 아까 짐을 지켜주던 한국인 젊은이가 신문을 읽으며 앉아 있었다.

"저 사람이 대신 가져가요."

"참 능력 좋다. 그새 일을 꾸며놨어?"

미숙이 어이없어서 콧방귀를 뀌었다.

짐이 정리되자 세 사람은 탑승수속 카운터로 갔다. 한국인 젊은이를 앞에 세웠다. 선교단체의 대학생이라고 했다.

카운터에서 범퍼는 퇴짜를 맞았다. 중량이 문제가 아니라 파손 우려가 있어서 수화물로 실을 수 없다는 것이었다. 미숙이 나섰다.

"파손돼도 괜찮으니까 실어주세요."

승무원이 말했다.

"파손 위험뿐 아니라 규격이 없는 물품이라서 규정상 실을 수 없습니다. 이 층 우체국으로 가서 국제화물로 따로 보내실 수 있어요."

쏘야가 손을 들어 빌면서 창구에 매달렸다.

"아저씨, 한 번만 봐주세요. 우리 집 부하라예요. 타슈켄트까지 열 시간 걸려요. 이것 찾으러 또 못 와요."

승무원은 고개를 저었다.

다른 화물들은 무사히 부치고 범퍼는 다시 카트에 실어 카운터에서 물러났다.

"언니, 밥을 못 먹어서 미안해요."

출국장으로 발걸음을 옮기며 쏘야가 말했다. 쏘야는 아주 뚱뚱한 사람처럼 보였다. 외투를 걸친 채 땀을 흘리고 있었다. 외투 속으로 하나 더 껴입은 겨울점퍼 옷깃이 보였다. 쏘야의 속셈을 알아챈 미숙이 머리를 내저었다.

"쏘야, 옷 벗어야겠어. 이 더위에 무리야."

"괜찮아요. 우즈베키스탄 새벽은 추워요."

출국장 앞에서 쏘야는 숄더백을 열어 작은 선물을 내밀었다.

"실크스카프예요. 우리 고향 특산품. 그리고 밥 못 먹어서 죄송해요. 이것 갈 때 먹어요."

쏘야는 검은 비닐봉지 하나를 안겼다. 플라스틱 반찬통 같았다.

"한국 생각나면 먹으려고 가져왔어요."

미숙은 다시 되돌려주었다.

"쏘야 가다가 먹어."

쏘야는 손사래를 쳤다.

"우리 비행기 다섯 시간 더 타요. 한국 올 때도 비행기에서 밥 두 번 줬어요."

미숙은 비닐봉지를 거두어들였다. 그녀는 핸드백에서 봉투를 꺼내 쏘야의 외투주머니에 넣어주었다.

"밥값 대신 넣었어. 면세점에서 애들 선물이나 사 가."

"언니!"

쏘야가 글썽한 눈으로 불렀다. 그녀는 제 가슴을 두드렸다.

"언니는 여기에 가져가요. 부하라 와요. 꼭 와요. 칼리아 탑에 서서 쏘야를 부르세요. 칼리아 그림자가 우리 마당에 넘어져요. 쏘야 불러요."

쏘야는 미숙의 팔을 붙잡고 흔들었다.

미숙은 뚱뚱하게 변한 쏘야를 꼭 껴안았다.

"나한테 섭섭한 것 있으면 가슴에 담아두지 마."

"없어요. 진짜 없어요. 내가 미안해요."

쏘야는 출국장으로 들어갔다. 미숙은 쏘야가 시선에서 사라질 때까지 손을 흔들었다.

그녀는 홀로 남았다. 그녀는 주위를 두리번거렸다. 저녁식사를 어떻게 하나, 하는 생각이 들었고, 이내 범퍼 실은 카트가 제게 남겨진 사실을 깨달았다. 그리고 자신이 지금 전혀 식욕이 없다는 것도 알았다.

그녀는 범퍼 실은 카트를 밀고 여객터미널 이 층으로 내려가 청사를 빠져나왔다. 어두워져 있었다. 그녀는 C시로 가는 리무진버스 승강장을 찾아 서쪽으로 카트를 밀었다.

C시로 가는 버스가 정차해 있었다. 미숙은 버스 화물칸에 범퍼를 밀어 넣었다. 승강장에서 물러나 그녀는 담배를 물었다. 길게 숨을 뱉어도 가슴이 답답했다.

"버스 출발합니다."

미숙 곁에서 담배를 피우던 중년 사내가 서둘러 버스로 걸어갔다. 미숙은 몸을 움찔하고는 그대로 서 있었다. 망설이는 마음 상태로 그녀는 버스를 바라보았다.

이내 문이 닫히고 버스는 출발했다. 범퍼 실은 버스가 멀어지자 그녀는 마치 체념하는 사람처럼 한숨을 내쉬었다.

"이제 일이 다 끝났어."

그녀는 중얼거렸다. 그녀는 라이터를 핸드백에 넣다가 손에 함께 들린 비닐봉지를 발견했다. 봉지를 해작여보았다. 플라스틱 반찬통에 빨갛게 고추장을 입은 닭발들이 담겨 있었다.

"계집애. 끝까지……."

그녀는 코를 훌쩍였다. 영화처럼 밤하늘을 나는 비행기가 보였다. ▪

조경란

옥수수빵 구워줄까

1969년 서울 출생. 서울예대 문창과 졸업.
1996년 『동아일보』 등단. 소설집 『불란서 안경원』 『나의 자줏빛 소파』
『코끼리를 찾아서』 『국자 이야기』 『풍선을 샀어』.
장편소설 『식빵 굽는 시간』 『가족의 기원』 『우리는 만난 적이 있다』
『혀』 『복어』. 중편소설 『움직임』.
〈문학동네 작가상〉 〈오늘의 젊은 예술가상〉 〈현대문학상〉 〈동인문학상〉 수상.

옥수수빵 구워줄까

우리는 낯선 집에 모여 있었다. 모두 가장 좋은 옷을 차려입었다. 오년 전 가을 이 집을 처음 보러 왔을 때였다. 빌라 사 층, 마지막 층의 끝집이었다. 지은 지 오래된 데 비하면 관리가 잘돼온 집이었다. 방은 좁지만 네 개, 주방은 일자로 길고 넉넉했다. 옥상을 쓸 수 있는 것은 장점이었지만 터무니없이 넓어 보이는 다용도실은 달랐다. 방을 하나쯤 더 들였어도 좋을 만한 크기였다. 옛 주인 이야기를 듣고 나자 수긍이 갔다. 세탁소를 운영하는 사람들이었다고 했다. 건조대를 네다섯 대씩 들여놓아도 공간이 남을 만한 다용도실과 빨래를 널 수 있도록 옥상으로 통하게 된 구조는 세탁소집 부부에게 쓸모가 컸을 것이다. 우리는 곧 다른 데를 보러 집 안에서 각자 흩어졌다.

제각기 다른 이유로 우리는 이 집을 선택하는 데 동의했다. 그때 이미 동생과 헤어질 결심을 하고 있던 올케는 아무래도 좋다고 말했다. 나 역시 그랬다. 그 집에 가장 오래 살 사람과 가장 오랫동안 집을 갖기를 기다려왔던 사람의 의견이 중요했다. 남동생과 내가 보태기는 했지만 어쨌든 이 집이 아버지와 엄마의 집이라는 사실은 변함이 없었다. 엄마가 죽고 나서도 그 사실은 변하지 않았을까.

이따금 나는 한 사람이 죽는다는 것과 멧돼지에 물리는 것 사이에는 어떤 상관성이 있지 않을까 생각하곤 한다. 그러니까 죽음과 멧돼지. 굶주린 멧돼지들이 종종 빌라 주변까지 나타나기도 했다. 멧돼지들을 보면 멧돼지에 대한 생각을 하지 않을 수 없게 된다. 그건 개나 고양이에 관해 생각하는 것과는 다른 데가 있었다. 엄마가 아플 때였다. 많이 아플 때였고 나는 저절로 죽음에 대해 상상하게 되었다. 그건 정말로 그렇게나 두려운 것일까. 멧돼지에 물려도 어쩌면 많이 아프지 않을 수도 있지 않을까. 상상하는 두려운 일들은, 상상하는 것만큼 실제로는 두렵지 않을지도 몰랐다. 게다가 정확히는 나 자신의 죽음은 아니있으니까.

엄마를 보낸 지 세 달이 지났다. 눈에 띄게 달라진 점은 없었다. 우리들은 변하지 않았다. 나는 본래의 나와 죽기 전의 엄마 역할을 동시에 하게 되었다. 이틀에 한 번 꼴로 장을 보고 밥상을 차리고 청소와 세탁을 한다. 아버지는 택시를 몰고 동생은 숲으로 가고 조카들은 유치원에 간다. 저녁이 되면 다 모일 때도 있고 그렇지 않은 날도 있다. 누가 앞장이라도 서면 모두들 인근 초등학교 운동장을 몇 바퀴씩 돌고 오기도 한다. 평소에도 말들이 많지는 않았다. 텔레비전 소리와 갖가지 공을 갖고 노는 아이들의 쿵쿵거리는 소리가 들리고 나는 개수대 앞에 서서 반질반질해 보이는 푸르스름한 은빛 오징어 내장을 멍하니 내려다보고 있다. 그러면 밤이 온다. 모두 각자의 방으로 들어간다. 우리들은 다행히 자신의 방을 하나씩 갖고 있다.

내 예감은 크게 틀리지 않았다. 한 사람의 죽음은 그렇게 두려운 것도 슬픈 것도 아니었다. 멧돼지와 마주쳐도 무서워하지 않을 수 있게 될 것 같다. 하지만 개 같은 것에 물리면 역시 아플 것이다.

*

엄마의 오븐은 검정색이다. 화구가 있는 레인지 상판과 오븐 안을 들여다볼 수 있게 된 유리 부분만 제외하면 그렇다. 린나이 가스오븐레인지 RSO-600DN. 크기는 W594×D600×H861mm. 대형 세탁기나 식기세척기보다 크다. 아마 지금은 아무도 쓰지 않을 구식 모델이다.

이 오븐을 산 것은 십칠 년 전이다. 그때는 지금과 많은 것이 달랐다. 나는 열여덟 살, 입시를 준비하고 있었고 남동생은 여드름투성이 고등학교 일 학년이었다. 올케도 조카들도 물론 없었다. 엄마 아버지도 젊다는 소리를 들을 때였다. 우리는 새집으로 입주를 앞두고 있었다. 우리 가족이 갖게 될 첫 번째 집이었다. 각자 필요한 것들을 하나씩 샀다. 아버지는 돌침대를 동생은 데스크탑, 엄마는 가스오븐레인지를. 나는 아무것도 생각해내지 못했다. 문제는 엉뚱한 데서 터졌다. 새집을 갖게 되기는커녕 아버지는 쫓기는 신세까지 되어버렸다. 우리는 다시 닭장 같은 집들을 전전하게 되었고 이 빌라로 오기까지, 엄마는 그 대형 오븐을 끌고 다녔다. 엄마가 사는 곳 어디에나 그 오븐은 우리보다 먼저 떡하니 자리를 차지했다. 엄마 외에 오븐에 손을 대거나 사용하는 사람은 아무도 없었다.

예외가 있기도 했다. 깊은 밤이나 새벽녘, 가끔 오븐 앞에서 우리는 파자마를 입은 채 마주치기도 한다. 고장 나버린 타이머가 시도 때도 없이 띠띠리리, 띠띠리리리 전자음 소리를 내기 일쑤기 때문이다. 벨을 눌러주지 않으면 소리는 멈추지 않았다. 그럴 때마다 우리들은 머쓱한 표정으로 돌아서곤 한다. 이 오래된 오븐은 살아서 우리를 따라오는 불운의 증거처럼 보였다.

아버지는 언제부터인가 늦은 아침을 먹고 나가 낮 열두 시부터 저녁 일곱 시까지만 일한다. 손님이 많을 시간이 아니다. 근교로 나가야 하는 동생은 이른 아침에, 조카들은 여덟 시 사십오 분에, 그리고 아버지가 나가고 마침내 현관문 닫히는 센서 소리가 들리면 나는 오후 세 시 반까지는 혼자 식탁에 앉아 있을 수 있다. 가족들인데도 식탁 의자까지 자기 자리가 정해져 있다. 내 자리는 주방을 등지고 있다. 아버지나 남동생 의자에 앉아야 주방이 정면으로 보인다. 개수대, 싱크대, 오븐까지. 오늘 아침에는 오븐에 임연수어 네 토막을 구웠다. 열원 소모가 큰 가스식이어서 생선을 구울 때도 열이 올라오는 위 칸에는 고구마나 감자 같은 것을 동시에 굽곤 한다. 지금 내가 이렇게 턱을 괴고 아버지 의자에 앉아 있는 것은 엄마가 떠나고, 엄마의 많은 것들을 버렸지만 아직 못 버리고 있는 저 오븐에 관한 생각을 하고 싶기 때문이다.

오븐이 까만색이 아니라 스테인리스 빛깔, 혹은 노랑이나 회색이었으면 어땠을까. 지금과 달리 훨씬 밝게 보일 것이다. 더구나 이 오븐은 크기도 크니까. 동일한 노란색이어도 면적이 커졌을 때는 더 밝게 느껴지는 법이다.

주방은 옥상과 통하는 옆문에서 시작해 다용도실 문 앞까지 이어져 있었다. 엄마는 주방에 섰을 때 왼편, 옥상 문 옆에 오븐을 들여놓았다.

오븐이 자리를 크게 차지했으므로 식료품들을 넣어두는 싱크대 서랍장은 다용도실로 옮겼다. 새집으로 오자 구식이 되어가고 있던 오븐은 자신이 처음 선택되었을 때의 순간을 기억하는지 약간의 위엄을 되찾은 듯 보였다. 까만 몸체가 흠치르르 빛나고 안에 무엇이 들었는지 향긋한 냄새를 풍기고 있었다.

이 집에서의 첫 식사 때 엄마는 몸통에 올리브유를 바르고 소금과 다진 파슬리를 뿌린 닭 한 마리를 구워냈다. 음식 솜씨가 좋은 편도 아니고 요리에 흥미를 갖고 있는 것도 아니었다. 요리하고 있는 엄마를 지켜보는 일도 즐겁지는 않았다. 스스로 어떤 역할을 간신히 해내고 있다는 느낌을 갖게 하기 때문이었다. 엄마가 그 오븐에 굽고 싶어하는 게 따로 있다는 사실만은 알고 있었다. 결국 닭이나 생선을 굽는 것도, 모양을 낸 갖가지 찜·구이 요리도 그만두고 엄마는 본연의 자세로 돌아가 다시 빵을 굽기 시작했다. 오븐의 사용 목적은 처음부터 빵을 굽는 데 있었다. 그것은 물론 옥수수빵이어야 했다. 오븐에서 갓 구워진 둥근 빵을 꺼낼 때, 엄마는 거의 행복해 보이기까지 했다. 우리 모두가 기억하는 엄마의 마지막 표정이 그것이었다면 좋았을 것이다.

*

처서가 한참 전에 지났는데도 햇볕은 뜨겁기만 하다. 밤에는 달무리가 지고 아침에는 자주 안개가 낀다. 그것은 이쪽과 저쪽 세상의 장막 같은 느낌이 들 때가 있다. 한낮의 이 납빛 구름들도 마찬가지다. 도서관에 가고 싶었다. 망설이다가 시장으로 갔다. 재래시장에는 볼거리가 많았다. 사과나 수박, 참외 같은 과일들과 애호박, 시금치 같은 채소들,

화원의 꽃들과 가로수들을 유심히 보곤 한다. 전자상가나 은행 앞을 지날 때도, 간판이나 로고들도. 실기시험에는 어떤 문제가 출제될지 몰랐다. 그리고 내가 어떤 일을 하게 될 수 있을지도.

현관문 비밀번호를 누른다. 기다렸다는 듯 아이들이 돌아봤다. 아이들이 손에 들고 있는 것은 색견본집이다. 식탁 위에 두고 나간 게 잘못이다. 일곱 살짜리 사내 녀석과 다섯 살짜리 계집아이 손에 들어가면 남아나는 것이 없었다. 찢고 접고 날리고 뜯고 뭉개고 구겨버린다. 색견본집은 한 장씩 뜯겨 거실 바닥에 흩어져 있었다. 120가지도 넘는 한국 표준색 이름 종이들이다. 가능한 내가 외우고 익히고 조색해봐야 하는 색깔의 종이들. 장바구니를 손에 든 채 나는 아이들이 놀리는 것을 제풀에 그만둘 때까지, 너희들 정말 싫다 하는 눈빛으로 바라본다. 이집에는 다정하면서도 엄격한, 아이들을 통제하거나 집안을 꾸려나갈 사람이 없다. 시차를 두고 제 엄마와 키워준 할머니를 잃은 아이들은 퇴보와 혼란을 거듭하면서 제 식대로 자라날 뿐이다.

동생보다 일곱 살 더 많은 올케는 낮에는 커피를 팔고 밤에는 맥주와 양주를 판다. 내가 집을 나간 올케와 만나고 있다는 것은 아무도 모른다. 동생도 그 술집에 드나드는 게 아닐까 싶은 때가 있긴 하다. 그래도 올케에게 집을 나간 건 잘못이고, 더 큰 잘못은 아이들에게 엄마를 기다리게 만든다는 데 있다고 짚어주는 사람은 나밖에 없을 것이다. 올케는 아무리 술에 취해도 아이들에게 전화하지 않았고 식구들 안부를 먼저 묻지도 않았다. 올케가 집을 나갔을 때 나는 그녀를 찾아가 조심스럽게 이렇게 물었다. 혹시 걔가 올케를 때리기라도 했어요? 라고. 올케는 그게 무슨 미친 소리냐면서 펄쩍 뛰었다. 그래서 나는 다시 물어야 했다. 그런 것도 아닌데 왜 집을 나간 거예요, 언니?

남편은 자주 나를 때렸다. 그때까지 나는 내가 누구를 놀라게 한 적도 없고 감동시킨 적도 없고 이해시킨 적도 없다고 알고 있었다. 때리는데 계속 참을성 있게 맞고만 있어서였을까. 일 년이 지나자 남편은 놀라는 눈치였다. 그러곤 나가달라고 말했다. 조금은 놀라고 조금은 감동을 받은 눈빛처럼 보였다. 나는 집으로 돌아왔지만 당신은 쓸모없는 인간이야, 라는 말은 꿈에서도 들려왔다. 어떤 경우에도 모든 가능성이 열려 있다고 말하는 사람들이 있었다. 상담원도 그 비슷한 말을 했다. 용기를 내서 건 상담전화를 난 조용히 끊어버렸다. 그런 사람들은 어느 것 하나 확실한 게 없는 시간을 한 번도 경험해보지 못한 사람들일 테니까.

식탁 위로 장바구니를 내려놓았다. 거실을 가로지르느라 창백한 그린색과 강한 보라색, 밝은 노랑 같은 색지들을 하는 수 없이 밟아야 했다. 생선과 대합이 들어 있는 봉지에서 물이 새어 나오고 있었다. 바닥에 떨어진 빳빳한 종이들을 한 장 한 장 집어 올렸다. 실기시험 때도 필요할 거였다. 아이들은 색색깔 종이들을 스케이트처럼 두 발로 밟고 밀어대며 키득거렸다. 어서 냉동실에 집어넣어야 할 고등어에 대해 생각하려고 했다. 눈을 떼어내면 익혔을 때 입을 벌리지 않는 대합에 대해 생각하고 싶었다. 아이들은 내 뒤를 졸졸 따라다니며 기껏 주운 종이들을 도로 바닥으로 흩뿌린다.

너희들 한 번만 더 이러면 쫓아낸다.

해봐 해봐.

진짜야, 바깥에 멧돼지도 있다.

고모 죽어버릴 거야.

고모 없을 때 텔레비전 틀지 말라고 했지.

그럼 나가질 말든가.

이 종이 너희들이 다 주워.

싫어 싫어.

그거 찢지 마.

우리 배고파.

…….

찢지 마.

어어? 고모 운다.

*

나도 내 오븐을 가져본 적이 있었다. 남편과 살던 일 년 동안. 동생 표현에 의하면 정말 더럽게 좁은 전세방이었다. 좁아도 필요한 것들은 많았다. 전화, 텔레비전, 선풍기, 냉장고, 장롱, 이불. 이불만 제외하고 나는 그런 가전제품들이 꼭 필요하다고 여기지는 않았다. 오븐도 마찬 가지였는지도 모른다. 그러나 28리터짜리 오븐을 한 대 들였다. 오후가 되면 슬리퍼를 끌고 부엌과 대문 사이를 왔다 갔다 했다. 내가 한 잘못 한 일들을 떠올리다 보면 덮치듯 저녁이 왔다. 남편은 밤마다 나를 벽에 붙여 세워놓곤 내가 그날그날 한 잘못들을 내 입으로 말하게 시켰다. 밀가루와 옥수수가루를 적당히 섞어 오븐에 빵을 굽기 시작했다. 한 번도 해보지 않은 일이었다. 빵 굽는 냄새가 내 집에 조금은 도움이 될지도 몰랐다. 시간을 잠깐만 놓쳐도 빵은 타버리기 일쑤였다. 오븐을 사용하는 것도 빵 굽는 일도 익숙해지지 않았다.

내 오븐을 흘긋 본 엄마는 오븐을 사용할 때 초보자들이 주의해야 할

점들에 대해 말하고 싶어했다. 음식을 넣기 전에 미리 적당한 온도로 예열을 해야 한다, 음식이 다 되었다고 느낄 때까지는 오븐 문을 열어보지 말아야 하며, 가능한 한 번에 오븐 한 칸만 사용해야 한다고 말이다. 중간중간 나는 오븐에 관해 궁금한 점을 묻기도 했다. 어쩌면 그건 옥수수빵을 제대로 구워낼 수 있는 노하우에 관한 이야기였을지 모른다. 이례적으로 우리는 꽤 긴 대화를 나누고 있었다. 하지만 엄마는 자신이 틀린 소리를 하고 있다는 사실을 모르는 것 같았다. 엄마는 빵을 굽기 전에 예열해야 한다는 걸 자주 잊어버렸고 빵이 채 익기도 전에 오븐 문을 열어보았으며 빵을 구울 때는 예외였지만 열이 아깝다고 생선을 구울 때 고구마나 감자도 같이 집어넣는 식이었다. 나라고 다를 바는 없었다.

내 오븐은 스테인리스 빛깔의 무광 은빛이었다. 듀오, 두 사람을 위한 제품이었다.

지난해 시험 삼아 처음 치러본 컬러리스트 기사 시험에서는 보기 좋게 떨어지고 말았다. 실기시험 시간에 '제품디자인 색채 계획' 문제의 주제가 전기밥솥이었다. 시험지에는 커다란 전기밥솥이 그려져 있었다. 시험문제는 모던한 이미지의 주방에 놓을 전기밥솥을 색채 디자인해야 하는 거였다. 배색 의도와 주된 색깔 및 보조색을 선정한 기준도 적어야 했고 그 색들의 사용 면적도 비율별로 작성해야 했다. 그런 것은 크게 어렵지 않았다. 시험문제에 전기밥솥 같은 게 출제가 되리라고 예상하지 못한 것도 아니었다. 내가 모르는 건 모던한 이미지의 주방이었다.

언제나 집 한구석을 차지하고 있던 엄마의 오븐은 까만색이었다. 색채라는 것은 어떤 물체와 심리를 표현하기 위한 요소이지만 그것은 객관적일 수 없다. 그러나 색채는 객관적이며 문화를 규정한다는 의미도 포함된다는 데 나는 놀랐고 실망하기도 했다. 나는 빨강은 왜 태양이나 사과를, 노랑은 달이나 해바라기를, 검정은 죽음이나 공포, 불안을 나타내는지 이해하지 못한다. 내가 상상하고 그리는 내 머릿속의 태양이나 사과는 밝은 보랏빛이다. 내가 계속 이런 상태라면 아무리 공부하고 준비를 해도 시험에 합격하지 못할 것 같다. 내가 좋아하는 말은 '색채 감성'이다. 같은 색이라고는 하지만 개인의 체험이나 느끼는 정도에 따라 받아들이는 의미가 서로 다를 수 있다는. 그리고 그 색채 감성의 발생요인이 바로 개인적 체험이라고 한다.

개인적 체험.

나는 그 전기밥솥의 몸통을 선명한 검정으로 칠했다. 밥 맞춤 기능과 진행, 시간 등을 나타내는 부분은 연한 파랑으로. 적어도 나의 배색 의도만은 분명했다. 눈에 띄게 크지는 않지만 밥솥 또한 가전제품이니까 기계의 이미지를 덜 나타내기 위해서 검정이 필요하다고. 시간이 더 지나서 실기시험 때 검정을 쓰는 건 확실히 의도된 선택과 자신감이 아니라면 주의해야 한다는 걸 깨닫게 되었다. 모르긴 몰라도 컬러리스트가 된다는 것은 그것이 어떤 제품이든 자신이 선택한, 개인적 체험이 깃든 색채로 상대방을 이해시켜야 한다는 게 아닐까.

나에게 한국산업인력공단이라는 데를 알려주었던 올케가 그 시험에 합격하면 뭐가 되는 건데? 라고 물었을 때 나는 머뭇거리다가 대답했다. 만약에 내가 전원주택 같은 것을 디자인하게 돼, 그러곤 그 집의 벽과 지붕을 온통 파랗게 칠해버리는 거예요. 그러면 언니가 그 집을 사는 거지. 골똘한 표정을 짓고 있던 올케가 심드렁하게 대꾸했다. 그런 집은 아마 아무도 사지 않을걸. 다른 직업을 알아보는 게 어때?

올케 말이 맞을 것이다. 파란색 집에 관한 나의 개인적 체험은 아무것도 없으니까. 그런 색깔의 집으로는 누구도 설득시키지 못할 게 분명하다.

엄마의 오븐은 달랐다.

점심과 저녁 사이, 따뜻한 물이나 보리차와 함께 빵을 조금 먹을 수 있는 삶이라면 행복한 거라고 엄마는 믿었다. 우리는 그런 말을 믿지 않았고 따르지도 않았다. 그것이 꼭 달지도 맛있지도 않은 옥수수빵이어야 할 필요도 없었다. 전세방에서 월세방으로, 살던 집에서 하루아침에 내쫓기게 되고 아들이 한쪽 손목을 잃는 사고를 당하고 남편이 수배를 당하는 시간에도, 그리고 마침내 우리 집을 얻게 되는 그 긴 시간 동안 엄마는 커다란 검정 오븐을 끌고 다니면서 옥수수빵을 구웠다. 무엇을 했든 그게 엄마가 이 세상에서 마지막까지 한 일처럼 남는다. 간식을 먹는 집, 홈 스위트 홈이라는 건 애당초 우리와는 무관한 것을 인정하지 않으려는 듯 말이다. 진짜로 간식을 먹는 집에서는 쿠키나 마들렌, 파이같이 보기도 좋고 달콤한 것들을 먹을 것 같다. 엄마가 채 마칠 수도 없었던 학창 시절에 급식으로 나오곤 했다는 팍팍한 옥수수빵 같은 게 아니라.

띠띠리리, 띠띠리리리. 타이머 소리가 굉음처럼 울린다.

*

지난여름에는 틈틈이 새 오븐을 보러 다녔다. 엄마의 고릿적 오븐은 제 기능을 하지 못한 지 이미 오래다. 아무 때나 울려대는 타이머는 그렇다고 쳐도 가스레인지 네 개의 화구 중 두 개밖에 사용할 수 없고 생선을 구울 땐 다른 화구에는 불이 전혀 들어오지 않는다. 화력도 약하다. 아무리 닦아도 오랜 세월 끈적끈적하게 들러붙은 음식 찌꺼기들과 그 위에 말라붙은 먼지들, 몸체 모서리 부분에서부터 슬기 시작한 녹 때문에 오븐은 이제 가전제품이 아니라 더럽고 쓸모없는 고철 덩어리처럼 보인다.

새 오븐들은 달랐다. 세상에는 다양한 오븐이 존재했다. 스팀오븐, 매직오븐, 멀티오븐, 무연무수오븐, 클래식가스오븐. 가족 수나 집 크기에 맞게 선택할 수 있고 폭도 넓었다. 색깔만은 예나 지금이나 크게 달라지지 않은 것 같았다. 블랙, 화이트, 실버. 그게 다였다. 핑크색 변기나 초록색 김치냉장고 같은 것을 본 적도 있었다. 오븐에 관해서라면 사람들은 실험적인 컬러는 좋아하지 않는 모양이다. 기능도 우리 집 오븐에 비하면 다양해졌다. 생선이나 빵은 따로 구울 수 있고 찜요리, 그릴 기능도 따로, 어떤 제품은 전자레인지 기능까지 하나로 돼 있었다. 열 손실도 적을 터였다. 그러나 나는 어느 것 하나 결정하지 못하고 있다.

엄마가 이 오븐에 넣은 것은 많았다. 닭, 오리, 돼지, 두부, 호박, 고구마, 감자, 가지, 황태, 새우, 고등어, 갑오징어, 연어, 꽁치, 병어, 조개, 그리고 매만진 밀가루 반죽들.

그 커다란 오븐에 들어가지 못할 재료는 아무것도 없는 것 같았다. 정말 그렇다고 생각했을 때 엄마는 엄마 자신을 오븐에 넣었다. 아니, 넣었다기보다 들어갔다라고 해야 맞는 표현일지도 모르겠다. 학교가 파해도 내가 갈 데라고는 집밖에 없었다. 열쇠로 대문을 따고 그때 미닫이식이었던 현관문을 열고 들어간 순간 바로 그 장면을 보게 되었다. 막 오븐 안으로 머리를 들이밀고 있는 엄마의 웅크린 등과 엉덩이, 오븐 여닫이문을 피해 엉거주춤 구부러져 있던 맨 다리들. 오븐 내부 가장 안쪽에 떨어진 뭔가를 주우려는 사람처럼 엄마의 얼굴과 목은 오븐 속으로 들어가 있었다. 그러므로 대개의 그런 예기치 못한 상황에서 두 사람이 마주쳤을 때처럼, 우리는 서로의 얼굴과 눈을 마주 보지 않을 수 있었다. 단지 기척만으로, 뒷모습만 보고 상대방을 알아차렸던 것이다. 나는 엄마, 지금 뭐하시는 거예요? 라고 물어볼 수도 있었을까. 우리는 서로 꼼짝도 하지 않았다. 나는 곧 내가 취해야 할, 엄마가 기다리고 있는 행동을 알아차렸다. 미닫이문을 잡고 서 있다가 그대로 내 방으로 들어갔다. ……오븐을 닫는 소리, 들으라는 듯 발을 질질 끄는 기척을 내며 엄마가 화장실로 들어가는 소리가 들렸다. 책가방을 내려놓곤 나는 밖으로 나가 가스밸브를 잠갔다. 그 후에도 엄마와 나는 그 일에 관해서는 한 번도 이야기를 꺼내본 적이 없다. 간혹 엄마가 헛소리처럼 죽는 것도 힘들다, 라는 말을 할 때면 오븐 안으로 기어 들어가는 것 같던 엄마 뒷모습이 떠오르곤 했다. 정말 오븐 안쪽에 떨어진 뭔가를 줍거나 청소를 할 요량이었는지도 모른다.

새 오븐을 사게 된다면 그것은 블랙일까? 아니면 화이트나 실버?

나는 어째서 유채색의 오븐 같은 것은 없을까, 생각한다. 유채색을 말할 때 쓸 수 있는 형용사들을 떠올린다. 선명한, 흐린, 탁한, 밝은, 진한, 연한. 그런 형용사들은 색깔 앞에 결합해서 쓸 수 있다. 아주 선명한 노랑, 아주 밝은 초록, 아주 탁한 보라. 지금 내가 보고 쓰고 있는 엄마의 오븐은 무채색이다. 무채색의 기준이 되는 색은 회색. 내가 아는 무채색을 위한 수식 형용사는 단 두 개밖에 없다. 밝은, 어두운.

*

『아기 돼지 삼형제』에서 늑대 역을 맡은 여자애는 온종일 큰 소리로 노래했다. '숲 속 길을 지나서 가자, 엉금엉금 기어서 가자, 돼지들이 나타나면 확 잡아먹을 거야, 난 늑대!' 여자애는 혀짤배기 소리를 내면서 고모 나 까만색 옷 사줘, 라고 말했다. 유치원에서 놀기만 하는 게 아닌가 보다. 일곱 살짜리 남자애도 추석을 앞둔 금요일에는 민속놀이 한마당이라는 놀이를 한다고 한복을 입고 가야 한다고 말한다. 연극의 주인공이 돼지들, 튼튼한 벽돌집을 지은 막내 돼지가 아니라 늑대라고 믿고 있는 여자애가 부르는 노랫소리는 낭랑하고 밤에는 시끄럽다. 늑대 역을 맡은 동네 아이들이 많은지 시장에 까만색 옷이 동이 났다. 옷집 주인은 까만색 옷은 사나흘 후쯤 다시 들어올 거라고 했다.

사갖고 온 색동저고리와 노란 한복바지는 일곱 살짜리에게 너무 컸다. 사내 녀석은 에이 이게 뭐야, 나를 걷어차듯 말하곤 옷 뭉치를 구석으로 던져버렸다. 할머니가 있을 때만 해도 나한테 이렇게 하지는 않았다. 설거지감을 내버려둔 채 방으로 들어와버린다. 텔레비전 소리가 울려대고 며칠째 목욕도 안 시키고 옷도 안 갈아입힌 아이들은 라면과 과자 부스러기 속에서 뒹굴고 언제나처럼 나에게는 아이들을 제지할 만한 위엄이 없다. 방금 전, 늦게 들어올 거라는 제 아빠의 전화를 끊고 나서 아이들이 한쪽 손목이 없는 아빠 흉내를 내며 낄낄거리고 있어도 말이다.

나는 두 녀석을 벽에 세워두곤 지금 저희들이 하고 있는 잘못을 큰 소리로 말하게 하고 싶다, 멍 들어도 겉에서는 안 보이는 허벅지 안쪽이나 옆구리를 후려치고 싶다, 앞으론 고모한테 복종할게요, 백 번씩 소리 내서 말하게 할 수도 있다. 저희들 스스로 지쳐 하지도 않은 잘못까지 무릎 꿇고 빌 때까지.

거실 불을 갑자기 꺼버리고 나는 말했다.

너희들 다 이리 들어와.

어둠 속에서 아이들은 더 더러워 보였다. 아이들이 잠시나마 온순해질 때는 집이 어두워지는 순간이다. 밖에 멧돼지가 어슬렁거릴지도 모른다는 불안은 아이들에게도 있을지 모른다. 불을 끄자 아이들은 서로 눈치를 보다가 엉거주춤 내 방으로 들어온다. 내가 깔고 앉은 이불 위를 턱으로 가리켰다. 아이들이 지나간 자리마다 말라비틀어진 밥풀이 떨어져 있었다. 이불 안으로 아이들이 한 걸음 다가온다. 나는 허공으로 한 손을 들어 올린다. 순간적으로 아이들이 몸을 움찔한다. 여자애와 남자애의 한쪽 어깨가 드러나도록 길게 늘이고 있는 소매를 바로잡아주었다. 아이들은 쥐고 있던 손을 폈다.

손을 이렇게 모아봐봐.

나는 소금 요만큼, 할 때처럼 왼손 다섯 손가락 끝을 모아 아이들 앞으로 내밀었다.

이게 뭐야?

아이들은 모아 붙인 제 왼손 손가락들을 보곤 입을 비죽거렸다.

엄지손가락은 빨강이고 집게손가락은 노랑이래.

가운뎃손가락은?

그건 초록색.

약지는?

파랑색.

새끼손가락은?

그건 보라색.

아이들은 마지못해 흥미를 보이는 듯했다.

그리고 손가락 끝은 하얀색, 손목은 까만색.

누가 그래?

사내 녀석이 입을 쑥 내밀고 물었다.

고모가 공부하는 책에서.

이게 뭔데?

사내 녀석이 손가락 끝을 빙글빙글 문질렀다.

색깔을 보여주는 회전공.

그게 뭐야?

손가락들을 그렇게 문지르면 무슨 색이 될까?

나는 어리둥절해하는 아이들을 보며 물었다. 언젠가 아이들이 우리가 누는 똥들이 다 어디로 가는 거냐고 물었을 땐 제대로 대답하지 못했다. 지구의처럼 색체구 같은 것도 있다고, 그걸 이렇게 손가락을 모아 표현할 수 있다는 정도는 말해줄 수 있다. 아이들은 제 손가락들 끝을 비비고 있었다. 상상하는 갖가지 색깔들이 스쳐 보일지도 모른다. 그 왼손이 방금 전까지 제 아빠를 흉내 내던 손이라는 걸 알지 못할지도 모른다. 그리고 밤은, 제 아빠와 할아버지가 오지 않는 밤은 아이들한테만큼이나 나에게도 길다. 여자애가 손을 펴더니 좋은 질문을 생각해냈다는 듯 손등을 톡톡 가리키며 물었다.

그럼 여긴 무슨 색이야?

거긴, 강한 색.

손바닥은?

사내 녀석이 제 손바닥 안쪽을 들여다보며 물었다.

거긴 약한 색.

치, 세상에 그런 색이 어딨어.

맞아, 고몬 완전 거짓말쟁이.

*

올케가 전화를 걸어왔다. 술 취한 아버지가 올케네 가게서 잠들어버렸다고 했다. 자정이 넘은 시간이었다. 올케는 집에 무슨 일이 더 있는 거냐고 물었다. 나는 말끝을 흐리고 말 수밖에 없다. 아버지가 올케 술집에 다니는 줄도 몰랐고 동생이 숲에서 아직 이 시간까지 무엇을 하고 있는지도 모른다. 올케가 저기, 아버님 말야, 집에 안 들어가고 싶으시대, 자꾸, 라고 말했을 때야 나는 내 아버지가 그렇다는 것을 안다. 고마워요, 언니. 뭐가? 그런 걸 알려줘서. 올케는 전화를 탁 끊어버렸다. 내가 뭘 잘못 말한 걸까 짚어보다가 수화기를 내려놓았다. 팔다리를 제멋대로 포갠 채 자고 있는 아이들을 물끄러미 바라보았다. 늦가을 밤에 나는 말이 통하지 않는 잠든 아이들과 허물 같은 나 자신과 컴컴한 집에 남아 있다. 어쩌면 모두가 집을 나가고 싶어하는 사람들이 모여 살고 있는 그런 집.

아이들이 유치원에서 돌아오는 시간은 오후 세 시 반이다. 가족 중 누군가가 차량이 오기를 기다렸다가 아이들을 데려가게 돼 있었다. 엄마가 살아 있을 적에는 올케가 있어도 엄마가 그 일을 했다. 나는 아이들을 데리러 가지 않고, 이제 두 남매는 유치원 승합차에서 같이 내려 횡단보도를 하나 건너 골목을 내려와 집으로 오곤 한다. 보통은 산만하고 집중력도 떨어지는 데 반해 집으로 올 때만은 다르다. 아이들은 걷지 않고 언제나 뛰어온다. 오후 세 시 반에 둘 중 한 아이가, 그것도 일곱 살짜리 남자애가 집으로 오지 않을지도 모른다고 의심한 적은 한 번도 없었다. 여자애 혼자 노란 유치원 가방을 메고 현관으로 들어왔다. ……오빠는? 나는 돌아서서 물었다. 어디 갔다 온대. 계집애는 가방을 바닥에 팽개쳐버리곤 화장실로 쪼르르 들어가버린다.

다섯 시까지 식탁에 그대로 앉아 시험 예상 문제지를 들여다보았다. 여섯 시가 되는 걸 보고 국을 끓이고 나물 한 가지를 무쳐 저녁준비를 마쳤다. 여섯 시 반엔 자리에서 일어나버렸다. 텔레비전을 보고 있는 애한테 누가 벨을 눌러도 열어주지 말라고 이르곤 신발을 꿰신었다. 현관문을 닫을 때 계집아이가 뭐라고 한마디 하는 소리가 들렸다. 어디로 가야 할지 알 리 없었다. 사내 녀석과 변변히 말을 나눠본 적도 없었고 그 애에 대해 아는 것도 없다. 오늘 금요일, 내가 알고 있는 유일한 것은 아침에 아이가 한복을 입고 노란 가방을 메고 파란색 운동화를 신고 유치원에 갔다는 사실이다. 유치원에서 윷놀이, 강강술래 같은 민속놀이를 한다고 들떠 있던 것도. 늦모기에 얼굴을 물려 뺨과 이마에 자국이 생긴 것도.

시장과 문방구, 초등학교 운동장을 차례대로 훑어보았다. 모르는 아이들이 모르는 아이들과 놀고 있었다. 현관문을 닫고 나올 때 계집아이가 무심히 해준 말을 다시 떠올렸다. 유치원 버스가 정차하는 데로 갔다. 정거장 의자 등받이에 몸을 기대고 섰다. 언덕 고개였다. 저녁이 몰려오면 어느 방향에서 아이가 나타난다고 해도 알아볼 수 없을지도 몰랐다. 새끼 멧돼지처럼 보일지도 모른다. 나는 애를 찾는 데 결국 실패할 거라고 생각한다. 제 발로 찾아오지 않는 한은.

스스로 집에 돌아온 적이 있었다.

기억은 우리가 오리배를 타고 강을 건넜다고 말한다. 강 앞에 벤치가 하나 있었다. 나를 벤치에 앉히고 엄마는 내 구두를 벗겼다. 엄마가 올 때까지 여기 꼼짝 말고 있어야 한다. 엄마는 내 구두를 엄마 가방에 집어넣었다. 한여름이었다. 내 비닐구두 앞코에는 작은 리본이 달려 있었다. 엄마의 바람과 달리 나는 우리 집을 찾아갔다. 엄마는, 내가 그때의 기억을 영원히 잊었을 거라고 생각하며 살았을까.

*

오븐을 들어낸 자리에는 밑면 크기만 한 자국이 남았다. 희미하고 바랜 장판 위로 빵 부스러기들, 동전 두 개, 바짝 마른 야채 조각들이 깔렸고 쥐며느리 한 마리가 빌빌 기어갔다. 탈지면 같은 먼지 뭉치가 천천히 뒹굴었다. 오븐을 들어내고 새 오븐을 가져다줄 남자들에게 이 오븐은 어디로 가는 거냐고 물었다. 그들은 오븐이 가면 어딜 가겠어요, 발이 달린 것도 아닌데, 농을 했다. 그들이 오기 전에 나는 타이머 버튼을 눌러보았다. 곧장 띠띠리리 띠띠리리리, 귀에 익은 소리가 흘러나왔다.

엄마가 이 오븐에서 꺼낸 것은 많았다. 엄마의 시름과 슬픔, 상실과 잘못들, 사라진 시간과 꿈, 많은 것을 주지 않았던 엄마의 생. 그리고 엄마는 거기서 옥수수빵을 꺼냈다. 그것은 엄마의 가족을 위한 것이었다. 우리를 위한 것이기도 했다. 딱딱하고 덜 구워졌거나 바닥이 새카맣게 탄 적도 많았다. 둥글고 따뜻하고 말랑말랑하고 부드러울 때가 많아졌다. 더 이상 필요하지 않은 것들을 엄마는 오븐에 넣고 다시는 꺼내지 않았다.

나 역시 내게 필요하지 않은 것들에 대해 떠올리고 있었다. 후회들,

쓸모없는 사람이라는 말, 말, 말들. 오븐은 필요했다. 그것은 갖고 있어야 했다.

새로 산 가스오븐은 상판이 스테인리스로 된 은빛 제품이다. 신제품은 아니지만 양면구이 기능도 있고 자동청소 기능도 있다. 화력 또한 5단으로 조절할 수 있다. 온도나 시간을 음성안내해주는 기능이 있고 다이얼을 간단히 조작하는 것만으로도 백여 가지가 넘는 요리를 자동으로 조리할 수 있는 오븐은 끌리지 않았다. 내가 고른 것은 우리가 쓰던 것과 크기 높이도 비슷한, 자리를 많이 차지하는 제품이다.

나에게 필요한 것은 더 있었다.

일요일 아침이었다. 곧 10월이었다. 아버지가 모는 택시를 타고 동생은 아이들을 데리고 제 직장으로 갔다. 숲인데도 거긴 주말에만 개방한다고 했다. 나는 혼자 있었다. 동생이 사람들 앞에서 무슨 말인가를 할수 있다는 게 믿기지 않았다. 동생이 사람들에게 산책로 입구나 미선나무 문배나무 같은 희귀식물들을 가리켜야 할 때 왼손을 쓸까 오른손을 쓸까 떠올려보았다. 나는 두 손을 갖고 있지만 실제로 내가 이 손으로 움직일 수 있는 것들은 많지 않다. 가리킬 수 있는 것도 별로 없었다. 왼손 다섯 손가락 끝을 모아 문질러본다. 실기와 면접시험 날짜가 정해졌다. 풀, 가위, 팔레트, 연필, 색지, 물통, 투명테이프, 색지, 무채색 명도자, 열두 가지 색 컬러물감이 필요하다.

그날, 버스정거장에서 아이를 기다리고 있을 때 나는 바다를 처음 보러 간 사람을 기다리는 심정이 이럴 거라고 짐작하고 있었다. 제방까지 갔다면 이제 갔던 길을 되돌아올 수밖에 없을 거였다. 나는 아이가 언덕 밑에서부터 이쪽으로 올라오고 있는 것을 보았다. 어디를 갔든 할머니를 찾지 못했다면 돌아올 수밖에. 저녁놀 속에서 까만 머리와 얼굴 아래로 V자 모양의 동정이 희게 보였다. 나는 의자에서 몸을 일으켰다. 그다음은 알록달록한 소매와 노란 한복 바지가 보일 것이었다. 아이는 가슴 앞쪽으로 공 같은 것을 들고 있었다. 아이가 오는 방향으로 몇 걸음 걸었다. 제 몸에 헐렁한 한복을 입은 채 둥근 걸 안듯 걸어오고 있는 아이 쪽으로. 다른 길은 없었다. 내가 마주 걸어가는 모습이 꼭 오래 기다리고 있었다는 사실을, 올 거라고 믿고 있었다는 기대 같은 걸 말해줄 필요는 없었다. 아이가 두 손으로 잡고 들고 있는 것은 종이로 만든 등이었다. 손잡이는 줄에 묶어 등과 연결한 나무젓가락 한 짝. 등은 뼈대처럼 둥글게 엮은 철사 위에다가 흰색 한지를 이어 붙여 만든 것 같았다. 한지에는 그림이 그려져 있었다. 아이가 온순히 앉아 책을 읽거나 그림 그리는 모습을 본 적도 없고 기대해본 적도 없었다. 집에서 나가면 아이는 딴 아이가 되는 걸까. 종이등은 불을 밝힌다면 아마도 주황색 감나무와 새 한 마리, 제가 써 넣은 비뚤비뚤한 아이의 이름이 어룽거리게 될 거였다. 눈이 뿌예지려고 했다. 색채들은 섞이지 않고 겹치는 것 같다. 깨끗한 옷을 입고 환한 달 아래 불 밝힌 등을 들고 원을 그리며 도는 사람들이 떠올랐다. 나는 깜짝 놀라 뒤로 한 발 물러섰다. 아이에게 너무 가까이 다가가 있었다. 아이는 지친 표정이었다. 귀밑으로 땀이 흘렀다. 아이는 등에 메고 있던 노란색 유치원 가방을 내게 넘겨주었다. 아이가 내민 유치원 가방의 어깨끈을 어색하게 잡았다. 집이 있는 쪽으로 우리는 말없이 걸었다. 나 배고파. 아이가 처음으로 입을 열었다. 나는 고개만 끄덕거렸다. 아이를 돌아보지도 내려다보지도 않았다. 나 완전 배고프다니까, 고모. 심통 부리고 싶은 걸 애써 꾹 참는 목소리 같았다. 성급하고 언제나 제멋대로인 녀석은 내가 이렇게 말할까 말까 망설이

는 것을 전혀 모르는 듯했다. 그럼, 옥수수빵 구워줄까? ▪

심사평

수상소감

균형과 다양성의 징후들

김형중

　〈현대문학상〉의 권위에 걸맞은 엄정한 심사를 위해, 지난 1년간 주요 문예지들에 발표된 거의 모든 작품들을 읽어내야 하는 일은 많이 수고로웠다. 둘러앉은 세 사람의 표정에 피곤한 기운이 역력했으니 이 말은 사실이다. 그러나 막상 뚜껑을 열어놓고 보니, 15편의 추천작을 골라내는 데에 그다지 많은 시간이 걸리지는 않았다. 워낙에 수준작들이 많았던 데다, 세 명의 심사위원들 간에 이견 또한 그다지 많지 않아 추천작 선정에 대한 합의가 쉽사리 이루어졌기 때문이다. 예심위원들의 작품 보는 눈이 비슷했기 때문이라고는 생각하지 않는다. 좋은 작품들은 어디서 누가 어떻게 읽더라도 눈에 띄게 마련이고, 늘상 일어나는 그런 일이 이번 〈현대문학상〉 예심에서도 일어난 것이라고 믿는다.

　심사에서 거론된 작품은 총 30편에 조금 못 미쳤고, 그 면모는 이제 갓 등단한 신예부터 중견작가까지 아주 다양했다. 작품경향에 있어서도 묵직한 형이상학적 주제를 다룬 작품에서 일상의 세목들을 잔잔하게 다룬 작품, 독특하고 기발한 문체실험을 수행하고 있는 작품까지 그 스펙트럼이 아주 넓었다. 사실 최근 한국소설이 '새로움'과 '기발함'에만 과도하게 집중한다는 우려도 있었고 보면, 올해의 한국소설은 세대 간 균형과 작품의 다양성에 있어 행운을 누린 것이 아닌가 싶었다. 한 사회의 문학이 항상 새롭고 기발한 쪽에서만 성가를 올리라는 법은 없고, 또 좋은 문학은 대개 오래 묵힌 사유와 문장들 편에서 탄생했다는 것이 문학사가 우리에게 알려주는 교훈이기도 하다. 15편을 골라놓고 다시 살펴봐도, 그 균형과 다양성이 그대로 사라지지 않고 눈에 띄어 내심 다행스럽고 기뻤다. 골라낸 15편을 열거(가나다순)하면 다음과 같다. 「해명」(강영숙), 「길모퉁이」(권여선), 「홍대에서의 바람직한 태도」(김도언), 「그 밤의 경숙」(김숨), 「푸른색으로 우리가 쓸 수 있는 것」(김연수), 「대지의 노래」(김유진), 「버핏과의 저녁식사」(박민규), 「한 박자 쉬고—더 송The Song 2」(백가흠), 「T아일랜드의 여름 잔디밭」(은희경), 「절반 이상의 하루오」(이장욱), 「학술원에 드리는 보고」(정찬), 「홍의 부고」(조해진), 「위험한 비유」(최제훈), 「어디쯤」(최진영), 「비밀의 호의」(편혜영).

올 한 해 우리 소설계를 빛낸 작품들이니 이 모두를 대상으로 장문의 글 한 편을 써도 아깝지는 않을 터이지만, 주어진 지면 여건상 유독 흥미로웠던 몇 작품들에 대해서만 몇 마디 간단히 거론할 수밖에 없겠다. 강영숙의 「해명」이 좋았다. 이 작품은 재난을 우발적인 사건이 아니라 이미 일상 전체를 포위해버린 일종의 '생활 조건'으로 묘사하는데, 문장들은 이때 어떤 것을 지시한다기보다는 그 자체로 재난을 이루는 물질적 재료가 되는 듯하다. 타인의 고통에 대한 김연수의 촉수가 더욱 예민해지고 자성적이 되어가는 듯하여 기뻤고, 위대한 버핏의 신념을 단 한 번의 저녁식사로 허물어뜨리고 희화시켜버리는 박민규의 문체가 통쾌했다. 백가흠의 소설에 초기의 그 잔혹한 비타협성이 되돌아와 안도했고, 천천히 그러나 퇴보 없는 발걸음으로 밀도 있는 문장들을 구축해가는 조해진의 걸음이 믿음직스러웠다. 여전히 한국문학에도 형이상학이 건재함을 보여준 정찬의 소설은 감사했고, 은희경의 소설이 새로 천착하고 있는 '젊음'의 세계는 부럽고 궁금했다. 종종 심사위원으로서의 본분을 잊어버린 채 하루오와 한 번쯤의 긴 산책을 하고 싶었다는 사실도 고백해야겠다.

유독 올해의 본심위원들이 힘드시기를 바란다. ▪

밀도, 감각, 그리고 거리distance

박 진

　예심을 준비하고 진행하는 과정 전체가 즐겁고 뿌듯했다. 몰입해서 읽을 수 있는 괜찮은 단편소설이 생각보다 더 많아서 고마웠고, 개인적 취향이나 관점의 차이를 넘어 '좋은 소설'에 대한 직관적 합의가 이루어질 수 있다는 게 신기하고 흐뭇했다. 본심에 올린 열다섯 편 가운데 특히 마음을 움직인 것은 정찬, 김숨, 김유진, 권여선, 백가흠, 이장욱, 최진영의 소설이었다.

　정찬의 「학술원에 드리는 보고」에서는 단 한 줄도 허술하게 넘어가지 않는 정밀하고 단단한 문장들이 사유와 언어의 관계에 대한 문학적 성찰에 깊이와 신뢰감을 더해준다. 나아가 이 소설의 촘촘하고 정결한 언어는 읽는 이로 하여금 숙연한 마음마저 들게 만든다. 등단 후 30여 년이 지났어도 이 같은 밀도와 긴장을 유지하는 정찬 작가의 소설은 언어로 작업하는 모든 이들에게 스스로를 돌아보게 하는 힘을 지니고 있다.

이와는 좀 다른 의미에서, 김숨의 「그 밤의 경숙」과 김유진의 「대지의 노래」역시 마지막까지 팽팽한 긴장감을 늦추지 않는 소설이다. 난폭한 퀵 오토바이와 쉴 틈 없는 콜센터 상담전화와 엇비슷한 신도시 도로 풍경 등을 절묘하게 엮어 짠 김숨의 소설은 읽는 내내 숨통이 조여드는 답답함과 불안감에서 벗어날 수 없게 만든다. 악몽에서 불모의 붉은 숲까지 불길한 예감의 전조들로 자욱한 김유진의 소설은 안정되고 평온한 삶을 위해 자기방어적으로 차단한 감각의 세계, 그 두렵고도 강렬한 매혹을 섬세하게 그려 보인다.

권여선의 「길모퉁이」와 백가흠의 「한 박자 쉬고—더 송The Song 2」는 안일하고 감상적인 해결을 거절하는 단호한 태도가 돋보이는 소설이다. 이들 소설은 불법 다단계 판매에 발목이 잡혀 인간관계가 파탄 나고 도망자로 전락한 주인공(권여선)이나, 학교 '짱'의 폭력에 시달리다 어떻게든 살아남기 위해 그의 하수인이 된 주인공(백가흠)의 모습을 가련하고 무고한 희생자로 묘사하지 않는다. 연민 어린 자기변명이나 손쉬운 화해의 포즈 등, 유사한 소재를 다룬 소설들이 빠지기 쉬운 함정을 경계하고 반성적 거리를 확보하는 냉정함이 좋았다.

한편 이장욱의 「절반 이상의 하루오」는 어쩔 수 없이 지금 여기의 삶에 붙들려 있어도 '절반 이상의 나'는 저 멀리 다른 곳을 떠돌고 있다고 느끼는 많은 사람들에게 공감을 자아낼 만한 소설이다. 최진영의 「어디쯤」에서는 더 높은 곳으로 올라가겠다는 게 아니라 그저 내가 있는 곳을 지키고 싶을 뿐인데도, 그 길마저 오리무중이고 보이는 건 '내리막길' 뿐인 암담한 상황이 절실하게 와 닿는다.

우리 삶의 다양한 국면과 모순적 상황들을 섬세한 언어와 생생한 감각으로 포착한 단편소설들은 술술 읽히는 장편소설과는 또 다른 매력을 지니고 있다. 독서시장과 출판문화가 장편 중심으로 재편된 지금도 좋은 단편소설들이 이렇게 풍성하다는 사실은 기쁘고 고무적이다. 단편소설 한 편 한 편을 공들여 만지고 다듬어내는 작가들 모두에게 따뜻한 격려와 감사의 마음을 전한다. ▪

예심부터 축제

조경란

〈현대문학상〉의 예심을 맡는 일은 생각보다 즐거운 경험이었다. 한 번 읽었던 좋은 소설을 다시 읽을 수 있는 기회와 어쩌다 놓쳐버린 좋은 소설들을 새로 만날 수 있었기 때문이었다. 예심을 하기 위해 다른 두 분의 심사위원과 자리를 함께했다. 그 전에 서로 주고받은 추천작 리스트를 통해 이미 짐작하기는 했지만 본심에 올리기 위한 작품을 선정하는 데 그다지 긴 논의가 필요하지 않았다. 세 심사 위원의 2, 3인 추천을 받은 작품들이 예심 편수의 절반 이상이나 되었다. 그만큼 이번 〈현대문학상〉 소설부문은 어느 작품이 수상작으로 선정되어도 모두 기꺼이 찬성하고 즐거워할 수 있는 분위기였다. 동시 추천이 많았던 소설들 외에도 나는 다음과 같은 단편소설에 주목하였다.

김유진의 「대지의 노래」는 자칫 그냥 지나칠 뻔했을 만큼 크게 눈에 띄는 소설은 아니었다. 하지만 연달아 두 번 읽게 된 데는 이 단편소설이 어쩌면 처음부터 의도했을지도 모를 아름다운, 기묘한 슬픔 같은 이미지들, 몽환적인 분위기 때문이었다. 구조나 이야기는 꽤 불완전하고 식상해 보인다. 그러나 소설의 구조와 이야기는 왜 완전하게 느껴져야 하는가? 하는 질문을 반성처럼 해보게 되는 소설이었다. 아름다움에는 이유가 없다.

김도언의 「홍대에서의 바람직한 태도」는 처음 발표되었을 때 읽고는 꽤 인상에 남았던 단편소설이었다. 기회를 만들어 '홍대'라는 거리에 나가 어슬렁어슬렁 횡보하고 싶다는 생각이 들었던 게 기억난다. 내가 사는 장소에 관해 한 번 더 돌아보게도 된다. 어떤 것을 말하기 위해, 쓰는 사람이 느끼는 안타까움에 대해 큰소리를 치지도 않고 주장하지도 않는 소설에 나는 호감을 느낀다. 게다가 어떤 소설이 가치를 갖기 위해서는 소설이 의도하든 그렇지 않든 읽는 사람에게 변화를 느끼게 하며 움직일 수 있게 만들어야 한다고 생각한다. 그것이 소설에 관해 꼭 '바람직한 태도'는 아닐지라도 말이다.

최진영의 「어디쯤」도 그냥 지나칠 수 없는 소설이었다. 문장이나 장면의 전환 같은 것이 개인적으로 좀 거친 듯하였으나 그 점이 이 「어디쯤」이 가진 주제 의식을 훼손하진 못하였다. 주인공이 찾는 그 '어디'는 어디일까? 그리고 그의 아버지는 아들에게 왜 '그곳'을 찾아가라고 했던 것일까? 하는 질문은 해도 좋고 하지 않아도 좋다. 그러나 누구라도 이 단편소설을 읽는다면 자신의 그 '어디쯤'에 대한 생각을 하지 않게 되긴 어려울 것이다.

「홍의 부고」를 비롯하여 조해진의 소설을 읽다 보면, 이 세상의 누군가는 아직도 저렇게 타인에 대한 깊은 애정과 연민을 갖고 있구나, 하는 감탄을 새삼스럽게 하게 된다. 어쩌면 그것이 문학의 근원적인

의미일지도 모른다는 생각 또한. 최근 이 작가가 주력하고 있는 듯 보이는 정체성을 찾아가는 이야기가 얼마나 더 풍부하고 깊어질지 기대하게 된다.

지난 1년 동안 발표되었던 소설들을 한꺼번에 다시 읽으면서 나는 이런 것들이 궁금해졌다. 대체 누가 소설의 죽음을 말한 것일까? 누가 문학의 죽음을? 그러나 문학이 점점 사라져가고 그 가치를 인정받는 일이 예전만 못하다는 것은 인정하지 않을 도리가 없다. 그럼에도 불구하고 문학적 가치가 이 세상에서 완전히 잊혀져버리는 그런 일은 결코 일어나지 않을 것 같다. 이 빛나는 소설들을 쓰고 있는 작가들이 여전히 우리 곁에 있고 또 그 소설들을 찾아 읽는 독자들이 있다면 말이다. 책은 이해될 때 비로소 그 진수를 드러낸다고 한다. 곧 그 진수를 드러낼 책이 지금 여기 우리 눈앞에 펼쳐져 있다. ▪

꾸준하게 자신의 문학세계를 일궈온 작가의 힘

박혜경

예심에서 올라온 15편의 작품들 중 내가 관심 있게 읽은 것은 김숨, 김연수, 은희경, 조해진 등의 작품들이었다. 조해진의 「홍의 부고」는 어느 날 잠결에 홍의 부고를 전달받은 주인공이 홍의 존재를 찾아다니는 미로게임을 보여준다. 끊임없이 어긋나는 퍼즐조각들처럼 홍의 존재를 찾아다닐수록 그의 존재가 모호해지는 상황을 통해 존재의 저변에 놓인 정체성의 불안을 치밀하게 그려나가는 매우 인상적인 작품이었다. 은희경의 「T아일랜드의 여름 잔디밭」은 작가 특유의 매혹적이고도 감각적인 문체가 시종일관 독자를 작품 속에 빠져들게 하는 몰입도가 매우 강한 작품이었다. 스스로가 불행하다고 생각하는 한 여자가 마치 채집하듯 다른 사람들의 불행을 찾아다니는 작품의 소재 또한 신선했다.

김연수의 「푸른색으로 우리가 쓸 수 있는 것」은 심사하러 가면서 내가 당선작으로 뽑히기를 가장 바랐던 작품이었다. 생니를 뽑아내는 고통을 압도하는 실연의 고통에서 벗어나기 위해 자신의 목을 찔렀으나 결국은 그 생니가 사실은 썩은 이였다는 이야기는 몹시 흥미로웠다. 지극히 일반적인, 그럼에도 누구와도 소통할 수 없는 고통, 심지어는 자기 자신과도 소통 불가능한 고통의 불가해성에 대한 고통스런 자각이 무엇보다도 가슴에 뻐근하게 와 닿았던 작품이었다.

김숨의 「그 밤의 경숙」은 작가 스스로 "밑도 끝도 없는 불안감"이라고 표현하듯, 마치 투명한 독가스처럼 보이지 않는 어디에선가 스멀스멀 올라오는 알 수 없는 위기감을 매우 실감나게 그리고 있다. 이 작품의 모든 상황은 실제인지 아닌지 모호하기 짝이 없다. 퀵서비스 오토바이 운전자는 차에 치인 건가 아닌가, 커튼 뒤에 숨어서 그들의 모든 상황을 지켜보는 사람은 실제로 있는 건가 아닌가, 심지어 그들이 가고자 하는 그들의 집은 그들의 집인가 아닌가. 작가는 한밤중에 일어나는 이 모든 의심스러운 상황을 작품의 여주인공인 경숙이 끊임없이 얼굴 없는 낯선 전화에 시달리는, 회사에서 그저 5번으로 불릴 뿐인 전화상담원이라는 점과 효과적으로 매치시킨다. 자신들이 탄 차가 전조등도 밝히지 않은 채 한밤의 거리를 달려가고 있음을 그들 중 아무도 모른다는 작품의 마지막 문장이 몹시 서늘하고도 섬뜩한 느낌으로 다가오는 것은, 작중 상황들의 효과적인 배치를 통해 독자들이 느끼는 불안의 게이지를 높여가는 작가의 재능과 관련이 있을 것이다. 김숨은 지금까지 한 번도 멈춤 없이 꾸준하게 자신만의 개성적인 문학세계를 만들어온 작가이다. 그 꾸준함이란 그가 보여준 작품의 양뿐 아니라 질에도 해당되는 것이다. 어쩌면 고독하고 고단했을 그 작업에 〈현대문학상〉의 수상 소식이 큰 격려가 되기를 바라는 마음에 조금의 망설임도 없었다. 수상을 축하하고 앞으로 그의 작품을 통해 더 즐겁고도 풍성한 독서의 경험을 할 수 있기를 기대한다. ▪

그간의 성취에 더해진 치열함으로 완성된 작품

윤대녕

　편혜영의 「비밀의 호의」는 남매를 등장시켜 베일에 싸인 채 가려져 있는 삶의 공동空洞을 가리키고 있다. '그'가 서울에서 대학생활을 할 당시 부모의 심부름으로 찾아왔던 여동생 경술은 다음 날 시골집으로 내려가지 않고 '나흘간' 종적을 감춘다. 그로부터 '그 나흘을 모르는 채로 50년 가까운 시간이 지나'고 늙은 경술은 '그'를 찾아와 지내게 된다. 공교롭게도 두 사람 모두 가까운 이들에게 버림받은 처지다. 이후 경술은 점점 눈이 멀어가고 결국 '그'의 손에 이끌려 요양원으로 가게 된다. '나흘을 알면 경술의 일생을 알 것 같았다'라고 거듭되는 서술에서 보듯 이 소설은 누구에게나 존재할 법한 '비밀한 시간대'를 감싸고 돌며 이야기를 흥미롭게 끌고 나가고 있다. 더불어 독자에게도 자신의 그러한 부분을 응시하도록 유도한다. 그런데 다 읽고 나면 어쩐지 공허한 느낌을 받게 된다. 가령 '그 나흘간'의 얘기를 구체적으로 제시

했더라면 보다 설득력 있고 이야기의 개연성을 확보할 수 있는 방식이 되지 않았을까, 라는 공통된 의견이 나왔다.

이장욱의 「절반 이상의 하루오」 역시 방식은 다르지만 '삶의 비어 있는 부분'을 응시하게 하는 작품이다. 이 소설은 인도 여행에서 우연히 만나게 된 일본인 '하루오'에게서 받은 삶의 영감(생의 절반 이상을 차지하는 것)을 이야기의 중심에 위치시키고 결국 '내'가 잃은 것과 찾은 것을 담담한 문체로 서술하고 있다. 그런데 뜻밖에도 그가 찾아낸 것은 결핍이면서 동시에 '삶의 공동'에 해당하는 부분이다. 따라서 이 작품은 '현실 너머에 존재하는 그 무엇'을 가리킴으로써 역설적으로 우리가 앓고 있는 것이 '결핍의 부재'라는 것을 말하고 있다. 비록 수상작이 되지는 못했으나 『고백의 제왕』 이후 다시금 소설가로서의 이장욱에 대한 믿음을 확인하는 계기가 되었다.

수상작으로 선정된 김숨의 「그 밤의 경숙」은 그의 전작 「간과 쓸개」 「옥천 가는 길」에서 보여주었던 성취를 그대로 유지하고 또한 특유의 치열함을 일신하면서 그동안 자주 지적되어왔던 '작위성'의 혐의를 벗어던지고 있는 작품이다. 여동생의 집들이에 다녀오는 일가족이 처한 돌발적인 상황을 통해 현재 우리 사회가 앓고 있는 폭력에 대한 공포, 감시에 대한 두려움, 상시적인 분노의 노출에 따른 분열의 징후 등을 섬뜩하고 예리한 시선으로 포착하고 있다. 그리고 마지막 장면에 이르게 되면 방향성을 상실한 채 살아가고 있는 작금의 우리 삶에 대한 풍경을 뚜렷이 목도하게 된다. 등단 15년차임을 감안하면 그의 수상은 오히려 늦은 감이 없지 않다. 그만큼 축하하는 마음도 크다. ∎

우리가 모른 것이 어디 그것뿐이겠는가

이승우

    이번에 심사를 하기 위해 읽은 여러 편의 작품들은 우리 단편소설의 풍부하고 높은 수준을 확인하게 했다. 수상작을 정하기 위해 꽤 긴 고민과 논의의 과정을 거쳐야 했는데, 작품에 대한 불만 때문이 아니라 수상작으로 뽑아도 손색이 없는 작품이 여럿이었기 때문이다. 인식의 미로 속에 던져진 인물을 통해 결코 포착되지 않는 진실에 대해 사유하게 하는 조해진의 빈틈없는 소설 「홍의 부고」나 나이든 사람의 마음의 풍경을 놀라울 정도로 잘 그려낸 편혜영의 「비밀의 호의」, 신성과 언어에 대한 지속적인 관심을 새로운 형식에 담아낸 정찬의 「학술원에 드리는 보고」, 허기와 절망의 기묘한 연대를 쓸쓸하면서도 성찰적인 문장으로 보여주는 은희경의 「T아일랜드의 여름 잔디밭」, 울분과 불신, 이기심과 소통 부재의 끔찍한 사회를 선명한 이미지와 부조리적 상황 전개를 통해 보여주고 있는 김숨의 「그 밤의 경숙」이 그런 소설들이었다.

「홍의 부고」에는 카프카적 서술의 기시감이, 「비밀의 호의」에는 작중인물인 경술의 숨겨진 나흘에 대한 모호함이, 「학술원에 드리는 보고」에는 현실에 대한 대응의 문제가, 「T아일랜드의 여름 잔디밭」에는 구조의 균형과 관련된 의문이, 「그 밤의 경숙」에는 단편 장르에 넘치는 장황함이 언급되었다. 그러나 그것들은 시각을 조금만 바꿔 바라보면 그 작품의 훌륭함을 이야기하기 위해 동원되어야 하는 요소들이기도 하다. 약점으로 언급된 그것들을 빼버리는 순간 그 작품의 좋은 점도 같이 무너진다는 것은 역설이지만 사실이다. 선택을 위해 억지로 문제를 찾으려는 짓은 좀 어리석어 보이지만 심사의 메커니즘은 그런 걸 요구하는 것 같다. 짧지 않은 토론과 논의 도중에 김숨 소설의 다채롭고 깊은 세계에 대한 호감이 조금씩 부각되었고, 그 호감이 이번 심사의 선택을 이끌어냈다. 축하를 보낸다.

수상작이 된 「그 밤의 경숙」은 긴장감이 넘치면서도 성찰적이고, 수다스러운 것 같으면서 잠언적인가 하면, 사실적인 이야기를 전개하면서 동시에 실존적인 사유를 불러내는 매력이 있는 소설이다. 다양하고 빠른 장면 안에 실존의 고립감과 무기력과 불안을 놓치지 않고 잡아내는 감도 높은 카메라를 장착했다는 느낌이다.

이름과 번호를 헷갈려하고, 각자의 세계에서 각자의 말을 (대화라는 형식을 빌려) 맥락 없이 툭툭 내뱉고, 마침내 남편을 향해 '당신의 얼굴이 보이지 않는다'고 고백하는 이 여자, 자기 아이들에게 '너희들이 아무리 전화해도 엄마는 받을 수 없다'고 말해야 하는 그 밤의 '경숙'을 허구의 인물로 치부할 수 없어서 우리는 불편하다. 그들은 전조등도 밝히지 않은 채 자신들의 차가 달리고 있다는 사실을 깨닫지 못했거니와 (그들이 차를 운전하는 것이 아니라 '그들의 차가 달리고' 있다. 그러니 모를 수밖에!), 그러나 우리가 모른 것이 어디 그것뿐이겠는가. ∎

시간 앞에서

김 숨

18시 30분 버스를 타야 했습니다. 서울행 고속버스였습니다. 꼭 18시 30분 버스를 타야 하는 것은 아니었지만, 놓쳐서는 안 될 것 같았습니다. 소설은 "강간이 아니라 유혹"이라고 떠들던 날이었습니다. "눈먼 채로…… 끊임없이, 한계 없이, 기한 없이 글쓰기를" 즐겨야 한다고 떠들던 날이기도 했습니다. "답이 없다"고 떠들던 날이기도 했습니다. 학창 시절 거의 모든 질문 앞에서 우물쭈물 답을 잘 못 맞히던 제가 소설을 쓰는 사람이 되었다는 사실이 갑자기 이해되었습니다.

간신히 18시 30분 고속버스에 올랐습니다. 정안휴게소 화장실에서 손을 씻고 직사각의 거울 앞에 2초라는 시간 동안 머물렀을 것입니다.

시간이란 건 뭘까요. 모래도, 물도, 불도 아닌 시간. 그러나 모래처럼 흘러내리고, 물처럼 마르고, 불처럼 타올라 소멸하는 그놈의 시간. "이스라엘 자손들이 이집트 땅에서 나온 지 480년, 솔로몬이 이스라엘을 다스린 지 4년째 되던 해 지우 달." 그 구절을 읊으면서 480년이라는 시간에 감탄하던 노파의 목소리를 들었습니다. 제가 올해로 등단 15년째라는 사실을 친구가 알려주었습니다. 480년이라는 시간과 15년이라는 시간을 시소 양쪽 끝에 태우고 오묘한 기울기를 관찰하고 싶은 충동이 문득 일었습니다. 시소라는 제목의 소설을 언젠가 쓸지 모르겠다는 생각이 들었습니다.

시소 위에 홀로 남겨져 있는 시간, 모래 속으로 두 발이 침몰되는 줄도 모르고 빈 그네가 흔들리는 소리에 귀를 기울이는 시간, 말하자면 그러한 시간…… 심장이 녹아내리는 것처럼 무섭도록 고독하고 고요한 시간, 중독된 시간, 소설을 쓰는 시간…….

〈현대문학상〉 수상 소식을 빗속에서 들었습니다. 제 앞에 강처럼 아름답게 휘어진 길이 있었습니다. 빈 택시가 와서 섰고, 저는 택시에 올랐습니다. 감사하다는 말을 연발했습니다. 〈현대문학상〉이라…… 처음 소설을 쓸 때 생심은커녕, 멀고 먼 저 세상에나 존재하는 줄 알았던, 저 세상의 특별한 소설가들에게나 기회가 주어지는 줄 알았던 상이었습니다. 그래서였을까요. 간신히 오른 18시 30분 서울행 고속버스 안에서 "몰라, 몰라, 몰라……." 혼잣말을 강박적으로 중얼거렸습니다. 이상하게 부끄러워 머리까지 발작적으로 내둘렀습니다.

답이 없다는 것은, 답이 열려 있다는 뜻이기도 할 것입니다. 시간이란 건 어쩌면 감탄이나 한탄, 절규 같은 즉발의 감정으로만 정의 내릴 수 있는 대상이 아닐까요.

단아하고 기품 높은 상을 수상할 수 있는 영광을 제게 허락해주신 심사위원 선생님들과 양숙진 주간님께 두 손 모아 깊이 감사드립니다. 저의 수상이 사랑하는 제 가족과 문우들에게 격려와 위로가 되기를 바라는 마음 간절합니다. 변변찮은 저를 늘 최고의 소설가로 대우해주고 격려해준 김도언 문우께 수상의 기쁨을 드리고 싶습니다.

이 세상에 소설이란 게 있어서 다행입니다. 진실하게 쓰고, 생각하고, 말하고, 살아가겠습니다. ▪

2013 現代文學賞 수상소설집

그 밤의 경숙 외

지은이 ㅣ 김 숨 외
펴낸이 ㅣ 양숙진

초판 1쇄 펴낸날 ㅣ 2012년 12월 9일

펴낸곳 ㅣ ㈜현대문학
등록번호 ㅣ 제1-452호
주소 ㅣ 137-905 서울시 서초구 잠원동 41-10
전화 2017-0280
팩스 516-5433
홈페이지 ㅣ www.hdmh.co.kr

ⓒ 2012 (주)현대문학

ISBN 978-89-7275-620-0 03810